UM AMOR *nada* TRADICIONAL

HEIDI SHERTOK

TRADUÇÃO DE CLARISSA GROWOSKI

UM AMOR *nada* TRADICIONAL

**FIRST PUBLISHED IN GREAT BRITAIN IN 2023 BY EMBLAZONED BOOKS.
BONNIER BOOKS UK LIMITED
COPYRIGHT © HEIDI SHERTOK, 2023
COPYRIGHT © FARO EDITORIAL, 2023**

Todos os direitos reservados.
Nenhuma parte deste livro pode ser reproduzida sob quaisquer meios existentes sem autorização por escrito do editor.
Esta é uma obra de ficção. Nomes, lugares, eventos e incidentes são produtos da imaginação do autor ou usados de forma fictícia. Qualquer semelhança com pessoas reais vivas ou mortas é mera coincidência.

Diretor editorial **PEDRO ALMEIDA**
Coordenação editorial **CARLA SACRATO**
Assistente editorial **LETÍCIA CANEVER**
Tradução **CLARISSA GROWOSKI**
Preparação **ANA PAULA SANTOS**
Revisão **RAQUEL SILVEIRA**
Ilustração de capa e miolo **@BRGFX @PCH.VECTOR @FREEPIK | FREEPIK**
Capa e diagramação **VANESSA S. MARINE**

Dados Internacionais de Catalogação na Publicação (CIP)
Jéssica de Oliveira Molinari CRB-8/9852

Shertok, Heidi
  Um amor nada tradicional / Heidi Shertok ; tradução de Clarissa Growoski. — São Paulo : Faro Editorial, 2023.
  288 p. : il.

  ISBN 978-65-5957-415-5
  Título original: Unorthodox love

  1. Ficção norte-americana I. Título II. Growoski, Clarissa

  23-3811
  CDD 813

Índices para catálogo sistemático:
1. Ficção norte-americana

1ª edição brasileira: 2023
Direitos de edição em língua portuguesa, para o Brasil, adquiridos por FARO EDITORIAL.
Avenida Andrômeda, 885 - Sala 310
Alphaville — Barueri — SP — Brasil
CEP: 06473-000
www.faroeditorial.com.br

Ao meu marido Daniel, que amo de todo o coração
(e porque ele é o primogênito, então tudo tem que
ser sobre ele).

E em memória de Mary Beth Bergum
(18 de março de 1985 – 6 de outubro de 2022)

Um

"As pessoas vão olhar. Faça o tempo delas valer a pena."
— Harry Winston

Na escala de coisas catastróficas no mundo, ser uma virgem de vinte e nove anos não é tão ruim. Não é nada comparado a perder um ente querido, ou ser roubada à mão armada, ou jogada na prisão por um crime que não cometi, ou qualquer outra coisa que exija terapia e um bom advogado. É por isso que se o encontro de hoje acabar sendo um desastre total, vou ficar bem. Repita: *vou ficar bem.* Não vou me deitar no chão em posição fetal e pensar que vou morrer solteirona e depois ir para a cozinha e acabar com um pote de sorvete. Na verdade, nem vou pensar no sanduíche de sorvete com *cookies* que me encara com olhar sedutor toda vez que abro o freezer.

O sinal fica amarelo e piso no freio de leve até que o carro pare. Bato os dedos sem parar no volante. Sempre sinto um frio na barriga antes de um primeiro encontro, e esta noite não é uma exceção. Seria de se imaginar que, depois de dez anos, eu estaria acostumada com isso, que a sensação do estômago se revirando acabaria amenizando, mas não tive essa sorte. Pelo menos tenho uma foto ótima da minha roupa para colocar no *Instagram* com as hashtags #EncontroJudeu e #ModaRecatada.

Quando comecei a compartilhar tendências de moda num estilo recatado era apenas algo divertido para fazer com minha família e amigos. Jamais imaginei que a conta cresceria a ponto de ter os 22 mil seguidores que tenho atualmente, incluindo mulheres do mundo todo que têm o objetivo comum de se vestir de forma elegante e, ao mesmo tempo, recatada. E nem todas são judias ortodoxas – há muçulmanas, mórmons, testemunhas de Jeová, pentecostais. Também se tornou uma espécie de irmandade, um lugar seguro para falar tanto das nossas dificuldades (*"Andar a cavalo de saia? Você só pode estar brincando!"*), como também dos elogios que recebemos (*"O dermatologista disse que eu tenho uma pele incrível – sem câncer de pele aqui!"*).

Checo a maquiagem no retrovisor para ver se não está borrada e, logo depois, lembro a mim mesma, em um tom severo e feminista, de que sou uma mulher forte e independente que não precisa de um homem para se sentir completa, ou para perceber como o delineador realça o verde dos meus olhos.

Mas seria bom ter alguém que consertasse as coisas pela casa. E matasse aranhas e besouros. Ah, e carregasse as sacolas pesadas do mercado.

Deixa pra lá essa coisa de marido – talvez eu só precise de um criado. Aposto que...

Uma buzina alta interrompe meus pensamentos e percebo que o sinal ficou verde. Merda.

Conduzo meu carro até uma vaga de estacionamento e desligo o motor. O encontro desta noite é com um nova-iorquino chamado Yoav Bernbaum e, fuçando casualmente seu perfil no *Facebook* e sua conta no *Instagram*, sei que ele tem cabelo castanho e curto, uma barba encaracolada que chega até o pescoço e que usa óculos turquesa no formato das placas de "pare". Não encontrei nenhuma imagem escandalosa, embora houvesse um número surpreendente de fotos de sua mãe, o que achei fofo. Ou perturbador. Ainda não me decidi sobre isso.

Mas o trabalho dele parece ser interessante. Minha casamenteira, senhora Zelikovitch, foi vaga, como sempre, mas disse que Yoav é o cara que todo mundo chama quando há um homicídio ou outra cena de crime. O que é perfeito, porque recentemente comecei a assistir *Criminal Minds* na *Netflix*, então pelo menos poderei conversar com ele sobre trabalho, se ficarmos sem assunto.

Fecho o carro e vou em direção à cafeteria. O judaísmo ortodoxo ensina que há uma alma gêmea para todo mundo, mas já são dez *looooongos* anos na busca, então estou começando a achar que devo ser a exceção à regra.

Um golden retriever que está amarrado a uma mesa do lado de fora do café se levanta quando me vê. Ele varre o chão ao balançar o rabo de tanta felicidade enquanto me abaixo para fazer carinho atrás de suas orelhas, e então se vira para um afago na barriga.

Talvez D'us[1] estivesse distraído no dia em que designou almas gêmeas e, acidentalmente, pulou minha vez. Ou talvez eu estivesse distraída, correndo pelas nuvens e fazendo piadas sobre pessoas mortas e esqueci completamente de entrar na fila.

É, deve ter sido isso.

Com um suspiro, faço um último carinho no cachorro e ando em direção à porta. O aroma de grãos de café moídos na hora e dos famosos croissants de queijo do local me recepcionam quando entro. Meus olhos examinam o ambiente, observando as vigas de aço expostas, as paredes de tijolo e os bancos estofados. O lugar está lotado de *hipsters* vestindo blusas néon, jeans rasgados e

---

1 D-us e D'us são formas com as quais alguns judeus lusófonos se referem a D'us para evitar que Seu nome seja invocado em vão. No judaísmo, não se escreve o nome de D'us em nada que possa ser consumido. Por exemplo, um papel com o nome escrito pode ser consumido pelo fogo.

coturnos veganos, portanto é fácil detectar o homem sozinho de terno e quipá de veludo preto. Vou me esquivando pelo labirinto de pessoas e mesas até chegar à mesa dele. Yoav está concentrado na unha do polegar e parece não me notar.

— Oi. — Sorrio e coloco a bolsa Prada falsa na mesa. — Você deve ser o Yoav.

O homem olha para cima.

— Sinto muito, mas acho que você me confundiu com alguém.

— Ah! — Fico surpresa e mais do que confusa, já que este homem se parece muito com a foto de Yoav; talvez ele não saiba quem eu sou?

— Eu sou a Penina Kalish.

Um silêncio constrangedor se instala enquanto ele me olha sem entender nada. Limpo a garganta e acrescento:

— É que você se parece muito com o cara que eu deveria encontrar aqui hoje à noite para um encontro...

— Olha, você é mais do que bem-vinda para se sentar e bater um papo — ele diz, gesticulando em direção ao assento na frente dele. — Mas só para você saber, sou casado e tenho cinco filhos.

O sangue foge do meu rosto. *Eu sou uma completa idiota.*

— Nossa! Definitivamente a pessoa errada. Desculpe.

Pego a bolsa e me viro para ir embora.

— Te peguei!

— O quê? — Eu me viro com as sobrancelhas erguidas, confusa.

— Sou eu! Eu sou Yoav! — Ele abre um sorriso e ergue as palmas das mãos. — Não acredito que você caiu nessa. Você tinha que ver a sua cara.

Meus dedos apertam a bolsa enquanto listo mentalmente todas as razões pelas quais eu não deveria bater na cabeça dele. Muitas testemunhas, para começo de conversa.

Seu sorriso desaparece quando ele capta minha expressão facial.

— Ei, desculpa... foi só uma brincadeira. — Ele faz uma pausa e diz: — Esqueci que nem todo mundo tem senso de humor.

E desde quando isso é engraçado? E eu tenho um ótimo senso de humor. No momento, estou imaginando que ele escorrega em uma casca de banana e bate a cabeça ao cair no chão.

— Aposto que você vai chegar em casa hoje à noite e rir disso depois. — Ele sorri. — Eu sei que eu vou.

Olho ao redor para procurar por câmeras escondidas, esperando que este seja um daqueles *reality shows* que tentam assustar pessoas inocentes, mas não vejo nenhuma. Suspiro. Se eu não tivesse que me preocupar com minha reputação no mundo dos encontros e com a impressão que isso deixaria na minha casamenteira, já estaria na metade do caminho de casa. O problema é que já tenho muito contra mim e não preciso que as pessoas digam que fujo dos encontros antes mesmo de eles começarem.

— Podemos começar de novo? — Ele levanta a palma da mão. — Chega de brincadeiras.

Brincadeiras? No plural? Querido D'us, quantas ele tinha planejado? Ele planejou? Forço um sorriso tão grande que quase dói.

— Claro.

— Ótimo, ótimo. — Ele dá um sorriso enorme, obviamente satisfeito consigo mesmo. — Então, o que posso pedir para você beber?

Como o café é a única coisa que é *kosher*[2] aqui, digo:

— Um café gelado, por favor. Descafeinado — acrescento.

— Tudo bem, pode deixar.

Eu o vejo ir até a frente da loja, tropeçar em uma cadeira e se desculpar profusamente com o homem nela. Balanço a cabeça e suspiro. Talvez ele esteja nervoso. Minha cabeça começa a latejar. Abro a bolsa e tiro o Tylenol de emergência que carrego comigo, e engulo dois, a seco. Acabei de conhecer o cara, e ele já me causou dor de cabeça de estresse.

Pego o celular para enviar uma mensagem para Libby, minha irmã mais velha, mãe de cinco filhos e a pessoa número um para todas as coisas da vida.

Tô a dois segundos de sair correndo deste encontro

Depois de uma pequena pausa, uma mensagem chega.

LOL. O que tá te impedindo?

Culpa judaica. Minha reputação.

Observo os pontinhos cinzentos dançando na tela enquanto ela digita de volta.

Casamenteiros são superestimados. Você só precisa do Tinder.

Eu rio e começo a digitar a resposta.

— Opa. Já está me traindo? — Yoav coloca minha bebida na mesa, se senta em frente a mim e inclina a cabeça.

— Não, só mandando mensagem para a minha irmã — digo e guardo o celular. — Obrigada pelo café — murmuro a bênção hebraica e tomo um gole. — Está delicioso.

— Não tem como ficar ruim com o grão colombiano de torra escura. — Ele dá um gole e murmura: — Hm, tantos sabores. — Ele abaixa o copo e dá um sorriso travesso. — Quer experimentar um pouco do meu?

Nem morta.

---

2 Produtos *kosher* são todos aqueles que obedecem à lei judaica.

— Não, obrigada.

Ele fica tão decepcionado que tenho de me lembrar de não ser enganada por um olhar triste de cachorrinho, especialmente quando se trata de trocar cuspe. Como judeus ortodoxos não podem tocar pessoas do sexo oposto, compartilhar uma bebida é como chegar à segunda etapa, por assim dizer.

— Então, Yoav — digo, tentando levar a conversa adiante —, o que você faz para ganhar a vida? A senhora Zelikovitch disse que você é a pessoa que todos chamam quando há um homicídio ou outra cena de crime.

Ele tira os óculos e limpa as lentes com a camisa.

— Sim, eu sou o cara.

Como ele não continua, pergunto:

— Então você é detetive?

— Há! — Ele ri. — Não, não. Sou apenas o faxineiro.

Não faço ideia do que ele quis dizer com isso.

— E o que isso quer dizer?

— Que limpo as tripas esparramadas das pessoas e coisas do tipo depois que elas foram assassinadas ou cometeram suicídio. E deixe eu te dizer uma coisa — ele diz, balançando o dedo —, é um trabalho ingrato. A polícia manda em você como se você fosse a vadiazinha deles; a família está toda emotiva e chorosa, enfim. E não é como se o cadáver agradecesse. — Ele dá de ombros. — Mas o que a gente pode fazer? As coisas são como são. Então — ele diz, balançando a cabeça —, o que você faz?

Engulo em seco.

— Trabalho em uma joalheria.

— Há! — ele solta um grito e dá um gole na bebida. — Joalheria, hein? Acho que você também não fez faculdade.

— Estudei em uma escola técnica. — Um casal passa pela nossa mesa de mãos dadas e rindo, e sinto um aperto no coração. Parece ser inveja, e tiro o pensamento da cabeça. — Eu me formei em inglês.

Ele sorri.

— Que desperdício de dinheiro. Por que você se incomodou em fazer?

— O plano era ser a próxima Jane Austen — explico, odiando essa parte da história. — Mas levei uma eternidade para escrever apenas um parágrafo e, quando finalmente terminei, percebi que nem era tão bom. — Inclino a cabeça e aperto os lábios. — Enviei por e-mail para uma amiga e perguntei o que ela achava. Ela disse que eu provavelmente deveria começar um curso de tricô.

Yoav bate a mão na mesa fazendo com que parte do meu café derrame.

— Isso é engraçado — ele declara em voz alta.

Ainda bem que um de nós está se divertindo.

— O que você gosta de fazer no seu tempo livre?

Ele olha para mim com desconfiança por sobre a borda do copo, como se essa fosse uma pergunta capciosa.

— Como assim?

Reprimo o suspiro que está louco para sair.

— Tipo — digo, acenando com a mão —, o que você faz para se divertir? — Ele me encara inexpressivamente, então acrescento: — Você tem algum *hobby*? — *Além de fazer pegadinhas com as pessoas com quem sai.*

— Eu fumo. Eu bebo. — Ele aperta os olhos como se estivesse se concentrando com muita força e diz: — Comer conta?

Solto um suspiro.

— Claro. Por que não.

— Você tem algum *hobby*? — ele pergunta, cruzando os braços.

— Tenho — respondo imediatamente. — Bem, talvez não *hobbies* por si só, mas gosto de passear ao redor do lago com minha amiga e sair com meu sobrinho e minha sobrinha. — Meus olhos se iluminam e eu me endireito. — Ah, e adoro ver filmes antigos! Sabe, aqueles em preto e branco com astros como Gene Tierney, Humphrey Bogart e Paul Newman…

— Honestamente, não tenho muito tempo livre — Yoav diz, me cortando. — Trabalho muitas horas por dia. E quando não estou trabalhando, sou voluntário no Hospital Shriners.

— Sério? — arregalo os olhos, surpresa. Talvez esse cara *seja* minha alma gêmea, afinal. Ele obviamente tem um bom coração, se é voluntário. — Eu também sou voluntária! — digo, animada, colocando a mão no peito. — Em um hospital também.

— Ah, é? — ele diz, levando o copo à boca. — Você gosta?

— Eu amo! Posso abraçar os bebês na UTI neonatal. É a melhor coisa. O que você faz?

Ele termina de engolir e limpa a garganta.

— Sou um palhaço.

— Palhaço? — repito, sem ter certeza se ouvi direito.

— É. Tenho que usar uma fantasia ridícula com um nariz de palhaço e agir como um idiota.

Levanto as sobrancelhas.

— É… legal. Não temos palhaços no meu hospital. — O que, para mim, é uma coisa boa. Não sei o que os palhaços têm, mas eles me dão arrepios. Talvez seja a maquiagem mal aplicada. — Você faz shows?

— Sim. Mas só por mais algumas semanas, aí eu paro.

Uso o canudo para mexer o café.

— Você quer um trabalho voluntário diferente?

— Há! — Ele dá risada e limpa a boca com o guardanapo. — Não, não quero mais ser voluntário. Só fiz isso porque fica bem no currículo. A menos que… — Ele bate na testa. — Ah, quase esqueci. Mamãe fez seus famosos *brownies* para nós. — Ele pega uma sacola de plástico e tira um pote com um bilhetinho grudado em cima que traz escrito: *Para minha futura nora, com amor.* Ele aponta para o bilhete e ri. — Ela é a melhor. Falo para ela o tempo todo que se ela já não fosse casada, eu mesmo me casaria com ela.

Dou uma risadinha leve. Isso não é nem um pouco bizarro. Não.

Quando ele abre a tampa, um cheiro estranho ataca meu nariz, mas não consigo identificar o que é. Cheiro de cacau misturado com morte.

— Humm — Yoav fecha os olhos e funga para apreciar o aroma. — Não conte para ninguém — ele diz, olhando furtivamente ao redor —, mas o ingrediente secreto é maionese.

Eu vomito um pouco na minha boca. Maionese me traz lembranças, e não são boas. Só de pensar no cheiro e na textura eu começo a suar frio. Tem que ter câmeras escondidas aqui, e começo a olhar ao redor procurando, porque é muita coincidência que ele não soubesse. Admito que é estranho (tudo bem, *eu sou* estranha), mas *detesto* maionese. É molenga e pegajosa e gelatinosa… e me dá calafrios. Por que alguém estragaria um brownie perfeito adicionando esse veneno?

— Algum problema? — Yoav pergunta enrugando a testa quando me vê encolhendo.

Balanço a cabeça, me afastando o máximo possível do item ofensivo na mesa. Não existe um jeito agradável de explicar que a famosa receita de sua preciosa mãe me faz querer vomitar. Tenho que segurar a risada, ouvindo a voz da minha casamenteira dizendo pela milionésima vez que honestidade nunca é a melhor política quando se trata da mãe do cara.

— Não curto muito brownie. Mas, obrigada — digo, limpando a garganta.

— Dá só uma mordida ou duas — ele diz com firmeza, empurrando o pote até que fique bem na minha frente. — Minha mãe fez especialmente para você. — Ele observa atentamente enquanto dou uma mordida e pergunta:

— Então? O que achou?

Acho que você e sua mãe estão tentando me matar.

— É xão boum.

Não pense na maionese, não pense na maionese…

De repente, o celular dele toca, e enquanto ele verifica a tela para ver quem está ligando, pego um guardanapo e cuspo o brownie.

— Minha mãe está me ligando por videochamada. — Yoav levanta os olhos do telefone. — Você se importa se eu atender? Ela fica preocupada se eu não atendo até o terceiro toque.

Deixo escapar um suspiro.

— Claro, vá em frente.

— Obrigado. — Ele arrasta o dedo pela tela e abre um sorriso. — Oi, mãe.

— Oi, meu filhinho.

Engasgo com a bebida e bato no peito, tentando não rir. Isso é demais. Primeiro a pegadinha, depois o brownie de maionese, agora o *filhinho*.

— Quem está tossindo? — ela pergunta. — É a menina? Ela está aí?

— Está. Ela está aqui agora, na verdade. — Ele me dá uma piscadinha.

Ele piscou para mim? E por que ele está balançando as sobrancelhas desse jeito? É como se fosse um código Morse do rosto, mas não faço ideia do que ele está tentando me dizer.

— Ah, que bom — ela diz. — Ouça, não vou tomar seu tempo, mas me diga rapidinho, os brownies ficaram gostosos?

— Tá brincando? Ficaram tão incríveis quanto a mulher que os fez. — Ele sorri.

De repente, sinto que estou fazendo papel de vela. Talvez eu pudesse escapar sem que ninguém percebesse.

— E a menina? — A mãe de Yoav pergunta. — Ela gostou?

Yoav se move em direção ao telefone e articula algo com os lábios para mim, mas não consigo entender o que é.

Sem aviso nenhum, ele vira o telefone para mim e, de supetão, me pego olhando para os olhos pequenos e bem separados de uma mulher mais velha com um lenço azul-turquesa.

Ai, meu Deus.

— Há, oi. — Abro um sorriso, me sentindo como um animal atingido pelos faróis de um carro. Já estive em um monte de encontros na minha vida, mas isso é certamente a primeira vez que acontece. E espero que seja a última.

— Oi, querida. Eu sou a mãe do Yoav.

Então você tem muita coisa para explicar.

— Prazer em te conhecer. Eu sou a Penina.

— Você é tão bonita quanto a sua foto no perfil!

Solto uma risada nervosa. De qual foto ela está falando? Não me lembro.

— Obrigada. E obrigada pelos brownies. São deliciosos.

— Bom, bom, aproveite! Meu filho adora sobremesas, mas ele é um zero à esquerda na cozinha. Você cozinha?

Essa mulher se move impressionantemente rápido, mas a última coisa que quero é que ela tenha a mínima impressão de que vou ajudar seu filho na cozinha. Ou em qualquer outro lugar.

— Adoro esse *tichel*! — digo, apontando para o lenço em sua cabeça, em uma tentativa de distraí-la. — Você comprou em uma loja ou pela internet?

Ela olha para o ombro e toca o pano com franjas, como se quisesse lembrar qual deles está usando.

— Nem uma coisa nem outra, é da minha vizinha que mora no meu corredor, no 21B. Ela morreu uns dias atrás.

Yoav vira o telefone de volta para ele.

— Tão triste. O *kugel*[3] de abacaxi dela era uma delícia. Mas não tão gostoso quanto o seu — ele acrescenta. — Ninguém cozinha tão bem quanto você.

---

3   Prato típico judaico.

— Ah, imagina! — Ela dá uma risadinha como uma adolescente. — Enfim, foi assim que consegui o *tichel*. A família estava limpando o apartamento e fez uma pilha de coisas para doação, então eu o peguei.

Hum... ética questionável? Meus olhos disparam na direção de Yoav, mas ele não parece muito preocupado.

— Preciso ir, mãe, mas te ligo mais tarde hoje à noite. — Ele promete ligar para ela às nove da noite, então desliga o telefone e olha para mim. — Agora você pode dizer às pessoas que conheceu minha mãe!

Meu D'us. Eu o encaro por um instante.

— Posso mesmo — respondo, conseguindo dar um sorriso frouxo.

Ele arranca um pedaço de brownie e coloca na boca.

— As pessoas sempre me dizem para não mencionar isso no primeiro encontro, mas tenho um bom pressentimento sobre você. — Ele termina de mastigar, depois se inclina para frente e abaixa a voz para um tom conspiratório. — Você sabia que na China as pessoas vivem com os pais? Bem, esse sempre foi o meu sonho. Minha mãe e minha esposa morando sob o mesmo teto, cozinhando juntas.

Olho fixamente esperando pela hora em que ele começa a rir histericamente e me diz que é uma brincadeira.

— Sei que minha esposa vai amá-la tanto quanto eu. — Seu olhar se direciona para o guardanapo com meu brownie. — Você vai comer o resto? Porque eu como se você não quiser.

Aposto que esse cara também não tem uma alma gêmea. A menos, é claro, que a mãe dele conte. Empurro a sobremesa na direção dele, e ele arranca um pedaço e coloca na boca. Uma migalha fica presa em sua barba, e eu me movo em direção a ela.

— Tem uma coisa aí.

— Ah, estou guardando para mais tarde. — Ele me dá uma piscadinha.

Agora estou lutando para segurar o vômito pela segunda vez esta noite. Mantenha a compostura, garota. Respire fundo, vai dar tudo certo. Mas quando olho para o outro lado da mesa e vejo Yoav devorar o brownie, começo a pensar em reencarnação. Os judeus ortodoxos acreditam que todo mundo hoje é uma alma velha, então toda vez que me encontro em uma situação ruim, penso que é punição por algo que fiz de errado em uma vida passada. Embora não consiga imaginar o que eu poderia ter feito de tão ruim para conhecer esse cara. Assassinato, talvez.

Não posso mais fazer isso, percebo com uma clareza repentina. Não posso continuar indo a encontros como este, fingindo que isso poderia dar em algum lugar, quando, na realidade, preferia andar nua pelo deserto do Saara sem sapatos, água e GPS a me casar com alguém como Yoav.

Minha boca se abre e as palavras voam.

— Desculpe, Yoav, mas isso... você e eu — digo, gesticulando entre nós —, não vai dar certo.

— Opa, opa, garota — ele diz, como se eu fosse um cavalo assustado. Seus olhos se arregalam e ele para de comer. — De onde saiu isso? Nós mal trocamos duas palavras.

— Ainda assim, sei que não é…

— É por causa da minha altura? — ele pergunta de modo ríspido. — Não sou jogador de basquete, mas um metro e setenta não é tão ruim para um judeu.

Mordo a bochecha para não rir, me levanto e pego a bolsa.

— Juro que nem notei sua altura.

— Então qual é o problema?

Corra, Penina! Vá para a porta e não olhe para trás. Tem um cobertor felpudo e quentinho e uma nova série na Netflix esperando por você em casa…

Infelizmente, minha boca de repente é mais rápida que meu pensamento.

— Para ser honesta, sua pegadinha não foi um ótimo começo.

Ele franze a testa e cruza os braços.

— Concordo em discordar. Mais alguma coisa?

Sim, mas prefiro arrancar os olhos a ficar e listar todos os problemas.

Ele se inclina para frente.

— O que é? Fale.

— Sua mãe — digo devagar e com um pouco de sofrimento —, ela parece ser realmente especial…

— Ela é.

Minha nuca começa a pinicar, e estendo a mão para coçar.

— Mas a ideia de morar com ela e cozinharmos juntas é… um pouco demais. Para mim. Mas enfim… — digo depressa enquanto os olhos dele se estreitam e viram quase um risco. — Tenho certeza de que você vai conhecer essa pessoa especial logo. E ela vai ser uma mulher de sorte — acrescento, me certificando de manter contato visual. Assisti a muitos desses interrogatórios criminais e sei que as pessoas muitas vezes desviam o olhar ou piscam ao dizer algo que não é verdade, então treinei para olhar diretamente nos olhos da pessoa quando estou mentindo.

— Vai — ele retruca, erguendo os óculos ainda mais no nariz. — Você não faz ideia.

— Ah, eu desconfio — digo, me afastando da mesa. — Gostei muito de conhecer você, Yoav. Boa noite.

Eu me viro e vou em direção à porta o mais rápido que meu salto de sete centímetros permite e saio para o ar fresco da noite. Abro o zíper da bolsa e puxo a chave do carro andando em direção a ele. Sei que vou ouvir um monte da minha casamenteira em algum momento nos próximos dias, e ela vai me dar um sermão sobre ser muito exigente. Uma vez ela disse à minha mãe que eu "exijo muita atenção" depois que eu me recusei, sem hesitar, a namorar um cara cujos *filhos* eram mais velhos do que eu. E, para ser sincera, ela não tem me enviado bons partidos. Só no último ano, ela me arranjou um cara que já tinha a bagagem de três casamentos fracassados e parecia ter uma grande mágoa com relação as mulheres. Aí teve o hipocondríaco que insistiu em me mostrar sua erupção cutânea e perguntar se a pinta em seu rosto parecia cancerosa (passei a maior parte do encontro pesquisando um diagnóstico na internet, apesar de nunca ter feito faculdade de medicina). E não vamos esquecer o cara que estava convencido de que o governo estava seguindo todos os seus passos, chegando ao ponto em que ele mal saía de casa, e a resposta da casamenteira foi: "É uma situação temporária. Assim que ele se casar, a esposa vai cuidar de seus medicamentos e ele vai ficar bem.". Desliguei na cara dela dessa vez, e aí fingi que a ligação tinha caído quando ela me ligou de volta.

Eu estava cautelosamente animada com o último cara com quem ela me arranjou, que administrava uma fazenda e parecia legal e normal, mas então visitei o local e descobri que ele estava cultivando maconha e fabricando metanfetamina em seu porão. Na saída, o amigo dele me chamou e disse que os caras do cartel mexicano estavam a caminho. Nunca dirigi tão rápido na vida.

Uma rajada de vento faz com que alguns fios de cabelo grudem no meu brilho labial. Pego um lenço de papel na bolsa e o removo. Percebi que a senhora Zelikovitch é basicamente uma vendedora de carros usados disfarçada, e fala tão bem dos homens que, se você não a conhece direito, pensa que está prestes a conhecer um sósia do Chris Hemsworth tão rico quanto um príncipe saudita e tão cavalheiro quanto um herói de um romance. Mas aí você conhece o cara e descobre que a beleza dele é mediana, na melhor das hipóteses; ele está entre empregos, *"mas está tudo bem porque meus pais me mantêm de qualquer maneira"*; e que reclama com raiva sobre uma ordem de restrição que o impede de ter contato com a ex-esposa. A verdade é que os casos de sucesso da senhora Z são poucos, mas depois que a última casamenteira faleceu, alguém precisava assumir e cumprir esse papel, e ela ansiosamente se voluntariou. Ela não é a minha versão ideal de uma boa casamenteira, principalmente quando ela me lembra, em um tom de piedade, que eu também não sou nenhum prêmio e não tenho o direito de ser exigente. Sua frase favorita é: *Mendigos não podem escolher.* Uma vez ela disse que o objetivo de se casar é ter filhos, então eu teria sorte se alguém se interessasse por mim, e deu um tapinha na minha mão como que para amenizar o choque.

Entro no carro, ligo a ignição e saio da vaga em que estou estacionada. Obviamente, os judeus ortodoxos normais nunca namorariam comigo, não com meu problema de infertilidade, mas gosto de pensar que há alguém por aí que está entre o normal e a necessidade de se encontrar com um oficial de liberdade condicional uma vez por semana.

Suspiro e ligo o desembaçador. A pior parte é que eu nem culpo os caras normais. Por que se juntar a uma estranha que não pode ter filhos em vez de uma estranha que pode, especialmente quando o mandamento de ser frutífero e multiplicar é levado tão a sério em nossa comunidade? Claro que eles não iriam querer namorar comigo. Eu também não gostaria de namorar comigo.

Mas eu faço uma omelete de queijo que dá para o gasto e a minha chalá[4] pode trazer todos os rapazes para o quintal só com o cheiro.

Freio no sinal vermelho e aciono os limpadores de para-brisa uma vez. Todo mundo, do meu rabino à minha família, meu terapeuta também, disse que minha vida tem tanto valor quanto a de qualquer outro ser humano, estéril ou não. A parte lógica do meu cérebro concorda com eles, mas a parte emocional tem suas dúvidas e sussurra coisas como *claro que eles dizem isso, é o trabalho deles. Não significa que seja verdade.*

Ligo o rádio e aumento o volume de *Good 4 U*, da Olivia Rodrigo, e tento enterrar o desespero que está tentando vir à tona.

Meu telefone toca e, como uma idiota, atendo sem verificar quem é.

— Alô?

— Penina.

Merda. Eu sabia que a senhora Z ligaria, só não achei que seria tão rápido. Ela não me deu tempo nem para inventar uma boa desculpa ou esvaziar a bexiga. A mulher não tem coração.

— Eu posso explicar — engulo em seco.

— Ouça Peninaleh — ela diz. Por alguma razão, sempre ouço a música do filme *O Poderoso Chefão* tocando na cabeça quando ela fala. Talvez seja sua voz grave. Talvez seja a maneira como ela sorri e dá um tapinha na minha bochecha enquanto me diz que não há nada de errado em namorar um homem três vezes mais velho do que eu. — Sei que você é uma boa pessoa e não queria ferir os sentimentos do coitado do Yoaveleh — ela diz, pigarreando. — Mas acabei de falar ao telefone com a mãe dele. Ela disse que ele estava chorando.

Chorando? Não achei que ele ficaria *tão* chateado.

— Yoav está muito magoado por você tê-lo largado.

Sim, e minhas papilas gustativas tiveram uma morte lenta esta noite, então estamos quites.

— Sinto muito por isso.

Mudo para a pista da direita para deixar o carro atrás de mim passar.

— O que sempre digo é que, mesmo que seu apêndice esteja prestes a se romper, é melhor você desmaiar do que sair mais cedo de um encontro. Envergonhar um judeu é a mesma coisa que matá-lo.

Olho pela janela e vejo um cara em uma motocicleta com um buldogue vestindo jaquetas de couro combinando. Não tenho certeza do que isso diz sobre meu estado mental atual, mas eu daria qualquer coisa para trocar de lugar com esse cachorro agora. O sinal fica vermelho e eu piso no freio.

---

4 Pão trançado feito com ovos, tradicionalmente servido em quase todos os feriados judaicos e no Shabat.

A senhora Z solta um suspiro.

— Sei que você geralmente é uma boa menina, Peninaleh. Vamos colocar essa na conta da TPM, tudo bem?

Senhor, tenha misericórdia. Paro no sinal vermelho e bato a cabeça repetidamente contra o volante. Já expliquei à senhora Z um milhão de vezes que não tenho TPM porque não menstruo porque sou infértil, mas ela tem algum tipo de bloqueio contra a retenção dessa informação.

— *Tudo beeeeem* então.

— E ouça, o próximo cara que tenho para você é top dos tops. Carne de primeira. Tudo o que você poderia sonhar e muito mais.

Engraçado. Ela disse a mesma coisa sobre o viciado em sexo que tinha cumprido pena na prisão, mas detalhes como esse tendem a escapar de sua mente.

— Fico agradecida — digo, pisando em ovos. — Mas acho que é hora de dar um tempo. Já faz dez anos, e eu...

— De jeito nenhum, não quero nem ouvir. Você acha que é assim que medalhistas de ouro olímpicos falam?

Eu não saberia dizer, e tenho certeza de que ela também não. Paro no estacionamento do meu prédio e espremo o carro em uma vaga.

— Não precisa ser uma pausa longa — digo, desligando o carro. Apenas uma década ou duas.

Ela murmura baixinho em iídiche, algo mais ou menos sobre meu comportamento *fakakta*[5] e como a vida real não é igual a um *reality show* de namoros.

Meus lábios se separam em um sorriso surpreso. De tudo o que aconteceu esta noite, a menção da senhora Zelikovitch a um *reality show* é possivelmente a coisa mais perturbadora. Não que judeus ortodoxos não vejam televisão – embora alguns não vejam –, é só que ela não me parece o tipo de pessoa que veria. Mas ela tem doze filhos e também não consigo imaginá-la fazendo... *aquilo.*

— Kay, um minuto — ela murmura com uma voz distraída. — Espere, espere.

Abro a porta do prédio e, por um momento, considero subir de escada, mas depois da insanidade de hoje, mereço um passeio de elevador. E quem sabe? Talvez, apenas talvez a ligação caia.

— Quase pronto... certo. Isso! Está fora do meu controle agora.

Uso o cotovelo para pressionar o botão de subir.

— O que você quer dizer?

— Agora depende de D'us e Zevi.

D'us eu conheço, mas quem é o outro cara? As portas se abrem e eu entro, então pressiono o botão para o quinto andar.

— Quem?

Ela começa a dizer algo, mas é cortada.

---

5 Ridículo.

— Estou recebendo outra ligação, mas ele entrará em contato com você em breve. Você vai adorar esse cara. *Zei gezunt.*

— Espere! Não desligue! Alô? Oi?

Olho para o telefone, incrédula. Que parte de dar um tempo a mulher não entendeu? Encosto a testa na porta do meu apartamento e respiro longa e profundamente, tentando não gritar. Não é grande coisa, digo a mim mesma destrancando a porta. Se esse tal de Zevi ligar, direi que não estou interessada.

E, na pior das hipóteses, posso mudar o número do meu telefone, comprar uma passagem só de ida para Bora Bora, e viver de cocos para o resto da vida. Então, tenho opções.

Depois de tomar banho e vestir o pijama, abro uma gaveta da cômoda e levanto uma pilha de camisetas para pegar a carta que está escondida embaixo. Embora carta provavelmente não seja a palavra certa; é apenas um bilhetinho que Libby escreveu e passou por debaixo da porta do meu quarto há quase quinze anos após a notícia do meu diagnóstico.

Embrulhada em uma manta e com uma caneca de chocolate quente na mesa de cabeceira, vou para debaixo das cobertas e começo a ler.

Querida Penina,

Ouço você chorando do seu quarto, e gostaria de saber o que dizer para fazer você se sentir melhor. Se pudesse trocar de corpo com você, faria isso num piscar de olhos. Você é uma pessoa muito boa e uma ótima irmã (na maior parte do tempo), e, definitivamente, não merece isso. A propósito, médicos não sabem tudo. Milagres acontecem o tempo todo, e provavelmente há algum médico gênio agora inventando uma solução. Além disso, sempre há a opção de adotar. E não se esqueça que eu vou precisar de muita ajuda para criar meus filhos — você sabe como eu me sinto quando se trata de fraldas sujas.

Ouvi você dizer à mamãe que agora ninguém vai querer se casar com você, mas isso não é verdade! Todo mundo tem uma alma gêmea e aposto que a sua é ridiculamente bonita e podre de rica. Você provavelmente vai passar férias em lugares exóticos e deixar a gente morrendo de inveja. Já fico com raiva só de pensar.

E, acredite em mim, você vai ser feliz. Sinto isso no fundo da minha alma! Não desista do seu sonho, porque ele ainda está lá esperando por você. Você vai superar.

Com amor,
sua sábia irmã mais velha,

Libby

Uma lágrima cai no papel, e eu pego um lenço e a enxugo. Minha garganta aperta com outra lágrima que escorre pela bochecha. Pego a caixa de lenços e a coloco no colo. Libby estava tão errada – meu sonho não está esperando por mim em lugar nenhum, e as férias mais exóticas que já tirei foram ir a Montreal para o *bar mitzvá* do meu primo. Não quero parecer melodramática, mas provavelmente vou viver a vida inteira sem saber o que significa estar apaixonada ou não estar mais apaixonada ou qualquer coisa no meio disso. Meus dias consistirão em ir ao trabalho, comer sanduíche de manteiga de amendoim no jantar, ver *Netflix* e então repetir tudo de novo. Vou morrer como uma solteirona enrugada com minha virgindade ainda intacta, e meu corpo não será encontrado até estar decomposto e não poder mais ser reconhecido, mas tanto faz. Estou bem com isso.

Um soluço me escapa, jogo os cobertores de lado e deslizo os pés para dentro dos chinelos. Tem um sanduíche de *cookie* com sorvete que sobrou no congelador, e meu nome está escrito nele.

Dois

"Não acreditamos que qualquer peça de roupa deva se restringir ao propósito pretendido."
— Chaya Chanin e Simi Polonsky

— Por que cenouras não podem ser mais gostosas? — pergunto ao bebê que se contorce em meus braços, mesmo sendo óbvio que ele já perdeu o interesse na conversa. Eu o reposiciono para que sua cabeça fique contra o meu peito e coloco a chupeta de volta em sua boca. — Alguém deveria inventar um vegetal que tivesse gosto de pizza ou costelinha com molho *barbecue*. Para que servem os cientistas se não estão inventando as coisas de que realmente precisamos? Não é possível que todos estão tentando encontrar a cura para o câncer, certo? — Eu o abraço mais apertado e sorrio para ele. — O que você acha, Antwon?

— Ele acha que você é louca — Delilah, a enfermeira-chefe, comenta ao passar.

Reviro os olhos. O bom de Delilah é que você nunca fica em dúvida sobre o que ela pensa de você, ao contrário do resto das enfermeiras aqui, que na sua frente te tratam bem e sorriem, mas só até você virar as costas, que é quando pegam um picador de gelo e apunhalam você até a morte.

Metaforicamente falando, é claro.

— Você não disse que ia ter um encontro hoje à noite? — Delilah pergunta, pegando uma fralda e lenços umedecidos do berço.

Finjo não saber que ela está falando comigo. Afinal, teoricamente, ela poderia estar perguntando a qualquer uma das outras quatro enfermeiras aqui, mas Delilah tem um interesse especial – alguns podem chamar de *sádico* – na minha vida amorosa. Sou a única pessoa judia ortodoxa que ela já conheceu, e ela adora fazer perguntas sobre a minha religião, principalmente perguntas obscenas para me deixar chocada. Ela não consegue superar o fato de que nunca andei de mãos dadas, muito menos beijei um cara, e aproveita todas as oportunidades para me lembrar como não sei nada da vida.

— Penina — ela diz mais alto desta vez. — Sei que você me ouviu.

— Em minha defesa — sussurro no ouvido de Antwon —, achei que ela não estava trabalhando hoje. — As pálpebras dele se abrem por um breve momento, revelando um par de olhos castanhos que parecem expressar simpatia, embora isso possa ser minha imaginação.

Janie, uma enfermeira jovem e bonita, levanta o olhar do computador.

— Falando em encontro, na sexta-feira à noite saí com esse cara e foi assim... tão... — Ela torce o nariz e bate na bochecha. — Traumatizante.

Eu imediatamente me animo. Geralmente sou eu que tenho as histórias horríveis de encontros, então é finalmente um alívio ter com quem dividir o palco.

— Sério?

Delilah se apoia em um armário de suprimentos e cruza os braços, com espanto estampado em seu rosto.

— Comece a falar logo, não temos o dia todo.

Janie ergue um dedo e termina de digitar algo no computador. Já reparei a frequência com que as enfermeiras da UTI neonatal documentam tudo, desde pesagens e mamadas, até quantas fraldas molhadas. Não me surpreenderia se elas documentassem espirros e peidos também.

— Ok, então — Janie diz, virando-se para ficar de frente para nós —, no início, o encontro estava indo bem. Não estava ótimo nem nada — ela acrescenta, encolhendo os ombros —, mas nada fora do normal. Até que chegamos à casa dele e aí se transformou num pesadelo *total*.

— O que eu disse sobre dormir com homens no primeiro encontro? — Delilah cobra, e continua antes que Janie possa responder. — Eles vão pensar que você é material de espólio, é isso. Vão pensar que podem entrar e sair da sua vida sempre que quiserem. Não ande por aí parecendo que está sedenta.

— Ela coloca as mãos na cintura e acena com o queixo para mim. — Não é, Penina?

— Não olhe para mim, eu sou só a virgem — digo, balançando a cabeça.
— Não sei nada sobre sexo casual. A maior emoção que já vivi foi quando o cara da empresa de entregas me deu uma piscadela depois que eu assinei quando recebi uma encomenda. — Solto um suspiro de felicidade ao lembrar como ele era fofo, com seu cabelo loiro encaracolado e o short justo marrom. — Aquela piscadela fez meu coração ficar acelerado durante dias.

— Garota. — Delilah aperta os lábios e balança a cabeça, claramente sem palavras.

— Você não sai muito, né? — Janie diz, inclinando a cabeça num gesto compreensivo.

Eu rio e gesticulo apontando o ambiente com a mão livre.

— Isso é o que há de mais emocionante.

Delilah faz uma careta como se estivesse sofrendo, e Janie cobre o rosto com uma das mãos.

— Enfim, de volta ao meu encontro — Janie continua, mas um alarme dispara, interrompendo-a. Ela atravessa o berçário para verificar o bebê, checa a tela do computador que lista os sinais vitais e reajusta um sensor no pé dele.

A primeira vez que me ofereci para ser voluntária aqui, me assustei todas as vezes que um alarme disparava, mas entendi que há muitos alarmes falsos na UTI neonatal por causa do equipamento altamente sensível que monitora os bebês.

— Onde eu estava mesmo? — Janie murmura, espalhando espuma anti-bacteriana nas mãos. — Ah, sim — ela faz um movimento positivo com a cabeça. — O gato.

— O gato? — Delilah e eu repetimos, olhando uma para a outra.

Janie confirma.

— Ele tem um transtorno de personalidade e episódios esquizofrênicos, mas é claro que só descobri isso *depois* que ele fez xixi na minha bolsa.

Eu levanto a mão.

— Desculpe, mas ainda estamos falando do gato?

Delilah bate palmas e grita de tanto rir; Janie revira os olhos.

— Sim, ainda estou falando do gato — ela diz, e solta um suspiro, como se estivesse se arrependendo de ter aberto a boca.

— Desculpe. — Faço um gesto de floreio com a mão. — Prossiga.

— Então, estavámos ficando muito afetuosos um com o outro no sofá e, fora o gato fazendo barulhos estranhos de vez em quando, estava tudo certo. — Janie respira fundo e continua. — Mas aí ele perguntou se eu já participei de um *ménage à trois* e antes que eu tivesse a chance de dizer qualquer coisa ou de correr para me salvar, ele saca uma boneca sexual de trás do sofá e diz: *essa é a Désirée.*

Abro a boca, espantada.

— Eu nem... não sei... — Delilah balança a cabeça.

— Uau — digo a Janie com a admiração renovada por ela. — Isso é muito problemático.

Ela estende a palma da mão e concorda com a cabeça.

— Não é?

Antwon começa a ficar agitado, então eu me levanto e balanço de um lado para o outro.

— Eu já tive muitos encontros ruins — digo —, mas nenhum que incluísse uma boneca sexual francesa. Ela tinha sotaque? Espero que pelo menos ela fosse bonita. — Paro de me balançar para arrumar um canto do cobertor do bebê e, em seguida, acrescento: — Quão realistas são essas coisas?

Janie não me responde. Olho para cima e vejo que seu rosto está vermelho-rubi e ela está torcendo as mãos com tanta força que os nós dos dedos ficaram brancos. Olho para Delilah, que está com aquela expressão de um animal atingido pelos faróis de um carro, algo que nunca pensei que veria na enfermeira-chefe inabalável.

O que… Eu disse algo ofensivo? Não deveria ter perguntado se a boneca sexual era atraente? Quero dizer, a beleza está nos olhos de quem vê, então posso não concordar com o que ela pode considerar bonito em uma boneca sexual, mas por que isso é tão…

Atrás de mim, alguém pigarreia e quase dou um grito de susto. Apavorada e com um vazio no estômago, eu me viro e olho por cima do ombro. Um grupo de estranhos, um médico da UTI neonatal e uma administradora do hospital estão ali, parecendo, na maior parte, desconfortáveis, embora alguns deles pareçam estar achando graça. Inspiro profundamente quando me lembro, com atraso, de Delilah mencionando que um grupo de filantropos iria visitar a UTI neonatal mais tarde hoje. Ela deve ter entendido errado a parte do *mais tarde*.

Não tem problema, digo a mim mesma, mantendo os olhos fixos no rosto doce de Antwon. Sim, um monte de figurões nos ouviu conversando sobre sexo a três com bonecas sexuais, o que, decididamente, não é o tópico mais profissional para uma conversa, mas pelo menos sou voluntária. Nenhuma dessas pessoas paga meu salário e é improvável que eu me depare com elas novamente. Ao contrário de Delilah e Janie.

— Agora é uma boa hora? — A administradora do hospital pigarreia e mexe despretensiosamente no crachá de identificação em um cordão ao redor do pescoço.

Delilah se recompõe, como a profissional impecável que é, e calorosamente apresenta a todos, o que, infelizmente, me inclui.

— E esta é uma das nossas voluntárias do nosso programa de carinho. — Delilah abre um sorriso e gesticula para mim. — Muitas vezes, os pais aqui têm outras crianças em casa ou problemas de saúde que os impedem de estar aqui vinte e quatro horas por dia, e o toque humano é mais poderoso do que as pessoas imaginam. Quando prematuros são abraçados, eles se sentem seguros e amados, e isso também os ajuda a crescerem e se recuperarem de seus problemas físicos.

Minhas bochechas coram sob o olhar de todos. *Recomponha-se, mulher, eles estão olhando para o bebê, não para você.*

Exceto um homem, que definitivamente está olhando para mim. Ele é cerca de uma cabeça mais alto do que os outros e sua pele bronzeada e o cabelo preto como carvão contrastam com seus olhos cor de âmbar. A barba por fazer em suas bochechas e em seu queixo masculinizam um rosto muito perfeito. Seu corpo parece ser firme e atlético; ombros largos afunilam até a cintura esbelta e suas pernas são compridas e definidas.

Não percebo que estou encarando até que os olhos do homem se fixam nos meus uma segunda vez. Desvio o olhar, envergonhada, e meu coração começa a bater rápido. Veja, essa é a desvantagem de ser uma virgem de vinte e nove anos. Estou tão faminta por intimidade física – qualquer coisa física, na verdade –, que quando um homem bonito entra em algum lugar, perco um pouco a cabeça.

O grupo segue em frente, e eu suspiro de alívio, mas ainda sinto o olhar do homem em mim. Tem algo no meu rosto? Cuspe de bebê seco, talvez? Fórmula, leite materno, meleca? As possibilidades são infinitas mesmo!

Fico por mais dez minutos até que a mãe de Antwon chega para amamentar, então aceno um rápido adeus a Delilah, que ainda está falando com os filantropos; embora o cara bonito esteja visivelmente ausente. Talvez esteja com uma das enfermeiras que o haviam cercado antes, como urubus avaliando a presa. Um cara bonito assim provavelmente tem mulheres atrás dele em todos os lugares que está. Balanço a cabeça e sorrio. Coitada da futura esposa, já tenho pena dela.

A sala dos voluntários tem apenas o tamanho suficiente para abrigar alguns armários e uma geladeira pequena. Pego a bolsa no armário, rabisco meu nome na folha de saída e checo a hora no relógio na parede. Anoto 10H22 na folha e não sei por que fico com a impressão de que estou esquecendo algo. Verifico a lista de coisas que tenho que fazer hoje, além de me preparar para o encontro da noite, comprar comi…

Meu celular toca e instintivamente sei que é minha mãe, porque minha intuição é afiada. O celular está enfiado na parte inferior da minha bolsa, entre a carteira Prada falsa e o kit de primeiros socorros. A tela pisca com o número de telefone da minha irmã mais velha e minha intuição já era.

— Alô? — Pressiono "viva-voz" e começo a desabotoar a jaqueta de voluntária.

— Ah, bom, você não morreu.

Meus dedos param e encaro o celular com os olhos semicerrados.

— Hum… eu deveria estar morta?

— Claro que não. Só estou me perguntando por que você ainda não está aqui. — Há um som estridente ao fundo, como pratos sendo jogados na pia. — Você normalmente chega uns minutos adiantada e não é do seu feitio esquecer. — Silêncio. — Você esqueceu?

Um sentimento ruim começa a se espalhar lentamente da base da minha coluna até o pescoço. Abro o zíper do bolso interno da bolsa e pego as chaves.

— Esqueceu? — repito, ganhando tempo.

— Semana passada você prometeu que levaria os meninos para a aula de natação hoje de manhã, lembra? Bem... — Ela solta um suspiro. — É óbvio que não.

Droga!

— Nossa, como sou idiota. Desculpa — digo, pegando a bolsa. — Que horas começa mesmo? Quinze para as onze? — Abro a porta e saio para o corredor.

— Não, não se preocupe com isso — ela diz, parecendo exausta, e o bebê começa a chorar. — Vou ver se o Natan pode levá-los. Ou talvez a Fraydie. — Viro em outro corredor e coloco a alça da bolsa no ombro. Natan, o marido de Libby, ensina crianças que tem dificuldade com o hebraico aos domingos de manhã, e quanto à nossa irmã mais nova, Fraydie, bem, ela dorme como uma pedra nos fins de semana, então, sem chance. Com exceção de um apocalipse zumbi, nada poderia acordá-la antes do meio-dia.

— Não, ainda dá tempo — falo, ofegante, esquivando-me de uma pessoa empurrando uma mulher grávida em uma cadeira de rodas. — Principalmente se eu fingir que sinais vermelhos são apenas uma sugestão de parada em vez da lei...

Ai!

Dor. Por tudo.

Eu pisco, tentando me orientar, quando um par de mãos agarra meus braços para me firmar.

— Opa — diz uma voz muito grave, muito masculina. — Você está bem?

Inclino a cabeça e olho para cima, para cima, para cima, para o rosto do homem bonito da UTI neonatal. Ele é tão ridiculamente alto e seus ombros são tão largos e musculosos que é como se eu tivesse dado de cara com um muro. Ou um tanque.

De perto assim, ele é ainda mais escandalosamente bonito, do tipo que deveria vir com um rótulo avisando que pode causar ataques de asma. No mínimo, ele deveria carregar um desfibrilador para as de coração fraco. Como eu, ao que parece.

Seus olhos são uma mistura surpreendente de cores – âmbar, marrom, verde e pintinhas douradas – e há uma intensidade neles ao examinarem meu rosto. Seus lábios são carnudos e volumosos, há uma leve entrada em seu lábio inferior, e uma fenda em seu queixo que é digna de causar desmaios.

Ele engole em seco e o pomo de Adão salta com o movimento. E, meu D'us, o cheiro dele é *incrível*, como uma floresta de pinheiros com uma cachoeira e modelos de colônia Giorgio Armani descansando sem camisa comendo uvas. Quero esse cheiro no meu carro, no meu apartamento, nas minhas roupas. Quero colocá-lo no bolso e levá-lo para onde quer que eu vá, como se fosse meu próprio desodorante humano pessoal.

— Você está bem?

Meu D'us, até a voz dele é sexy. É grave e confiante e gentil. É estranho, mas parece que estou em algum lugar longe, onde ninguém mais existe, exceto o belo estranho e eu. Suas mãos apertam meus braços, quase primitivas em seu toque, e um pequeno suspiro escapa dos meus lábios.

— Faz quanto tempo que você comeu alguma coisa? Você está muito pálida.

Pisco e balanço a cabeça, sentindo como se estivesse acordando de um sonho.

— Não, não. Eu estou bem. Desculpe — murmuro, dando um passo para trás na tentativa de me soltar.

As mãos do homem se soltam dos meus braços e se baixam. Parece que ele está prestes a dizer algo, mas ele se detém para refletir; ele parece ser alguém que considera suas palavras com cuidado.

— Obrigada pela... boa defesa — digo, como se estivéssemos em um jogo de beisebol e ele fosse o arremessador reserva. Controlo o desejo de levar as mãos ao rosto, já que ele está me observando, mas *ai, meu D'us. Eu não deveria ser permitida em público.*

Aceno por cima do ombro, dou dois passos e quase trombo com um suporte para soro deixado no corredor.

— Opa! — exclamo, silenciosamente rezando para que o homem não tenha visto isso.

Por favor, por favoooor, não permita que ele tenha visto isso.

A voz grave do homem atravessa o corredor, e seu barítono forte e sexy faz cócegas na parte de trás dos meus joelhos.

— Você tem certeza de que está bem?

Odeio a minha vida.

Eu me viro e sorrio.

— Nunca estive melhor — digo com a voz esganiçada, fazendo um gesto com a mão. Algo quente cresce em meu peito por causa da preocupação na expressão dele, mas eu abafo antes que tenha tempo de se fortalecer. Me permito dar uma última olhada — sério, este homem pertence a um calendário ou uma tela de cinema ou uma clínica de fertilidade — pare com isso, Penina! Foco!

— Penina? — Libby diz. — Você ainda está aí?

— Sim, desculpe. Logo chego aí — digo a Libby, correndo em direção aos elevadores. — Bem, mais ou menos.

— Não, tudo bem — ela diz, parecendo distraída, e ouço meus sobrinhos brigando. — Já mandei uma mensagem para o papai, e ele está a caminho.

Paro de correr e recupero o fôlego. Eu tinha esquecido que a viagem de negócios do nosso pai havia sido cancelada.

— Ah, ok — digo, limpando o suor da testa. — Desculpa mesmo.

— Ah, imagina — ela diz com firmeza. — A culpa é minha, eu deveria ter te lembrado. Certo, ouça, tenho que ir, mas me ligue mais tarde. Quero ouvir tudo sobre o encontro do outro dia.

Solto um suspiro profundo que vem do fundo da minha alma.

— Ok, falamos mais tarde.

Enquanto ando até o edifício-garagem, penso naquele encontro horrível. É engraçado, de certa forma, até onde as pessoas vão pelas pessoas que amam. Minha família só quer me ver casada e feliz, mesmo que eu (quase) tenha desistido desse sonho há muito tempo – doze anos atrás, para ser exata. Quando o médico disse que eu nunca poderia ter filhos porque meu útero era muito pequeno, toda a minha visão de mundo foi destruída. Eu tinha a expectativa de casamento e bebês como se fosse um direito de nascença. Grande parte da minha identidade estava centrada na minha futura maternidade e, quando me disseram, aos dezessete anos, que eu nunca teria filhos, me senti devastada e mais do que um pouco irritada. Isso não significava somente que eu não poderia ter filhos, mas também que nenhum homem ortodoxo que se desse ao respeito iria querer namorar comigo.

Abro o carro e entro. Sim. Eu sabia disso.

Saio do edifício-garagem, viro à esquerda e vou em direção à rua principal. Tenho um trabalho que amo, amigos e uma família pela qual eu daria um braço se fosse preciso, meu *freela* de influenciadora de moda. Minha vida é agitada e completa. O que mais uma mulher poderia pedir?

Olhos âmbar penetrantes e mãos fortes me sustentando passam pela minha mente. A barba arranhando suas bochechas e seus lábios…

Não. Penina má. Não vá por aí.

Ligo o rádio e distraidamente mudo as estações. Por que ainda estou pensando em um homem sem nome que conheci por meio segundo? Claro, ele era lindo e tal, mas, no fim das contas, ele é apenas como qualquer outra pessoa que você vê uma vez na vida e nunca mais. E, por alguma razão, esse pensamento me deixa absurdamente triste.

Três

"A moda é a armadura para sobreviver à realidade da vida cotidiana."
— Bill Cunningham

Uma semana se mistura com a outra, até que a memória do filantropo bonitão fica turva o suficiente para que eu não fique mais prendendo a respiração na UTI neonatal ou em qualquer outro lugar do hospital. E toda a conversa da senhora Z sobre o Zevi perfeito acabou, ele nunca entrou em contato comigo, então parece que D'us existe afinal.

Apoio o esfregão no balcão da cozinha e levanto a frente da blusa para enxugar o rosto suado. Não sei quem é responsável por transformar o feriado de Pêssach, a Festa da Libertação, em um festival de limpeza miserável, mas adoraria uma hora sozinha em um quarto trancado com esse cara. A única parte divertida era o desafio de montar o look para limpar a casa. E escolhi um lindo macacão jeans e uma bandana no cabelo. De acessórios, escolhi um colar de medalhão e uma pulseira de pingentes. É uma mistura da Molly Ringwald do *Clube dos Cinco* com a Eleven da terceira temporada de *Stranger Things*.

— Não consigo encontrar o ketchup — Maya diz, vasculhando minha geladeira. — Como você espera que eu coma pizza sem ketchup?

Convidei Maya, minha colega de trabalho e amiga, para comer a comida não *kosher* da Pêssach para que não fosse desperdiçada, mas definitivamente já estou me arrependendo.

— E por que você tem leite desnatado? Isso não é leite de verdade — ela reclama. — Vou precisar de um barril de calda de chocolate para isso descer pela garganta.

Limpo o suor da testa usando a parte de trás da manga. Maya é uma daquelas aberrações da natureza que pode comer o que quiser e ainda assim ter uma aparência incrível. Se ela não fosse minha melhor amiga, eu a odiaria.

Pego o esfregão e o mergulho dentro do balde com produto de limpeza.

— Estou um pouco ocupada aqui, não sei se você percebeu.

— Por que você está limpando tanto, afinal? Você está agindo como o garoto-propaganda do pôster sobre TOC.

— Porque — digo com os dentes cerrados — tenho que me livrar de todos os *chametz*.

Maya fecha a geladeira e puxa uma cadeira da mesa.

— Isso significa pão, não é?

— Alimentos que têm agentes de fermentação.

— Agentes de fermentação? Você é tão esquisita — ela diz, como se eu tivesse inventado essas coisas. A mãe da Maya é judia sefardita, e o pai é protestante da Suécia, que é como ela acabou sendo uma loira alta com pele oliva e olhos castanho-escuros. E como ela celebra os feriados judaicos e os cristãos, ganha o dobro de presentes todo mês de dezembro.

Maya dá uma mordida na pizza e mastiga com a boca aberta.

— O objetivo da Pêssach é celebrar o fato de que não somos mais escravos no Egito, certo? — Faço que sim com a cabeça. — Mas você está agindo como uma escrava agora. E quer saber outra coisa?

— Na verdade, não — digo, atacando uma mancha com a unha. — Mas tenho certeza de que você vai me dizer de qualquer jeito.

— Não faz sentido você ter que se livrar de todo o pão e biscoitos e outras coisas. É totalmente *fake*. Quero dizer, é ótimo para mim, óbvio, mas ainda assim completamente *fake*.

Mudo de posição para descansar as costas e pisco para clarear a mente. Fiquei acordada até depois da meia-noite na noite anterior ajudando minha mãe a fazer faxina para o feriado que se aproximava, já que sua artrite a incomoda mais do que ela gosta de admitir. E Fraydie, que ainda mora com meus pais, deveria ter ajudado, mas depois de limpar um banheiro, desabou no sofá alegando exaustão, e depois provou sua alegação adormecendo enquanto meus pais e eu esfregávamos ao redor dela.

— Minha família só come matzá[6] e toma as quatro taças de vinho — Maya continua. — Nós não levamos a coisa tão a sério. Sem querer ofender. — Ela aponta para o lado da minha cozinha que já foi coberto com várias camadas de papel alumínio. Parece o tipo de cozinha em que paranoicos viveriam. — Sério, qual é a de todo esse papel alumínio?

Paro um momento para pensar. Para ser sincera, é preciso uma certa sutileza, ou tato, para explicar as práticas ortodoxas de uma maneira que não nos faça parecer mentalmente perturbados.

— É para garantir que nenhum resíduo de *chametz* seja deixado para trás, e o papel alumínio vem depois como mais uma barreira.

— Isso que é exagero — ela diz, balançando a cabeça. — Mas, enfim. Você sabe o que faz.

Pelo jeito, minha sutileza estava precisando ser testada.

— Bem, é você quem está perdendo. — Dou de ombros. — Você nunca vai experimentar a alegria de fazer xixi em um vaso sanitário coberto de papel alumínio.

Maya para de mastigar.

— Você está brincando, né?

— Estou. — Sorrio, extremamente satisfeita por tê-la enganado por pelo menos um instante. — Só cubro os balcões da cozinha, mas conheço alguém que realmente cobriu o banheiro todo.

— Que horror! O xixi deles tem agentes de fermentação?

Eu estremeço.

— Não quero nem pensar nas coisas que poderiam ser encontradas no xixi daquele cara.

Estou passando o esfregão quando o interfone toca.

— Você está esperando alguém? — Maya pergunta.

— Não. — Deixo o esfregão de lado e aperto o botão do interfone. — Oi?

— Oi. Sou eu.

---

6 Bolinhos feitos de farinha matzá, ovos, água e algum tipo de gordura.

Enrugo as sobrancelhas de preocupação. Normalmente Libby me avisa antes de aparecer, só para ter certeza de que estou em casa. Talvez ela estivesse por perto.

— Suba, Lib — digo, apertando o botão para deixá-la entrar.

— Qual irmã é ela mesmo? — Maya pergunta. — A que é casada com o cara russo?

— Israelense — digo por cima do ombro, indo até a porta para destrancá-la. Levei algum tempo para me acostumar com meu cunhado, Natan, e sua "israelidade" própria, especificamente a maneira como ele permite que todos saibam exatamente o que ele está pensando no momento em que ele está pensando. Outro dia ele me disse: "Penina, por que você usa um chapéu tão feio? Você assusta os homens assim, não?". No entanto, ele é um marido e pai muito dedicado, e engraçado também (quando não está tirando sarro das minhas escolhas de moda).

— Ela veio para comer ou para limpar? — Maya pergunta, pegando um guardanapo. — Porque estou bem aqui, comendo sozinha.

Olho por cima do ombro, molhando uma toalha de papel na torneira da cozinha.

— Estou vendo — falo bufando.

A porta do apartamento se abre e eu falo:

— Ei, Libby, estamos aqui. Entre e nos faça companhia. Estou trabalhando como uma escrava aqui enquanto Maya está fazendo absolut... — paro de falar de repente ao olhar para o rosto de Libby. Seus olhos estão vermelhos e lacrimejantes, seus cílios estão pingando lágrimas. Fecho a torneira, meu coração galopa de medo.

— O que foi? O que aconteceu?

Ela balança com a cabeça.

— Desculpa, eu devia ter ligado. Não sabia que você tinha... — Ela aponta Maya com a mão, e percebo que sua mão está tremendo.

— Alguém se machucou? — pergunto, engolindo um nó na garganta de medo.

Ela balança a cabeça e esboça um sorriso.

— Você e mamãe são sempre tão paranoicas.

Meu coração lentamente, *lentamente*, retorna ao ritmo normal. Minha irmã tem razão, mas me mostre uma mulher judia que não começa o dia esperando uma tragédia cataclísmica, e eu lhe mostrarei um judeu que se converteu. Sério, a primeira coisa que fazemos todas as manhãs é uma oração de agradecimento por não termos morrido durante o sono, por isso é natural que, à tarde, estejamos em alerta máximo.

Maya se levanta e bate as migalhas da calça, então eu definitivamente vou limpar essa parte de novo. Maravilha.

— Acabei de me lembrar de que tenho que ir para outro lugar — Maya diz, exibindo uma dose surpreendente de tato. — Você se importa se eu levar alguns desses petiscos comigo?

— De jeito nenhum — respondo com um sorriso, na esperança de transmitir que aprecio sua saída providencial. — Vou pegar umas sacolas. — Com pressa, arrumo o resto do *chametz*, agradeço a Maya por sua "ajuda" e volto para a cozinha para fazer um café.

Enquanto espero a água esquentar, observo Libby tirar o suéter e arrumá-lo nas costas da cadeira. Suas mãos tremem de leve em cima da mesa, e então ela as une como se isso fosse parar o tremor. Seu lindo anel de diamante brilha sob a iluminação fluorescente, e penso na frase: *"Diamantes são os melhores amigos de uma mulher."*.

Mas, por mais que eu ame diamantes, é Libby quem é minha melhor amiga. Sempre fomos inseparáveis. Talvez tenha sido porque temos quase a mesma idade, nascemos com apenas doze meses de diferença (embora, quando crianças, Libby muitas vezes me lembrava que ela tinha nascido primeiro). Apesar de sua atitude "nasci primeiro então tenho direito de mandar em você", ela tinha sido minha companheira constante e amiga de brincadeiras, e tinha um jeito de me convencer de que eu era mais forte do que eu achava.

Foi ela quem me ajudou a aprender a andar de bicicleta e me ensinou a nadar quando eu tinha medo de mergulhar, e foi ela quem gritou com o meu amigo por tirar sarro do fato de que eu era péssima em matemática, especificamente qualquer coisa que tivesse a ver com os horários de chegada dos trens rotulados como "A" e "B". Não foi para isso que inventaram a Siri?

Quando ficamos mais velhas, fizemos testes de maquiagem, rimos de garotos e entramos em sessões de filmes com classificação para adultos. Ela estava no banco do passageiro quando bati na traseira do carro da vizinha, e foi comigo pedir desculpas, apesar de eu ter me esforçado muito para convencê-la de que deveríamos fugir.

Ela não tinha que fazer nenhuma dessas coisas, mas, mesmo assim, fez, e eu a amava ainda mais por causa disso. Libby sempre esteve por perto para mim, e agora é a minha vez de fazer isso por ela.

— De qual tipo de tragédia se trata? — pergunto com cautela, adicionando creme e duas colheres de chá de açúcar ao café dela, do jeito que ela gosta.

— Não quero que mamãe ou papai saibam — ela diz, sutilmente, evitando minha pergunta.

Uma tragédia, então. Nunca é um bom sinal quando Libby quer esconder algo deles. Eles nos apoiam em qualquer situação, mas também se preocupam como loucos.

— Não vou dizer nada. — Engulo em seco, pensando em todas as vezes que minhas irmãs me fizeram confidências, sendo a mais recente quando Fraydie fez o micro-ondas dos meus pais explodir. E, só para constar, isso não acabou bem para nenhuma de nós duas.

— Então — digo, cutucando, já que ela não continuou. — O que foi?

— Vamos perder nossa casa — ela solta de uma vez, sem respirar, segurando a caneca com força.

— O quê? — Tenho a sensação de que levei um golpe e, por um instante, não consigo pensar em nada para dizer. Nos oito anos em que Natan e Libby estão casados, ele passou por vários empregos e mudanças de carreira, mas achei que ele finalmente havia encontrado seu nicho com este último projeto, um spa e hotel para animais de estimação, com massagista e piscina coberta. Obviamente, eu estava errada. — O que aconteceu?

Ela deixa os ombros caírem, se sentindo derrotada, e suas olheiras indicam que ela não dorme há dias. Eu sabia que as noites dela eram difíceis, mas eu atribuía isso ao nascimento dos dentes molares do bebê. Uma pontada de culpa me atinge o peito. Eu devia ter prestado mais atenção. Devia ter percebido que algo não estava indo bem.

— Eu não sei direito — ela confessa. — Ele não gosta de falar sobre isso. Quero dizer, no começo, sim. Lembra como ele estava animado?

Concordo, cautelosa. A única consistência na vida de Natan parece ser suas inconsistências, na forma de projeto atrás de projeto, e todos exigem muito capital semente, que acaba desaparecendo em algum buraco negro para nunca mais ser recuperado. Não sei se ele realmente é muito azarado ou simplesmente faz escolhas ruins, mas está ficando dolorosamente óbvio que seus dias de empreendedor estão chegando ao fim. Engraçado como ele pode ser tão bem-sucedido em uma área da vida, como marido amoroso e pai, mas falhar miseravelmente em outra.

— Falei para ele que ele tinha que parar de pedir dinheiro emprestado às pessoas, então ele usou a casa como garantia. — Ela olha para baixo, envergonhada. — Fiquei com medo de dizer não, e ele estava tão convencido de que ia dar certo.

Engulo em seco, ainda tentando entender tudo.

— O que você vai fazer?

— Sinceramente, não sei. — Ela passa os dedos pelos cabelos encaracolados e franze a testa.

— Falência não é uma opção porque ainda assim não teríamos dinheiro para pagar a hipoteca.

O aperto no meu peito fica ainda mais forte e fica mais difícil de respirar. *Não entre em pânico,* dou a ordem para mim mesma. Tem que ter uma solução... só não tivemos a ideia ainda.

Ela respira fundo, com dificuldade, antes de continuar.

— Eu o amo, Penina, amo mesmo, mas... não aguento o estresse constante — sua voz falha e ela começa a chorar, cobrindo o rosto com as mãos. — Eu amo a minha casa.

Só de pensar neles perdendo a casa, minha garganta fecha. Aquela casa é mais do que apenas tijolos e argamassa – para Libby, Natan e as crianças, é um baú de tesouros repleto de memórias. É o lugar onde Natan e os meninos passaram um verão inteiro construindo, destruindo e reconstruindo uma casa na árvore no quintal. É o lugar onde Libby ignorou o conselho de todo mundo e pintou um mural na parede do quarto das crianças, e então desafiou alguém a chamá-lo de feio em sua presença. É o lugar onde os meninos batiam as cabeças lutando no chão da cozinha, só para que o labrador do vizinho pulasse em cima deles. É onde inúmeras festas de aniversário, de bodas e jantares em família aconteceram.

— Shh, shh, vai ficar tudo bem — digo, levantando da cadeira para abraçá-la. Sinto um aperto no estômago e uma onda de raiva por Natan colocá-la nessa posição. — Não se preocupe. Tem que ter uma solução — digo em um tom tranquilizador, embora não faça ideia de qual é a solução. No momento, contratar um capanga para matar Natan parece ser um bom começo, mas então eu me lembro como eles são caros. Além disso, já vi filmes o suficiente para saber que assassinos sempre denunciam as pessoas que os contratam se forem pegos. É como se esses caras não tivessem um código de ética.

Hesito e digo:

— Tem certeza de que não quer contar à mamãe e…

— Não — ela diz com firmeza, balançando a cabeça. — Não é justo colocá-los sob mais pressão, seja financeira ou outra qualquer.

— Tudo bem. — Mordo o lábio inferior. — Quanto tempo você tem antes que a hipoteca seja executada?

— Três meses. — Ela funga, pega um guardanapo e passa nos cantos dos olhos.

— Quanto dinheiro seria necessário para salvá-la?

Ela esfrega os olhos.

— Natan disse que vai dar um jeito, o que provavelmente significa que é tanto dinheiro que ele não quer que eu saiba. Ele prefere morrer a admitir, mas acho que ele se sente menos homem por causa disso.

Só consigo me conter em concordar com esse sentimento porque o telefone dela de repente toca na mesa da cozinha.

— É o Natan. — Ela franze a testa. — Preciso atender. Ele está preocupado comigo.

— Vai em frente. — Dou um tapinha no ombro dela e vou para a sala para dar privacidade a ela. Eu me jogo na minha poltrona favorita que comprei por uma mixaria em um site de classificados e digito as palavras *Leis de execução hipotecária em Minnesota* na pesquisa do Google. Pego trechos da conversa, mas é principalmente um monte de suspiros e "eu sei" e "é", exceto por um notável "ele comeu *o quê*?".

Logo depois ela desliga e corre da cozinha, colocando o suéter.

— Preciso ir. Natan encontrou Binyamin comendo ração de cachorro. Obrigada por me deixar chorar em seu ombro — ela diz estendendo os braços para um abraço. — Você é a melhor!

Abraço-a com força, inalando seu perfume característico que tem aroma de lírios e melancia.

— Eu só queria saber como resolver isso.

— Eu sei. — Ela dá um passo para trás e seus braços caem ao lado do corpo. Seu sorriso normalmente contagiante parece forçado, e seus lindos olhos castanhos não têm o brilho habitual. — Mas algumas coisas estão quebradas demais para serem consertadas.

Depois de um último abraço rápido, ela corre para a porta, me deixando imaginar se ela estava se referindo à sua casa ou ao seu casamento.

Quatro

> "Quem disse que laranja era o novo rosa estava seriamente desequilibrado."
> — Elle Woods

Abro a geladeira da sala de descanso, engulo o almoço e vou para a máquina de café para injetar um pouco de cafeína no meu organismo. Três meses não é muito tempo para encontrar uma solução para salvar a casa de Libby, e eu fiquei me revirando na cama ontem à noite pensando nisso. Perdê-la *não* é uma opção. Vou me acorrentar ao piso e engolir a chave, se for preciso.

Esfrego os olhos e pisco para o copo de isopor na minha mão. Desde que me entendo por gente, sou a pessoa que minha família busca em todas as crises, grandes e pequenas. Meu pai é ótimo, mas trabalha muito como contador, e minha mãe só consegue lidar com o estresse em doses homeopáticas. Então, quando meu avô teve um derrame há alguns anos, era eu quem cozinhava refeições *kosher* e o visitava todos os dias; e quando Libby teve depressão pós-parto, eu cuidava do bebê para que ela pudesse dormir e fazer terapia. E quando minha irmã mais nova, Fraydie, ficou pê da vida porque seu projeto da escola foi destruído um dia antes da feira de ciências, foram meus dedos que ficaram cobertos de cola tentando consertá-lo.

Tomo um gole de café e tenho um sobressalto. É possível que o café aqui esteja ainda pior ou é apenas minha imaginação?

— *Penina!*

Lá se vai a minha pausa. Jogo o resto do café na pia, dizendo a mim mesma pela enésima vez para parar de me preocupar. Mas não adianta. Quando meu cérebro fica preso em um pensamento ruim, agarra-se a ele como velcro e se recusa a largá-lo. O que seria bom, se levasse a uma solução, mas até agora tudo o que aconteceu foi a repetição do pior cenário várias vezes na minha cabeça.

— Joe está fazendo isso para nos irritar. — Gina, a gerente, digita o código no cofre de aço inoxidável da loja. A porta do cofre se abre, revelando milhões de dólares em joias. Pérolas cultivadas, pedras preciosas e diamantes de cortes e pureza variados brilham nas bandejas de veludo preto.

— Fazendo o quê? — pergunto, confusa. Gina muitas vezes começa uma conversa como se já estivéssemos no meio de uma e, na melhor das hipóteses, é desorientador, mas só tive três horas de sono também, se muito.

— Câncer. — Ela faz uma cara feia e aperta os lábios me entregando uma bandeja. — Anote o que estou dizendo, Penina, Joe Kleinfeld está morrendo só para nos irritar.

A parte assustadora é que ela não está brincando. A paranoia de Gina não tem lógica. Ela supõe que todo mundo que está na rua quer atacá-la, desde os adolescentes que andam de skate em seu bairro até o empacotador com deficiência auditiva do supermercado. No passado, tentei – tão casualmente quanto possível, é claro – perguntar se ela teve algum ferimento na cabeça quando criança, mas ela insiste que nada do tipo aconteceu. O mais próximo disso foi quando ela quebrou o fêmur em uma festa de aniversário de patinação no gelo.

— A coisa sobre o câncer — digo, pegando a segunda bandeja de joias estendida em minha direção — é que simplesmente acontece com você. Você não tem câncer para ensinar uma lição às pessoas.

— Ah, que criança ingênua. Câncer é ciência, e se alguém pode administrá-lo, esse alguém é Joe. — Os lábios de Gina se comprimem em uma linha fina enquanto ela passa uma terceira bandeja para mim e então equilibra duas ela mesma. — Ele sabe que esta loja vai falir assim que seu filho assumir. E do jeito que o mercado de joias está hoje em dia, com todo mundo comprando on-line, vai ser uma receita para o desastre. Joe sempre quis me prejudicar, e agora vai morrer fazendo com que a gente perca nossos empregos.

Um pouco melodramático, mas essa é a Gina. Eu a sigo até o salão de vendas da loja, equilibrando as bandejas de joias com cuidado e fazendo o meu melhor para não tropeçar no salto de sete centímetros falso de Stella McCartney. Meu vestido de flores rosa *pink* é longo, o que também não ajuda, mas é fofo, então acho que vale a pena o risco de cair e quebrar o pescoço.

Penso nas fofocas que Joe compartilhou sobre o filho.

— O filho dele não é um magnata de negócios muito bem-sucedido?

— *Por favor.* — Gina de sessenta e poucos anos revira os olhos como se fosse uma adolescente irada. — Ser analista financeiro em uma empresa da Fortune 500 dificilmente o qualifica para assumir esta loja. Se Joe fosse esperto, ele pediria para eu assumir. Mas não — ela continua, enfiando uma chave no buraco da fechadura da vitrine com uma força desnecessária —, em vez disso ele escolhe o filho *playboy*, que não reconheceria uma Painita nem se ela fosse jogada na cara dele.

Interessante. Joe nunca se referiu ao filho como um *playboy*, mas também, que pai faria isso?

— Hmm — digo, o que é minha resposta padrão para quando não tenho uma opinião formada, mas também não quero endossar a opinião de outra pessoa.

Estou arrumando um colar de pérolas de três cordões na vitrine quando um par de faróis pisca na direção da loja.

— Atrasada. De novo — Gina resmunga, encarando furiosa o estacionamento da loja pela vitrine. A BMW vermelha e brilhante de Maya para e ela sai do carro, balançando o cabelo loiro por cima do ombro como se houvesse uma equipe escondida filmando um comercial de xampu. De acordo com Maya, ela tinha chegado perto de se tornar a próxima estrela de Hollywood, mas os canalhas no comando são cegos e surdos quando se trata de um verdadeiro talento.

Gina destranca a porta da frente e a abre.

— Qual é a sua desculpa desta vez?

— Odeio dizer isso, Gina — Maya diz, entrando e colocando os óculos de sol no topo da cabeça. — Mas você é a única culpada. Se você não tivesse me criticado tanto por ter me atrasado na sexta-feira, eu não teria tido tanta dificuldade para dormir ontem à noite. Só tive três horas de sono, se muito, e foi por isso que não ouvi o alarme hoje de manhã. — Ela olha para mim e me dá uma piscadela discreta antes de se virar para Gina.

Abaixo a cabeça e sorrio. Uma das melhores qualidades de Maya é a maneira como ela consegue ignorar seus inimigos. Gina, é claro, está no topo dessa lista.

Gina resmunga algo sobre desrespeito e *millenials* e sai para fazer suas coisas, o que, pelo que sei, envolve beber grandes quantidades de café e fofocar ao telefone com uma amiga.

— Ela deveria tentar usar psicologia reversa da próxima vez — Maya diz. — Talvez ela consiga obter melhores resultados.

— *Talvez* é a palavra mais importante aí. — Sorrio. — Como foi o resto do seu domingo? — pergunto enquanto caminhamos em direção ao cofre.

— Ótimo! Conheci um homem incrível. — Ela aponta a unha vermelha em direção a uma grande bandeja de joias, e suas pulseiras douradas deslizam pelo braço. — Me dá a mais pesada. Estou tentando tonificar meus bíceps.

Passo a bandeja pesada e pego a mais leve para mim.

— Me conta mais sobre o *Senhor Incrível*.

Ela abre um sorriso que alcança seus olhos castanhos.

— Eu o conheci na academia. Ele é lindo e fofo, sensível, mas macho, sabe? Além disso, ele tem um trabalho normal com seguro de saúde. Um verdadeiro adulto, ao contrário de Cam — ela diz, referindo-se ao ex, que passa a maior parte do tempo jogando videogame e fumando maconha no porão da casa dos pais. — O único problema é que — ela faz uma pausa, mordendo o lábio inferior — não tenho certeza se ele é solteiro.

Maya me lembra Scarlett Johansson — uma loira com energia e bonita, embora nunca fique muito tempo com o mesmo homem. Andamos pelo corredor, e eu olho para ela por cima do ombro.

— Você não pode simplesmente perguntar para ele?

Ela olha para mim como se eu fosse louca.

— Por que eu simplesmente não me jogo aos pés dele e imploro para ter filhos com ele com uma grande placa de "desesperada" grudada na testa?

— Então... isso é um não?

— É um nem morta — ela confirma. — Nada assusta um cara mais rápido do que deixá-lo saber que você está interessada.

Parece contraproducente, mas o que eu sei? Não sou a maior especialista nas nuances e nos jogos mentais do namoro não religioso. Na minha comunidade, um casamenteiro arranja alguém para você quando ambos os pais concordam com a união, e então você se encontra com a outra pessoa com o claro propósito de namorar para casar. Aqueles casos de filme em que as pessoas se apaixonam de primeira acontecem de vez em quando, mas a intenção de se casar ainda está presente.

— Por quê, afinal? — pergunto, transferindo as joias para um pedestal de exibição.

— Querida, se eu soubesse a resposta, eu já poderia ter tido três maridos até agora — Maya diz, organizando uma fileira de pulseiras de diamante em uma almofada de veludo.

— Você já tentou pesquisar o nome dele no Google?

Ela nega com a cabeça.

— Não sei o nome dele, e não quis assustá-lo perguntando. Tipo, eu o vi pela primeira vez ontem, e Caroline diz que tenho uma energia intensa, e isso assusta os caras.

— Quem é Caroline mesmo? — Analisei mentalmente a lista de pessoas sobre as quais Maya me falou, mas não me lembro desse nome. — É a sua prima de Nova York?

— Não, essa é a Carrie. — Ela pega uma pulseira de safira e pigarreia. — Caroline é minha vidente.

— O quê? — Dou risada, olhando para ela para avaliar se ela está falando sério. Às vezes é difícil saber com ela. — Você não está falando sério.

— A mulher é um *gênio* — Maya diz, na defensiva. — Só precisei dizer a ela meu nome, abrir as pernas e ela literalmente sabia tudo sobre mim.

Eu pisco, sem saber se ouvi direito.

— Abrir as pernas?

— Não é abrir as pernas como quando vai *dar à luz* — ela explica com um gesto da mão. — Só abrir o suficiente para que ela pudesse ler minha aura.

É difícil ler quando as pernas estão fechadas, sabe? — Ela pega outra joia. — Enfim, é melhor ficar na zona de amizade por um tempo. Assim a informação sai naturalmente. E se ele tiver alguém — ela encolhe os ombros —, sem problema, mas se ele não tiver, então posso passar para a fase dois.

Pego um rolo de toalhas de papel e uma garrafa de limpador de vidro.

— Convidar para sair?

— A fase dois — Maya diz, levantando um dedo — é descobrir se ele é hétero ou não. Você não pode passar para as outras fases sem descobrir isso.

Eu levanto as sobrancelhas.

— São quantas fases?

— Oito, de acordo com Caroline.

— Oito? — Arregaço as mangas e esguicho um pouco de limpador de vidro no expositor. — O namoro não religioso dá muito trabalho. As pessoas deveriam... sei lá — gesticulo com a toalha de papel encharcada — ter suas informações em uma etiqueta grudada na blusa. Economizaria muito tempo e evitaria dor de cabeça para todo mundo.

Maya passa para a próxima vitrine e destranca a porta.

— Falou como uma típica leonina.

Meus olhos reviram por vontade própria. Maya leva os signos do zodíaco tão a sério quanto um fanático religioso, sendo que o horóscopo é sua bíblia.

— Mais cinco minutos até abrir a loja — Gina grita de seu escritório.

Olho pela vitrine e vejo um Porsche conversível parar em uma vaga. Os passos de Gina ecoam pelo chão de azulejos e param na frente das portas de mogno.

— Quer tirar no jokenpô para esse cara? — Maya pergunta, acenando com a cabeça na direção do Porsche. De vez em quando tiramos no jokenpô para competir por um cliente, já que este negócio é baseado em comissão.

— Não precisa, pode ficar com esse — digo, recolhendo as bandejas vazias. Maya precisa dos clientes caros para sustentar seu hábito por butiques caras (especialmente após a recente devastação por seus pais terem cortado sua mesada), enquanto eu estou perfeitamente satisfeita com minhas roupas de brechó ou de lojas de revenda. Gosto do desafio de montar uma roupa recatada e *fashion* com um orçamento limitado, porque é disso que se trata meu blog.

— Não será necessário — Gina diz, entrando no salão de vendas. Ela vai até a vitrine da frente da loja e olha através do vidro. — É o filho do Joe. — Ela faz um gesto afirmativo com a cabeça, virando-se para nos encarar. — Aquele que vai assumir o negócio.

— Espera... *o quê?* — Maya arregala os olhos, em choque. — O que aconteceu com Joe?

— Câncer. — Então acrescento inclinando a cabeça: — Alguns dizem que foi intencional.

Maya parece confusa.

— O quê?

— O câncer — respondo.

Maya espera até que Gina não esteja olhando e gira o dedo ao lado da cabeça.

— Espera, o filho dele não mora em Nova York?

— Acho que não mora mais — digo, olhando para o relógio. A loja deve abrir em breve, e ainda não terminamos de esvaziar as bandejas. Tento trabalhar duas vezes mais rápido, já que está claro que a atenção de Gina e Maya está mais focada no novo proprietário entrando do que na preparação do mostruário.

A porta se abre e uma grande rajada de vento sopra para dentro.

— Bem-vindo, Sam. — Gina fala com a voz suave, dando um passo para trás. — Entre que irei apresentá-lo à equipe.

Dou uma engasgada ao engolir uma risada quando me viro — já que a "equipe" somos Maya e eu, e isso deve levar uns trinta segundos.

Um homem alto e bonito com ombros largos e pele bronzeada olha ao redor, cada gesto e olhar exalando uma confiança natural. Ele é grande e lindo, e quando olho melhor para ele, meu coração para.

Meu D'us. É ele. O muro com o qual trombei. O filantropo.

Pisco algumas vezes para ter certeza de que meus olhos estão funcionando enquanto meu corpo continua a ter um miniataque cardíaco.

Isso *não* é legal. É muito anormal. Era para ele ser o estranho sexy e misterioso que eu já tinha aceitado que não ia ver nunca mais. *Só que agora ele está aqui* e *é meu novo chefe? Isso é... uma encrenca.* Olho para o teto e envio uma mensagem telepática para D'us para que ele saiba que isso não é engraçado e para que ele me acorde desse pesadelo. Imediatamente.

— Acho que estou apaixonada — Maya sussurra, respirando fundo. — Quero me casar com este homem e ter filhos com ele. Quero comprar uma casa com cerca branca de madeira e ter um *goldendoodle*. Quero enxugar sua testa quando ele estiver doente e dar banhos com esponja nele.

Aparentemente, não sou a única mulher afetada por ele. Esfrego as têmporas e começo a dar alguns passos. Isso vai ser *tão* estranho. Tipo, uma das coisas mais bizarras da vida. A não ser que... É possível que ele não se lembre de mim? Talvez ele conheça tantas pessoas como filantropo/cara gostoso que seu cérebro não consegue catalogar todas.

Eles estão vindo para cá. *Ai, D'us, não estou me sentindo bem.*

— Estas são as nossas vendedoras, Maya e Penina — Gina diz, guiando-o em nossa direção. — Senhoritas, este é o filho de Joe, Sam.

Minha respiração fica presa na garganta. Sam. O nome dele é Sam.

Sei dizer o exato momento em que ele me reconhece, porque ele olha para mim e depois olha de novo, e sua boca se abre ligeiramente. Por um momento, ele fica lá, simplesmente olhando para mim, enquanto eu finjo estar fascinada pelo colar de pérolas de cordões do outro lado da loja.

— Muito prazer em conhecê-lo — Maya diz, dando um passo à frente para apertar a mão dele. Ela está usando um suéter decotado, que mostra o espaço entre os seios, uma calça justa e sapato de salto com textura que imita pele de jacaré. Se ela está falando sério sobre ter filhos com ele, não poderia estar com uma roupa melhor para obter uma vantagem inicial. — Se você tiver alguma dúvida ou precisar de alguma coisa — ela faz uma pausa e abana bem os cílios, provavelmente imaginando o banho com esponja —, por favor, não hesite em perguntar.

— Obrigado — ele murmura e, deve-se exaltar, não olha para o peito dela, mesmo que esteja praticamente pulando para cima e para baixo, gritando por atenção. Então ele se vira e dá um passo em minha direção. — Não peguei seu nome.

— Seus olhos fazem contato com os meus, e o ar do ambiente fica pesado, como se o oxigênio tivesse sido substituído por um cobertor grosso, dificultando a respiração. O sangue pulsa em minhas veias, e tenho que me apoiar no balcão, pois uma onda de tontura me atinge como um tsunami (e acredite em mim quando digo que desmaiar na vida real não é fofo como é nos filmes). Respiro fundo e tento imaginar como ele ficaria daqui a várias décadas, careca, barrigudo e curvado. Mas isso não adianta nada. Minha imaginação, normalmente fértil, está zombando da ideia de que Sam seria outra coisa que não uma versão mais velha de si mesmo, ainda conseguindo causar ataques cardíacos entre todas as velhinhas no lar de idosos.

— Penina — digo, então pigarreio, porque minha voz está inexplicavelmente rouca. O lado positivo, no entanto, é que ainda estou totalmente consciente. Então, isso é uma vitória.

— Penina — ele repete. — É hebraico?

Merda, ele está esperando que a gente tenha um diálogo? Fiquei de pé e disse meu nome, o que é bem impressionante, dado o choque. Não vejo razão para abusar da sorte.

— Sim, significa "pedra preciosa" ou "pérola". — Eu deveria parar por aí enquanto estou em vantagem, mas uma parte de mim não resiste a acrescentar: — Apropriado para o trabalho, certo?

— É perfeito — ele diz baixinho, de um jeito que me faz pensar que ele não estava apenas falando sobre a conexão entre meu trabalho e meu nome. O que é completamente absurdo e definitivamente coisa da minha cabeça, já que ele nem me conhece.

Ele estende a mão para mim, e eu o encaro em pânico, porque eu não deveria tocar homens. Ainda mais homens que parecem o pecado em forma de picolé (ok, inventei essa parte, mas você entendeu o que eu quis dizer). Apertos de mão, porém, são uma espécie de área cinzenta, especialmente se alguém está no trabalho, e já apertei a mão de muitos homens antes, só que nunca a *dele*.

Pare de ser uma esquisitona e cumprimente ele! É um momento rápido de pele com pele que é completamente desprovido de qualquer intenção sexual, é a própria definição de assexual. *Totalmente* inocente. Platônico com "P" maiúsculo. Só vai lá e faça isso – sem pensar demais.

Exalo o ar e jogo a mão na dele de um modo um pouco mais violento, tenho certeza, do que é considerado o normal. Felizmente, ele é forte e facilmente a agarra com firmeza dentro da dele, seus dedos se curvando sobre os meus. Uma corrente elétrica tão poderosa, e quase dolorosa, viaja de cima a baixo em meu corpo, e olho para ele me perguntando se ele também sente isso.

Pare de ser louca, Penina. Este é o seu novo chefe, não o Príncipe Encantado versão Cinquenta Tons que está aqui para salvá-la das garras de sua madrasta malvada (se bem que Gina seria uma grande vilã, e não duvido que ela me prenderia em um sótão se eu não terminasse minhas tarefas a tempo). Olho para nossas mãos entrelaçadas, observando como a dele é duas vezes maior e muito mais quente, praticamente um minigerador de calor. E, de acordo com Maya, o tamanho da mão de um homem é indicativo do tamanho de...

Fico vermelha e começo a suar. Ele já não deveria ter soltado minha mão? Quantos segundos são considerados o normal para um aperto de mão, e por que não sei essa informação? Um pouco hesitante, tento recuar, mas ele tem um aperto e tanto.

— Acredito que já nos encontramos antes — ele diz, erguendo uma sobrancelha de leve. Ele está tão perto que consigo ver cada pelinho da sua barba por fazer, e ele é ainda mais bonito do que eu lembrava. Há algo no jeito como ele olha que faz você se sentir como se fosse a única pessoa no ambiente. Talvez a única pessoa no universo.

— Sério? — digo, fingindo não lembrar. Não sei por que estou mentindo; talvez seja uma estratégia de sobrevivência? Ou talvez eu não esteja recebendo oxigênio suficiente no cérebro para fazer boas escolhas? — Não sei. Eu provavelmente tenho um desses rostos comuns.

— Não, foi você mesmo. Eu me lembro porque você estava falando sobre sexo a três com uma boneca sexual enquanto segurava um bebê na UTI neonatal.

Gina e Maya se engasgam, e eu rapidamente digo:

— Não, não foi bem assim. Quer dizer, foi, mas não fui *eu* quem fez o sexo a três, foi uma enfermeira. Mas não era um sexo a três de verdade...

— Que bom que sua memória voltou — Sam diz, e foi quando percebi que caí direitinho na armadilha dele.

— UTI neonatal? — Maya pergunta, confusa. — O que você estava fazendo lá?

— Como pode ser considerado sexo a três se a terceira pessoa nem é real? — Gina diz para mim, como se eu fosse *expert* nesse assunto.

— Por que você estava na UTI neonatal? — Maya repete a pergunta, olhando para mim como se eu fosse uma estranha.

— Só, sabe... estava passando por lá. — Eu tusso. Meu trabalho voluntário não é exatamente um segredo, mas, para garantir, prefiro que ninguém saiba que, no meu tempo livre, seguro bebês para preencher o buraco no meu coração. Até *eu* acho que soa patético, mesmo que não seja (talvez um pouco). Sam me encara com curiosidade, mas não me desmente.

— Passando por lá — Maya repete, inclinando a cabeça. Lembro-me tarde demais de que ela me disse uma vez que eu era a pior mentirosa que ela já tinha visto. — Você faz isso com frequência? Eles não têm segurança para lidar com pessoas como você?

Percebo que Sam ainda está segurando minha mão e, quando fazemos contato visual novamente, ele rapidamente a solta, como se estivesse prestes a explodir em chamas, e dá alguns passos para trás. Minha mão ainda formiga com o toque dele, e eu a agarro com a outra mão, tentando me livrar da sensação desconhecida correndo pelo meu corpo. *Malditos feromônios!*

— Não sei — digo, ficando pálida com as mentiras que continuam saindo da minha boca. A ala da UTI neonatal, na verdade, tem muita segurança para evitar sequestros. Mesmo eu, que fui liberada e tive os antecedentes verificados, não posso entrar no berçário até que uma enfermeira verifique visualmente através do vidro que sou eu mesma, e não alguém disfarçado de mim.

— Penina, quando esse estilo de vida alternativo começou? — Gina pergunta. — Eu nunca, *nunca* teria pensado que você, entre todas as pessoas…

— E seu pai? — Falo sem pensar, me virando para Sam, antes que Maya ou Gina possam continuar com o inquérito. — *Como está indo o câncer dele?* — pergunto, e imediatamente depois me encolho. Meu D'us, não acredito que acabei de fazer isso; como está indo o câncer dele? Como se estivesse perguntando se o balanço de golfe dele estava melhorando ou algo assim. *D'us!* Se eu pudesse voltar no tempo e refazer os últimos cinco minutos, diria a mim mesma para ir em frente e desmaiar.

— Ele está indo muito bem, de acordo com o médico — Sam responde com delicadeza. — Ele provavelmente vai viver mais do que todos nós.

Gina solta uma risada estridente e junta as mãos.

— Que notícia *maravilhosa*!

Franzo a testa para Gina, depois me viro para Sam e digo:

— Que ótimo!

Maya levanta o punho e grita:

— *Isso aí!*

E, ao contrário de Gina, somos sinceras.

— Mas câncer pode ser complicado — Gina reflete, parecendo pensativa. — Você nunca sabe quando as coisas podem… *mudar.* Vou manter minhas orações por ele. — Eu me contorço. Isso não tem como ser bom. Eu não ficaria surpresa se em vez de rezar pela recuperação dele, ela desejasse uma tortura prolongada. — E passe o tempo que precisar com ele — ela continua. — A loja funciona praticamente sozinha.

Tento não demonstrar alguma emoção, mas falho, e Sam olha brevemente para mim.

— Obrigado. Vou ter isso em mente.

— Vamos, senhoritas — Gina diz, batendo palmas como se fosse a chefe das líderes de torcida animando a equipe. — Há muito trabalho a ser feito.

— Prazer em conhecê-la, Maya — Sam diz inclinando a cabeça, e depois se vira para mim. — E prazer em conhecê-la formalmente, Penina. — Ele hesita e acrescenta: — Tenho uma reunião no hospital no final desta semana. Talvez eu a veja lá... se acontecer de você estar passando por lá.

Ele sorri e meu rosto irradia calor, e duas coisas se tornam instantaneamente óbvias: primeiro, Sam tem um senso de humor sádico e, segundo, ele não tem medo de usá-lo.

Que sorte a minha.

Cinco

> *"Moda é como comer, você precisa variar o cardápio."*
> — Kenzo Takada

É a primeira noite da Pêssach, e a sala de jantar dos meus pais está perfeita. Tudo brilha e reluz, desde o lustre de cristal e os castiçais até a miríade de taças de *kidush*[7] de prata de lei e os pratos correspondentes. A toalha de mesa da minha tataravó, com arabescos antiquados e brancos, é um dos poucos itens que vieram de sua casa de infância na Lituânia, e toda vez que ponho a mesa com ela, imagino como ela ficaria orgulhosa de saber que ainda está sendo usada.

---

7   A palavra hebraica *kidush* é traduzida como "santificação" ou "separação". É uma *mitzvá* declarar verbalmente o Shabat, o sétimo dia da semana, separado e sagrado. Isso normalmente é feito na sexta-feira à noite – uma vez durante as preces, e então novamente segurando uma taça de vinho antes da refeição noturna. Essa declaração de santificação é conhecida como *kidush*.

Apesar de toda a limpeza e tempo na cozinha envolvidos na preparação para esse feriado, ele sempre foi o meu favorito. É a única época do ano que minha família inteira se reúne, alguns deles vêm de longe, de Israel, e outros de mais perto, para celebrar o festival de oito dias.

E o melhor de tudo é que é uma oportunidade para se arrumar. Vejo isso como uma coisa boa, embora a maioria das outras mulheres que conheço discorde veementemente. Não entendo como alguém pode não gostar de usar um vestido chique, salto alto, joias e sombra esfumaçada. Minha mãe diz que sou uma aberração da natureza toda vez que entro em um lugar usando saltos altíssimos. Ela gosta de me lembrar de todas as maneiras possíveis pelas quais estou causando danos permanentes aos pés – exceto quando ela precisa de algo de uma das prateleiras altas da cozinha ou da despensa. Nesse caso, ela é toda sorrisos e encanto.

Hoje estou com um vestido transpassado malva com brincos de ouro *rosé*, e meu cabelo está preso de um lado por duas presilhas de folhas douradas. Fiz uma maquiagem leve, exceto nos lábios, que estão pintados de um vermelho intenso vivo, e meus sapatos são scarpins de camurça cor de cappuccino.

Olho ao redor da mesa de meus pais e sorrio para a mistura de parentes, desde os mais novos até os bem mais velhos, além de algumas pessoas que não são da família que minha mãe convenceu a se juntarem a nós. Minha mãe não fica contente até que tenha alguns judeus não praticantes em nossa mesa a cada *Shabat*[8] e outros feriados. Nosso ramo do judaísmo acredita que toda vez que um judeu cumpre um mandamento, não importa o quão trivial possa parecer, a alma dessa pessoa fica mais próxima do Criador – até mesmo algo tão pequeno quanto dizer "amém" depois de uma bênção. E por também ser um mandamento ser mais gentil ainda com viúvas, órfãos e pessoas pobres, minha mãe não fica feliz se não tiver alguns deles à mesa também.

— Você quer mais vinho? — Natan se vira para Libby, gesticulando para seu *cabernet* favorito. Ele sempre foi um marido atencioso, mas esta noite está ainda mais solícito do que o habitual, embora não seja preciso ser um gênio para descobrir o porquê. — Me dê sua taça.

— Posso servir para mim mesma — Libby responde com firmeza. — Obrigada — ela acrescenta, como se tivesse pensado melhor e não quisesse parecer rude, apenas um pouco chateada.

A expressão de Natan fica um pouco triste quando ele passa o vinho para ela. Meu coração fica partido vendo os dois — tenho dificuldade em ficar brava com alguém por muito tempo, Libby, por outro lado, pode aguentar mais antes de ceder.

---

8   É o dia de descanso semanal no judaísmo, simbolizando o sétimo dia no Gênesis, após os seis dias da Criação. Começa no pôr do sol da sexta-feira e vai até o pôr do sol do sábado. A observância do *Shabat* na religião judaica implica abster-se de atividades laborais, muitas vezes com grande rigor, e se engajar em atividades repousantes para dignificar o dia.

Recordo a única vez que nossos pais nos botaram de castigo. A amiga de Libby convenceu um grupo a invadir a escola ortodoxa para meninos e fazer um vandalismo leve, que envolveu grandes quantidades de creme de barbear e mel (foi *hilário* e valeu a pena ficar de castigo). Mas Libby não concordou. Ela estava tão chateada por estar de castigo que se recusou a falar com nossos pais por duas semanas seguidas. Concordei em fazer o mesmo, mas só durou uns dez minutos antes de eu ceder e perguntar à minha mãe o que tinha para o jantar.

Ainda estou irritada, é claro, por Natan tê-los colocado nessa situação, mas depois que a onda inicial de fúria passou, estou focada em tentar achar uma solução, tanto para a casa deles quanto para o casamento.

— Como estão seus pais, Natan? — pergunto, tentando consertar o silêncio tenso na nossa extremidade da mesa. — Seu pai está melhor? Ele fez uma cirurgia no joelho, né?

Os olhos escuros e expressivos de Natan olham na direção de Libby por apenas um instante.

— Sim, ele está muito melhor. Minha mãe anda fazendo muita coisa que ele normalmente faz, e agora ela diz que é ela que precisa de cirurgia no joelho, mas eu…

— Por favor, passe a salmoura[9], Penina — Libby o interrompe em voz alta.

Percebo a expressão de mágoa no rosto de Natan e ele olha para o prato, como um cachorrinho repreendido. Suspiro e entrego a tigela para ela.

— O que você estava dizendo Natan?

— Nada — ele murmura, balançando a cabeça. — Não é nada importante.

— Assim como perder nossa casa, aparentemente. — Libby murmura, esfaqueando seu ovo cozido na salmoura.

Dou um chute nela debaixo da mesa, mas acabo sem querer machucando a viúva russa ao lado dela.

— Desculpe. Queria chutar minha irmã — digo, então me lembro que o inglês dela é ainda pior do que o meu hebraico. Aponto para Libby e digo: — *Cyka.* — Meu vocabulário russo é limitado a palavrões, já que quem me ensinou foi uma criança de nove anos, então "vaca" é a coisa mais próxima de "foi culpa dela". Infelizmente, tanto a viúva quanto Libby me olham como se eu tivesse enlouquecido.

— Estou com fome. — Asher, meu sobrinho de seis anos, fala de sua cadeira mais baixa. — Quando é que a comida de verdade sai?

Um estudante universitário que minha mãe tinha conhecido na mercearia, confuso em frente às embalagens de bolinho de matzá, olha para cima de sua Hagadá, o livro do Êxodo.

—Ah, então esta não é a refeição completa? — ele diz, claramente aliviado.

---

9 O costume é mergulhar um vegetal, geralmente salsão ou aipo, em água salgada simbolizando as lágrimas que os judeus derramaram durante sua escravidão.

Minha mãe ri.

— Não, não vou mandar você para casa apenas com matzá e alface no estômago. Vamos comer logo depois que terminarmos a parte da história.

O rosto do estudante visivelmente se ilumina.

— Ótimo! Não que haja algo de errado apenas com matzá e alface — ele acrescenta depressa. — Estou cheio só de comer isso.

Minha mãe sorri, e meu tio de Nova Jersey, que tem reputação tanto por seu sarcasmo quanto por tentar acelerar o Seder[10] de Pêssach, diz:

— Não se preocupe. Temos pelo menos três horas antes da refeição ser servida. Muito tempo para abrir o apetite.

— Você está assustando o rapaz — minha mãe diz.

— Imagina — o estudante universitário diz, rindo. — Reconheço uma piada quando ouço uma.

Toda a minha família ri, sabendo muito bem que serão pelo *menos* duas horas antes da refeição. O que eu posso dizer? Ser judeu é sofrer.

— Passa rápido — diz meu pai, dando um tapinha no ombro do jovem confuso.

— Ainda estou com foooome — Asher lembra a todos.

— Venha comigo, *yingelehs*[11]. — Minha mãe se levanta da mesa e acena para os meninos. — Vou pegar algo para vocês comerem.

Meu pai instrui a todos que quebrem o matzá ao meio, e eu me levanto e sigo minha mãe até a cozinha. Meus sobrinhos são adoráveis, mas definitivamente dão trabalho, e minha mãe nunca percebe que está exagerando até que as costas saiam do lugar ou sua artrite piore.

— Quem quer almôndegas? — ela pergunta, servindo algumas em um prato.

— Eu, eu! — os meninos gritam, pulando.

— Pode deixar, mãe, eu cuido disso — digo, tirando as luvas de forno de suas mãos. — Sente-se e relaxe. Eu cuido das crianças.

— Tem certeza? — Ela é um furacão, puxando tigelas do armário, mexendo a panela de canja de galinha, guardando utensílios sob a pia.

— Afirmativo — respondo, tirando as tigelas dela.

— Como está todo mundo? — ela pergunta, me dando um olhar de advertência. Por "todo mundo" estou supondo que ela quer dizer Libby e Natan, que ela sabe que estão sentados perto de mim. Minha mãe é uma daquelas pessoas que pode dizer como uma pessoa está se sentindo apenas olhando para ela, embora, para ser justa, Libby nunca foi muito boa em esconder suas emoções. Assim como eu — deve ser uma dessas anomalias genéticas.

---

10 O Seder é uma maratona festiva que inclui ler, beber vinho, contar histórias, comer alimentos especiais e cantar.

11 Palavra em iídiche para menino.

— Há. Mais ou menos — respondo, pegando uma bandeja de cachorros-quentes. — Estou um pouco preocupada. Aqui, meninos, me deem os pratos.

Minha mãe acaba ficando para ajudar, mesmo que eu tenha feito o meu melhor para afugentá-la. Depois que os meninos saem da cozinha carregando pratos cheios de comida, ela cobre tudo e coloca de volta no forno para manter a comida aquecida para os adultos.

— Você deveria estar relaxando e entretendo seus convidados — digo, pegando os últimos pratos antes que ela os pegue. — Eu conheço sua cozinha.

— Eu sei, eu sei — ela diz fechando a geladeira. — Não consigo evitar. A propósito — ela diz olhando em volta e baixando a voz —, você sabe por que Libby está chateada?

Passo a mão na nuca tentando descobrir como responder. Não quero mentir, mas também não quero trair a confiança de Libby. Uma grande parte de mim — ok, tudo bem, *tudo* de mim — está morrendo de vontade de descarregar isso nela. Não é fácil carregar sozinha a responsabilidade desse fardo.

— Você sabe?

Ela balança a cabeça, cobrindo uma panela com papel alumínio.

— Não deve ser nada. Talvez ela tenha ficado acordada à noite por causa do bebê.

Minha mãe sempre foi da opinião de que uma boa noite de sono é o que separa as pessoas racionais daquelas que estão internadas, e, embora eu concorde que o sono é importante, não acho que seja a solução para todos os problemas. Principalmente nesse caso.

— Não, acho que ela já dorme a noite toda agora — digo, dobrando um papel alumínio e cobrindo os brownies. — Talvez você possa tentar falar com ela — sugiro, guiando a testemunha.

Minha mãe coloca canja de galinha em uma tigela e me entrega.

— Vou tentar. Aqui, dê isso a Savtah — ela diz, referindo-se à mãe do meu pai.

Coloco a sopa na frente da minha avó e puxo uma cadeira para alimentá-la. Com os problemas do Parkinson e de audição, ela precisa de muita assistência.

Quando olho de novo para Libby e Natan, fico aliviada ao ver que Libby está tentando não sorrir enquanto Natan sussurra algo em seu ouvido.

— Está gostoso, Savtah? — pergunto, limpando os cantos de sua boca com um guardanapo.

— O quê?

— *Está gostoso?* — repito mais alto.

Seus olhos varrem meu rosto.

— É espantoso? Mas que diabos?

Olho impotente para o meu avô, que felizmente ainda tem boa audição e está são (mas, infelizmente para os habitantes de Minneapolis, também ainda tem carteira de motorista).

— Só concorda e sorri, Peninaleh — ele diz.

Sigo seu conselho, e minha avó continua comendo com relativa satisfação. Às vezes eu me pergunto se ela está nos zoando e pode, de fato, ouvir perfeitamente bem. Eu não a culparia se ela fizesse isso – na verdade, acho que é uma maneira brilhante de ficar fora do drama. Assim que eu fizer oitenta anos, vou me certificar de ter problemas de audição e alguns problemas para andar também. Cara, mal posso esperar para usar uma daquelas *scooters* com uma cestinha. Estou de olho nessas gracinhas há anos.

Mas, enquanto isso, minha audição e equilíbrio são perfeitos, o que significa que estou envolvida em muito, muito drama.

* * *

Dois dias depois, estou dirigindo para o trabalho, me esforçando para enxergar com um temporal caindo contra o para-brisa. É um trajeto lento e doloroso, com muitos atrasos no trânsito e alguns acidentes. As pessoas estão descontando sua frustração grudando na traseira dos carros e buzinando e, em várias ocasiões, fazendo o gesto com o dedo médio. Ok, tudo bem – talvez tenha sido eu.

Entro na loja e passo a mão pelo cabelo molhado, já me arrependendo do tempo que passei enrolando-o. São vinte minutos da minha vida que nunca mais terei de volta.

— Jeong é literalmente a pessoa mais estúpida que eu já conheci — Gina diz me saudando enquanto tiro a capa de chuva.

— Mmm — digo, duvidando seriamente da validade dessa afirmação. Jeong, nora de Gina há dois anos, formou-se em administração de empresas por uma instituição que não é exatamente conhecida por formar idiotas.

Ela passa esbarrando por mim, fazendo cara feia e equilibrando três bandejas de joias.

— E ela é egoísta — continua Gina com um brilho de raiva nos olhos. Ela faz uma pausa, depois acena com uma unha vermelho-sangue em minha direção. — Eu queria que Will tivesse se casado com uma garota como você. Você teria sido minha nora dos sonhos.

Minha respiração fica presa na garganta e coloco a mão no peito. Acho que essa é a coisa mais legal que Gina já me disse.

— Obrigada, Gina — digo, emocionada. — Que coisa adorável para...

— Você é tão fácil de manipular — ela continua, passando os dedos em um de seus brincos de argola. Ela vê minha expressão através do reflexo do espelho e diz: — O quê? É um elogio. Significa que você é inocente.

Aham. Pelo menos agora sei que é Gina mesmo, e não algum alienígena que abduziu seu corpo.

Vou ao salão de vendas da loja e começo a preparar tudo para o dia. Alguns minutos depois, a porta da frente se abre, e sei sem precisar olhar que é Maya, já que ela aparece para trabalhar de dez a vinte minutos depois do que deveria todos os dias.

— Bom dia, vaso de sexo — falo, usando seu apelido do ensino médio.

O colar extremamente raro de alexandrita de Orissa brilha com abundância de sua almofada de veludo. Observar as pedras mudarem de verde vibrante para vermelho sob a luz incandescente embutida na vitrine é tão inspirador que chega a ser uma experiência quase espiritual. Se você é a louca das joias como eu, é sim.

— Olá, Penina — uma voz masculina grave flutua pelo ar.

Eu me assusto e bato um lado da cabeça na quina do vidro do mostruário. *Ai, isso dói.* Levanto a cabeça e olho para ninguém menos que Sam Kleinfeld.

— Tudo bem? — Com uma camisa azul-prussiano e calça social que realça sua cintura esbelta e abraça suas pernas compridas e musculosas, ele poderia facilmente adornar a capa de uma revista masculina.

Ele deve pensar que sou a pessoa mais desastrada que ele já conheceu. Já machuquei a cabeça duas vezes na frente dele. Controlando o desejo de esfregar o ponto dolorido na cabeça, respondo:

— Eu planejava fazer isso.

Seus lábios se torcem nos cantos como se ele estivesse tentando não rir.

— Deve ter gelo na geladeira.

— Estou bem — digo, ignorando a dor. Além disso, tenho um estoque de remédios na bolsa que vou tomar assim que ele sair. Esta é a primeira vez que ele volta à loja desde a apresentação há duas semanas. Com seus outros negócios em Nova York e os cuidados com o pai, ele deixou claro que não iríamos vê-lo com muita frequência. Acho que supus que "não com muita frequência" significava uma vez a cada três meses, não a cada duas semanas.

Seus olhos mergulham para o meio da minha blusa e se arregalam antes de desviar depressa para longe.

Não acho que meu peito seja digno de uma reação tão alarmante, mas talvez eu esteja me desvalorizando.

Sam pigarreia e cruza os braços. Seu rosto ficou rosado.

— Sua... — ele começa a dizer e para.

— O quê? — Inclino a cabeça.

Ele esfrega a mão no rosto e exala pesadamente. Então, mantendo os olhos fixos nos meus, ele diz:

— Sua blusa. Os botões estão, há... — Ele interrompe e faz um gesto vago com a mão.

Olho para baixo e, horrorizada, vejo que os dois botões do meio se abriram, expondo meu sutiã preto de renda.

Ai. Meu. D'us.

Rapidamente me viro e aboto a blusa, me sentindo exposta de diversas maneiras. Este deve ser um recorde de encontro mais vergonhoso com o novo chefe no primeiro dia de trabalho. Primeiro, eu o chamo de vaso de sexo, aí bato a cabeça, e então ele tem uma visão privilegiada do meu decote, tudo nos primeiros cinco minutos depois de chegar.

Trabalho impressionante, Penina. Muito bem.

— Desculpe, eu geralmente não sou assim... — minha voz vai baixando enquanto aboto o último botão e então me viro. Como posso explicar para ele que meus seios grandes pressionam os botões da blusa sem dizer que meus seios grandes pressionam os botões? — O problema é que nunca usei essa blusa antes e às vezes com blusas novas, não sei se... bom, você não ia entender — falo de modo acelerado com um aceno de mão. Ele apoia o quadril no balcão e inclina a cabeça, ouvindo atentamente. — É coisa de mulher. Uma coisa tipo anatômica. Você já estudou anatomia? — Claramente, meu cérebro normal está fazendo um intervalo e o substituto tem zero habilidades sociais.

Há uma pausa longa, como se ele estivesse se esforçando para processar o que eu disse ou se esforçando para elaborar uma resposta apropriada. Sinceramente, não o culpo. Sou um desastre ambulante e tagarela. Talvez seja culpa dele – sim, vamos deixar essa culpa com ele. Deve haver uma doença ou transtorno de personalidade que faz você dizer as coisas mais embaraçosas e estranhas quando seu chefe desconcertantemente sexy está por perto. Síndrome de Sam Kleinfeld soa bem.

Ele analisa algum ponto invisível perto da minha orelha esquerda e diz:

— Um alfinete ajudaria?

— O material é delicado, e prefiro não fazer um buraco nele.

Seu olhar viaja do meu ouvido para meus olhos.

— Você prefere arriscar deixar os botões abrirem novamente?

— Bem, não. Claro que não. — Na verdade, sim, eu preferiria. Alfinetes causam muito mais danos do que as pessoas imaginam; eles esticam o material e deixam uma marca permanente. É assunto sério. — Mas entre ir para casa trocar de roupa ou pegar sua camisa emprestada, não vejo outra alternativa. E não vou usar alfinete — reitero.

Ele faz uma cara feia. Tento arrumar minha expressão facial para parecer ao mesmo tempo compreensiva e assertiva, mas é difícil dizer se estou conseguindo ou não. Então, quando acho que ele está prestes a admitir a derrota, ele solta a camisa e começa a desabotoá-la.

— *Opa, opa.* — Engulo em seco. — Talvez devêssemos conversar sobre isso.

— O que há para conversar? Você não vai usar um alfinete, a loja logo vai abrir, e Maya está convenientemente ausente.

— Eu estava brincando sobre usar sua camisa. Quer dizer, olhe para você — afirmo, gesticulando em direção a ele. — Você é tipo, tamanho monstro e eu sou tamanho humano. Sem mencionar que esse azul contrasta demais com a minha saia lilás, e não de um jeito bonito.

— Você vai sobreviver.

Reviro os olhos.

— Não estou preocupada em sobreviver, mas tenho certos padrões de moda que tento atender e... *Ai, meu D'us!* — Fico paralisada por um longo momento, então me viro mais rápido que a velocidade da luz. Meu rosto e mãos estão suados, e estou respirando rápido demais, mas tento me recuperar da bela olhada para o peito masculino mais perfeito que já vi. Sua pele bronzeada tem uma trilha de pelos pretos encaracolados que leva ao umbigo, e seus músculos abdominais são escandalosamente definidos. É como se ele tivesse decidido que um abdômen delineado não serviria, então ele o trocou por um superdefinido. O corpo dele é i-na-cre-di-tá-vel.

— Pense rápido — ele diz, e em nanossegundos sua camisa bate na parte de trás da minha cabeça e cai no chão.

Não acredito que ele está levando isso a sério. Deveria haver leis que protegem as funcionárias de serem forçadas a usar a roupa do chefe.

— O que você vai vestir? — pergunto, colocando um braço na manga da camisa.

— Tem uma jaqueta velha do meu pai no escritório dele — ele diz por cima do ombro. — E quando eu voltar, vamos ter uma conversa rápida.

Um sentimento ruim surge no fundo do meu estômago enquanto aboto a camisa. Nada de bom pode vir depois de uma frase como essa. Pelo menos ele vai estar coberto em vez de ficar lá parecendo que acabou de sair de um bolo de despedida de solteira.

— Então, veja — ele diz, cerca de trinta segundos depois, ressurgindo com uma jaqueta que é pelo menos dez tamanhos menor.

— Você não é... — Ele para e inclina a cabeça, os olhos percorrendo a camisa dele que estou usando. Peguei as duas pontas inferiores, levei até a cintura e as amarrei com um nó. É o melhor que pude fazer em tão pouco tempo, mas está muito longe de uma aparência normal.

Decido dizer o óbvio.

— Nós dois estamos horríveis.

Ele pigarreia.

— Está bonitinho. Eu gosto... — sua voz diminui e ele aponta para o laço solto na parte inferior da camisa.

Balanço a cabeça. Claramente, ele não tem noção de moda e não é possível confiar nele.

— Normalmente, gosto de um desafio, mas acho que não vou postar esse visual específico na minha rede social.

Seus lábios se contorcem, como se ele estivesse lutando consigo mesmo para não rir.

— Você costuma postar fotos das suas roupas, então?

Aceno a cabeça afirmativamente e, com minha melhor voz de apresentador de jornal, digo:

— Eu sou meio importante.

Ele ri.

— É mesmo?

A visão de seu sorriso me pega desprevenida. Ele transforma completamente o rosto dele em algo indescritivelmente fascinante, fazendo-o parecer mais humano e menos uma figura de autoridade. Seu sorriso vacila enquanto seus olhos permanecem fixos nos meus, e eu me pergunto no que ele está pensando. Meus olhos estão secos e coçando, e estou tentando lembrar se tomei meu antialérgico esta manhã.

— Sobre o que você queria conversar? — pergunto, coçando o canto de um olho.

— Ah, sim. — Ele pisca e exala pesadamente, depois passa a mão pelo cabelo. Ele parece precisar de um momento para se recompor e organizar os pensamentos.

— Penina, no local de trabalho há um certo nível de ética de conduta. Não apenas para ações adequadas e como nos vestimos, mas também para a maneira como falamos.

Ele está falando sério? Meu olho começa a queimar e eu o coço com mais vigor.

— Você está me dando um sermão sobre ética quando ambos sabemos que você não tem nada por baixo dessa jaqueta?

Ele aperta os lábios, para reprimir o riso ou palavrões.

— Vou ignorar isso.

— Eu não fiz nada de errado — digo, principalmente para mim mesma. — É por causa da minha blusa?

— Não, isso já passou — ele responde. — É porque você me chamou de vaso de sexo quando entrei aqui hoje.

Abro a boca espantada, e talvez eu tenha soltado um ruído de protesto, mas não tenho certeza.

— Não, não, não, não foi isso que eu…

— Não terminei — ele diz, me interrompendo. — Quaisquer referências sexuais, seja com humanos ou bonecas, não pertencem ao ambiente de trabalho. O que você faz na sua vida pessoal é da sua conta, mas quando você está aqui, você representa a empresa. Concorda?

Minhas orelhas e meu rosto estão fervendo, e minhas mãos estão fechadas ao lado do corpo. Como ele ousa trazer à tona a orgia da boneca sexual de novo? Quero dizer, ele nem me deu a chance de explicar! Ele está agindo como um ditador. Ele deveria ter me *perguntado* sobre isso, perguntado se houve um mal-entendido, o que obviamente foi o caso!

— E, por favor, refira-se a mim como senhor Kleinfeld. — Ele faz uma pausa e acrescenta: — Estamos entendidos?

Fico boquiaberta. *Estamos entendidos? Devo bater os calcanhares e bater continência?*

— Você não pode estar falando sério — digo.

— Na verdade, estou.

Aponto para o meu rosto.

— Olhe nos meus olhos e diga que você acha mesmo que te chamei de vaso de sexo.

— Eu acho mesmo que você me chamou de vaso de sexo — ele diz sem interromper o contato visual.

Eu o encaro, incrédula. Pareço alguém que faz sexo com bonecas e que seria burra o suficiente para chamar o chefe por um apelido sexual?

— Isso é ridículo! Eu nem sei o que é um vaso de sexo! Não dá para colocar sexo em um vaso…

Ele interrompe dizendo:

— Mais uma vez, não é apropriado. Olha, sei que isso é desconfortável…

— Para você talvez. Não sou eu quem está sendo um completo *idiota*.

Ele bate os dedos no balcão.

— Penina.

— Por favor, refira-se a mim apenas como senhorita Kalish.

Ele passa a mão pelo rosto e murmura algo que soa como "caralho", mas não tenho certeza. Temos um momento silencioso, tipo uma brincadeira de olho no olho sem piscar, mas é difícil dizer quem está ganhando porque nós dois piscamos várias vezes.

A porta se abre e Maya diz:

— Mamãe chegou, vadias! E adivinha? Tenho ótimas notícias. — Ela entra e para ao ver Sam encostado no balcão de mostruário vestido com uma jaqueta muito pequena para ele. Sua boca abre um pouco com o choque. — Ah! Oi.

— Olá, Maya. — Sam faz um gesto com a cabeça. — Tudo bem?

— Claro! Tudo ótimo. — Ela me vê e acena, mas estou agitadíssima e só consigo fazer um movimento de braço sem muita convicção. E então percebo que tudo vai ficar bem porque Maya sabe a verdade.

— *Ela é* o verdadeiro vaso de sexo! — exclamo, apontando para Maya. — Ela tinha esse apel…

Sam me dá um olhar desapontado.

— Nós não acabamos de concordar que essa palavra não pertence ao ambiente de trabalho? — Abro a boca para discutir, mas ele levanta a mão para me silenciar, algo que ninguém faz comigo desde a escola primária, e diz a Maya: — Sua família está bem?

Ela para de desabotoar o casaco e olha para ele, surpresa.

— Há, acho que sim. Desde a última vez que falei com eles. Claro, já faz um tempo desde que falei com o Timmy Grandão, e não vejo a tia Jennifer desde que a June teve nove filhotes. E, obviamente, não tenho nada a ver com os gêmeos por causa do que aconteceu no último Dia de Ação de Graças. Quero dizer, eu perdoo o tio Bobby por batizar a limonada e esquecer de avisar, mas como...

— Ela vem com um botão de desligar? — ele pergunta para mim em voz baixa enquanto ela continua a tagarelar.

— Ela só faz isso quando está nervosa — sussurro de volta. — O que raramente acontece. — Decido pisar no seu calo. — Você é muito intimidante.

Ele abaixa a cabeça, agradecendo.

— Obrigado.

— Não é um elogio. — Olho para ele, mas ele não percebe, pois está se aproximando de Maya.

— Como está o seu carro? — ele pergunta quando ela faz uma pausa para respirar. — Está funcionando?

Maya me lança um olhar que grita *"socorro"*, como se soubesse que esse trem está prestes a descarrilar, e só eu pudesse salvá-la. Infelizmente, tenho meus próprios problemas.

— Há, sim — ela diz em voz baixa, direcionando o olhar nervosamente de volta para ele —, embora às vezes faça um barulho estridente, e acenda uma luz azul no painel, mas não tenho ideia do que isso significa; é tipo um triângulo invertido...

— Então — ele interrompe, perdendo a paciência, olhando para o relógio *Rolex* antes de encará-la com um olhar severo —, não há nenhuma boa razão para você chegar quarenta e cinco minutos atrasada.

Maya respira fundo, e eu me encolho em solidariedade. Praticamente consigo ver as engrenagens internas de sua mente enquanto ela se esforça para inventar uma boa desculpa.

Sam balança nos calcanhares.

— Olha, Maya. Sei que pode ser difícil...

— É a Gina! — ela deixa escapar. Sam levanta uma sobrancelha e faz uma pausa, o que ela interpreta como um convite para continuar. — Ela sempre faz um fuzuê sobre a hora que chego para trabalhar, e isso me estressa muito. Está afetando meu ritmo circadiano e minhas relações interpessoais. Está afetando até a minha saúde — ela diz, e solta uma tosse falsa na curva do cotovelo.

Ela está forçando um pouco a barra, na minha opinião, mas mostro uma expressão solidária para fazer parecer que acredito em cada palavra.

— Interessante — Sam reflete, passando a mão no queixo. — Penina não parece ter esse problema.

Verdade. Posso chamar meu chefe por apelidos sexuais e mostrar o decote, mas pelo menos chego na hora. Um viva para mim.

— Mas essa não é uma comparação justa, porque Penina tem uma vida absurdamente monótona. — Ela se vira para mim, coloca as mãos em concha na boca e sussurra: — Sem querer ofender.

Aperto a mandíbula.

— Não ofendeu.

— Veja, eu tenho que equilibrar trabalho, amizades, minha vida amorosa muito ativa, um vício em compras *on-line*, minhas leituras psíquicas, insônia. — Maya pausa para respirar fundo, depois expira lentamente e belisca a ponte do nariz. — Eu realmente estou tendo que equilibrar muitos pratos neste momento.

— Deixe-me ver se entendi direito. — Sam passa o polegar pelo lábio inferior, parecendo pensativo. — Penina chega no horário apenas porque não faz nada fora do trabalho. Ela não estaria… ah, não sei — ele encolhe os ombros —, voluntariando-se em um hospital, confortando crianças doentes, por exemplo. Nada disso.

Olho para o teto. Ele vai jogar isso na minha cara pelo resto da vida agora que sabe que é segredo.

— Exatamente. Não que haja algo de errado em ser entediante — Maya acrescenta, me jogando umas migalhas.

— Você é muito gentil — digo com os olhos semicerrados.

Sam passa a mão pelos cabelos grossos e escuros e a enfia no bolso da calça.

— Veja bem — ele diz, olhando para nós duas —, é importante que todos cheguem para o trabalho na hora, todos os dias. Se há algo acontecendo que torna isso difícil, então vamos falar mais sobre isso. Tudo bem?

— Adoraria falar mais sobre isso com você — Maya fala com a voz mansa, caminhando de um jeito sedutor em direção a ele com um vestido preto justo que deixa pouco para a imaginação. — Diga a hora e o lugar, e eu estarei lá.

Pensei que ela tivesse dito que nada assusta os caras mais rápido do que deixá-los saber que você está interessada, e ela não poderia ter sido mais óbvia nem se tivesse pulado no colo dele completamente nua. Talvez seus hormônios tenham dominado suas ações. Porém, sua teoria deve estar certa, porque ele não diz nada. Em vez disso, ele literalmente se vira e se afasta.

— Ah, e Penina? — ele diz, voltando.

Merda.

— Sim?

— Lembre-se de me chamar de senhor Kleinfeld e não — ele se contrai e faz um movimento circular com a mão —, você sabe…

Minha boca abre e fecha como a de um peixe. Dezenas de palavras estão na ponta da minha língua, mas quando estou pronta para usar qualquer uma delas, ele já se virou e foi embora. Olho para Maya, que está cantarolando enquanto pendura o casaco, obviamente já tendo superado o sermão de Sam.

Sinceramente, meio que gostaria de ter chegado atrasada também.

Seis

"Em caso de dúvida, use vermelho."
— **Bill Blass**

O cheiro de salsicha grelhada e hambúrguer paira pelo ar no parque, e os membros da nossa sinagoga fazem fila na mesa do bufê para a celebração anual de *Lag Ba'Omer*[12]. E, como em todos os jantares e eventos da sinagoga, sou um dos voluntários com quem se pode contar para preparar a comida, servi-la e ajudar na limpeza. Além das coisas que ninguém mais quer fazer, como levar um par de dentaduras de volta para um congregado idoso às dez horas da noite porque ele as deixou em uma jarra dentro do banheiro masculino.

Estou me sentindo bem com uma roupa veranil: blusa vermelha de manga bufante, saia godê floral e sandálias plataforma rosa *pink*. Escolhi acessórios mais simples: um par de brincos pendentes e alguns anéis dourados. Mas mesmo que esteja vestida para o sucesso, estou me sentindo mal e cansada depois de uma noite com cinco dos meus velhos amigos da faculdade e alguns de seus cônjuges/parceiros. Nos encontramos em um bar/restaurante, onde tomei uma cerveja enquanto todo mundo comia hambúrgueres de dar água na boca e bifes e batatas fritas – exceto por um amigo vegano que beliscava uma salada. Apesar do fato de que eu estava sendo torturada pela tentadora comida não *kosher*, foi muito divertido colocar a conversa em dia com todos. Amo como o tempo não afeta o fato de ficarmos à vontade uns com os outros. Somos tão patetas e imaturos quanto na época em que fazíamos aulas de inglês e psicologia, e me pergunto se sempre teremos essa relação descomplicada, mesmo na velhice.

— Batata frita? — pergunto ao senhor Blau, com o pegador na mão. Ele estende o prato.

— Como você está, Penina?

— Ótima. — Sirvo uma grande porção de batatas fritas no prato dele. — E o senhor?

---

12 *Lag Ba'Omer*, o 33º dia da contagem de Omer é um dia festivo no calendário judaico. É comemorado com passeios em que as crianças brincam com arcos e flechas, fogueiras e desfiles.

— Nada mal. Nada mal. — Ele gesticula para a pança. — Eu deveria estar cuidando do meu colesterol e fazendo mais exercícios, mas fora isso, não posso reclamar.

— Legal — respondo, e pego uma porção de batatas fritas para a próxima pessoa na fila.

— Você sabia que minha Tamar teve seu quarto filho há alguns dias?

— Ah, é? — Olho para ele e sorrio. — *Mazel tov*! Menino ou menina?

— Menina. — Ele coça um lado da cabeça. — Mas me ajuda a lembrar aqui, você estava na série dela? Ou ela estava uma acima de você?

Tenho certeza de que ele sabe, mas por que não agradar o cara? Se ele fica feliz em mostrar que a filha tem um casamento feliz com quatro filhos, enquanto eu estou aqui, solteira e sem filhos, então fico feliz em atendê-lo.

— Ela estava duas séries abaixo de mim.

— Abaixo de você, hein? — A fila de pessoas está crescendo, mas ele parece não notar. — Bem, um dia vai acontecer com você, se D'us quiser. — Ele dá alguns passos à frente, e estou prestes a dar um suspiro de alívio, quando ele se vira e acrescenta: — Milagres acontecem.

— Amém — murmuro, pensando que é um milagre que sua família não o tenha abandonado "acidentalmente" no meio do nada em uma noite fria de inverno.

A hora seguinte se arrasta enquanto converso e sirvo comida. É uma comunidade pequena, e quase todos se conhecem desde criança, então parece uma grande família. O que é, você sabe, bom e ruim. Bom porque você sabe que eles vão te apoiar se você precisar de ajuda ou apoio, mas ruim se você não quiser as pessoas se metendo na sua vida. Outro dia, por exemplo, todo mundo ficou sabendo que o filho do rabino estava fumando maconha no estacionamento da sinagoga antes mesmo que o garoto pudesse terminar o baseado. Ou quando Yoeli Horowitz teve um colapso nervoso e deixou temporariamente a esposa com quem era casado há vinte anos porque se apaixonou por uma auxiliar de dentista.

Nos intervalos em que não estou servindo ninguém, vejo meus sobrinhos correndo em direção ao parquinho, com minha mãe e Libby logo atrás conversando. Meu estômago se contrai quando imagino Libby, Natan e as crianças sendo forçados a se mudar para a casa minúscula de meus pais. Vasculhei a internet, tentando pensar em ideias para ganhar muito dinheiro rápido, mas até agora trapacear no bingo ou fazer *striptease* em *Bar Mitzvás* foi tudo o que encontrei.

Dou um pulo de susto quando sinto o tecido da minha blusa ser beliscado e ouço uma voz familiar dizer:

— Me esconda.

Viro o pescoço. É Fraydie, e há pânico refletido nos olhos castanhos da minha irmã.

— O quê? Por quê?

— Porque — ela sussurra, espiando por baixo da manga da minha blusa — a fofoqueira da aldeia está me assediando.

— Quem?

— *Senhora Zelikovitch*, quem mais? Ah, merda, acho que ela me viu. — Fraydie se abaixa e rasteja sob a mesa do bufê como uma tropa sob fogo. — Eu não estou aqui — ela sussurra, fazendo uma pilha de caixas de papelão na frente dela. — Se ela perguntar, diga que me mudei para o Alasca e me juntei a uma colônia budista.

— Acho que você quer dizer mosteiro.

Fraydie solta um barulho impaciente pela garganta.

— Não é a hora, Penina.

Fraydie sempre faz o inesperado, mas isso é um pouco demais, mesmo para ela.

— Apenas diga a ela que você não está interessada — digo. Fraydie não tem muita timidez para dizer às pessoas o que pensa, então não sei por que de repente ela está agindo como uma fugitiva.

— Até parece. Você acha que eu não tentei? — ela diz, a parte visível de sua cabeça balançando. — Aquela mulher não aceita não como resposta.

Bom... tenho que concordar com isso.

— Não sabia que ela estava tentando arranjar alguém para você — digo, me perguntando por que estou surpresa. Afinal, eu tinha a idade de Fraydie quando comecei a sair para encontros; acho que dezenove anos é tão jovem agora que estou chegando aos trinta.

O rabino-chefe e seu assistente se aproximam da mesa, e eu sorrio para saudá-los.

— Foi a primeira vez que ela fez isso — Fraydie responde, sem se preocupar em abaixar a voz —, e o cara tem, tipo, cem anos. Ele provavelmente precisa de uma overdose de Viagra só para se levantar.

Dou um chute nela para que ela saiba que as pessoas podem ouvir o que está dizendo, mas em vez disso ela grita:

— Ai, isso doeu! Qual é o seu problema?

Um silêncio desconfortável emerge durante a troca de olhares do rabino e seu assistente.

— Uau, *podcast* estranho — digo, e finjo rir. — Me dá um segundo para eu desligar essa coisa. — Coloco a cabeça embaixo da mesa e gesticulo descontroladamente para Fraydie ficar quieta, e me levanto de novo. — Batata frita? — Ofereço animada, agitando o pegador.

Depois disso, Fraydie fica milagrosamente quieta por um tempo. A fila do bufê acaba diminuindo, e estou pensando em fazer um prato para mim mesma quando vejo a senhora Zelikovitch se aproximando, a longa peruca loira conflitando com o rosto de oitenta e poucos anos. No pescoço, o colar de pérolas vermelhas sem o qual não sai de casa, e ela está com um suéter e uma saia de lã, apesar da temperatura excepcionalmente quente. Ela vem em minha direção caminhando devagar, como um pesadelo em câmera lenta, acenando com a bengala para mim como se fosse uma arma.

— Olá, Peninaleh. Diga-me, diga-me, você e Zevi estão se dando bem?

Isso de novo não. O tal Zevi tinha me contatado recentemente, do nada, e embora eu tenha explicado, de um jeito gentil, que estou fazendo uma pausa sem prazo final à vista, ele não desistiu. Neste momento, há três mensagens de voz no meu telefone e cinco mensagens de texto, às quais não tenho intenção de responder, mas temos que dar crédito a ele por ser persistente.

— Estamos brincando de esconde-esconde por telefone — digo, evasiva.

Ela estreita os olhos, desconfiada, e diz com uma voz melosa:

— Não brinque muito, Peninaleh. Não é todo dia que alguém do calibre dele está disposto a sair com alguém como você.

Ainda bem que ela não sente a necessidade de camuflar a verdade.

— Batata frita?

— Onde está a sua irmã? — Ela estende o prato e olha em volta. — Achei que a tivesse visto… Fraydie — ela esclarece, afinal, Libby é inútil para ela.

Tento pensar em uma maneira de responder sem mentir.

— Você precisava dizer algo a ela?

— Bem. — Ela dá de ombros. — Eu já disse para a sua mãe, mas posso muito bem dizer para toda a família, por que não? — Ela pega uma embalagem de *ketchup* e abre a tampa. — Tenho um cara fantástico, o melhor dos melhores. Facilmente multimilionário. — Ela vira a embalagem de cabeça para baixo e esguicha um pouco em seu prato. — Ele tem cinquenta e dois anos, mas está procurando alguém muito jovem, alguém com quem ter mais filhos. — Ela coloca o *ketchup* de volta na mesa e olha para mim. — Isso te exclui.

— Droga! — Estalo os dedos e tento parecer triste. — Mas ele não parece ser muito o tipo da minha irmã. Acho que ela espera encontrar alguém mais da idade dela. Quando ela decidir começar a ter encontros — acrescento.

A senhora Z faz uma pausa, como se não soubesse o que fazer com a minha resposta. Na cabeça dela, um milionário é o tipo de todo mundo, não importa a diferença de idade.

— Enfim. Sua irmã tem quantos anos?

— Ela vai fazer vinte daqui a dois meses.

— Essa idade já? — Ela enruga a testa. — Acho que ele estava querendo alguém de dezoito ou dezenove. Vou ter que verificar com ele para ver se ele aceita isso.

Ouvimos um barulho embaixo da mesa, e a senhora Z e eu nos olhamos.

— Esquilos — digo um pouco depois.

— De qualquer forma — a senhora Zelikovitch pega o prato e diz por cima do ombro —, mantenha-me informada sobre Zevi.

— Pode deixar — respondo, e espero até que ela esteja sentada em segurança para verificar Fraydie. Uma caixa de papelão embaixo da mesa se abriu e umas cem colheres de plástico estão espalhadas no chão. — O que aconteceu?

— Meu temperamento aconteceu — Fraydie responde, ficando de joelhos para me ajudar a recolher as colheres. — Sério, que tipo de pervertido quer uma noiva criança, e que tipo de doente faz isso acontecer para ele?

Me inclino para trás e passo o braço pela testa quente.

— Esta pergunta é uma pegadinha?

— E quem é Zevi? — ela continua, jogando colheres de volta para dentro da caixa. — Aposto que ele é um tesouro, considerando que a fofoqueira o encontrou.

— Né? — Porém, mesmo que eu não esteja interessada em ter mais encontros, ele deixa umas mensagens muito engraçadas. E gosto da voz dele; é grave e masculina, meio parecida com a do Sam. Mas sem a condescendência e as insinuações assassinas. E, por alguma razão que desconheço, Sam continua indo para a loja, apesar de dizer que está muito ocupado. A maior parte do tempo ele fica no escritório fazendo videochamadas que provavelmente envolvem intimidação de alto nível. A energia na loja mudou e não foi para melhor.

Franzo a testa e olho ao longe. O que aconteceu com o homem gentil que me resgatou no corredor do hospital? É como se houvesse duas versões diferentes dele, mas só consigo ver a versão sisuda e exigente. Até mesmo Gina, que não é flor que se cheire, parece ter medo dele.

— Preciso sair daqui, minhas pernas estão me matando — Fraydie diz, colocando a cabeça para fora. — É seguro? Onde ela está?

Protejo os olhos do sol escaldante com a mão e vejo a senhora Z na mesa de alguém, gesticulando descontroladamente.

— Ela está na posição de três horas.

Fraydie me olha sem expressão.

— Há?

— Você está segura — digo, e olho de volta para a senhora Zelikovitch. — Mas é melhor você ser rápida.

— Beleza. Ah, e eu tenho um segredo que não devo contar, mas vou deixar você adivinhar. — Ela sai de baixo da mesa, agarra a minha mão e me puxa com ela, meio agachada, meio correndo em direção ao outro lado do parque.

Não acho que Libby seja burra o suficiente para ter confiado em Fraydie, mas talvez o estresse de perder a casa seja demais para ela. Fraydie, com toda a sinceridade, não consegue manter um segredo, mesmo que sua boca esteja amordaçada e sua vida dependa disso. A única pessoa pior do que ela é minha mãe, e já perdi a conta de quantas vezes elas soltaram os segredos uma da outra.

— O que é? — pergunto quando ninguém pode nos ver.

Parecendo escandalizada, ela diz:

— Não posso simplesmente te contar! Você tem que adivinhar.

Inclino a cabeça para trás e solto um gemido.

— Ou você poderia nos poupar muito tempo e irritação e dizer o que prometeu não dizer.

— Como você se sentiria se eu simplesmente deixasse escapar um dos seus segredos? — Ela balança a cabeça, fazendo a pontas do rabo de cavalo balançar por cima do ombro. — Não é legal.

Reviro os olhos para a lógica distorcida dela.

— É alguém de quem somos parentes?

— Sim. — Ela confirma com a cabeça. — Uma mulher. Uma mulher casada, com filhos.

Suspiro.

— *D'us*. Não acredito que Libby te contou.

Fraydie pelo menos tem a decência de parecer se sentir um pouco culpada.

— Bem, não exatamente.

— Foi Natan?

— Tecnicamente, foi a lata de lixo.

O quê? Fico muito confusa. Eu me encosto em um tronco de árvore e cruzo os braços.

— Como assim?

Ela se inclina para frente.

— Encontrei um teste de gravidez no banheiro da Libby. E... — ela faz uma pausa, olhando para mim com um olhar expressivo — era positivo.

Meu D'us. Isso aumenta o número para seis crianças. Caio no chão e fecho os olhos. *Não entre em pânico, Penina. Repito, não entre em pânico. Só porque haverá mais uma boca para alimentar e outro corpo ocupando espaço, isso não justifica um colapso nervoso completo.*

— A única outra pessoa para quem contei foi Mimi, porque ela estava lá de qualquer maneira.

Solto um gemido. Mimi é nossa prima de quatorze anos do lado da minha mãe, e mesmo que seja quieta e discreta, é mais uma pessoa que Libby e Natan não gostariam que soubesse.

— Mimi estava ajudando com as crianças, então não é minha culpa que contei para ela, já que obviamente tinha que compartilhar a notícia com alguém.

Reviro os olhos. Léia[13], como a maioria das mulheres judias ortodoxas, espera até os três meses antes de anunciar a gravidez. Olho para longe, imaginando quanto dinheiro eu poderia ganhar produzindo metanfetamina, apesar do fato de que: (A) eu mal consigo lidar com coisas simples como macarrão e ovos cozidos, e (B) não tenho conexões nessa área.

— Pen, posso te perguntar uma coisa?

A voz de Fraydie está excepcionalmente séria, e logo fico preocupada.

— Claro. Qualquer coisa.

---

13 Léia, no Velho Testamento, é prima e a primeira esposa de Jacó, mãe de seus sete filhos.

— E se... — Ela arranca grama do chão e mantém os olhos abaixados.
— E se não fosse Libby que estivesse grávida? E se o teste for de outra pessoa?

Os pelos na minha nuca se arrepiam, do jeito que fazem quando tenho uma má premonição.

— Como quem?

— Hipoteticamente, e se fosse de alguém relacionado a você? Alguém que ainda é adolescente?

Meus batimentos cardíacos literalmente param, e baixo os olhos para a barriga de Fraydie. Há uma pequena saliência que não estava ali um mês atrás, e minha mão voa para a boca.

— *Ai, meu D'us* — sussurro.

— Não entre em pânico — ela diz, olhando ao redor como se alguém pudesse estar ouvindo escondido. — Eu disse hipoteticamente. Pode ser da Libby.

— Aham. — Aceno roboticamente com a cabeça enquanto surto por dentro. Claro que o teste não é da Libby. Eu tinha esquecido que alguns meses atrás Libby estava reclamando sobre como o novo DIU estava fazendo ela sangrar. Sangue e eu não somos uma boa combinação, então cobri os ouvidos e corri para fora da cozinha dos meus pais.

Estou acostumada a ajudar minha família, mas nunca tive as duas irmãs em crise ao mesmo tempo. E também não são crises pequenas – são enormes, que mudam a vida. Eu me deito na grama porque é impossível desmaiar deitada.

— Quem é o pai? — pergunto de repente, virando-me para olhar para ela. Ela se deita ao meu lado e fecha os olhos.

— Hipoteticamente, essa pessoa dormiu com mais de um garoto, então ela não tem certeza.

Mais de um? Ainda estou me debatendo, tentando absorver o fato de que Fraydie não é mais virgem, fez sexo fora do casamento, e agora também descubro que ela teve mais de um parceiro.

— *Quantos foram?* — pergunto com a voz horrorizada, virando de lado para olhar para ela.

— Três.

Arregalo os olhos. Inacreditável. Não consigo nem começar a imaginar em como lidar com isso...

— Espera, não. Desculpe, esqueci de um. Foram quatro. — Ela fala, balançando a cabeça para cima e para baixo, sem perceber que estou ficando boquiaberta. — Isso mesmo, quatro.

Coloco a mão sobre o peito, que está ficando mais apertado a cada instante. Ela vai ser uma daquelas pessoas que acabam em algum programa de TV chorando por causa da sua infância. E aí haverá uma grande revelação no final, em que o público do estúdio e o resto do país descobrem quem é o pai biológico.

E quem vai criar esse bebê? Fraydie não tem condições. A menina mal consegue saber que dia da semana é. Eu não confiaria nela para cuidar de uma planta, muito menos de um ser humano vivo e respirando. Meus pais terão que fazer isso enquanto Fraydie provavelmente continua transando de maneira inconsequente pelas nossas costas. É impossível controlá-la.

Fique calma. Inspire... e expire.

Meu telefone de repente faz um barulho, mas estou muito perturbada para ver quem é. Fraydie, por outro lado, está agindo como se nada tivesse acontecido, e cai na gargalhada depois de olhar para o telefone.

— Quem é Zevi? Ele é hilário. — Ela mostra a tela e vejo uma foto de um iate com a inscrição *Garoto Judeu Gostoso*. Apesar de tudo o que está acontecendo, dou risada.

— Qualquer um com um barco como esse deve ser incrível — ela diz, entregando o telefone de volta. — Eu fico com ele se você não o quiser.

— Eu quero — digo depressa. Ela já teve homens suficientes, na minha opinião.

— Se esse é o barco dele, imagine a casa. Aposto que é uma daquelas mansões enormes e modernas com estacionamento próprio.

E foi aí que tive uma luz: esse homem, supostamente lindo e rico, poderia ser a resposta para os problemas de Libby. E quem sabe? Não é impossível que eu talvez me apaixone. Gosto de ouvir suas mensagens de voz e ele definitivamente tem um senso de humor ótimo, ao contrário de qualquer outro homem que conheço.

Mmm, Sam.

— Tem certeza de que quer? — ela diz.

— Fraydie — digo, meus dedos já digitando a resposta à mensagem dele —, este é todo meu.

Sete

"Cuide de suas roupas como as boas amigas que são."
— Joan Crawford

Uma semana se passou desde que eu soube das notícias "hipotéticas" de Fraydie e, como ela me pediu para jurar sigilo, não contei para ninguém. Mas é apenas uma questão de dias até que toda a família fique sabendo. No trabalho no dia seguinte, estou com dificuldade em me concentrar porque estou muito nervosa em conhecer Zevi. Muita coisa depende desse encontro, especialmente porque, na minha cabeça, já estamos casados, salvamos a casa de Libby e compramos uma bela mansão (o que posso dizer? Sou uma vigarista agilizada.) Falamos ao telefone algumas vezes, mas já tenho a sensação de que ele é alguém que conheço a vida toda. Também temos o mesmo gosto para música e ele gosta de comprar roupas! Se ele não é minha alma gêmea, então não sei quem é.

Ele está vindo de Manhattan na semana que vem, o que me deixa com cinco dias para pesquisar e criar um plano para fazê-lo se apaixonar loucamente por mim. O Google recomenda muito contato visual e risadas, o que parece absurdamente fácil. Talvez eu devesse pedir conselhos à Libby, já que ela tinha muitos caras querendo se casar com ela. Embora eu não queira incomodá-la, já que tem muita coisa acontecendo com ela no momento.

Respiro fundo e giro os ombros para trás. Vai dar tudo certo, muito certo. Vou me casar com Zevi e salvar a casa da minha irmã. Venderei seu iate se for preciso (embora prefira não vendê-lo, pois o nome é hilário).

Mas e se Zevi não gostar de mim? Minha respiração fica presa na garganta enquanto considero essa possibilidade muito real. Talvez eu peça sugestões a Maya, pois ela está constantemente se apaixonando, sendo Sam sua paixão mais recente. Ela inventa desculpas para falar com ele e joga o cabelo e dá risadinhas quando ele está por perto, não que isso pareça estar funcionando. Ou, se está, não reparei. Mas ele deixou claro desde o primeiro dia que separa a vida pessoal da profissional, então, se Maya quer ter uma chance real com ele, ela provavelmente deveria desistir.

Coloco o anel de diamante vintage sob o microscópio e sorrio, lembrando a teoria de Maya sobre Sam. No começo, ela se sentia insultada com os modos abruptos sempre que ele falava com ela, olhando para o relógio e interrompendo-a no meio da frase mais de uma vez. Na verdade, ele trata todo mundo assim, mas acho que a loira linda de vinte e três anos de idade não recebe muitos foras. Sua vidente a convenceu de que ele está desesperadamente atraído por ela, mas tem medo de rejeição, e essa é a razão pela qual ele mantém distância.

Não sei se isso é verdade, mas de qualquer forma essa vidente é um gênio. Qualquer um que consiga convencer as pessoas a desembolsarem mais de trezentos dólares por uma hora de conversa está obviamente fazendo algo certo. Eu deveria ter pulado a faculdade e virado vidente.

Eu me levanto brevemente e puxo a saia para baixo. Fiz uma péssima escolha há algumas semanas e comprei um monte de roupas baratas de um site, e agora estou sofrendo as consequências. Estou usando um terninho preto, e a saia sobe tanto que poderia facilmente ser uma minissaia. Inclusive recebi alguns comentários desagradáveis no meu *Instagram* sobre a roupa não ser recatada, embora eu tenha feito o meu melhor para explicar a todos que é culpa do designer, não minha. Pelo menos não estou usando roupa decotada.

Pego uma sonda e começo a verificar se há pontas dobradas ou pedras soltas. Apesar do começo complicado, até que Sam não é tão ruim como chefe, embora provavelmente o fato de ele ficar no escritório com a porta fechada a maior parte do tempo ajude.

No início, tê-lo por perto o tempo todo deixava todo mundo muito tenso, mas estamos lentamente voltando ao normal – um novo normal, é claro. É engraçado como uma só pessoa pode mudar tanto as outras. Maya chega para trabalhar no horário todas as manhãs e é muito prestativa. Antes, eu era sempre a única a trabalhar até tarde e fechar a loja, mas Maya já fez isso duas vezes até agora. Ambas as vezes, Sam estava no escritório, então provavelmente foi por causa disso, mas não estou reclamando. E Gina fala menos ao telefone e trabalha mais.

Ligo a máquina de ultrassom e coloco o anel dentro. Até eu mudei, de certa forma, apesar de ter sido principalmente para manter distância. Admito que tenho sido um pouco paranoica desde o incidente do vaso de sexo, e as piadinhas de Maya sobre assédio sexual no local de trabalho definitivamente não estão ajudando. Minha maneira de lidar com isso tem sido me manter afastada. Por exemplo, quando Sam entra em uma sala, eu tento sair. Se ele fala diretamente comigo, eu me certifico de dar respostas muito breves e profissionais, nada que possa ser mal interpretado como pervertido. Estou sempre dois passos à frente do jogo mental que jogamos, um jogo que ele não sabe que está jogando.

É tão exaustivo.

Tiro o anel do equipamento quando Maya entra, juntando as mãos como se estivesse rezando.

— Penina, podemos trocar de lugar? Não consigo lidar com a cliente lá fora. Estou a uns dois segundos de estrangulá-la.

— Claro — digo, entregando-lhe o anel. — Este está pronto para uma limpeza. — Olho para as costas dela enquanto ela coloca o anel no recipiente de limpeza. — Qual é o problema com a cliente?

Maya desaba no banquinho que acabei de desocupar e revira os olhos, exasperada.

— Ai. Ela gosta de olhar. E ela quer olhar *tudo*.

Para Maya, vender joias trata-se da venda e da comissão de 3% que vem com ela. Infelizmente, para ela, boa parte das pessoas entra na loja apenas para olhar. Talvez estejam entediadas ou tenham curiosidade, ou ainda não tenham o dinheiro, mas seja qual for o motivo mantêm suas carteiras fechadas. Maya tem o hábito de passar esses clientes para mim e, a menos que eu esteja precisando de dinheiro, realmente não me importo. Não é difícil mostrar-lhes as joias e responder às perguntas, e elas geralmente voltam quando podem comprar. É muito gratificante ajudar as pessoas a encontrar a joia perfeita para marcar um evento importante em suas vidas, como um noivado ou uma celebração especial, e é incrível saber que tive um papel nisso.

Em um canto do salão de vendas há uma mulher com uma maquiagem pesada, cujas bochechas e testa estão esticadas de uma forma artificial. Quando me vê, ela inclina a cabeça loira platinada e me avalia da cabeça aos pés, provavelmente tentando determinar se serei mais paciente do que a última pessoa que a ajudou.

— Oi — digo, sorrindo e estendendo a mão. — Eu sou a Penina. Maya precisou cuidar de algo lá atrás, então vou te atender. Como posso ajudar hoje?

— Estou procurando um presente para alguém. Um homem — ela acrescenta, pigarreando. — Nada muito especial. Talvez abotoaduras ou um relógio.

— Certo — digo, gesticulando com a mão para que ela me siga. Tiro minha pulseira preta do pulso, vou para a vitrine de acessórios masculinos e digito o código. Puxo minha saia para baixo novamente, mesmo sabendo que ela vai subir de novo assim que eu me mexer. — Temos alguns relógios novos impressionantes de um designer local. Você tem um estilo ou cor específica em mente?

— Não exatamente. — Ela franze a testa e abaixa a cabeça com o cabelo cuidadosamente arrumado para olhar dentro da caixa de vidro. Uma mecha de cabelo do seu coque se solta e roça sua bochecha. Ela a coloca impacientemente atrás da orelha e aponta para um relógio de ouro amarelo e aço na primeira fileira. — Esse é muito bonito. Quanto custa?

Abro a caixa para pegar o relógio.

— Mil e quinhentos dólares — leio na etiqueta escondida embaixo da caixa. Entrego o relógio para ela e acrescento: — É ouro amarelo dezoito quilates com cristal de safira. Também é resistente à água, uma vantagem para aqueles dias chuvosos.

A mulher passa o dedo sobre a pulseira, dando batidinhas nas ranhuras das bordas do relógio.

— Não sei. — Ela suspira, um vinco preocupado aparece entre as sobrancelhas. — Gostaria de conhecer melhor o gosto do meu sobrinho. Você tem abotoaduras?

— Temos. — Eu sorrio, passando para a próxima vitrine. — É sempre complicado comprar presentes para outra pessoa, mas vou mostrar algumas peças que combinam com a maioria dos estilos. Temos alguns prendedores de gravata muito bonitos também, o que poderia ser uma opção.

A mulher aponta para um par de abotoaduras de cristal em forma octogonal.

— Posso ver essas?

Pego a caixa de veludo preto da vitrine e a coloco no balcão de vidro.

— Você escolheu uma das minhas favoritas. São cristais *Swarovski* deslumbrantes em ouro branco. Elas são tão bonitas que fiquei tentada a comprar uma camisa masculina só para usá-las — brinco.

Ela mexe os lábios e um quase sorriso surge em seu rosto. Não sei dizer direito o quê, mas alguma coisa nela é um pouco... estranha. Será que ela tem depressão? Só que pessoas deprimidas ficam na cama o dia todo e comem sorvete direto do pote. Ou talvez seja só eu quem faz isso depois de um encontro ruim.

Passo os vinte minutos seguintes mostrando a ela cada peça de joia masculina da loja, mas ela ainda não se decide.

A mulher balança a cabeça.

— Desculpe, geralmente não sou tão indecisa. Acho que estou num daqueles dias.

— Leve o tempo que precisar — digo. — E não se preocupe em tomar uma decisão hoje — continuo, feliz por Gina não estar por perto ouvindo essa conversa. Ou Sam. — Muitas pessoas gostam de avaliar as opções antes de chegar a uma decisão.

De repente, uma lágrima escorre pela bochecha da mulher, mas ela rapidamente passa o dedo no rosto, provavelmente esperando que eu não tenha percebido. Só que percebi, e agora mais lágrimas estão rolando. Depressa, pego a caixa de lenços embaixo do armário e a entrego a ela.

— Desculpe — ela funga, puxando vários lenços e esfregando os olhos lacrimejantes.

— Imagina — digo, fazendo um gesto com a mão indicando que não há problema algum. — Temos lenços de papel pela loja toda por uma razão. — Especialmente para Gina, que é alérgica a tudo e está sempre com o nariz escorrendo, mas, enfim.

Falando no diabo, Gina chega, seguida por Sam, que fica perambulando por ali, me fazendo ficar ciente do fato de que minhas pernas estão à mostra.

A mulher limpa o nariz escorrendo.

— É só... — Ela faz uma pausa, esfregando as têmporas. — Os últimos meses têm sido difíceis. Para dizer o mínimo.

Aceno com a cabeça, esperando. Dizem que cabeleireiros são como terapeutas, mas você se surpreenderia com o número de pessoas que entram aqui e me contam seus problemas.

— É uma longa história, nem sei por que mencionei isso. Eu provavelmente deveria ir...

— Tudo bem. Não me importo de ouvir. Como você pode ver, a loja não está cheia no momento, e falar pode fazer você se sentir melhor.

— Você é muito gentil. — Ela sorri, mas o sorriso não chega aos seus olhos. — Ok. Mas me interrompa quando quiser. — Ela respira fundo. — Meu marido veio com os papéis do divórcio há alguns meses. Eu fiquei completamente em choque. Achava que éramos felizes. Ele não ficava muito em casa, mas essa era a natureza do seu trabalho. — Ela suspira e desvia o olhar.

— Casada há mais de 40 anos. Achei que essa era uma pessoa que eu conhecia ainda melhor do que eu, e ainda assim fui totalmente pega de surpresa.

Eu me contraio.

— Complicado.

— É, então... não sei. — Ela encolhe os ombros, fungando. — É difícil confiar nas pessoas agora. Até em mim mesma. — Ela faz uma pausa e olha para baixo. — Principalmente em mim mesma.

Fico comovida olhando para ela. Eu praticamente posso *sentir* a tristeza dela vindo em minha direção em ondas. E, mesmo ela sendo uma estranha e eu não sabendo dos detalhes, não suporto vê-la sofrendo.

— Quer saber?

Ela levanta os olhos lacrimejantes.

— O quê?

Dou a volta no balcão e pego as mãos dela nas minhas.

— Eu me sinto mal pelo seu ex. Tenho *pena dele*. Ele perdeu a confiança de uma mulher leal, uma mulher cujo coração ama amar. E isso é muito mais raro e precioso do que as pessoas imaginam. — Dou um aperto leve nas mãos dela. — Nunca se esqueça de que você é digna. Digna de amor e lealdade e de todas as bênçãos do mundo. Você merece encontrar o amor verdadeiro e construir um lar feliz, cheio de risadas e crianças, uma lareira crepitando e talvez um cachorro ou dois... — Paro de falar, por causa da expressão curiosa em seu rosto, e percebo que estava falando sobre a minha própria fantasia. — Enfim. Você merece. Me prometa que você nunca vai esquecer disso.

Gina passa e revira os olhos, deixando claro que não aprova esse momento motivacional.

O lábio inferior da mulher treme enquanto ela confirma com um gesto de cabeça.

— Prometo. Obrigada. Eu realmente precisava ouvir isso.

Nós nos abraçamos e eu acabo mostrando a ela mais algumas joias, mas ela não compra nada. Quando ela está pronta para ir embora, insisto em levá-la até o carro e nos abraçamos mais uma vez.

Quando volto para dentro, Sam, Gina e Maya me encaram como um esquadrão de tiro.

— Que merda foi essa? — Gina pergunta, levantando a mão e fazendo um movimento circular.

Contraio as sobrancelhas.

— Empatia?

— É, não fazemos isso aqui — Gina diz, como se eu tivesse acabado de admitir ter fumado um baseado ou roubado a caneca de café de alguém.

Inclino a cabeça e finjo confusão.

— Nós não temos empatia?

— Isso mesmo.

— Mesmo que o marido dela tenha se divorciado dela do nada, e que agora ela esteja tendo problemas de confiança…

— Você ainda está fazendo isso. — Gina fecha os olhos por um instante e belisca a ponte do nariz. — Quantas vezes preciso dizer que não somos um consultório psiquiátrico?

Levanto as palmas das mãos e tento parecer inocente.

— Não sei. Duas ou três?

— Só neste mês, talvez. — Gina se vira para Sam. — Ela é impossível. Está mais interessada em confortar as pessoas do que em vender joias.

Ele me olha com uma expressão que não consigo interpretar, e sinto meu corpo corar sob seu olhar atento.

— Gina — ele diz —, vou precisar que você cubra Penina agora de manhã.

Sinto o coração na garganta. Me cobrir? O que exatamente ele está planejando? Ele não me levaria para uma floresta deserta e me mataria porque demonstrei empatia, né?

— Ainda acho que você deveria levar a Maya — Gina diz.

— Isso. — Falo e faço que sim com a cabeça com entusiasmo, embora não faça ideia do que estamos falando. — Eu também acho.

Ele ignora nós duas, coloca o telefone no bolso e levanta o queixo na minha direção.

— Nós vamos passar em algumas lojas. Te conto mais sobre isso no carro.

Isso é exatamente o que um assassino diria para atrair alguém que adora fazer compras para seu carro. E ficar sozinha com o homem que já chamei de vaso de sexo não é exatamente minha ideia de diversão. Ele é muito… sei lá, masculino, muito intenso, muito *alfa*. Prefiro estar perto de homens afeminados que sorriem e sabem ter uma conversa educada.

— Puxa, eu gostaria de poder ir — minto —, mas minha agenda está cheia agora de manhã. — Aponto para Maya e acrescento: — Ela está entediada.

Ele estreita os olhos.

— Cheia como?

— Reparos, limpezas. Telefonemas. — Solto o ar pela boca e levanto as mãos em uma demonstração de frustração. — Estou até aqui de coisas para fazer.

Sua cabeça se inclina ligeiramente.

— Tenho certeza de que não é nada que Maya e Gina não consigam fazer.

— Bem, não sei — digo, coçando o pescoço, que está ficando quente com o estresse. *Por que ele está sendo tão teimoso?* — Eu já estou no meio deste reparo realmente complexo…

— Penina. — A expressão severa em seus olhos me diz que ele não é o tipo de cara que aceita não como resposta. — Eu te encontro lá fora.

— Tipo, agora? — Engulo em seco. Tenho certeza de que o que está prestes a acontecer não consta na minha lista de atividades.

— Agora mesmo. — Ele se despede de Gina e Maya com um aceno de cabeça e sai.

Olho com cara feia para o traseiro dele se retirando. Só porque ele é meu chefe não significa que ele pode ficar me dando ordens.

— Você é tão sortuda — Maya diz melancólica, me observando pegar minha bolsa. — Aproveite cada momento por mim. Saboreie-o como... — Ela lambe os lábios e faz um gesto com a mão. — ... como um bom vinho. Ou torta de mousse de chocolate.

Aparentemente, temos ideias muito diferentes sobre as intenções de Sam; enquanto eu o imagino me esfaqueando até a morte, ela está imaginando um encontro romântico.

— É, isso não vai acontecer — digo, indo em direção à porta. — Tchau, pessoal. Me desejem sorte!

Tenho a sensação de que vou precisar.

Oito

"Quem disse que dinheiro não compra felicidade simplesmente não sabia onde fazer compras."
— Bo Derek

Do lado de fora, a chuva se transformou em uma garoa constante, e é possível vislumbrar um sol brilhante de primavera entre as nuvens. Encontro Sam encostado em um Mercedes-Benz SUV prata cintilante girando o chaveiro na mão. Algo muda em seu olhar quando ele me vê, uma mudança sutil na cor dos olhos ou um endurecimento da expressão. Não sei o que isso significa, ou se significa alguma coisa, mas parece intenso, e tenho que me lembrar de respirar.

Ele entra no carro em silêncio, e eu faço o mesmo. O interior é elegante e moderno, com assentos de couro, um console de madeira brilhante e telas e botões suficientes para rechear uma nave espacial. O carro cheira a dinheiro – ou o que quer que seja que faça carros novos cheirarem tão bem. Com o cheiro hipnotizante de Sam e o cheiro de carro novo, eu relaxo, e um suspiro feliz me escapa enquanto coloco o cinto de segurança.

— Você está bem?

Olho para ele.

— Estou. Por quê?

Ele coloca a mão na parte de trás do meu assento manobrando para sair da vaga.

— Você gemeu.

O quê? Eu não gemi, eu suspirei. *Foi um suspiro.* Pelo menos, eu acho que foi?

— Não. — Balanço a cabeça enfaticamente. — Não gemi.

Ele tira a mão do encosto do meu banco e coloca o carro em movimento.

— Se você está dizendo.

— Sim, estou dizendo que não gemi — respondo com firmeza, entrelaçando as mãos no colo.

Ele guia o carro para fora do estacionamento e, quando acho que ele já esqueceu, acrescenta:

— Não vamos fazer esse som novamente, seja lá o que for.

Com a mão, abano as bochechas que, de repente, ficaram quentes. Ai, meu D'us. *Está acontecendo de novo.*

Respiro fundo e solto o ar lentamente. Nunca gostei de confrontos, mas há momentos na vida em que é necessário esclarecer as coisas. Uma coisa é ser falsamente acusado, outra é quando as acusações continuam se acumulando. Para o bem da minha integridade – e da minha *sanidade* –, tenho que dizer alguma coisa.

— Senhor Kleinfeld, preciso lhe dizer uma coisa, e serei verdadeira e sincera, do fundo do meu coração. E não estou dizendo isso para magoá-lo ou ofendê-lo de alguma forma, apenas para esclarecer um mal-entendido.

O semáforo fica amarelo, e ele para o carro. Ele se vira para mim.

— Vá em frente.

Respiro fundo e vou em frente.

— Quando nos conhecemos e você me ouviu falar sobre... — paro de falar e me encolho — ... a coisa da orgia de bonecas, foi Janie, a enfermeira, que contava por que saiu correndo do seu encontro. E naquele dia em que te chamei de vaso de sexo, eu não sabia que era você. Pensei que era a Maya, esse era o apelido dela no ensino médio, mas você não me deu a chance de explicar. Não quero que você pense — olho para longe e engulo em seco — que tenho uma queda por você, mas naquela hora parecia estranho trazer isso à tona, então não falei nada. E agora, fiz um barulho porque gosto do cheiro de carro novo, mas não foi *esse tipo de barulho.* Eu só... — Me detenho e passo a mão pelo cabelo. — Não quero passar a ideia errada, sabe?

O semáforo fica verde, mas ele está me observando tão atentamente que não percebe até que o carro atrás de nós buzine. Ele pisa no acelerador e diz bruscamente:

— Entendido.

Bem, isso foi... não foi exatamente ótimo, mas poderia ter sido pior. Ele poderia ter me xingado e me demitido ou me levado para um telhado silencioso e abandonado em algum lugar e me empurrado de lá. Na verdade, poderia ser para onde estávamos indo.

Mas ainda assim, teria sido melhor se ele tivesse respondido com mais de uma palavra. Esse é o pilar de uma comunicação boa e honesta. Todo mundo tem a chance de falar o que pensa e liberar qualquer negatividade que esteja sentindo. Acho que o que ele pensa não é mais do que três sílabas de cada vez.

Os segundos passam e nenhum de nós fala. Olhamos para frente e ficamos sentados em um silêncio desconfortável. D'us, eu odeio isso! Por que ele não fala nada? Eu o ofendi? Eu o magoei?

Então, faço o que sempre faço em uma situação embaraçosa: vomito meus pensamentos mais íntimos, apesar do fato de que, historicamente, isso só acaba piorando as coisas.

— Não há nada de errado com você, claro — digo, me encolhendo com as palavras bizarras que saem da minha boca. — É só que você não é meu tipo.

No silêncio que se segue, olho para o teto do carro e desejo que um raio caia e me mate.

— Qual é o seu tipo? — ele pergunta, olhando para mim de canto de olho.

Isto é o que você ganha por abrir a boca, Penina. Espero que esteja feliz.

— Bem, no mínimo... — Passo a língua pelos lábios e percebo que ele acompanha o gesto antes de olhar de novo para a estrada. — Alguém que tem um emprego e não é viciado em drogas ou álcool. Ou em jogos de azar. E que não foi preso por não pagar pensão alimentícia ou por se expor em um vestiário feminino?

— Você realmente acredita em colocar o padrão lá em cima, né?

Dou um sorriso irônico, sem revelar que estes são todos exemplos da vida real nos últimos dez anos.

— Essas são as condições do nível de entrada. Se eu fosse ser exigente, então eu especificaria um emprego estável com um bom seguro de saúde. — Faço uma pausa e acrescento: — E alguém que entrega o imposto de renda no prazo.

Ele balança a cabeça como se sentisse pena de mim.

— E, é claro, ele tem que ser *gentil* com as pessoas — digo, olhando para ele —, e ser atencioso com os sentimentos de todos.

— Então, o homem dos seus sonhos — ele diz, girando o volante — é uma mulher que trabalha para a Receita Federal.

Eu pisco. Não sei direito como ele chegou a essa conclusão, mas vou ignorá-la.

— E seria ótimo se ele tivesse senso de humor e fosse inteligente. Então, você vê... — Solto o ar pela boca. — ...você não se encaixa.

Silêncio.

— Exceto como chefe. Você é totalmente meu tipo de chefe. — Por que, *por que* não consigo parar de falar?

Ele dá sinal e troca de faixa.

— Tenho certeza de que também não sou seu tipo — continuo, descontroladamente. — Aposto que você só namora modelos de *lingerie*.

O semáforo está vermelho, e Sam freia. Olho para ele e vejo que seus olhos estão nas minhas coxas, que estão em plena exibição porque esta saia fez isso para mim. Ele rapidamente olha de volta para a estrada, e tento abaixar a saia tanto quanto possível. Assim que chegar em casa, vou queimar essa saia.

— Tem um suéter atrás — ele diz. — Você pode usá-lo para cobrir... — Ele faz um gesto vago com a mão.

— Certo — digo, soltando o cinto de segurança. E quando você pensa que o passeio de carro dos infernos não poderia ficar pior, ele fica. Eu me inclino sobre o console do meio e viro o corpo para tentar alcançar o suéter preto muito bem dobrado no banco de trás, mas o espaço disponível frustra minha tentativa. Eu me inclino mais ainda sobre o console, mas o carro de repente faz um movimento abrupto para a frente, e eu caio no banco de trás com um grito de surpresa.

— Você está bem?

Ignoro a pergunta e me reposiciono para que minha calcinha não fique totalmente à mostra.

— Por que você fez isso?

— O semáforo ficou verde. — Ele olha para mim pelo espelho retrovisor. — O que você esperava que eu fizesse?

Para um homem inteligente, ele é frustrantemente, *irritantemente* burro.

— Há, fizesse um sinal? — digo com os dentes cerrados colocando o cinto de segurança. — Me avisasse? Algo como: *"Ei, Penina, o sinal ficou verde, talvez você queira se sentar de novo?"*.

— Ok. — Ele faz um gesto afirmativo com a cabeça. — Da próxima vez que você vier trabalhar sem saia e precisar do meu suéter para se cobrir, farei isso.

Abro e fecho a boca, depois abro e fecho novamente. Deslizo as mãos sob as coxas, para me impedir de estrangulá-lo.

Estamos em silêncio de novo, mas estou muito zangada para me importar. Espero que ele se engasgue com o silêncio constrangedor.

Sete minutos se passaram, mas ainda me recuso a ceder e dizer algo.

— Desculpe — ele diz, olhando para mim pelo espelho retrovisor. — Eu não deveria ter feito aquele comentário sobre a sua saia. Passei dos limites.

— Obrigada — digo ríspida. — E eu peço desculpas por perder a paciência e imaginar matar você.

Ele sorri.

— Eu adoraria ver você tentar.

— Não me tente — murmuro. No sinal vermelho, solto o cinto e passo de volta, não muito graciosamente, para o banco da frente. — Então, para onde estamos indo?

Ele abaixa o para-sol e coloca os óculos de sol com um movimento rápido.

— Pensei em visitar algumas joalherias.

— Por quê?

— Quero verificar o *layout* desses lugares. Comparar preços e condições de pagamento. Conhecer a concorrência.

Abro o zíper da minha bolsa Louis Vuitton falsa, pego a garrafa de água e abro a tampa.

— Eles estão esperando por você?

— Não mesmo. — Ele dá sinal. — Vai ser uma operação secreta.

Operação secreta?

— O que exatamente você tem em mente? — Levo a garrafa à boca e tomo um gole.

— Vamos nos passar por um casal de noivos comprando um anel de diamante.

A água escorrendo pela minha garganta faz um desvio repentino pelo buraco errado, me fazendo tossir incontrolavelmente.

Sam olha para mim.

— Tudo bem?

Faço um sinal de positivo mesmo com a tosse aumentando para um chiado. Por experiência, sei que meu rosto está ficando com um tom de roxo pouco atraente e que meus olhos estão começando a lacrimejar. Por que é que quanto mais eu tento parar de tossir, mais fora de controle a tosse fica?

— Você não parece bem — Sam fala com um tom casual de alguém comentando sobre o clima. — Quer que eu encoste?

Faço que não com a cabeça. Mas então o conteúdo no meu estômago de repente se aperta, e tenho um pensamento aterrorizante: *E se eu vomitar?* E se esse cheiro de carro novo fosse substituído pelo cheiro do meu vômito de sobra de café da manhã de cereais e leite? *Eca.* Começo a bater as mãos na direção da janela, esperando que ele entenda a dica para encostar.

Ele entende e rapidamente manobra o carro para o acostamento. Assim que ele estaciona, desço e tenho ânsia de vômito olhando para o concreto. Em meio à névoa vertiginosa, tentando controlar a respiração, percebo um braço forte me segurando e outro dando tapinhas nas minhas costas.

— Melhor? — Sam pergunta.

Confirmo com a cabeça e tento me soltar, mas Sam aperta mais.

— Respire fundo mais algumas vezes — ele diz.

— Estou bem — digo com a voz rouca.

— Você não parece bem. — Ele é tão alto que o topo da minha cabeça atinge o meio do peito dele, e seus ombros largos parecem tão sólidos e imóveis quanto uma parede de tijolos.

Uma forte rajada de vento nos atinge, e, instintivamente, encosto o rosto na camisa dele. Através do tecido fino, sinto a batida calmante e rítmica de seu coração, e o calor de seu corpo se espalha pelo meu.

Afaste-se do homem, Penina. Com um gesto gentil, eu me liberto de seu abraço e olho para ele.

— Eu tenho asma e refluxo. A combinação dos dois ocasionalmente pode me fazer tossir e, quando fica muito fora de controle, vomitar.

— Isso deve ser difícil — ele diz com a voz suave. — Ser tão frágil.

Eu franzo a testa.

— Não sou frágil.

— Aham. — Então ele me dá um tapinha na cabeça como se eu fosse uma criança.

— Sério, não sou — insisto, sentindo uma pontada de aborrecimento. — Se duvidar, estou mais para *Supermulher* do que para frágil.

Aparentemente, Sam acha isso hilário, porque ele ri.

— Entendi, Penina. Você é foda. Pronta para voltar para o carro?

Faço um gesto afirmativo com a cabeça, me sentindo culpada por tê-lo deixado me segurar por tanto tempo. Entro no carro e puxo o cinto de segurança sobre o peito. Sam liga o carro e volta para a estrada, e é aí que percebo que algo mais do que apenas culpa está me incomodando. Algo mais do que a autorrepreensão de permitir que um homem com o qual não sou casada me segure contra seu peito. É algo mais do que o constrangimento de meu novo chefe ter testemunhado minha ânsia de vômito na beira de uma estrada.

E é aí que me toco – é *pena*. Sinto pena de mim mesma ao perceber que nunca mais um homem irá me abraçar – a menos que, é claro, eu crie o hábito de me engasgar, o que espero que não aconteça. Olho para Sam, um pouco preocupada de que ele possa ser capaz de ler meus pensamentos patéticos, mas seu rosto está relaxado e despreocupado enquanto ele pressiona o botão de controle de temperatura no console.

Fecho os olhos e respiro fundo algumas vezes para me acalmar. Achei que tinha feito as pazes com a probabilidade de acabar virando uma virgem de oitenta anos, mas, aparentemente, um abraço de um homem é tudo o que é preciso para invalidar anos de terapia.

A pior parte é o quanto eu gostei do abraço. Seus braços fortes envolveram meu corpo como se ele fosse minha própria fortaleza pessoal que me protegeria de qualquer mal e, naquele breve momento, parecia que éramos nós dois contra o mundo. Adorei o cheiro da pele dele quando ele me segurou, e sua respiração fez cócegas no meu pescoço quando ele falou.

— Penina?

Engulo em seco.

— Oi?

— Então, você vai fazer isso? Fingir que estamos noivos?

— Ah, é mesmo. Sim, posso encarar isso.

Mas posso encarar um futuro que não inclui marido e filhos? Ficarei bem celebrando os casamentos de meus amigos e irmãos enquanto definho virgem? Quero ser capaz disso. Quero ser o tipo de pessoa que consegue superar a inveja e se alegra quando outros têm o que eu desejo. E, na maioria das vezes, tenho conseguido. Dancei nos casamentos dos meus amigos e celebrei o nascimento de seus bebês. Sorri para as fotos e comprei presentes. Até passei noites em claro para decorar um chá de panela e fazer sobremesas para a cerimônia de circuncisão do filho do meu amigo.

Mas, de vez em quando, o monstro verde levanta sua cabeça feia e me faz lembrar das coisas que estou perdendo, em vez de apreciar as coisas que tenho.

*   *   *

— Será que devemos inventar uma história? — pergunto, batendo as unhas no descanso do braço. — Caso eles perguntem sobre o pedido de noivado ou como nos conhecemos?

Ele confirma.

— Nos conhecemos em uma festa, e eu te pedi em casamento um ano depois durante um jantar. Bisteca bovina, ao ponto, com um bom *cabernet*. — Ele faz uma pausa e estreita os olhos. — Bourbon e charutos de sobremesa.

Certo, porque não tem nada mais romântico do que bebida alcoólica e câncer de pulmão.

— Esse é realmente o melhor pedido de casamento que você consegue inventar? Sem velas ou pétalas de rosas formando as palavras "Você quer casar comigo?".

Ele balança a cabeça e faz um som baixinho.

— Se não é comestível, por que se dar ao trabalho?

Porque é bonito e faz você se sentir reconfortada e feliz por dentro. Não me importa quão bonito ou rico um homem é, ele deve fazer algum tipo de grande gesto quando pede uma mulher em casamento.

— Deixe a parte de falar comigo — digo. — Você só fica lá e se faz de bonito.

— Esse — ele diz, olhando por cima do ombro para mudar de faixa — é o seu trabalho.

Eu coro com o elogio inesperado, mas rapidamente o ignoro.

— Me dói dizer isso — suspiro —, mas você é mais bonito do que eu.

Ele ri, apesar de eu não estar brincando. Nos dias em que minha pele está iluminada e não estou inchada, eu *até* me considero atraente, mas ainda não chego aos pés dele.

— Então, por que você não é casada? — ele pergunta, entrando em um edifício-garagem. — Deve haver candidatos suficientes por aí que atendam às suas expectativas exigentes.

Eu me endireito, surpresa com a imprevisibilidade de sua pergunta.

— Ah, não sei. Acho que ainda não encontrei o cara certo.

— E você é religiosa?

— Sim, sou ortodoxa.

Não há muitos carros, e ele encontra uma vaga com facilidade.

— Sempre achei que os judeus ortodoxos se casavam aos dezoito anos.

— Alguns sim, mas não todos.

— Por que tão jovem?

— Como você só pode tocar alguém do sexo oposto se você é casado com essa pessoa, isso ajuda a prevenir a intimidade pré-marital. — A menos que você seja Fraydie. Aff.

Ele desliga o carro.

— Hmm.

Olho para ele.

— O quê?

— Nada — ele diz, de um jeito distraído, e solta o cinto de segurança.

Ah, não. Não vou deixá-lo escapar assim tão fácil.

— Aquele *hmm* que você acabou de fazer — digo, imitando-o. — Foi por quê?

— Só estava me perguntando por que ninguém ainda te fisgou. Mas — ele acrescenta encolhendo os ombros — não é da minha conta.

A ideia de eu ser um prêmio, algo para "fisgar", é tão absurda que tenho que me controlar para não gargalhar. Abro a porta e espero Sam trancar o carro.

Ele está certo, não é da conta dele. E realmente não me importo com o que as pessoas pensam, mas ainda assim algo me obriga a dizer:

— Não sou… — Paro de falar abruptamente, pensando qual é a melhor forma de expressar isso sem ser muito específica. — Não sou uma mulher ortodoxa típica.

Sam apoia os pulsos no teto do carro e olha para mim atentamente.

— Penina, você não me parece nada típica.

Sorrio. E então ele olha para mim daquele jeito dele, uma combinação de afeição relutante misturada com exasperação. Ok, "afeição" deve ser um exagero, mas é alguma coisa no espectro de não odiar.

Ele limpa a garganta e diz de modo ríspido:

— Vamos.

Atravessamos o estacionamento e passamos por uma mulher mais velha mancando até um carro esportivo extravagante. Eu sorrio, imaginando uma vovó de cabelos grisalhos andando a cem por hora na estrada.

O sol brilha intensamente através das aberturas do edifício-garagem, e eu procuro os óculos de sol, mas vejo que os deixei no carro.

— Droga, esqueci meus óculos de sol — digo a Sam. — Você pode me dar a chave?

Ele as joga para mim.

— Seja rápida. Nosso horário é daqui a dois minutos.

Corro para o carro, sem nem tentar puxar a saia para baixo. No caminho de volta, vejo a mulher mais velha novamente, desta vez perto de um carro diferente. Ela apoia a bengala na lateral do veículo e usa as duas mãos para puxar a maçaneta. O alarme do carro dispara num volume ensurdecedor, e a mulher se assusta, pega a bengala e se afasta mancando, como um criminoso pego em flagrante.

— Você acha que aquela mulher precisa de ajuda? — pergunto, correndo até Sam. — Ela fica indo para carros diferentes.

Ele olha por cima do ombro na direção em que estou apontando, depois balança a cabeça.

— Não.

— Tem certeza? — Mordo o lábio inferior e analiso a mulher. — Ela parece confusa.

Sam encolhe os ombros e coloca o celular no bolso de trás.

— Você parece confusa a maior parte do tempo, mas eu não fico tirando satisfação com você.

Ruuude. Ainda assim, ele tem razão. Às vezes, falo sozinha, e seria esquisito se um estranho viesse até mim e perguntasse se estou bem. A menos, claro, que eu realmente precisasse de ajuda, aí eu me sentiria aliviada. Andamos em direção ao elevador mais próximo, embora os passos largos de Sam o mantenham constantemente à minha frente. Um carro começa a dar ré, mas em vez de esperar que ele termine de sair, Sam acelera o passo. Reviro os olhos. Ao contrário de uma pessoa normal, ele prefere se arriscar a ser atropelado do que esperar alguns segundos.

Ouço algo cair no asfalto, e um grito em seguida. Eu me viro e vejo a mulher mais velha com uma das mãos no rosto e a outra segurando a bengala. Uma bolsa está no chão ao seu lado, e itens espalhados ao redor: chaves, canetas, um talão de cheques, uma barra de chocolate e um pacote de lenços de papel tamanho viagem.

Ah, não! *Sam estúpido.* E bem feito para mim por ouvi-lo.

— Pode ir — grito para ele andando na direção oposta. — Chego lá em um minuto.

Ele fecha a cara e sua expressão fica sinistra, mas o que ele espera que eu faça? Os idosos são frágeis, todos sabem disso. Se essa senhora tropeça e cai tentando juntar as coisas do chão, pode acabar tendo um derrame ou um ataque cardíaco ou sabe-se lá o quê, e sou muito nova para ter a morte de alguém nas costas.

— Oi — digo com um pequeno aceno, indo em direção a ela. — Você está bem?

— Bom — ela levanta a mão e gesticula para o chão —, minha bolsa caiu, e está tudo uma bagunça. Fora isso, está tudo *supimpa*.

Sorrio ao ouvir a palavra supimpa. Idosos são tão fofos.

— Isso é fácil de resolver — digo, me abaixando para pegar tudo.

— Ah, você é uma querida! Muito obrigada.

— Imagina. — Entrego a bolsa com tudo dentro. — Ok, está tudo aí.

— Muitíssimo obrigada. Minhas articulações não são mais as mesmas. — Ela exala alto. — Nunca dei tanto valor para algo tão simples como se abaixar até que se tornou um procedimento que leva cinco minutos.

Tiro um momento para observá-la. Seus ombros são curvados, seu rosto enrugado é salpicado de manchinhas, e seus olhos azuis de formato oval expressam derrota, como alguém que teve sua cota de dificuldades e mais um pouco.

— Você já tentou exercícios na água? — pergunto. — Porque meu avô tem artrite reumatoide, e ele jura...

— Penina — Sam interrompe ao se aproximar, com uma expressão tempestuosa no rosto. — O que você pensa que está fazendo?

Antes que eu tenha a chance de responder, a mulher se vira para Sam.

— Sua esposa é tão adorável. Deixei a bolsa cair e ela veio correndo ajudar.

Abro a boca para corrigi-la, para dizer que não sou esposa dele, que, na verdade, o inferno teria que congelar antes de eu me casar com alguém de modos tão grosseiros, mas ele responde com: "Ela é uma verdadeira santa mesmo", só que ele não fala de um jeito como se fosse uma coisa boa.

Concentro a atenção na mulher.

— Você precisa de ajuda com mais alguma coisa?

Sam esfrega a mão no rosto e suspira alto enquanto a mulher diz:

— Bem, já que você perguntou... parece que perdi meu carro.

Eu sabia. Sam pode me demitir por causa disso, mas o que eu deveria fazer? Dar de ombros e desejar-lhe boa sorte? Deixá-la vagar sem rumo até que alguém a veja? Alguém que pense em roubar a bolsa de uma mulher idosa? *Ou coisa pior?*

Não se eu puder ajudar.

— Como é o seu carro? — pergunto, tomando cuidado para evitar o olhar de Sam.

— É branco. — Ela faz uma pausa e faz um bico com os lábios. — Bem, minha filha acha que é mais para um bege, mas meu neto insiste que é branco. Ele tem apenas seis anos, mas é muito bom com as cores.

— Eu tenho um sobrinho de seis anos — digo, sorrindo. — Uma idade tão fofa.

— Ah, é mesmo — ela concorda.

— Marca e modelo? — Sam vocifera.

Dou uma olhada para ele, surpresa por ele estar realmente disposto a ajudar, ainda que de um jeito irritado. A mulher pisca.

— É um Ford sedã. — Ela enruga o nariz e diz: — Espere, não, esse era o meu carro anterior. Este é um Honda. Ou é um Hyundai? — Ela faz gestos afirmativos com a cabeça sucessivamente. — Definitivamente começa com "H".

Sam esfrega a mandíbula e diz em um tom severo:

— Ótimo. Isso nos deixa com apenas quinze marcas diferentes.

— Com três pares de olhos, vamos encontrá-lo logo — digo, mais para me tranquilizar.

Sam se vira para a mulher.

— Está em uma vaga para pessoas com deficiência, certo?

— Não, não está — ela responde levantando o queixo.

Ele inclina a cabeça para trás e solta o ar pela boca longamente.

— Você já tentou apertar o botão de alarme?

— Não funciona — ela diz, balançando a cabeça. — A bateria acabou e eu não consegui trocá-la.

— Perfeito — Sam resmunga.

Olho feio para ele. Toco no ombro da mulher.

— Onde você já procurou?

— Em todos os lugares — ela diz, balançando o braço para frente e para trás. — Estou começando a ficar preocupada que tenha sido roubado.

O rosto de Sam visivelmente brilha.

— Vou chamar a segurança.

— Espere, você nem *tentou* procurar — digo.

Ele me encara e, por um momento, começo a me perguntar se fui longe demais, mas então ele se vira abruptamente e aponta para uma fileira de carros.

— E esses aqui? Você verificou ali?

— Hum, não sei. — A mulher semicerra os olhos por trás dos óculos. — Acho que vejo um que pode ser.

Vamos nessa direção e passamos por alguns sedãs brancos ao longo do caminho, mas nenhum é o dela. Nós três andamos de um lado para outro, esticando o pescoço para procurá-lo.

— Que roupa linda — ela diz, apontando para mim. — Eu gostaria de poder mostrar as pernas assim.

Olho para baixo e balanço a cabeça em desespero.

— Era para ficar para baixo do joelho, mas ela se recusa a cooperar.

— Bem, você sabe o que dizem: se você tem, exiba.

— Senhoras. — Sam bate palmas uma vez. — Podemos nos concentrar, *por favor*.

Meu D'us. Ele não sabe que as mulheres podem ser multitarefas? É assim que conseguimos nos maquiar com uma das mãos e dirigir com a outra.

Há um último carro branco perto do final da fileira, e eu prendo a respiração e silenciosamente rezo para que seja o dela. Ela o examina, então balança a cabeça com tristeza.

— Não é esse também. Eu realmente acho que foi roubado.

Sam me dá um olhar de *"eu te avisei"*.

— Provavelmente, já que vasculhamos todo o segundo andar. Vou chamar a segurança...

— *Segundo andar?* — a mulher arqueja. — Estamos no segundo andar?

— Sim. — Sam se vira para ela com os olhos estreitos. — Por quê?

— Minha nossa. — Dois círculos cor-de-rosa mancham suas bochechas e ela confessa: — Estacionei no terceiro. Me desculpem — ela acrescenta, parecendo desorientada. — Devo estar tendo um momento senil.

Um silêncio embaraçoso se segue, e tento depressa pensar em algo para dizer que possa fazê-la se sentir melhor.

— Eu tenho tido isso desde os doze anos.

A mulher dá um sorriso amarelo, mas ainda está claramente envergonhada. Não posso culpá-la. Eu odiaria parecer uma idiota na frente de dois estranhos, ainda mais se um deles fosse tão rabugento quanto Sam.

— Está tudo bem — Sam diz fazendo um gesto brusco. — Que bom que você descobriu. Temos que ir, Penina. — Em seu rosto se lê *"nem pense em discutir"*, e então ele sorri para a velha senhora. — Foi um prazer conhecê-la...

— E, obviamente, vamos com você para o terceiro andar — interrompo, ignorando a respiração brusca de Sam. — Só para ter certeza de que está realmente lá. Certo, querida? — acrescento, piscando várias vezes para ela.

Uma veia no pescoço de Sam palpita e, em vez de responder, ele mostra os dentes.

Engancho o braço no da mulher.

— Eu sou a Penina, a propósito. Qual é o seu nome?

Nove

*"A moda é apenas a tentativa de criar arte
em formas vivas e interações sociais."*
— Francis Bacon

— São trinta minutos da minha vida que nunca vou recuperar — Sam resmunga enquanto as luzes traseiras do carro da mulher desaparecem na esquina.

Sorrio e acerto o passo com o dele.

— Não é um sentimento incrível ajudar alguém?

— Você está pedindo minha opinião sincera ou o que você quer ouvir?

Meu sorriso vacila.

— Hum, é uma pergunta retórica?

— Vou dar a minha opinião honesta — ele diz, como se houvesse alguma dúvida de que ele não faria isso. — Só masoquistas acham que ajudar os outros é bom. Para o resto do mundo, é como bater o dedo do pé contra um objeto duro. Sabe o que é bom? Ajudar a si mesmo.

Olho para ele de canto de olho. Que loucura. *Ele é* louco. Todo mundo sabe que a chave para a felicidade é ajudar os outros – não fui eu quem inventou isso. Está em chaveiros, adesivos, pôsteres e outras coisas.

— Talvez *você* seja o problema — digo ao nos aproximamos do elevador. — Isso nunca te ocorreu?

Ele pressiona o botão de descer e se vira para mim.

— Deixa eu ver se entendi. Você acha que sou *eu* que tenho um problema? — ele diz, apontando o polegar em direção ao peito. As portas do elevador se abrem fazendo *pim* e ele entra. — Porque não fui eu quem trocou nomes e números de telefone com uma completa estranha.

Franzo a testa e o sigo para dentro do elevador. Encosto na parede e encolho os ombros.

— Ela é uma mulher legal que precisa de ajuda com o que tem no guarda-roupa. Não há nada de errado com isso.

Sam balança a cabeça e aperta o botão do térreo.

— Mas também não é muito normal.

Cruzo os braços e penso. Talvez não seja "normal" fazer amizade com pessoas que acabei de conhecer, mas tenho feito isso a vida inteira. Uma das histórias favoritas do meu pai é de quando ele estava de costas para mim em uma loja e depois me viu, com quatro anos, conversando com um estranho com bíceps grandes cobertos por tatuagem.

O elevador para e Sam e eu saímos. Sua expressão impassível me lembra um modelo masculino mal-humorado andando pela passarela. Embora eu o conheça há apenas alguns dias, ainda estou para ver o cara ser genuinamente feliz. Ou estar relaxado. É como se sua personalidade tivesse apenas uma configuração, que é a rabugenta. Ele é dedicado e motivado quando se trata de trabalho, mas o que ele faz para se divertir? Olho para ele novamente. Talvez ele faça um bico como guarda prisional.

Continuamos em direção à joalheria em silêncio. Uma porta com as palavras "Diamantes da Eternidade" estampadas em uma letra brilhante aparece, e Sam para na frente dela.

— Ouça, Supermulher, se houver alguém lá dentro que pareça confuso ou precise de ajuda, me faça um favor e fique quieta.

Nunca fui uma pessoa violenta, mas a imagem de algemá-lo a um poste e chutá-lo nas canelas, de repente, parece atraente. *Muito* atraente.

Ele exala e passa a mão pelo cabelo.

— Só estou dizendo para não procurar problemas.

Imbecil egocêntrico e narcisista! Eu não *procuro* problemas, mas me recuso a ignorá-los.

Ele abre a porta e murmura:

— E lembre-se de agir como se estivéssemos apaixonados.

— É, mas não vai ser fácil — sussurro, passando por ele. — Não estou gostando muito de você no momento.

— Acredite em mim — ele pronuncia suavemente logo acima da minha orelha, onde sua respiração faz cócegas no meu pescoço —, o sentimento é mútuo.

* * *

Meus saltos de couro envernizado afundam no tapete azul macio, e contemplo o salão grande e arejado com vitrines de parede a parede com joias em pedestais de diferentes alturas. Colares adornam mostruários de veludo azul, e brincos e anéis brilham em bandejas inclinadas. Os relógios são mostrados em uma caixa de acrílico transparente rotativa com holofotes embutidos. Um grupo de vendedores está conversando em um canto, e no centro do salão parece ter um…

— Este lugar tem um *bar*? — falo arquejando quando Sam se junta a mim. Aponto para um painel semicircular branco exibindo garrafas e taças de champanhe. — Me ajude a lembrar novamente por que eu trabalho para você — digo, indo em direção ao bar, já imaginando brindes em taças de champanhe borbulhante com os clientes —, porque estou tendo problemas para recordar.

Ele se apoia em um balcão e cruza os tornozelos.

— Você quer uma pá para esse buraco que está cavando?

Passo a mão pelo vidro, verificando a mercadoria.

— Ela vem com um *martini*?

Seus lábios se contorcem em um quase sorriso e, naquele momento, tenho um vislumbre do *verdadeiro* Sam, o que eu vi pela primeira vez no hospital. Um humano com senso de humor, em vez da versão séria e ameaçadora que está em ação.

— Olá, bem-vindos! — Uma vendedora com uma blusa de seda branca e uma saia vermelha justa se aproxima. Ela é toda lábios vermelho-rubi e maçãs do rosto incríveis, cabelo preto brilhante e o tipo de curvas que inspiram letras de músicas obscenas.

— Meu nome é Carly. — Ela sorri, estendendo a mão primeiro para Sam, depois para mim. Seus olhos se fixam nos de Sam por muito mais tempo do que nos meus, e me pergunto se ele percebe o fato de que tantas mulheres o acham atraente. O que eu estou achando? É claro que ele percebe. — Posso ajudá-los com algo em particular?

— Sim, acho que conversamos hoje cedo sobre anéis de noivado. Eu sou o Sam, e esta é minha noiva — ele faz uma pausa — Prudencia. Mas a maioria das pessoas a chama de Prude.

Prude? Estreito os olhos. Eu também sei brincar disso. Limpo a garganta e gesticulo para Sam:

— A maioria das pessoas o chama de Sórdido.

Sam simplesmente me dá um olhar sombrio que insinua que pagarei por esse pequeno comentário mais tarde.

— Ótimo — Carly diz com um sorriso largo. — Prazer em conhecê-los, Prude e Sórdido.

Sam suspira e eu digo:

— O prazer é nosso.

— É tão revigorante ver um casal escolher o anel de noivado juntos.

— Prude insistiu — Sam responde. — Ela é muito... — Ele esfrega o queixo e enruga o rosto como se estivesse tentando descobrir como formular uma frase delicada. — ... difícil — ele conclui.

Então meu nome é Prude *e* tenho uma personalidade ruim. Que bom partido eu sou, não é mesmo?

Carly ri como se Sam fosse a pessoa mais engraçada que ela já conheceu.

— Felizmente, vocês vieram ao lugar certo — ela diz para mim com uma piscadela. — E meus parabéns! Posso trazer um pouco de champanhe para comemorar?

— Não, obrigada — digo, sabendo que não será *kosher*. Sam também recusa, provavelmente porque não estaria de acordo com seus padrões.

— Certo, então. — Carly faz um movimento com a mão. — Por favor, me sigam. Você tem algum estilo de anel em mente, hã, Prude?

— Algo afiado que possa funcionar como uma arma — sugiro.

Sam levanta uma sobrancelha e dá aquele quase sorriso, e Carly dá uma risadinha.

— Brincadeira — Eu rio. — Totalmente brincadeira. Eu gosto muito de anéis estilo vintage.

Carly faz um movimento para que eu a siga.

— Maravilha, temos uma grande seleção deles. E que dedos bonitos você tem — ela diz, olhando para baixo.

Sorrio, ciente de que ela está tentando me agradar, como uma boa vendedora faz. Mas meus dedos são muito bonitos mesmo, então não podemos culpar a mulher por dizer o óbvio.

— Obrigada.

Ela puxa um pano de veludo e o ajeita no balcão.

— Há muitas opções, então vamos nos divertir descobrindo o que você gosta. — Ela destranca uma vitrine e tira vários anéis. E vejo um que me tira o fôlego.

— Este é um anel de três pedras com lapidação Asscher com um diamante de cinco quilates.

— Nada mal. — Sam se vira para mim. — O que você acha?

— Nada mal? É *perfeito* — respiro, pegando e inspecionando o anel de todos os ângulos. A clareza do diamante, a lapidação e o design, tudo nele é hipnotizante. — Este é exatamente o anel que eu gostaria se eu fosse... — Paro de falar bem a tempo. — Se eu estivesse comprando sem me preocupar com o orçamento — digo, colocando-o de volta. Quando olho para cima, pego Sam me analisando.

Durante a próxima hora, discutimos sobre anéis de noivado, a qualidade dos diamantes, as opções de pagamento, e analisamos alguns diamantes sob o microscópio, por insistência de Carly. Nós três estamos brincando, rindo e nos dando muito bem, mas, como dizem, todas as festas têm um estraga-prazer, e Sam, é claro, acaba sendo o nosso.

— E os diamantes falsos? — ele pergunta de repente, batendo os dedos longos no balcão. — Você tem?

O sorriso de Carly congela. É provavelmente a primeira vez que alguém pronunciou a palavra *falso* nesta loja.

— Hum, não. Temos zircônia cúbica, mas há alguns belos anéis de moissanita aqui.

— Excelente. — Sam diz. — Quanto mais barato, melhor.

Palavras que conquistam o coração de qualquer mulher. Exceto o de Carly, baseado na expressão horrorizada em seu rosto.

— Ok, ok — ela diz, com a voz artificialmente alta. — Eu já volto com alguns.

Coitada da mulher. Ela provavelmente havia feito as contas na cabeça de quanto essa comissão lhe renderia, e então Sam vem e destrói tudo. Já gastamos tanto do seu tempo, e outro cliente acabou de entrar.

— Na verdade, podemos voltar outra hora — digo a Carly e viro para Sam. — Temos tantas opções para discutir. Certo, querido?

— Errado. — Ele cruza os braços e acrescenta: — A menos que você queira pagar por isso sozinha.

— Você não é hilário? — Dou-lhe um grande sorriso abobado, e olho para Carly de novo. — Claro que nem todo mundo entende o senso de humor dele.

Carly olha para mim e para ele várias vezes e abre um sorriso.

— Vocês dois são muito fofos! Ouça — ela diz, apontando para algumas cadeiras em uma mesa com tampo de vidro. — Por que vocês não se sentam ali, e eu pego alguns desses anéis para vocês verem. Fiquem à vontade.

Quando Carly fica fora de vista, sussurro para Sam:

— Você não se sente mal enganando a moça assim? Ela vai ficar tão decepcionada quando não comprarmos nada.

— Não. — Sam pega o celular e começa a digitar. — Decepção faz parte da vida.

Palavras profundas de alguém que nasceu em berço de ouro. Analiso seu perfil de modelo e o terno caro, e não consigo evitar pensar que ele não deve fazer a menor ideia do que é decepção de verdade. Ele provavelmente acha que um engarrafamento é uma grande catástrofe, enquanto eu tenho que descobrir como salvar a casa e o casamento de uma irmã *e* descobrir quem vai criar o filho fora do casamento da outra.

Zevi vai salvar nós todos, eu me lembro. Ele vai salvar a casa de Libby, descobrir quem é o pai do bebê de Fraydie e subornar o cara para se casar com ela, e vamos nos apaixonar loucamente. Já que estou fantasiando, posso muito bem incluir umas crianças para mim também. Talvez uma piscina e um ou dois pôneis. Ah, e definitivamente aquele anel de diamante de cinco quilates que Carly nos mostrou. Obviamente, eu teria que tirá-lo antes de ir para a piscina, por causa do cloro, e eu provavelmente não deveria usá-lo quando montar os pôneis também – *adultos tem autorização para montar pôneis?*

Estou prestes a digitar isso no Google – como as pessoas sabiam *alguma coisa* antes do Google? –, mas então Carly retorna com uma bandeja cheia de anéis. Guardo o celular e finjo interesse nos anéis enquanto Sam a bombardeia com perguntas chatas sobre a parte financeira.

Um vendedor vem e dá um tapinha no ombro de Carly.

— Carly, sua mãe está no telefone. Ela diz que é urgente.

Ela suspira e esfrega a testa como se estivesse irritada em vez de preocupada. Se isso acontecesse comigo, eu teria levantado correndo da cadeira mais rápido do que uma bala. Ela não ouviu a parte do *urgente*?

— Desculpe — Carly diz, colocando as mãos sobre a mesa e se levantando. — Com licença, um minuto.

O senhor Simpatia pega o celular dele, então faço o mesmo e rolo meu *feed* do *Instagram*, curtindo os comentários feitos no meu último *post*, mas Carly fala alto, e é impossível não ouvir a conversa.

— Não posso, mãe, você sabe que estou trabalhando… Eu fui, quase deu certo com aquele cara… Não, não quero sua ajuda… Porque eu sei o que estou procurando, e você não! — ela diz, sua voz aumentando de volume.

— Nem pense nisso — Sam murmura, os olhos ainda colados à tela.

— Não faço ideia do que você está falando. — Na verdade, sei exatamente do que ele está falando, mas é irritante que ele saiba como minha mente funciona.

— O que quer que esteja acontecendo — ele responde, inclinando a cabeça na direção de Carly —, fique fora disso.

Eu realmente, *realmente* não gosto do tom dele. Ele está falando como se eu fosse um cachorro bagunceiro com a cabeça no lixo.

Quero dizer, sim, eu estava *pensando* em dizer algo, mas ainda assim. Não foi legal.

— Ela obviamente está procurando um cara — digo, aproximando-me para não sermos ouvidos —, e eu estava pensando em como vocês dois ficariam bonitos juntos, mas então me dei conta de que ela não iria querer você. — Aguardo um momento para deixá-lo absorver a informação. — E você quer saber por quê? — pergunto, cruzando as pernas.

Seu olhar pousa brevemente nas minhas pernas antes de retornar à tela.

— Não muito.

— Porque mesmo você sendo absurdamente bonito e obviamente rico — paro novamente para um efeito dramático —, você não é *legal*.

Ele ergue os olhos do telefone.

— É incrível que meu pai nunca tenha demitido você.

— Por que ele faria isso? A *gente* se dava muito bem. — Cruzo os braços e digo com firmeza: — Sinto saudade dele.

Ele abre a boca para dizer algo, mas a fecha quando Carly reaparece.

— Desculpe por isso — ela diz, com um sorriso iluminado que parece forçado. — Problemas com a babá.

— Babá? Ah, pensei… — Olho para Sam, que me dá um olhar arrogante. Ok, então eu interpretei mal a situação. Mas ela ainda precisa de ajuda.

— É difícil encontrar boas babás — digo. — Quando eu era criança, eu odiava as minhas como regra básica.

— Que regra seria essa exatamente? — Sam pergunta, colocando o celular no bolso. — Que pais nunca devem deixar os filhos?

— Não estou dizendo que era racional — digo, um pouco na defensiva. — Mas sim. Basicamente.

Carly brinca com um pingente em sua pulseira.

— Também nunca gostei das minhas babás, e é por isso que peço para minha mãe o tempo todo, mas está ficando demais para ela. — Ela faz uma pausa e balança a cabeça. — De qualquer forma, chega de falar dos meus problemas. Vamos falar sobre esses anéis…

— Sabe — digo, me inclinando para a frente —, há uma mulher no meu bairro que faz muito esse trabalho. Se você estiver interessada, eu posso te dar o número dela.

— Ah, como você é gentil — ela ri, batendo as mãos —, mas não se preocupe com isso…

— É, Prude — Sam diz —, não se preocupe com isso.

— Tem certeza? — Finjo não notar o jeito que Sam está me encarando. — Ela é muito legal. E as crianças a amam.

— Bem… — Carly hesita.

— Confie em mim, seu filho vai *adorá-la*.

— Acho que mal não faria. — Ela sorri e levanta as mãos. — Por que não?

— Ótimo! — Dou um sorriso, pegando meu telefone. — Qual é o seu número?

Sam abaixa o rosto na palma da mão enquanto Carly e eu trocamos números e depois histórias de babá. Uma hora, ele redireciona a conversa de volta para os diamantes falsos, e depois de passar pelos prós e contras da moissanita, agradece Carly por seu tempo e faz um movimento para mim indicando que precisamos ir. Carly nos dá o cartão dela, com certeza esperando que voltemos para comprar algo.

— Nunca vi nenhum casal com tanta química quanto vocês dois — Carly sorri ao nos levar até a porta. — Há quanto tempo vocês estão juntos? — pergunta ela.

Sam não hesita.

— Não muito tempo, mas quando você sabe, você sabe. — Ele me dá um sorriso carinhoso falso. — Não é mesmo, Prudence?

— Com certeza. — E como ele me disse para não chamá-lo de Sam, acrescento: — Senhor Kleinfeld.

Ele se vira para Carly e dá de ombros.

— Ela é muito tradicional.

Carly ri e prometemos entrar em contato. Assim que a porta se fecha atrás de nós, Sam vocifera:

— Que merda foi essa?

Olho para ele com um olhar apaixonado e sorrio.

— Você sabe que ela está nos observando, certo?

Ele olha para trás e abre um sorriso falso.

— Merda. Vamos embora. — Ele agarra minha mão e me puxa para seu lado, como um homem das cavernas cheio de compromissos.

— Por que você está tão bravo?

— Não acredito que você precise perguntar. Aquela coisa sobre babás, e depois a idosa com o carro. E hoje cedo na nossa loja com a cliente chorando. É como se você tivesse um complexo de Supermulher.

Pelo menos ele não está mais me chamando de frágil. Solto a mão da dele e, porque estou realmente curiosa sobre como sua mente funciona, pergunto:

— Por que você acha tão ruim ajudar as pessoas?

Ele para e se vira para mim.

— Você sabe que há milhões e milhões de pessoas no mundo sofrendo agora, e não há absolutamente nada que você ou eu possamos fazer para impedir isso?

— Até agora consegui ajudar três de um total de três pessoas — digo, levantando os ombros. — E o dia ainda nem acabou.

Ele me encara.

— Você tem que aceitar o fato de que não pode consertar tudo e todos. Não é possível, e você vai se exaurir tentando.

Balanço a cabeça.

— Você está dizendo que é melhor ignorar? Em vez de ajudar alguém?

Os cantos da boca dele enrugam.

— Olha, você tem um coração grande e um ímpeto de ajudar as pessoas. Mas isso não significa que você é responsável por cada pessoa que conhece. — Ele pausa. — Você tem que aceitar o fato de que não pode salvar todo mundo, Supermulher — ele diz com a voz mais suave. — Ninguém pode.

* * *

Uma semana se passou desde a pesquisa de campo na joalheria. Sam entrou e saiu do escritório a semana toda tentando encabeçar uma nova campanha de marketing, e Gina está mais mal-humorada do que nunca. Acho que por mais que ela odiasse Joe, ela odeia mudanças ainda mais.

Enfim, é hora de me concentrar na tarefa em questão – tenho um encontro importante hoje à noite e preciso estar muito bem. Não é todo dia que você conhece o seu futuro marido, que é evidentemente bem-sucedido, nascido ortodoxo, e tem a reputação de ser um filantropo. O único ponto negativo de Zevi é que ele tem pais divorciados, mas isso é muito comum hoje em dia, o que torna esse encontro arranjado ainda mais suspeito: se ele é tão incrível assim, por que concordaria em se encontrar com alguém como eu?

Deve ter algo de errado com ele. É única explicação. Talvez ele seja impotente, ou tenha um olho de vidro, ou seja uma daquelas pessoas que odeiam crianças.

Verifico o delineado no espelho e franzo a testa. Droga. Meu delineado gatinho do olho esquerdo está puxado para baixo em vez de para cima. Pego o removedor de maquiagem no armário do banheiro e me preparo para consertá-lo.

Se o judaísmo permitisse tatuagens, eu definitivamente faria maquiagem permanente nos olhos. Ah, e uma estrela de David na parte de dentro do pulso. Ou talvez no tornozelo.

Ok, hora de ver o efeito geral. Vou para o espelho de corpo inteiro pendurado atrás da porta do quarto, viro de um lado e do outro. Cabelo? Certo. Maquiagem? Certo. Roupa e sapatos? Certo e certo. Perfume? Não, mas passei desodorante e tenho feromônios, e isso deve servir para alguma coisa.

Pego a bolsa e as chaves e vou para o local pré-combinado de encontro, o saguão do hotel Viridian Inn, no centro de Minneapolis. Maya acha hilário que judeus ortodoxos tenham encontros em *lobbies* de hotéis. Quando mencionei o local do encontro hoje cedo, ela se dobrou de tanto rir e disse:

— Você reserva um quarto para o segundo encontro?

Há, há. Ouvi histórias sobre encontros que duram até o dia seguinte, mas não consigo me ver fazendo isso. Ficaria imaginando o rosto da senhora Z me dando sermão sobre a minha reputação.

Ainda assim, há uma certa lógica em usar *lobbies* como um local de encontro. É improvável que você encontre amigos e não há muitas coisas para distrair sua atenção.

O trânsito está bom e vinte minutos depois chego à entrada do hotel. Lá dentro, sou recebida pelo cheiro de rosas recém-cortadas e por música clássica que vem de um piano de cauda que toca sozinho – quando criança eu costumava ficar assustada com esses pianos, mas agora, adulta, acho que são, sem dúvida nenhuma, legais. Móveis de veludo vermelho e mesas de charuto douradas estão artisticamente dispostas sob lustres cascata. Arandelas de parede de cristal cintilam sobre esculturas, e o piso xadrez preto e branco instila uma vibração *art déco* distinta.

Olho ao redor do salão, procurando por um cara bonito com um quipá, mas as únicas pessoas aqui são um casal de meia-idade com os dois filhos e uma faxineira empurrando um carrinho de suprimentos.

— Posso te ajudar? — A mulher atrás do balcão da recepção sorri educadamente.

— Ah, oi — digo, alisando meu cabelo para trás. — Era para eu encontrar alguém, mas acho que ele ainda não chegou.

— Você já tentou procurar no bar? — ela pergunta, apontando para a esquerda. — No final do corredor, do seu lado direito.

— Obrigada. Vou tentar lá.

Vou nessa direção, lamentando silenciosamente minha escolha de sapatos. Os saltos altos realçam minhas pernas, mas redefinem o conceito de tortura. Vou mancando pelo corredor, sentindo uma bolha começando a se formar no dedo mindinho. Por que não aprendo? É como se eu tivesse amnésia assim que a dor e os machucados desaparecessem. E sim, minhas pernas ficam lindas em um salto, mas mancar meio que estraga o clima, especialmente quando... *Opa!* Escorrego, e meus braços se debatem descontroladamente procurando algo para me agarrar, mas não há nada. Eu grito e bato na parede.

— Há, Penina?

Eu me contraio e pisco os olhos buscando foco.

— Oi?

Prendo a respiração e olho com admiração, esquecendo de ficar com vergonha ao ver o rosto e o corpo gloriosos deste homem. Ele tem cabelo loiro escuro e maçãs do rosto salientes, e músculos tão malhados que estão praticamente pulando para fora da roupa.

É a coisa mais próxima de uma experiência espiritual que tive em muito tempo, e envio uma oração silenciosa de agradecimento.

— Você teve uma reação rápida. — Ele sorri ao gesticular para mim. — Você poderia ter batido a cabeça no chão. — Ele acrescenta: — Eu vi tudo acontecer.

Claro que viu.

— Adoro fazer uma entrada de efeito — digo, e imediatamente fico corada. *Nossa, ótima frase, Penina.*

Ele ri.

— A propósito, eu sou Zevi — ele diz —, caso você esteja se perguntando.

A única coisa que estou me perguntando é por que um homem como este ainda está solteiro – e interessado em se encontrar com uma mulher que ele sabe que não pode lhe dar filhos. Corro os olhos ligeiramente por ele, tentando descobrir que problema invisível ele deve ter. *Por favor, não deixe que seja impotência...*

— Seu nome cai bem em você — digo.

— É? — Ele sorri. — Como assim?

— Zev significa lobo em hebraico e você tem belos olhos de lobo. — Eu coro e olho para o outro lado. *Qual é o meu problema?* Primeiro ele me vê cair, e agora estou dando em cima dele da maneira mais brega possível. Com cautela, toco a lateral da minha cabeça. Será que tive uma concussão? — Desculpe. — Faço uma careta, erguendo as mãos. — Claramente, não socializei o suficiente quando criança.

Zevi ri.

— Meu D'us, você é hilária. Vamos lá — ele diz, gesticulando —, vamos encontrar um lugar para sentar.

Ele me leva para um lugar reservado, a uma certa distância da recepção e do corredor principal, que dá mais privacidade. Ele se senta em uma poltrona de camurça e se oferece para pegar uma bebida para mim.

— Uísque, vodca, cerveja... o que você está com vontade de beber?

Escolho uma das poltronas de veludo vermelho em frente a Zevi e coloco a bolsa nela.

— Nada, obrigada.

— Tem certeza?

A primeira e única vez que tomei um drinque de bebida alcoólica – três cervejas, para ser exata – acabei pegando o telefone da minha amiga e ligando para o irmão dela, a quem declarei meu amor e lealdade eternos antes de desmaiar no chão. De manhã, descobri que, na verdade, eu tinha conversado com sua esposa grávida. Nunca mais confiei em mim mesma.

— Tenho, obrigado.

— Refrigerante? — O sapato de Zevi balança, e me ocorre que ele pode estar tão nervoso quanto eu.

— Não, obrigada.

Não quero correr o risco de me engasgar e tossir como aconteceu no carro do Sam.

— Ok. — Seus olhos examinam o ambiente, como se ele estivesse procurando por alguém ou alguma coisa. — Então! — ele diz, esfregando as mãos rapidamente: — Fale sobre você, Penina. A casamenteira disse que você trabalha com joias?

— Com vendas — digo simplesmente. — Trabalho em uma pequena joalheria familiar. É um lugar ótimo. Comecei a trabalhar lá para pagar a faculdade e nunca tive coragem de sair. As pessoas com quem trabalho são maravilhosas.

— Então eu me lembro da Gina e do Sam. — A maior parte delas.

Batendo no braço da poltrona, Zevi sorri de modo compassivo.

— Você gosta?

— Sim. — Faço um gesto afirmativo com a cabeça, inclinando-me para a frente. — Adoro encontrar o presente perfeito para as pessoas. É gratificante saber que você está ajudando a fazer as pessoas felizes. Além disso, joias são divertidas. Pareço uma criança em uma loja de doces.

Zevi sorri.

— Você tem uma coleção grande de joias?

Penso em meu armário modesto e as duas gavetas dentro dele onde guardo minhas joias.

— Não é grande para os padrões da maioria das pessoas — admito —, mas o que falta em quantidade, a qualidade compensa.

— Sou assim também — ele responde, cruzando o joelho sobre a perna. — Quando comecei a trabalhar, comi só miojo por vários meses, apenas para economizar dinheiro para comprar uma escultura.

Uma alma gêmea.

— Valeu a pena?

— Sem sombra de dúvida. Não há nada melhor do que trabalhar duro por algo para fazer você amar essa coisa ainda mais.

Zevi está se revelando mais do que apenas um rosto bonito; esse cara tem substância. E há algo incrivelmente irresistível em homem bonito com caráter. Ao contrário de Sam, cuja vida gira em torno do trabalho e em dizer às pessoas qual o problema delas.

Talvez esse seja o cara pelo qual esperei todos esses anos. Talvez eu não acabe sendo uma solteirona. Talvez eu esteja finalmente tendo uma chance de encontrar a verdadeira felicidade.

— Toda vez que eu passo pelo saguão — ele continua —, onde a escultura está posicionada, é um lembrete para mim de que qualquer coisa na vida é possível. Você só tem que estar disposto a trabalhar para isso.

— Exatamente — concordo, colocando o cabelo atrás da orelha. — Com o que você trabalha?

Zevi cruza os braços.

— Sou produtor de cinema e, às vezes, diretor.

— Nossa! É mesmo? — pergunto, pega de surpresa. — Eu podia jurar que a casamenteira disse que você era um homem de negócios.

— Sim. — Ele sorri timidamente, os olhos se afastando. — Eu meio que a deixei supor isso.

Uma pontada de inquietação passa por mim. Por que ele mentiria sobre isso? Provavelmente não é nada, mas não consigo me livrar da sensação ruim agora.

Porém, mudando completamente de assunto, se eu estreitar bem os olhos, quase consigo ver seu abdômen bem definido.

— Penina?

Eu me ajeito.

— Sim?

— Só para ter certeza de que você está bem. Seus olhos pareciam um pouco vidrados.

— Ah! — Limpo a garganta, tentando não corar. — Desculpe. — *Nossa, foco, mulher.* Eu me inclino para frente. — Que tipo de filmes você faz?

O celular de Zevi vibra e ele olha para ele.

— Minha especialidade é o horror de alto conceito.

— Alto o quê?

Zevi toca no telefone, obviamente distraído.

— Isso só quer dizer que é um filme fácil de apresentar, fácil de resumir.

Ah, coisas bregas. Ele deveria ter dito isso.

Zevi passa os próximos minutos me contando sobre as complexidades da indústria e tudo o que é necessário para fazer um filme de sucesso. Me esforço para acompanhar e tento disfarçar quando não consigo, mas então quando ele começa a usar palavras como *anacronismo* e *neorrealismo*, tenho certeza de que não poderia disfarçar agora nem se minha vida dependesse disso. Vou ter que pesquisar sobre essas coisas para não passar vergonha na próxima vez que nos encontrarmos. *Se isso acontecer.*

— Penina. — Zevi ergue os olhos do telefone. — Preciso ser honesto sobre uma coisa.

Meu estômago se contrai. Eu sabia que ele era bom demais para ser verdade. Ele vai me dizer algo insuportavelmente horrível, que ele na verdade não é produtor de cinema, ou que ele é, mas faz filmes pornográficos e que *ele é* uma estrela pornô *e por que, por que, POR QUE eu não previ isso?*

Ele faz uma pausa, coça a cabeça e olha para mim com um olhar culpado.

— Há alguém aqui que quer muito te conhecer.

Outra pessoa? Meu coração começa a bater tão rápido que dói. Quais são as chances de ser algo bom, como um filhote de cachorro ou um gatinho?

— Quem?

Zevi esfrega o pescoço, que fica vermelho com o toque.

— Meu namorado.

Dez

*"A diversidade resiste quando não precisa mais ser
o assunto de uma história."*
— Robin Givhan

Um homem magro com cabelo curto castanho escuro senta-se ao lado de Zevi. Ele tem uma pulseira grossa no pulso, e em seu rosto, óculos fundo de garrafa que deveriam fazê-lo parecer *nerd*, mas, na verdade, lhe dão um ar artístico. O homem pega a mão de Zevi e dá um aperto reconfortante, e Zevi responde com um beijo rápido em sua bochecha.

É oficial: eu odeio minha vida.

— Vou tomar aquela bebida afinal de contas — digo, desviando o olhar. Claro, posso acabar bêbada ligando para as pessoas e declarando meu amor por elas antes do fim da noite, mas é um risco que estou disposta a correr. Na minha opinião, ganhei o direito de distorcer a realidade, pelo menos por um tempo. É demais pedir que uma vez, sério, apenas *uma vez*, eu não tire o palitinho mais curto? Que eu possa ter um encontro arranjado com um cara normal e me apaixonar? Que a pessoa seja exatamente o que parece?

Zevi sai para pegar as bebidas, e o outro cara — *o namorado* — se apresenta.

— Eu sou o Jack, a propósito. — Ele levanta a mão me cumprimentando e sorri, revelando dentes brancos alinhados. — Desculpe pela emboscada. Você provavelmente está muito chocada.

Chocada não começa nem a descrever o que estou.

— Chocada e confusa. — Dou uma risada sem graça. — Não entendi direito por que estou aqui.

— Eu te entendo. — Ele diz acariciando o cavanhaque. — Não quero falar muito sem o Zevi, mas acredite em mim quando digo que o que planejamos... vai ser bom para você também. — Ele olha para mim por um momento em silêncio, e depois acrescenta com um sorriso: — Não se preocupe, boneca! Seu rosto vai iluminar o ambiente quando você ouvir o que planejamos.

E então a ficha cai.

Ai, meu D'us. Eles querem um *ménage à trois*. Fui recrutada para uma orgia judaica ortodoxa bizarra, e a senhora Zelikovitch é minha cafetina. Para ser sincera, sempre suspeitei que havia alguns parafusos soltos lá, mas *isso*? Não tinha como prever isso de jeito nenhum. Embora, vamos falar a verdade, se alguém se encaixa nesse trabalho, é ela.

Olho ao redor com o coração disparado e o estômago se contorcendo. A vida que eu conhecia passou de um pouco disfuncional para uma insanidade absoluta.

E agora vou ter que explicar por que essa "boneca" vai para casa mais cedo.

— Olha. — Pigarreio, e meus olhos têm dificuldade em focar o rosto dele. — Eu não sou muito ligada nessa… coisa.

— Ah, querida. — Jack ri. — Todo mundo é ligado nessa coisa.

Obviamente, ele nunca conheceu meu rabino nem sua esposa. Balanço a cabeça e abro o zíper da bolsa.

— Não eu.

— Por que você está dizendo isso? — Jack pergunta. — Você nem sabe o que é ainda.

Vasculho a bolsa procurando as chaves do carro e me levanto.

— Tenho um pressentimento.

— Mona, espere um segundo! Pelo menos nos ouça antes de ir.

Eu paro. *Mona?*

— Obrigada, mas não.

— Você está vendo esses olhos? — ele diz, tirando os óculos e agitando os longos cílios. — Eles estão prestes a ficar muito lacrimosos e chorosos se você não sentar a sua bunda aqui de novo.

Normalmente, eu não pensaria duas vezes antes de obedecer, mas esses caras são mestres manipuladores e estou cansada de ser enganada.

— Estou chorando legitimamente agora — ele diz com a voz rouca, e seus olhos realmente se enchem de lágrimas. *Mestres manipuladores,* eu me lembro. Mas o problema com a casa da Libby ainda existe. Olho para o teto, imaginando se D'us quer que eu me prostitua para salvar minha irmã. Ele faz esse tipo de coisa?

— Você é a nossa única esperança — Jack choraminga e uma lágrima rola por sua bochecha.

Merda. Meu corpo nem sequer me dá uma chance – ele só me leva de volta para a cadeira, e Jack sorri e cruza as pernas, a imagem do contentamento.

Zevi retorna com nossas bebidas, cerveja para eles e sidra para mim.

— Só para constar — digo —, só vou ouvir vocês por causa da bebida grátis. Mas não há a menor chance de eu participar de qualquer atividade em grupo que vocês tenham planejado. Assim que esta garrafa estiver vazia, eu saio daqui. — Murmuro a bênção hebraica, inclino a garrafa e saboreio a doçura fresca na língua.

— Ok — Zevi diz, me observando com atenção, como se eu fosse uma besta selvagem.

Que encontro isso está se tornando. No que diz respeito a encontros, está definitivamente nas primeiras posições com o da Janie, a enfermeira da UTI neonatal ...

— Ei — digo de repente, me inclinando para frente. — Vocês já pensaram em investir em uma boneca sexual?

Zevi se vira para Jack e diz:

— O que exatamente você disse a ela?

— Nada que explique isso — ele responde arregalando os olhos e gesticulando em minha direção.

Zevi balança a cabeça como se quisesse colocar as ideias em ordem. Então ele respira fundo e diz:

— Penina, minha mãe está morrendo.

— O quê? — Olho para eles, surpresa.

Jack confirma.

— A mãe dele tem uma doença cardíaca, e os médicos não estão muito otimistas.

— Ah, não, sinto muito — murmuro, ainda sem saber para onde essa conversa está indo.

Jack entrelaça a mão na de Zevi, e uma pitada de inveja me percorre. Como será que é ter esse tipo de amor e apoio irrestritos? Saber que tem alguém ao seu lado, não importa o que aconteça?

— Zevi ama muito a mãe — Jack diz, arrumando os óculos. A iluminação do teto lança uma sombra sobre a metade inferior de seu rosto, fazendo com que seus olhos castanhos pareçam muito maiores. — Mas a relação deles é complicada. A mãe de Zevi é ultraortodoxa.

Olhando para as mãos entrelaçadas, não consigo nem imaginar como a mãe dele se sentiria se visse isso.

— E seu pai?

— Não importa — Zevi diz de um jeito ríspido.

Sua resposta abrupta me faz achar que há algo mais nessa história.

— Ele é vivo?

— Só até eu conseguir colocar as mãos nele — Zevi resmunga.

Saquei. Odiamos o pai. Mas ainda não entendi onde eu entro nessa história.

— A questão — Jack continua logo em seguida — é que o desejo da mãe de Zevi é vê-lo casado com uma boa garota judia antes de morrer.

Olho fixamente para as mãos entrelaçadas deles.

— Não vejo isso acontecendo tão cedo.

— É aí que você entra — Zevi diz. — Você estaria disposta a se casar comigo e vivermos juntos até a minha mãe morrer?

Respiro fundo e fico boquiaberta. Os choques continuam; um pouco mais, e é capaz de eu desmaiar. E *casar com ele? Mentir para a família dele, para a minha e para o mundo inteiro?* Sinto muito por Zevi, mas é uma farsa muito complicada. E será que é *legal*?

— Desculpe, mas não quero me envolver nisso.

— Eu vou te pagar, é claro — Zevi diz. — Quanto você quiser, apenas diga o valor.

— Viu? — Jack diz, acenando com o dedo. — Eu disse que tinha coisa boa para você nisso.

Ele poderia ter dito que era dinheiro logo no começo. Inclino a garrafa e engulo mais cidra.

— Qualquer valor? — Reitero. Zevi assente. — Cinco milhões — digo, porque é o primeiro número que vem à minha cabeça.

Zevi e Jack trocam um olhar.

— Ok, acho que posso fazer acontecer — Zevi diz.

Eu o encaro, incrédula – era brincadeira. Não achei que ele fosse realmente aceitar. Agora, é claro, lamento não ter pedido mais. Mas, falando sério, cinco milhões de dólares resolveriam todos os meus problemas – e, por meus problemas, quero dizer os das minhas irmãs.

— O que, há… — paro para limpar a garganta — … o que eu teria que fazer exatamente?

— Tudo o que um casal normal faria. Faríamos uma pequena cerimônia judaica com a família e os amigos. Obviamente, você não poderia dizer a verdade às pessoas. Ninguém na minha família pode achar que é mentira.

Olho para Zevi, depois para Jack. Eles estão falando sério mesmo? Porque isso é uma verdadeira loucura. Não, vai *além da* loucura.

— Você quer que eu case com você de mentira?

— Não, não — ele diz, balançando a cabeça. — Quero que você se case comigo de verdade. Tem que ser o mais autêntico possível para que a minha família acredite. Faremos tudo de acordo com as regras.

Engulo em seco.

— Tudo?

— Tudo — ele confirma, e toma um gole de sua cerveja.

— Até a noite de núpcias? — minha voz sai esganiçada.

Zevi começa a engasgar, e Jack dá um tapinha nas costas dele. Quando Zevi recupera o controle da voz, ele chia:

— Exceto isso.

Quem faz coisas assim? Parece uma pegadinha elaborada, e olho ao redor do bar procurando as câmeras escondidas.

Ele ergue um dedo, sinalizando que precisa de um momento, provavelmente para que sua voz volte ao normal. É engraçado, porque eu tinha medo de que isso acontecesse comigo. Ah, a ironia.

— E você se mudaria para Nova York para morar comigo — Zevi continua. — Ele se inclina para frente, limpa a garganta. — Eu sei que é pedir muito de alguém. Mas, se você concordar com isso, ganharia dinheiro suficiente para viver confortavelmente para o resto da vida. Você não teria que trabalhar mais. E — ele acrescenta —, nós vamos nos divorciar depois que minha mãe falecer. Não seria uma sentença de prisão perpétua.

Deve ter algo errado comigo. Esta é a resposta às orações da minha família e, em vez de me sentir exultante, estou à beira das lágrimas. Inspiro profundamente pelo nariz e olho para os dois, tentando manter a compostura. Pela primeira vez na vida, pensei que as coisas estavam finalmente se encaixando. Aqui estava um homem por quem eu poderia me apaixonar, com quem poderia me casar e viver feliz para sempre, etc. E então, como num truque de mágica ruim, ele puxa seu *namorado* do nada e ainda me pede para casar com ele!

A decepção que brota dentro de mim torna difícil respirar. É como se houvesse uma âncora de metal alojada dentro do meu peito e não há como tirá-la. Achei que *finalmente* iria ter uma chance com o amor e, por um breve momento, até me senti normal. Não uma mulher com um problema médico, mas uma mulher que pode ser vista por quem ela é – a verdadeira Penina.

Estúpida, *estúpida*.

Inclino a garrafa e engulo o resto da sidra.

— Nossa menina bebe mesmo — Jack murmura para Zevi.

— Quer mais uma? — Zevi oferece.

Faço que não com a cabeça. Um pensamento passa pela minha mente, e eu pergunto:

— Por que eu, entre tantas pessoas?

Os olhos de Zevi se suavizam e ele olha para Jack antes de responder.

— Porque você é como eu, de certa forma. Você também nasceu diferente. E achei que se conseguisse encontrar alguém com um conjunto específico de características, alguém que talvez tivesse tido dificuldade para se casar, porque é vista como... — Ele interrompe e gesticula com a mão. — Enfim. Fazia sentido.

Engulo em seco lutando contra o repentino nó na garganta. O que ele ia dizer? Que sou vista como o quê? Estragada? Não estou à altura? Não sou boa o bastante? Inclino a garrafa e sinto o líquido doce mais uma vez.

— E olá, sósia da senhorita Gal Gadot! Você é maravilhosa — Jack entra na conversa com um sorriso. — Precisamos de alguém que combine com Sua Gostosura Real no quesito aparência — ele diz, dando um soquinho de brincadeira no braço de Zevi.

— É capaz de as pessoas se perguntarem por que você ainda não foi fisgada — Zevi diz, e me recordo que Sam disse essas mesmas palavras para mim.

— Ela também se parece um pouco com a Ashira, se a Ashira fosse morena, você não acha? — Jack acrescenta.

— Quem? — pergunto.

— Minha irmã mais nova — Zevi explica. — É, dá pra ver, a estrutura óssea semelhante — ele diz a Jack.

Tenho que aceitar essa proposta. Não posso *não* fazer isso. Eu teria o dinheiro para salvar a casa de Libby. Daria até para comprar uma muito melhor se ela quisesse. E poderia guardar dinheiro para os fundos da faculdade do meu sobrinho e da minha sobrinha, comprar um carro novo para meus pais. Poderia pagar uma babá para cuidar do bebê da Fraydie. *Mudaria tudo.*

Por que estou com o pé atrás? A palavra *sim* está presa na minha garganta, e não está saindo.

— Por favor — Zevi acrescenta. — Você é a minha única esperança. Não há mais ninguém a quem eu possa pedir que tornaria essa história verossímil. Pense sobre o assunto, pelo menos.

Sinto uma onda de alívio. Talvez eu precise de um tempo para me habituar à ideia.

— Vou pensar — digo, fazendo com que o rosto de Zevi se ilumine instantaneamente. — Quando você precisa ter minha resposta?

— Vou esperar o tempo que você precisar — Zevi diz. Ele puxa um cartão do bolso e o entrega para mim. Seus olhos brilham de esperança, e isso toca meu coração, pois sei o quanto essa decisão é importante para ele. — Espero que a condição da minha mãe não se deteriore muito rápido.

Assinto, entendendo a mensagem. A morte tem seu próprio tempo e não espera por ninguém. Coloco o cartão dentro da bolsa e me levanto.

— Bem… — Sorrio. — Obrigada pela bebida. Foi uma noite interessante. Definitivamente diferente de qualquer encontro que tive antes.

Os dois riem. Eu me viro para sair, quando Jack diz:

— Belo delineado, a propósito. Fazer esse gatinho não é fácil.

— Pois é! — Sorrio, e depois aceno. É gratificante quando alguém aprecia um trabalho bem-feito.

Em casa, deitada na cama, tenho dificuldade para dormir. Os pensamentos correm pela minha cabeça, e a pior parte é que não posso compartilhá-los com ninguém. Cubro o rosto com um travesseiro e uma umidade se acumula nos cantos dos meus olhos. Estou em um confinamento emocional solitário, e é uma tortura.

À primeira vista, parece óbvio: case-se com o homem fofo, gentil e gay e pegue o dinheiro. Dinheiro, que por sinal, além de poder salvar a casa da minha irmã, poderia salvar o casamento dela também.

Por outro lado, esse acordo terminaria em divórcio, o que seria mais um ponto negativo contra mim no mundo dos relacionamentos. Eu ficaria solteira de novo, de volta à estaca zero, exceto pelo fato de ter que carregar essa enorme mentira comigo pelo resto da vida. E eu *odeio* mentir. Embora o motivo provavelmente seja porque sou péssima em mentir e sempre sou pega.

Solto um grito, jogo as cobertas para o lado e olho para o teto do quarto. Pensei que esta noite seria minha única chance de felicidade, minha chance de começar um futuro totalmente novo, um recomeço cheio de oportunidades. Mas estou esquecendo que isso não se trata de mim. Nunca teve nada a ver comigo.

Trata-se de Libby.

"Roupas não vão mudar o mundo. As mulheres que as usam que vão."
— Anne Klein

— Mais. Uma. Loja — Sam diz com os dentes cerrados ao ligar o carro. — Essa coisa de noivos definitivamente não vai mais dar certo. Algumas pessoas não foram feitas para circularem em público, e você — ele faz uma pausa e me olha no olho — é certamente uma delas.

Hoje cedo, Sam apareceu na sala de limpeza enquanto eu trabalhava com cuidado em uma pulseira enferrujada, e ele basicamente me sequestrou. Eu disse a ele – usando termos ofensivos – para pegar Maya ou Gina, mas juro que ele tem algum tipo de problema em aceitar oposição. É como se quanto mais eu discutisse, mais teimoso ele ficasse.

— Bule. De. Chá. — Abro o zíper da bolsa e começo a tirar uma garrafa de água, quando ele de repente pisa no freio, arranca a bolsa das minhas mãos e a joga no banco de trás como se fosse uma bomba prestes a detonar. Eu olho, boquiaberta, a bolsa fazer uma breve parada na beirada do banco de trás antes de cair e pousar no chão, derrotada e amarfanhada. Sam solta o pé do freio e volta a dirigir.

— Você se importa de me explicar o que foi isso?

— É mais seguro assim.

O homem claramente perdeu a cabeça.

— Do que diabos você está falando?

— A coisa da tosse, da asfixia, da falta de ar. Não quero o repeteco de você se curvando no acostamento, vomitando. — Ele vira o carro na Rua 42.

— Em primeiro lugar, vamos esclarecer os fatos. Eu não vomitei no acostamento, eu tive *ânsia de vômito*. Enorme diferença.

— O que quer que tenha sido — ele diz, freando até parar no cruzamento —, não foi bonito.

Mostro a língua para ele, o que, em retrospecto, provavelmente não foi a jogada mais inteligente.

Ele olha para mim incrédulo.

— Você acabou de mostrar a língua para mim?

— Eu? Eu nunca faria uma coisa dessas. — Aponto para o semáforo. — Está verde.

— Inacreditável — ele murmura, voltando a atenção para a estrada. — Você é inacreditável.

Tenho a nítida impressão de que ele não diz isso como se fosse bom.

— Você quer saber a última vez que alguém mostrou a língua para mim?

— Não — respondo, admirando meu esmalte. O tom escuro de roxo é definitivamente *vamp*, mas combina surpreendentemente bem com o meu anel turquesa Navajo Red Mountain.

— *Terceira série*, Penina. Foi o Benny Schwimmer, para o seu conhecimento. — Ele me dá um olhar expressivo. — Eu dei um chute na bunda dele por causa disso.

Eu me afundo no banco. Não quero ser a próxima pessoa que vai levar um chute na bunda. Ainda assim, não resisto a acrescentar:— Aposto que foi você quem começou.

— Provavelmente — ele concorda, e, inesperadamente, ri. Fico surpresa com essa rara exibição de um comportamento humano normal. Tão surpresa que fico com medo de dizer qualquer coisa e estragar tudo. Os próximos minutos se passam em um silêncio confortável, do tipo que não me deixa tensa e me instiga a falar.

Mas aí ele pega e estraga tudo.

— É interessante — ele diz, abaixando o para-sol. — Outro dia, assisti a um documentário sobre judeus ortodoxos, e aprendi que a maioria deles se casam um ano ou dois depois do ensino médio, e aí fiquei pensando: por que você ainda não se casou?

Uma pontada de aborrecimento percorre meu corpo. No espaço de tempo de cinco segundos, o ambiente passou de confortável e relaxado para algo que me faz querer cobrir os ouvidos e correr na direção contrária.

— Você é inteligente e engraçada. Até fascinante, às vezes — ele acrescenta, sem a menor noção do meu crescente desconforto.

Afundo ainda mais no banco, desejando que fosse possível desaparecer. Ele está mexendo no vespeiro novamente, tentando descobrir por que não sou casada.

— Você sempre se certifica de deixar o pote de doces da Gina cheio.

Olho para ele, surpresa por ele saber disso.

— É essencialmente uma tática de autossobrevivência. Gina e abstinência de açúcar é uma dimensão do inferno que você não quer experimentar. Então... de que tipo de música você gosta? — pergunto, agarrando-me a outra coisa para falar, algo que não seja eu como assunto central.

— Eu não consigo entender... — Ele para abruptamente e balança a cabeça. — Desculpe. Eu não deveria ter dito nada. Nem sei por que toquei nesse assunto. — Ele suspira.

Por que ele está assistindo a documentários, afinal? Ele deveria focar em esportes e notícias, como todos os outros homens.

— Embora — ele diz, virando à direita em um estacionamento — você seja muito sarcástica. Alguns caras acham isso intimidante. Imaturo também.

Aceno com o dedo para ele.

— Viu, esse é exatamente o tipo de coisa que faz as pessoas mostrarem a língua para você.

Ele sorri com o canto da boca, enrugando a covinha em sua bochecha, enquanto manobra o carro em uma vaga.

— Eu obviamente toquei em um ponto fraco. Minhas desculpas.

Ele nem imagina.

Sam desliga o carro e pega a chave, e tenho uma súbita vontade louca de contar a ele a verdadeira razão pela qual nunca me casei. O que é completamente fora do comum, porque não é algo sobre o que falo, com ninguém. Não é um tópico agradável e, além disso, odeio ver aquele lampejo de piedade, ainda que breve, nos olhos das pessoas. Mas por alguma razão insana, quero que ele saiba.

— Não posso ter filhos.

Sam se vira para mim.

— O quê?

Engulo em seco e olho para as minhas mãos.

— Nunca me casei porque tenho essa condição rara chamada hipoplasia uterina. Meu útero é muito pequeno para carregar uma criança.

O silêncio toma conta do carro, e eu olho para Sam com curiosidade. Estou acostumada com as pessoas dizendo que sentem muito neste ponto da conversa, como se minha infertilidade fosse algo pelo que são pessoalmente responsáveis. A reação muda de Sam é... estranha. E enervante.

— Veja, no seu mundo, não é tão grande coisa...

— *Meu* mundo?

— O mundo secular — esclareço. — Cada vez mais pessoas optam por não ter filhos hoje em dia. Mas se querem filhos e descobrem que são inférteis...

— Espera. — Sam balança a cabeça. — Só um minuto. O que sua infertilidade tem a ver com você não ser casada?

— Tudo. — Suspiro. — Ter filhos é superimportante, então o fato de eu não poder ter significa que não sou ninguém na fila do pão.

— Mas você poderia adotar.

— É, poderia. Mas não é tão simples — respondo. — Por exemplo, se eu adotasse um menino, eu não teria permissão para abraçá-lo ou beijá-lo depois de seu nono aniversário, ou ficar sozinha com ele em casa. Porque não somos ligados pelo sangue. Então — digo, exalando —, embora seja uma opção, é algo que tratamos com muita seriedade.

Sam balança a cabeça e solta um assobio suave.

— Uau. Eu não fazia ideia. — Ele inclina o braço no console e diz: — Você poderia adotar uma menina.

Concordo com a cabeça.

— É algo em que penso muito, mas... — hesito, mordendo o lábio inferior. — Mas aí essas mesmas regras de separação se aplicariam ao meu marido.

— Você não precisa ser casada para adotar.

— Eu sei. Mas sinto que já tenho as mãos bem ocupadas cuidando das minhas irmãs e dos meus pais. — Torço o anel de ouro no meu polegar. — E se um dia eu adotar mesmo, gostaria de compartilhar essa experiência com alguém. Acho que seria melhor para a criança também.

— Não necessariamente — Sam rebate. — Nem toda criança de família com dois pais tem uma vida perfeita. Às vezes é pior do que as que têm só um dos pais.

— Bem...

— Você *já* namorou? — Sam interrompe.

— Sim — digo, na defensiva, cruzando os braços. — Os homens apenas têm a tendência de ter o dobro da minha idade e ser impotentes.

Sam gira e fica com o corpo todo de frente para mim. Olhando em seus olhos cor de âmbar, vejo um lampejo de compaixão, mas há também outra coisa.

— Ser religiosa é tão importante para que você prefira viver uma vida sem amor?

Abro e fecho a boca. Ninguém jamais fez essa pergunta com tanta franqueza antes – pelo menos, ninguém além de mim.

— Mas minha vida não é sem amor. Tenho a minha família e amigos.

— E isso é o suficiente para você? — Sam inclina a cabeça, olhando no meu olho. Odeio quando ele me olha assim, como se pudesse ver através da minha fachada alegre e dentro da minha alma. — É? — ele repete.

Não. Não, não é.

— A gente devia ir andando. — Solto o cinto de segurança e abro a porta, pondo fim à conversa. — Temos pessoas para espionar.

Sam hesita, como se quisesse dizer algo, mas depois muda de ideia. Vamos para a joalheria em silêncio, e começo a desejar ter ficado de boca fechada.

Uma mulher e o filho se aproximam de nós na calçada, e o estilo de caminhada da criança é meio marinheiro bêbado, meio serpenteando como uma cobra. Sam e eu damos um passo para trás para dar a ele um espaço maior, mas mesmo assim ele tromba nas minhas pernas.

— Ah, querido — digo, me ajoelhando até ficar na altura dos olhos do menino —, você está bem?

— Não se preocupe, ele está acostumado — a mãe diz, pegando o filho e dando um beijo em sua bochecha. — Ele tromba nas pessoas pelo menos uma vez em cada passeio. — Ela arruma a franja dele com os dedos e nos olha. — Aproveitem este tempo agora, porque quando você tem filhos, nenhuma saída é uma tarefa fácil — ela diz, revirando os olhos.

Sam e eu rimos educadamente e continuamos andando.

— Você tem jeito com crianças — ele diz.

Por que estamos de novo listando meus traços de personalidade?

— Bem, é — digo com gentileza —, porque sou uma delas. Ainda tenho oito anos na minha cabeça.

— E bebês também. Faz sentido que você segure… — Ele para antes de terminar seu pensamento.

Sim, seguro os bebês de outras pessoas no meu tempo livre porque nunca vou poder segurar um meu.

Estou prestes a mudar de assunto, mas então olho para o rosto dele. Ele está com aquela expressão de partir o coração que passei a reconhecer e odiar.

— Pare com isso — digo, interrompendo-o bruscamente. Desta vez, percebo que não preciso correr para acompanhá-lo. É como se a pena o tivesse deixado mais devagar.

— O quê?

— Você sabe "o quê". Como se você tivesse pena de mim — digo, e acelero o passo. — Não *suporto* isso. Você pode me odiar, me irritar, desejar o mal para mim, mas você não tem permissão para ter pena de mim. Nunca. — Olho de soslaio para ele. — Nem *eu* tenho permissão para ter pena de mim. Quer dizer, às vezes tenho, mas é diferente. Entendeu?

Olho por cima do ombro quando percebo que ele não está ao meu lado e o vejo parado, seu cabelo sendo puxado para trás pelo vento.

— Ouça — ele diz, e espera eu olhar em seus olhos. — As únicas pessoas de quem tenho pena são as que têm ódio em seus corações. E você é o oposto disso entre todas as pessoas que conheço. — Ele inclina a cabeça e olha para mim com seriedade. — Entendeu?

Um inesperado calor ensolarado se espalha pelo meu corpo. Sorrio.

— Entendi.

* * *

Avistamos a joalheria à nossa frente, e eu me viro para Sam.

— Vamos fingir que somos irmãos desta vez, em vez de noivos — sugiro. — Pode ser o quadragésimo aniversário de casamento de nossos pais, e vamos surpreender nossa mãe com joias.

— O que vamos comprar para nosso pai?

— Nada. Nosso orçamento é limitado. — Faço uma pausa para olhar para uma vitrine de uma loja de utensílios de cozinha gourmet com uma fileira de panelas Le Creuset de várias cores. Libby sempre quis uma, mas diz que não pode pagar. Franzo a testa ao pensar em todas as maneiras pelas quais meu casamento com Zevi poderia mudar a vida dela para melhor.

Sam engancha o braço no meu e, de um modo gentil, mas firme, me faz andar.

— Controle-se, Supermulher. Sei que você está morrendo de vontade de ir lá e encontrar alguma pobre velhinha para abraçar e contar histórias de infância…

— Não sou demente — digo, esticando o pescoço para dar uma última olhada. Há uma bordô, a cor favorita da Libby.

Olho para o meu braço e percebo que Sam ainda está segurando-o, como se ainda acreditasse que eu entraria na loja e faria uma cena. Eu casualmente tento me soltar, mas ele tem a força de um soldado em sua melhor forma.

— Por mais adorável que seja ser segurada contra a minha vontade por um homem com o dobro do meu tamanho, na verdade não posso ter nenhum contato físico com o gênero oposto, de acordo com minhas crenças religiosas.

— Ai, merda. — Sam solta meu braço como se fosse uma bomba-relógio. — Desculpe.

— Tudo bem. — Levanto a manga da camisa e examino meu braço. — Mas ficou uma marca.

— O quê? Deixe eu ver. — Ele agarra meu braço e o solta de repente. — *Merda*. Desculpa.

— Pelo quê? — pergunto, olhando para ele. — Pela marca ou pelo seu vício em tocar?

— Não tem nenhuma marca — ele diz, apontando para o meu braço. — E eu certamente não tenho um vício em tocar. — Ele passa os dedos pelo cabelo, fazendo com que as pontas fiquem arrepiadas. — Seja lá o que isso significa.

Puxo a manga de volta para baixo, mais do que um pouco decepcionada. Sempre me machuquei com facilidade. Talvez apareça algo amanhã.

— Acho que você é viciado em mim — digo, mas ele não ri. Seu rosto se transforma em uma carranca e ele olha para a frente, e eu não resisto a acrescentar: — Ou talvez você seja uma daquelas pessoas que gostam de contato físico.

Ele vira a cabeça para trás como se eu o tivesse estapeado.

— Eu *não* gosto de contato físico.

Sua expressão indignada me faz querer rir, mas consigo manter uma expressão séria.

— Só se torna um problema — digo, quando chegamos à porta da joalheria — se você criar o hábito de segurar as mulheres contra a vontade delas. A sociedade tende a desaprovar esse tipo de coisa, não me pergunte por quê.

— Hilário. — Sam cruza os braços e se encosta na porta, barrando minha entrada. — Mais alguma coisa que você precise desabar antes de entrarmos?

— Acho que não — digo, parando para verificar meu braço novamente, embora não haja nada para ver, exceto um leve tom rosado na pele. — Mas eu te aviso se essa coisa se transformar em um coágulo de sangue que possa causar risco de morte.

Ele suspira.

— Isso, faça isso.

Lá dentro, uma vendedora bonita e com uma expressão agradável usando uma blusa preta com amarração nos cumprimenta.

— Olá! Entrem — ela diz, sorrindo calorosamente. — Está ventando lá fora, não está? — Sardas cobrem suas bochechas e nariz, deixando-a ainda mais fofa. — Meu nome é Harper. Posso ajudá-los a encontrar alguma coisa?

— Meu irmão e eu estamos procurando um presente de aniversário de casamento para nossos pais.

— Ah, que gentil. — Seus olhos cor de jade se concentram apenas em Sam, como se eu nem existisse. — Vocês têm alguma ideia, para começar?

Sam se vira para olhar para mim.

— Temos, mana?

Dou de ombros.

— Na verdade não, mano. Estamos abertos a qualquer coisa.

— Tenho a coisa perfeita. Siga-me. — Ela nos guia ao redor dos painéis de vidro semicirculares, então abre uma porta deslizante e nos apresenta duas pulseiras de ouro. — Vocês já ouviram a história por trás das pulseiras de amor da Cartier?

Sam nega com a cabeça. Eu já ouvi, óbvio, mas como ela parece animada para contar, eu também nego com a cabeça.

Harper coloca as pulseiras em um pano de veludo vermelho para admirarmos.

— Um designer da Cartier chamado Aldo Cipullo criou esta peça de joalheria em 1969 como uma alusão aos cintos de castidade medievais. Elas são projetadas para serem abertas e fechadas com uma chave de fenda especial que vem com cada pulseira. — Ela faz um movimento para o braço de Sam, e ele obedientemente coloca o pulso sobre o balcão. Sob a luz incandescente brilhante da loja, o braço e a mão de Sam parecem enormes, especialmente ao lado dos dedos delicados de Harper.

— É uma representação simbólica do amor e do compromisso de alguém.

— Romântico — murmuro.

E ao mesmo tempo Sam diz:

— Parece uma algema.

Harper ri, demorando para desbloquear a pulseira, dedilhando o pulso dele por mais tempo do que o necessário.

— Amar a pessoa certa não deve parecer uma sentença de prisão.

— A pessoa certa nem sempre é óbvia — Sam comenta. — Ou é, mas outras coisas atrapalham.

— Então não é essa a pessoa que foi destinada para você — Harper diz, olhando para ele atentamente. — Às vezes, a pessoa certa aparece quando você menos espera.

Mordo o interior da bochecha para manter uma expressão séria. Sam se vira para mim, possivelmente para obter ajuda, mas não resisto a botar lenha na fogueira. Além disso, ele é solteiro e ela é uma mulher bonita. Ele vai me agradecer mais tarde.

— Meu irmão ainda está se recuperando do último rompimento. A triste verdade é que ele perdeu a fé nas mulheres. Se ao menos ele pudesse encontrar alguém legal.

Sam me olha com cara feia.

— Não é verdade. Eu tenho muita fé nas mulhe…

Harper interrompe dizendo:

— Não deixe uma mulher contaminar sua opinião sobre todas nós.

— Exatamente — concordo vigorosamente. — Ele só precisa conhecer uma das boas.

— É tudo que eu preciso mesmo — ele fala baixinho.

Troco um olhar com Harper.

— Esse é o trauma falando.

— Concentre-se no nosso objetivo aqui, baixinha.

Baixinha? O que aconteceu com Supermulher? E só porque ele é do tamanho de um jogador de futebol isso não me faz baixinha. Tenho um metro e sessenta e cinco – isso é fabuloso para uma garota judia.

— Enfim… — faço uma pausa, tentando pensar em uma réplica. — Pé Grande. — Ele tem pés grandes mesmo.

— Sério? — Sua sobrancelha se levanta. — Isso é o melhor que você conseguiu pensar?

— Como se *baixinha* fosse muito original — eu zombo.

Seus lábios fazem aquela coisa de quando ele *quase* sorri, e minha barriga reage na hora, com uma contração. Na maior parte do tempo ele é tão sério que não posso deixar de me sentir orgulhosa com essa minúscula conquista.

Harper ri.

— Vocês são tão irmãos. Adoro.

A próxima meia hora passa de modo agradável, com Sam dando uma boa olhada no inventário da loja e fazendo perguntas a Harper sobre as opções de pagamento. Quando Harper nos pergunta se selecionamos algumas opções, Sam diz a ela que vamos levar algum tempo para decidir. Ela pega uma caneta e rabisca algo na parte de trás de um cartão.

— Este é o meu cartão de visita — ela diz, entregando-o a Sam. — Coloquei meu número de celular na parte de trás, se você tiver mais perguntas. Ou… enfim — ela diz. Ela dá uma risadinha e suas bochechas ficam ligeiramente vermelhas.

Temos que admirar a coragem da mulher, ela vai atrás do que quer, em vez de ficar esperando que as coisas aconteçam. Tento imaginar os dois juntos, de mãos dadas, mas de alguma forma, não consigo ver Sam namorando uma risonha.

Há uma lata de lixo do lado de fora da loja, e vejo a mão de Sam se movendo em direção a ela com o cartão de visita.

— Não jogue fora! — Falo arquejando, olhando para trás, no caso de Harper estar observando. Felizmente ela não está, mas ele teria morrido se fosse jogá-lo fora em um local mais seguro?

Ele olha para mim como se eu tivesse acabado de passar de excêntrica a doida varrida.

— Por que não?

— Porque ela pode ver você. — *Ele está se fazendo de bobo para me enlouquecer? Porque está funcionando.*

Ele dá de ombros e tira os óculos de sol do bolso da calça.

— E daí?

— E daí o quê? Você *quer* acabar com a autoestima dela?

Ele parece considerar a questão enquanto passamos pela frente das lojas.

— Não tenho opinião formada sobre isso — ele diz.

Não tem opinião? Aff! — Só… me dá aqui. — Arranco o cartão da mão dele porque, francamente, ele perdeu a minha confiança. Viro o cartão e leio.

> Gostei de te conhecer! Se quiser tomar um café ou apenas sair, meu número de telefone é 651-699-0350. 😊

É. Harper pode ser legal e fofa, mas precisa de ajuda no quesito criatividade.

— Estou decepcionada — admito em voz alta.

— O que você achou que estava escrito? — Sam olha para mim com uma sobrancelha erguida.

— Não sei. — Uma rajada de vento joga meu cabelo no rosto, e eu o junto e torço sobre o ombro. — Algo tipo *"Encontre-me em um armazém deserto à meia-noite para uma noite que você não esquecerá tão cedo"*.

Sam bufa e pressiona o botão de abrir da chave do carro.

— Vou te dar um conselho, Supermulher — ele diz, apoiando os braços sobre o teto do carro. — Se você receber um bilhete com as palavras *meia-noite* e *armazém deserto*, recomendo que você saia correndo para bem longe.

— Até parece. — Abro a porta do passageiro e entro. — Os homens com quem saio não são tão criativos.

Mas *eu* sou. Posso visualizar agora este armazém secreto do amor: velas perfumadas em caixotes virados, dezenas de pétalas de rosa espalhadas pelo chão fazendo um caminho até uma mesa com uma garrafa de champanhe gelado em um balde de gelo. Uma música romântica saindo suavemente de alto-falantes escondidos enquanto um fogo sibila e estala. Sam, pecaminosamente bonito de smoking, vindo sem pressa, acenando...

Dou uma arfada. *O que Sam está fazendo no meu armazém fantasioso?*

— Você está bem? — Sam coloca a mão na parte de trás do meu banco enquanto sai com o carro de ré.

— Tudo bem — falo com a voz um pouco rouca. Não é como se eu tivesse colocado Sam lá conscientemente. Ele meio que apareceu por conta própria. Eu não tive nada a ver com isso. Obviamente.

Sam começa a falar, mas de uma hora para a outra fica difícil me concentrar. Com o braço dele apoiado no console a apenas alguns centímetros de distância e o cheiro excitante de sua loção pós-barba atravessando o ar, a única coisa em que consigo pensar é em como seria beijá-lo. Sentir seus lábios pressionados nos meus, provar sua boca enquanto suas mãos deslizam para cima e para baixo pelo meu corpo, cada toque dele seguido de uma corrente elétrica...

Respiro fundo e fixo o olhar na paisagem para voltar à realidade. Vamos esclarecer uma coisa: isso não é por causa do Sam. É uma coisa de pós-barba. Uma coisa de cheiro. É química, ciência.

— ... faltando muito. Esse é o verdadeiro problema.

Concordo com a cabeça distraidamente. Não faço ideia do que ele está falando, mas sei que ele arruinou a minha fantasia do armazém. Agora tenho que inventar uma fantasia toda nova. *Muito obrigada, Sam.*

— O que você acha?

Acho que estou em apuros.

— Hum. — Eu me mexo no banco e tento pensar em algo que não entregue o fato de que eu não estava prestando atenção porque estava muito ocupada tendo fantasias com ele. — Acho que sua lógica é distorcida — digo, porque parece ser mais seguro.

Sam faz uma careta.

— Pode acreditar — ele diz, girando o volante para a esquerda, —, sexo não é tudo.

Arregalo os olhos. *Sexo?* Quem falou em sexo?

— Na verdade, muitas vezes as pessoas confundem sexo com amor. — Ele suspira. — Sei que eu fiz isso. E, quando percebi, já estávamos noivos e... — Ele interrompe, balançando a cabeça. — Não sei. Não tive coragem de terminar, e achei que talvez a gente conseguisse fazer a coisa funcionar. — Ele franze a testa, acrescentando: — Enfim, se você pensar bem, casamento não é nada mais do que um acordo de negócios. Há o capital de risco, e as estatísticas de perda líquida são chocantes.

Minha cabeça zumbe com esse súbito despejo de informações, e levo um momento para registrar o que ele disse. Viu? Sabia que seria seguro dizer que a lógica dele era distorcida.

— Casamento *não* é um acordo de negócios. É um *re-la-cio-na-men-to* — enuncio pausadamente para ter certeza de que ele entenda a diferença.

— No início. — Ele abaixa a cabeça em concordância. — Mas não no final.

— O final significa a morte?

— Divórcio — ele responde. — É estritamente um negócio nessa hora. — Balançando a cabeça como se estivesse clareando as ideias, ele acrescenta: — Eu nem sei por que estamos falando sobre isso.

Bom, somos dois.

— É você — ele diz, de repente.

— *Eu?* — Coloco a mão sobre o peito, inocente que sou.

— Você tem esse jeito de atrair as pessoas...

Começo a gaguejar, protestando, mas ele continua:

— As pessoas baixam a guarda e, em poucos minutos, compartilham segredos que nunca contaram a ninguém antes. — A boca dele se contorce. — Na verdade, é uma estratégia de marketing brilhante.

— Eu estava fazendo literalmente nada, só estava sentada aqui — digo, gesticulando para o banco.

— Eu vejo como os clientes se abrem com você — ele acrescenta, batendo os dedos no volante, claramente tirando vantagem do momento. — E você mesma disse que às vezes se sente uma terapeuta.

Por que, de repente, sinto que estou sendo interrogada em um tribunal?

— Você tirou tudo do contexto. E, além disso, o que você disse não era exatamente um segredo. Está mais na categoria de informação demais.

— Ainda assim — ele olha para mim de canto de olho —, eu nunca contei isso a ninguém antes.

Eu me viro para encará-lo.

— Que você confundiu sexo com amor?

Os olhos dele contraem como se ele estivesse sentindo uma dor física.

— Não repita.

Cruzo as pernas e sorrio.

— Desculpe. Vou fingir que você nunca disse nada.

— Ótimo.

— Foi apagado da minha memória.

— Aham.

— Mas é interessante — reflito, batendo as unhas na janela —, porque sempre ouvi dizer que os caras conseguem transar sem se apaixonar.

Sam faz um som abafado.

— Achei que já tínhamos mudado de assunto.

— Mudamos — admito com um aceno de cabeça. — Mas então voltamos para ele porque sou uma pessoa naturalmente curiosa.

Ele suspira.

— Ei, quer um café? Tem uma Starbucks logo ali.

— Você está tentando me subornar?

Sam liga o pisca-pisca e olha por cima do ombro.

— Não sei. Você está disposta a ser subornada?

— Não com café. É um insulto.

— Ok, Supermulher — ele diz contraindo os cantos da boca. — O que vai ser preciso?

Sorrio. Tantas opções – como vou escolher? Obviamente, minha mente pula para joias e para aquele anel de safira que eu amo, mas não… ele me dar um anel é muito estranho e, na verdade, ele me dar qualquer joia é muito estranho, então este está fora da lista. Eu aceitaria dinheiro, porém é ilegal e me faz parecer uma chantagista, o que obviamente está muito longe da verdade. Hmm…

— Estou ficando nervoso — ele diz.

Aaaah, isso vai ser bom. Esfrego as mãos com a expectativa.

— Me conte um segredo. — Suas sobrancelhas se levantam em uma expressão de dúvida, então eu acrescento: — Ou pode ser apenas algo que a maioria das pessoas não sabe sobre você.

Ele balança a cabeça e sorri.

— Eu não estava esperando por isso.

— Bem — dou de ombros —, era isso ou joias.

Ele ri, e um calor se espalha pela minha barriga. É bem difícil fazê-lo sorrir, então uma risada é como ganhar na loteria.

Seus olhos se enrugam de diversão enquanto ele olha para o horizonte.

— Quando eu era criança, eu ficava na casa de repouso porque minha mãe era a diretora de atividades lá, e vou te dizer, aprendi umas habilidades loucas naquele lugar. — Ele faz uma pausa para olhar para mim.

— Casa de repouso — repito, apenas para ter certeza de que não estou imaginando essa conversa.

— Isso. — Ele confirma. — Eu me tornei um especialista em canastra, *bridge*, besigue, mexe-mexe, sei jogar todos. Mas mexe-mexe é o meu favorito, e nós apostávamos dinheiro. Dinheiro de verdade, não o dinheiro falso do Banco Imobiliário que eles usavam nas outras alas — ele diz com uma voz séria, como se tivesse oito anos de idade novamente e estivesse tentando impressionar um adulto.

— Por favor, me diga que você não jogava com pessoas que tinham demência — digo.

— Eu não sou um monstro, Penina. — Ele olha para mim e sorri. — Mas eu mandava muito bem, melhor do que os velhinhos. E acabei ficando tão bom que ninguém queria jogar comigo.

Minhas sobrancelhas se levantam.

— Eu deveria ficar impressionada com isso?

Ele sorri e a covinha em sua bochecha se afunda.

— Claro que sim.

Caio na gargalhada e ele também, e me ocorre que não me divertia tanto assim há muito tempo.

Doze

"A maneira como me visto depende de como me sinto."
— Rihanna

Cometi o erro de falar com Libby antes de ir para a cama ontem à noite, e isso me custou uma noite de sono. Ela falou sobre a possibilidade de se mudar para Detroit por causa de moradias mais baratas e porque Natan tem um amigo lá que é *headhunter*. Tentei convencê-la de que era uma má ideia, mas então ela começou a ficar chateada, e eu tive que voltar atrás muito rápido e disse que o Lago Michigan é lindo.

E Fraydie é um mistério total. Sua barriga parece menor, mas então ela reclama sobre como está cansada, *e* ouvi minha mãe dizer a ela que não é saudável comer um pote inteiro de picles em uma sentada. E o mais estranho é que ninguém fala nada sobre isso. Nem Fraydie, nem minha mãe, nem Libby. Estou começando a me perguntar se sonhei com tudo isso.

— Ah, escuta essa — Maya diz, olhando para mim de seu celular. Sempre que o movimento da loja está tranquilo, Maya pega o telefone e lê, em voz alta, artigos malucos, depois faz perguntas para me testar e ter certeza de que ouvi. O que acontece cerca de sessenta por cento das vezes. — O sinal número nove de que você está prestes a encontrar sua alma gêmea é quando você desistiu do desejo de controlar os acontecimentos. Trata-se do tempo divino, e quando o Universo quiser que vocês se encontrem, nada impedirá que vocês fiquem juntos.

— Bom, eu desisti há mais ou menos uma década, e olhe para mim — digo, mexendo o dedo anelar. — Ainda solteira.

Ela balança a cabeça, junta o longo cabelo loiro e o torce por cima do ombro. Ela está canalizando a Barbie hoje, com um macacão fúcsia com um cinto preto em forma de C na cintura e grandes brincos de argola. Gostei tanto do visual que postei uma foto dela no meu *feed* hoje cedo, mesmo que seja algo que meus seguidores não usariam.

— Porque você não me ouve — ela diz. — Já te disse um milhão de vezes que se você tiver um perfil no *Bumble*...

— Ainda é não — digo. — Não guardei minha virgindade por vinte e nove anos para deixar um cara aleatório da internet...

— Você não *tem que* transar — ela interrompe, como se fosse a coisa mais óbvia do mundo. — Nem todo mundo está lá para isso. — Ela abaixa o celular e arruma o cabelo no espelho. — Mas definitivamente um pouco te faria bem — ela acrescenta em voz baixa.

— Eu ouvi — digo.

Uma pigarreada alta nos assusta, e é difícil dizer qual de nós duas fica mais horrorizada ao ver Sam encostado casualmente na parede, como se estivesse lá há algum tempo. As bochechas de Maya ficam com um tom atraente de rosa, e eu sinto o sangue sumir do rosto. Por que ele não apareceu de fininho antes, quando estávamos falando sobre uma série qualquer?

— Estou esperando alguém — ele diz, mantendo uma expressão neutra. — Eu ia esperar aqui, mas... — Ele pausa e faz um movimento vago com a mão em nossa direção. — Por favor, lembrem-se de que este é um ambiente de trabalho; portanto, tenham conversas apropriadas. — Ele olha para Maya e para mim para ver se nos opomos. — Estarei no meu escritório.

Assim que ouvimos o clique de sua porta se fechando, Maya diz:

— Ele também precisa de um pouco.

Faço um gesto afirmativo com a cabeça.

— Finalmente concordamos em alguma coisa.

Ultimamente, tenho tentado conciliar essa ideia de quem eu achava que Sam era e quem ele é quando ninguém mais está por perto. É estranho, mas quando ficamos sozinhos, parece que estou com uma versão diferente dele, a *real*, em que ele é brincalhão e engraçado e até um pouco vulnerável. Mas quando voltamos à loja, ele retorna à sua versão chefe assustador.

Maya balança as sobrancelhas e sorri.

— Quais são as chances de que o amigo de Sam seja tão gostoso quanto ele?

Como Minneapolis não é exatamente um lugar repleto de caras que se parecem com modelos, eu respondo:

— Zero?

Quando você vive em um clima frio o suficiente para congelar seus mamilos, celulite é tipo uma camada extra de proteção.

Pouco tempo depois, um carro estaciona na frente da loja. A porta do motorista se abre e um anjo da Victoria's Secret surge. A mulher tem um rosto de estrela de cinema emoldurado por cabelos longos e ondulados, e pernas que se estendem por quilômetros. Ela está com uma blusa branca, suspensórios e uma minissaia xadrez.

Ela é gostosa com G maiúsculo.

— *Amei* a roupa dela — digo enquanto ela se dirige para a frente da loja. — É a essência dos anos noventa, Britney encontra Alicia Silverstone em *As Patricinhas de Beverly Hills.*

— Sério? — Maya replica. — Acho que está mais para velhote encontra garota católica travessa que encontra professora universitária indecente.

Vou fingir que não ouvi.

A porta se abre e coloco meu sorriso profissional, mas não ameaçador.

— Olá, bem-vinda à Kleinfeld's — digo. — Como posso ajudá-la hoje?

— Oi. Estou aqui para me encontrar com o dono, Sam. — Ela coloca os óculos de sol na cabeça, em seu cabelo escuro brilhante, e sorri. — Meu nome é Keila Bergman. Ele está me esperando.

Há uma pausa dramática enquanto Maya e eu processamos que a pessoa que Sam está esperando *não* é um homem, e, além disso também é gostosa o bastante para ser modelo.

— Sim, ele disse que você estava a caminho — digo, sendo a primeira a se recuperar. Contornando o balcão faço um movimento com a mão para que ela me siga. — Vou levá-la ao escritório dele. Posso pegar algo para você beber? Café, chá, água? — O cheiro dela é uma mistura de ervas e flores.

— Você tem chá verde?

— Não tenho certeza, mas vou verificar. — Bato na porta de Sam e a abro quando ele diz para entrar.

— Ei, você. — Ele sorri, levantando-se para cumprimentá-la.

Tenho um vislumbre dele abraçando-a ao fechar a porta, e sinto uma pontada de irritação, embora não saiba direito o porquê. Talvez eu esteja irritada porque durante o tempo que passamos juntos, ele não tenha se incomodado em dizer que tinha uma namorada. Quer dizer, tipo, ela poderia ser apenas uma amiga e nada mais do que isso – ele disse mesmo que tem amigas –, mas amigas que são só amigas não deveriam ser menos... sei lá... *atraentes*?

Preparo o chá, pego um pacotinho de adoçante e volto para o escritório de Sam.

— Toc, toc — chamo com a bebida quente na mão.

— Obrigado, Penina — Sam diz enquanto coloco a xícara em uma mesinha de canto ao lado da mulher. Ele projeta o queixo em direção a ela e acrescenta: — Keila é oncologista pediátrica no Trinity.

Então ela não é apenas maravilhosa, é brilhante também. E obviamente compassiva, pois por que mais alguém entraria em uma área como essa? Não consigo imaginar nada pior do que ter que dizer aos pais que o filho tem câncer, mesmo que a criança acabe ficando do lado bom das estatísticas.

— Penina é voluntária na UTI neonatal — Sam diz a Keila, como se ele fosse um professor apresentando um novo aluno à classe, e ele quer que todos sejam legais.

— Que ótimo. — Ela faz um gesto afirmativo com a cabeça tomando um golinho de chá. — E a ala pediátrica? Você alguma vez já ajudou lá?

Balanço a cabeça.

— Acho que bebês sempre foram mais a minha coisa. — Sinto o olhar de Sam em mim, e só posso imaginar o que ele está pensando. Mas prefiro não imaginar.

— É, entendo. — Ela sorri e coloca o chá na mesa. — É legal da sua parte se voluntariar.

A verdade é que ganho tanto com isso quanto os bebês, mas não estou aqui para socializar.

— Me avise se precisar de mais alguma coisa — digo e fecho a porta.

Quando volto para a loja, Maya está franzindo a testa e olhando o celular, provavelmente verificando o horóscopo de Sam ou comprando sapatos. Pego a caixa de joias que precisam de reparos e começo a consertar um relógio masculino Rotary. É um modelo mais antigo, e pode levar um tempo para arrumá-lo, então puxo um banquinho para ficar confortável ao mesmo tempo em que Maya dá um súbito gritinho de animação.

— Achei a moça! — Maya exclama, e dá um soco no ar. — Puta merda, ela é modelo de biquíni. Espera, não, modelo de lingerie. Opa, acho que ela não está vestindo nada aqui.

Olho para ela.

— De quem você está falando?

— Da *"amiga"* de Sam — ela diz, fazendo aspas no ar com os dedos. — Onde ele encontra essas mulheres? Você acha que ele vai a clubes de strip? Porque, para sua informação, não gosto de caras que frequentam esses lugares.

Balanço a cabeça.

— Acho que você não achou a mulher certa. Keila é médica.

— Isso explicaria isso aqui então. — Ela mostra o celular e vejo uma foto de Keila de uniforme cirúrgico sorrindo para uma criança careca que está mexendo em seu estetoscópio, com a legenda: *Amo meus pacientes! Tirando fotos para o site do Hospital Trinity.* — Calma, ela é médica *e* modelo de biquíni. Isso é mesmo… Quero dizer, isso não é… estou *muito* triste agora.

— Eu também — suspiro e pego o telefone. Ninguém pode criticar Sam por seu gosto por mulheres; Keila é a fantasia completa de todo homem. Rolo o perfil dela no *Instagram*, que consiste principalmente em fotos inocentes dela e dos colegas de trabalho, seus gatos, alguma comida que ela fez, trilhas na natureza e, na verdade, nem tantas fotos de biquíni assim, mas Maya, é claro, concentrou-se nelas. — Acho que se você tem o que mostrar, mostre, certo? — digo, usando um de seus bordões ao devolver o telefone para ela.

— Não, errado. Ela não deveria postar fotos de biquíni. Não é profissional — ela fala com raiva, acenando com a mão na direção do escritório de Sam.

— *E* ela está namorando o solteiro mais gostoso da área. Tipo, tem alguma coisa na vida dela que *não seja* perfeita?

O comichão de irritação piora quando imagino Sam e Keila juntos, e agora estou irritada comigo mesma por ficar irritada.

— Talvez os móveis dela estejam cobertos de pelos de gato — respondo, girando a coroa do relógio. — Ou a casa dela é muito bagunçada.

— Grande coisa. — Ela revira os olhos. — Essa sou eu todos os dias.

Como alguém que já visitou a casa da Maya várias vezes, posso corroborar essa declaração.

— Talvez ela seja uma acumuladora e a casa esteja cheia de baratas.

— Melhor. — Maya diz, aprovando.

A porta se abre e um cliente entra, desviando a atenção de Maya. Eu continuo trabalhando no relógio, mas minha mente está presa no quanto a vida de Keila é perfeita. Dizem que a vida de ninguém é perfeita, não importa o quanto pareça ser nas mídias sociais, mas, e se estiverem errados?

Estou tão agitada pensando nisso que a pinça acidentalmente atira o mostrador do relógio, que rodopia no balcão. Respiro fundo e tento relaxar, mas a única coisa que funciona é imaginar Sam dizendo a Keila que ele simplesmente não está interessado nela, que ele prefere mulheres que comem comida normal e que optam por relaxar no sofá em vez de malhar.

Não é que eu queira Sam – é só que não quero que Keila o tenha. O que claramente significa que tenho a maturidade de uma estudante da segunda série.

Estou polindo o relógio quando Sam conduz Keila para fora da loja com a mão nas costas dela. Maya faz contato visual comigo e aponta para eles com a cabeça, como se dissesse: *Eu não te disse?*

Dou de ombros como se dissesse: *A vida é uma merda.* A triste verdade é que esses dois foram *feitos* um para o outro. Ambos são lindos e ricos. Ele é um grande filantropo e faz parte do conselho de diretores do hospital em que ela trabalha, eles têm uma química louca e provavelmente terão filhos incrivelmente inteligentes e absurdamente bonitos. Mas... eu me recordo, é possível que a vida de ninguém seja assim tão perfeita.

Tipo, as pessoas devem olhar para Libby e pensar que ela tem uma vida perfeita: um marido amoroso, filhos saudáveis, uma bela casa. Elas não saberiam do estresse financeiro que pode lhes tirar a casa e que o tempo para salvá-la está se esgotando. Não saberiam o quanto isso está afetando seu casamento ou que eles talvez tenham que se mudar para Detroit por causa disso. Você nunca sabe o que acontece por trás das portas. Então, Keila deve ter sua cota de problemas também.

Vinte minutos depois, aparece uma mensagem de Sam no grupo do WhatsApp dos funcionários.

> A Dra. Keila Bergman será homenageada no banquete anual do Trinity no domingo, 23 de junho. Comprei algumas mesas no evento, então reservem a data e se programem para se juntar a mim lá.

Retiro tudo o que disse: a vida de Keila *é* perfeita. E não é só isso, agora o resto de nós tem lugares na primeira fila para assistir.

*   *   *

Termino a lavagem de mão e braço de dois minutos exigida pela UTI neonatal, tiro o pé do pedal preso ao chão e balanço a mão na frente do suporte de papel toalha com sensor de movimento. Vejo minha imagem de relance no espelho sobre a pia e percebo o quanto pareço uma cirurgiã prestes a entrar na sala de cirurgia com o uniforme de hospital, luvas e máscara. Tem um vírus chato circulando e, como o sistema imunológico dos prematuros ainda não está totalmente desenvolvido, há uma nova regra que exige que todos que entram na UTI neonatal precisam estar com máscara e uniforme.

— Bem na hora — Delilah fala quando entro no berçário, dando tapinhas nas costas de uma bebê com uma das mãos e segurando um babador com a outra. — Esta aqui está ficando com fome.

— Perfeito. — Sorrio, sento na cadeira de balanço ao lado do berço da bebê.

— Calma, calma — ela diz à bebê, que está mostrando que tem excelentes pulmões. — Já tá vindo, tá vindo. — Ela gentilmente abaixa a bebê em meus braços e depois me passa a mamadeira e o babador.

Enxugo as lágrimas da bebê com delicadeza enquanto ela suga avidamente o bico da mamadeira. Mesmo que eu nunca a tenha visto antes, parece a coisa mais natural do mundo segurá-la contra o peito, dando-lhe calor e nutrição. Por um momento, somos apenas nós duas conectando alma com alma, e todas as tensões das últimas semanas se evaporam. Êxtase.

Mas então Delilah abre a boca.

— Como está sua vida amorosa? Algo novo a relatar?

Olho para ela e tenho um breve debate comigo mesma se devo contar a verdade sobre Zevi. Como ninguém na minha "vida real" sabe que sou voluntária aqui – com exceção de Sam —, não há razão para não confiar nela. Não é como se Delilah fosse ligar para minha mãe ou alguém da minha comunidade para contar a verdade.

— Sim. Mas — digo, balançando a cadeira lentamente — você tem que prometer não rir.

— Eu jamais faria isso — ela responde, colocando a mão sobre o peito e tentando parecer inocente. — Mas fale rápido, porque só tenho alguns minutos.

— Ok — respondo e respiro fundo. — Basicamente, tem esse gay judeu ortodoxo, Zevi, que vai me dar muito dinheiro para eu me casar com ele. — Franzo a testa. — Ei, você prometeu que não ia rir.

— Eita! — Ela ri, batendo na coxa. — Eu não esperava ouvir isso. Desculpe, desculpe — ela fala sem fôlego. — Continue.

Espero até que ela se acalme para continuar. Delilah, não a bebê.

— Ele quer se casar porque isso deixaria a mãe, que está morrendo, muito feliz. E eu preciso do dinheiro porque minha irmã vai perder a casa em dois meses. Mas — paro e arrumo o gorrinho da bebê — além de ter que sair daqui e me mudar para Nova York, não gosto de ter que mentir para todo mundo, incluindo a minha própria família. E, na minha comunidade, divórcio é mais uma marca negativa, então ficaria ainda mais difícil para eu encontrar alguém para casar comigo de verdade depois. — Tiro a mamadeira da boca da bebê, coloco a criança sobre o meu ombro e gentilmente dou tapinhas nas costas dela. — De certa forma, é como vender minha vida para salvar a da minha irmã. Sei lá. — Suspiro. — Ideias?

— Nossa! — Delilah coça a cabeça, agora séria. — É muita coisa para processar. E por que sua irmã vai perder a casa?

Suspiro novamente, olhando para a bebê.

— É uma longa história, mas meu cunhado se meteu numa bagunça financeira e usou a casa deles como garantia. E ele não tem como arranjar dinheiro suficiente para salvá-la agora, a não ser que ele ganhe na loteria ou algo assim.

— E Zevi lhe daria dinheiro suficiente para cobrir a casa se você se casar com ele?

— Exato — respondo.

— Não faça isso — ela diz, balançando a cabeça. — Pior ideia que já ouvi.

— Sério? — O tom dela implica que é óbvio, mas eu pressiono. — Por que você diz isso?

— Porque... — ela diz, olhando para seu relógio e puxando uma cadeira. — Sua irmã tem quantos anos?

— Trinta e um.

— Exatamente. — Ela faz um gesto afirmativo com a cabeça, como se eu tivesse acabado de reforçar seu argumento. — Ela é uma mulher adulta, e é a vida *dela*, o problema é *dela*. Não seu.

— Eu sei — digo, um pouco irritada. — Mas ela é *minha irmã*, e eu a amo. É por isso que o problema dela é meu problema.

— Errado. — Delilah balança a cabeça. — Você sabe qual seria meu nível de pobreza se eu socorresse meu irmão toda vez que ele pedisse dinheiro?

Dou de ombros. Na minha opinião, ajudar a família é mais importante do que qualquer outra coisa.

— Às vezes, a melhor maneira de ajudar alguém — ela continua, — é deixá-los se debater para que eles possam descobrir a solução sozinhos. Se não eles nunca vão aprender com os erros deles porque sabem que você estará lá para salvá-los. Vai por mim, é um ciclo infinito, e você vai acabar quebrada e ressentida com eles.

Não consigo me imaginar ressentida com Libby. Natan, por outro lado, aí é outra história. A bebê começa a se mexer, então eu deixo a mamadeira de lado e a faço arrotar.

— Quanto a Zevi e a mãe — ela continua —, você deve ficar fora disso. Isso também não é problema seu. Não cabe a você arrumar a bagunça de todo mundo.

— Você está parecendo o Sam — murmuro.

— Quem?

— Meu chefe. — Olho para o outro lado da sala, onde eu o vi pela primeira vez. — Ele é um dos grandes doadores aqui, Sam Kleinfeld.

Um alarme dispara e ela levanta um dedo.

— Guarde essa informação. — Quando ela volta um minuto depois, diz: — Esse alarme deve ter mexido com a minha cabeça porque eu poderia jurar que você disse que Sam Kleinfeld é seu chefe.

A respiração quente da bebê faz cócegas no meu pescoço, fazendo eu me contorcer.

— Sim. Ele é.

A boca de Delilah se abre em choque.

— Estamos falando do Sam Kleinfeld alto, moreno e deliciosamente bonito? O doador do hospital?

Confirmo com a cabeça. Dizem que a beleza está nos olhos de quem vê, mas parece que todos têm a mesma opinião quando se trata dele.

— *Grrr!* — Ela joga as mãos para cima. — E você só teve tempo de me dizer isso *agora*?

— Desculpe. Esqueci que você o conhece. — Faço pequenos círculos com a mão nas costas da bebê. — E não é relevante para a minha vida, exceto pelo fato de que vocês dois acham que eu me esforço demais para resolver os problemas das outras pessoas.

— Espera aí — ela diz. — Ele não é casado, né? Ele não usa aliança.

A bebê parou de se mexer, então eu me sento e ofereço a ela o resto da mamadeira.

— Não, mas ele está namorando alguém. Pelo menos parece que está. — Ajeito o travesseiro sob meu cotovelo e pergunto: — Você conhece a Dra. Keila Bergman? Ela trabalha aqui. — Delilah balança a cabeça. — Bem, ela será homenageada na celebração anual.

— Parece que essa celebração é mais uma grande festa que ele vai fazer para dar um prêmio à namorada.

Dou risada.

— É. Basicamente.

Delilah balança a cabeça.

— Bem, é uma pena que ele já tenha sido fisgado. Todas as enfermeiras têm uma queda por ele. Até Ryan — ela acrescenta, apontando o queixo para um enfermeiro.

Dou um sorriso.

— Você deveria avisá-lo que Sam está fora do mercado.

Delilah se levanta e se espreguiça.

— Querida, todo mundo está no jogo até o dia do casamento. — Ela me analisa por um momento e diz: — Ele é judeu, não é?

— Você é católica — digo, me recusando a entrar na dela. — E já é casada.

Se eu não tivesse um bebê em meus braços, ela provavelmente me daria um soco.

— Penina, estou falando sério. Você deveria ir atrás dele.

— Você está realmente me dizendo que eu deveria tentar roubar o namorado de outra pessoa? — questiono.

Ela responde com entusiasmo.

— Sim!

Suspiro.

— Mesmo que ele *fosse* solteiro, não ia dar certo.

— Ah, é? Por quê? — Ela coloca as mãos na cintura e faz uma careta para mim. — Porque ele não tem algum complexo com a mamãe como as pessoas dos seus últimos encontros? Isso é uma exigência sua?

Estreito os olhos.

— Golpe baixo. — A verdade é que há muitas razões: meu estilo de vida é totalmente diferente; não posso ter filhos; ele vê o casamento como uma negociação comercial; e ele é muito mandão. Mas se eu dissesse isso a ela, ela iria discutir comigo. A bebê solta um arroto, e eu a elogio, e então me viro para Delilah. — É complicado.

— É complicado mimimi.

Reviro os olhos. Delilah tem um filho de doze anos, e toda vez que fica frustrada comigo, ela recai na linguagem de menino pré-adolescente.

— Eu desisto de você. — Ela pega a mamadeira abandonada e sorri para a bebê. — Bom trabalho, garotinha — ela murmura esfregando as costas da bebê, e depois olha para mim. — Tenho que documentar e tirar sinais vitais. Você pode embalá-la para que ela durma?

— Claro. Essa é a melhor parte.

Delilah ri e dá um tapinha no meu ombro.

— Ok, divirta-se. E enquanto estiver balançando, pense no que eu disse sobre não consertar a vida das outras pessoas. Concentre-se em viver a *sua*. Certo?

— Aham — digo, e outro alarme dispara. Delilah se dirige para o lado oposto do berçário, onde a máquina apita, e eu troco a bebê de ombro. Fecho os olhos, respirando o cheiro familiar de recém-nascido, e me concentro na sensação do coração da bebê batendo contra o meu. Gostaria de poder parar no tempo e fingir, mesmo que por um breve momento, que esta criança é minha, em vez de ser de outra pessoa. Às vezes, o anseio de ser mãe é tão forte que literalmente me deixa sem ar, e eu tenho que me lembrar de respirar. Fico dizendo a mim mesma que vai ficar mais fácil com o tempo, que essa dor no meu peito vai acabar se extinguindo, que chegará um dia em que vou ver uma mulher grávida e não sentir inveja; mas, no fundo, eu sei a verdade: não importa quantos anos ou décadas se passarem, não vai ficar mais fácil. Nunca vou fazer as pazes com o fato de que não posso ser mãe.

Treze

"Se as meninas se vestissem para os meninos, elas simplesmente andariam nuas o tempo todo."
— Betsey Johnson

Dou outra mordida no sanduíche de atum que preparei às pressas no início desta noite depois de receber um telefonema de Gina. Ela exigiu que eu voltasse à loja vinte minutos depois que saí porque estava com uma crise de enxaqueca. Então, agora estou presa aqui com uma tonelada de mercadoria nova que precisa ser guardada, em vez de fazer algo divertido, como bisbilhotar no *Instagram*.

E para piorar, estou com uma saia lápis apertada, que ficou ótima no *reel* que fiz, mas que não permite coisas como se curvar ou se mexer em geral.

Clico no ícone "Caixa de Entrada" no celular e passo pela lista de lixo eletrônico e anúncios, quando vejo um e-mail de Zevi.

De: Zevi@zevproductions.com
Para: Penina613@gmail.com

30 de maio de 2022, às 19:32

Olá, Penina

Espero que esteja tudo bem com você. Enquanto está analisando as possibilidades, achei que seria uma boa ideia se você viesse a NY para nos conhecer um pouco melhor. Será um prazer trazê-la até aqui e fazer a reserva do hotel (a não ser que prefira ficar conosco). Isso pode ajudá-la a visualizar as coisas para que você possa tomar uma decisão mais consciente.

Me diga o que acha e se tem alguma pergunta.

Até,
Zevi

O homem sabe como botar pressão, isso é fato. Embora não possa culpá-lo, já que sua mãe está morrendo, e pessoas que estão morrendo são muito imprevisíveis. Fico desejando que algum milagre aconteça e a casa de Libby seja salva, e aí não preciso responder sim. Só preciso que Libby ganhe na loteria, que a mãe de Zevi aceite a homossexualidade do filho, e que um cara gato apareça na minha porta, me pedindo em casamento. Estou pedindo muito?

Meus dedos pairam sobre o telefone, deliberando o que escrever em resposta. Responderei mais tarde.

Murmuro a oração após uma refeição, depois vou para a frente da loja e tranco as portas. Minha mente dá repetidas voltas em torno de todos os cenários possíveis, como um hamster em uma roda indo a lugar nenhum.

Voltando, noto uma luz escapando pelas persianas do escritório de Sam. A equipe de limpeza deve ter deixado a luz acesa, já que Sam foi para Nova York em uma viagem de negócios. E por mais que eu não diria que senti falta dele, tem sido meio chato sem ele – embora Maya esteja sendo especialmente melodramática desde o *post* de Keila no *Instagram* ontem, então isso tem me mantido ocupada. Era uma foto de um grupo com ela, Sam e algumas pessoas mais velhas do lado de fora do Castelo Belvedere, em Manhattan, e pelo jeito, a viagem não é *apenas* a negócios.

Mas tudo bem. Eu não dou a mínima.

Torço a maçaneta e abro a porta, depois congelo...

Um homem grande e peludo está de pé na sombra, de costas para mim. Ouço sangue palpitar nos ouvidos, e um grito primitivo enche o ar, e leva um momento para eu perceber que vem de mim.

O homem se vira de súbito, e eu pisco para focar.

— *Sam?* — falo num arquejo, com as mãos junto ao peito. — O que você está fazendo aqui? *Ai, meu D'us*, você está pelado — acrescento baixinho.

Ele me dá um olhar que dá a entender que joguei muito videogame quando criança.

— Este é o meu escritório, Penina. E a maioria das pessoas bate, em vez de invadir.

123

Eu sei que palavras estão saindo da boca dele, mas estou muito ocupada admirando a visão gloriosa que é Sam sem camisa para prestar atenção. O corpo dele deveria ser adicionado à lista das Sete Maravilhas do Mundo. As pessoas pagariam para ver isso. Seus ombros são tão largos, tão musculosos, tão… *grandes*. E seu peito tem um punhado mais que perfeito de pelos que leva ao que a expressão abdômen definido nem começa a descrever. Ele é todo liso e cheio de sulcos e peitoral, não o tipo de músculos que você obtém sentado na *yeshiva*[14] estudando a Torá. Quando é que ele encontra tempo para malhar?

— Penina.

Eu pisco, mas não tiro os olhos do peito dele.

— O quê?

— Você se importa de se virar?

Olho para o rosto dele.

— Ah, desculpa. — Eu me viro para a porta, o que é providencial, porque minhas bochechas estão pegando fogo. Não acredito que ele me pegou babando em cima dele. *Que constrangedor*. Ainda mais depois do meu longo discurso no carro sobre como ele não é meu tipo. Agora, ele provavelmente vai me demitir por assédio sexual e, nesse caso, não terei outra opção a não ser me casar com Zevi.

Meu coração ainda está batendo muito rápido, mas não sei se é pelo choque de vê-lo aqui ou pelo choque de vê-lo sem camisa. Respiro fundo e devagar.

— Você não deveria estar em Nova York?

— Voltei antes.

O som do zíper de uma calça sendo aberto faz com que meu coração quase pule do peito.

— E você está se trocando aqui porque…?

— É uma longa história. — Ele solta um suspiro profundo. — A criança sentada ao meu lado no avião tinha uma pontaria ruim quando vomitou. E a avó me apalpou sob o pretexto de me limpar.

Eu aperto os lábios. *Não ria, não ria. Ele já acha que você é muito imatura.*

— Sinto muito — consigo dizer, então aperto os lábios com força. — Por que você não se trocou no aeroporto?

— Porque algum idiota colocou minha bagagem em um avião para El Paso.

Mordo o interior da bochecha e limpo a garganta.

— Por que você não foi para casa então?

— Ah, eu fui — ele diz, em um tom pessimista. — Mas minha faxineira decidiu se mudar para lá, e ela estava de porre. Ela ficou me chamando de Alfonso e depois me expulsou de casa com um daqueles aspiradores de mão ligado no máximo. E, antes que você pergunte, meu pai estava com visita,

---

14 Tradicionalmente, é a instituição que ensina o Talmude para meninos. Hoje em dia existem *yeshivas* para homens e mulheres.

então eu não podia ir para lá. — Silêncio. — Para uma pessoa gentil, você tem um senso de humor realmente distorcido.

Estou curvada e rindo tanto que minha barriga dói. Tento dizer alguma coisa, mas não consigo formar uma frase completa sem soltar risadas histéricas. Finalmente, respiro fundo algumas vezes.

— Você já se vestiu? — pergunto.

— Estou vestido há uns cinco minutos.

— Obrigada por me avisar. — Eu me viro. Ele está com uma camiseta preta que está esticada e apertada em seu peito, e eu faço um esforço enorme para não olhar, especialmente agora que sei o que está por baixo dela. — Gina estava com dor de cabeça, então estou cuidando do novo carregamento — digo, sentindo a necessidade de explicar por que estou aqui a essa hora da noite.

— Eu sei. — Ele assente. — Ela me mandou uma mensagem.

Aceno com a cabeça e mordo o lábio. O único som na sala é o tique-taque do relógio de parede, e é aí que me dou conta – estamos sozinhos. *Completamente sozinhos.*

— Há, preciso te dizer uma coisa — digo, esfregando a nuca —, e só para te avisar, vai ser estranho. — Mordo o interior da bochecha pensando em uma maneira de me expressar para que ele entenda. Não quero soar como uma religiosa fanática. E, ao contrário de algumas das leis ortodoxas, esta realmente faz sentido. — Mas é algo que tenho que fazer.

Sam vai para a frente de sua mesa e se senta, então sinaliza para eu me sentar.

— De quão estranho estamos falando?

— Não sei. — Sento em uma das cadeiras de frente para a mesa e considero a questão. — Não é informação demais ou algo do tipo... é meio que, tipo, vai soar estranho.

Ele se recosta e apoia a cabeça nas mãos. Há uma inteligência astuta em seus olhos semicerrados, juntamente com uma dose de suspeita.

— Não esperava menos.

Finjo que não ouço o que ele disse.

— Ok, então, você sabe que estamos sozinhos agora, em um prédio trancado?

Uma de suas sobrancelhas se levanta. Ele inclina a cabeça, como se estivesse tentando avaliar algo.

— Estamos sozinhos em um prédio trancado — ele repete.

— À noite — acrescento. — Ninguém vai aparecer até amanhã de manhã, certo?

Ele abaixa as mãos e abre a boca, mas não sai nada. Ele assente sem dizer nenhuma palavra.

— E acontece que, tecnicamente, eu não deveria estar em um lugar trancado com um homem. — Suspiro e passo a mão na nuca tentando descobrir qual a melhor maneira de dizer isso. — Muitas das leis que os judeus ortodoxos seguem existem para evitar pecados. De modo que um homem e uma mulher que não são casados um com o outro podem ficar tentados a fazer alguma coisa... — Faço um movimento vago com a mão.

— Alguma coisa? — Ele se inclina para frente e une as pontas dos dedos formando uma pirâmide. — Você poderia ser mais específica?

Sério? Sinto umidade se acumulando nas minhas axilas e no buço. Por que está tão quente aqui, e por que ele está deliberadamente me seduzindo?

— Só... você sabe. Coisas físicas — digo, enxugando o suor do buço.

— Polichinelo? Abdominal? Tai chi?

Eu sabia que ele tornaria isso mais difícil do que deveria ser.

— Você *sabe* do que estou falando.

Ele se inclina para trás na cadeira e cruza os braços.

— Não faço ideia.

— Você quer que eu desenhe?

Lentamente, um sorriso aparece em seu rosto.

— Ótima ideia.

— Ai, meu D'us. — Eu me levanto e começo a andar, sacudindo as mãos para liberar a tensão que percorre meu corpo. Não consigo fazer isso. Não posso ficar olhando para o homem mais sexy do mundo e falar casualmente sobre tópicos sexuais. Isso está acima e além do meu conjunto de habilidades. É como oferecer a alguém um bife suculento quando a pessoa está fazendo dieta líquida.

Abano o rosto com a mão.

— Está muito calor aqui?

— Está — ele concorda, dando um passo em minha direção. — O que você estava dizendo sobre nós estarmos sozinhos em um prédio trancado?

Engulo em seco e balanço a cabeça, e percebo que tenho que falar com ele sobre isso, então faço um gesto afirmativo com a cabeça. Concentro-me em um ponto acima de sua cabeça e digo:

— Então, ou um de nós deixa o prédio ou destrancamos as portas. — Contanto que eu não olhe para ele, vai ficar tudo bem.

E isso só funciona por cinco segundos. *Você tem uma força de vontade impressionante, Penina.*

Sam passa a mão pelo cabelo, fazendo-o ficar todo arrepiado. As olheiras e a expressão abatida sugerem que ele não teve uma noite de sono das melhores.

— É, isso não vai acontecer. Mas dou minha palavra de que nenhuma "coisa física" vai acontecer aqui — ele diz, fazendo aspas no ar com os dedos. Ele faz uma pausa, engancha os polegares nos passadores da calça, em seguida, acrescenta com uma voz preguiçosa: — A não ser que... — ele deixa no ar.

O suor se acumula em lugares indescritíveis e minhas mãos começam a tremer. Esse "a não ser que" está me matando. Eu me sinto como um cordeiro que vai ser sacrificado prestes a ser jogado na cova dos leões.

Deixe quieto, deixe quieto, não vá por esse caminho.

— A não ser que... — eu me ouço dizer. *Menina má!*

Seus olhos vagueiam pelo meu rosto e se fixam nos meus lábios.

— Você quer que eu desenhe?

Fecho os olhos e me lembro de todas as razões pelas quais não faço sexo fora do casamento. Infelizmente, me deu um branco, e agora não consigo me lembrar de nenhuma. A única coisa de que meu cérebro parece lembrar é a visão do peito de Sam, o que não me ajuda. Ouço um movimento, abro os olhos e vejo Sam se distanciando. Inacreditavelmente, não sei se estou mais decepcionada ou aliviada.

— Como eu estava dizendo, não vai acontecer nada — ele diz em um tom brusco, voltando à sua versão chefe. Ele liga o computador e olha para a tela.

Eu me pergunto o que o fez voltar ao modo chefe no espaço de tempo de trinta segundos. Atravesso a sala para aumentar a distância entre nós.

— Não é um sistema de honra. Você não pode simplesmente prometer ser bom.

Ele franze a testa, pega uma caneta e dá batidas com ela num movimento ritmado.

— Então vá embora.

— Vou, assim que terminar de guardar o novo carregamento. Não vou ter tempo para fazer isso pela manhã.

Temos um impasse silencioso até que Sam diz:

— Na semana passada você estava sozinha comigo no carro.

— Bem, sim, mas carro é diferente. — Depois de um momento, acrescento: — Mas apenas durante o dia.

Sam murmura algo baixinho e puxa o celular do bolso de trás.

— Vou ligar para o seu rabino. Qual é o número dele?

— Ele está de férias com a esposa, então prefiro não incomodá-lo.

Ele se levanta com uma expressão fechada no rosto.

— Você prefere correr o risco de ser mantida sob a mira de uma arma enquanto a loja é roubada?

— Não acho que esta seja uma situação como essa — digo, habilmente evitando a pergunta. Cara, eu sou boa. Eu deveria ter ido para a política. Ou direito.

Sam contrai a mandíbula enquanto se senta na borda da mesa.

— Olha, Penina. Há milhões de dólares em mercadoria nesta loja. Sem chance de eu deixar as portas destrancadas à noite. Além disso — ele acrescenta com a voz beirando o desespero —, não sou o tipo de cara que fica com uma mulher contra sua vontade. Não é algo que me excita, ok?

O que me faz pensar: o que o excita? Provavelmente algo que envolva Keila de biquíni e estetoscópio. Uma pontada de culpa me atinge quando me lembro da existência dela. Não que algo tenha acontecido.

— Não se preocupe, sei que você não é esse tipo de cara — eu o tranquilizo. — Minha preocupação não é com você... — *fazendo qualquer coisa comigo.*

Sam inclina a cabeça.

— Então qual é o problema? É você? Você está tendo dificuldade de manter as mãos longe de problemas?

— *Não* — eu bufo. Mas apenas por segurança, cruzo os braços no peito para manter as mãos onde eu possa vê-las. — A questão não é essa… temos que fazer isso porque a Torá diz.

Sam bate na testa.

— E se a Torá dissesse para saltar de uma ponte, você faria isso também?

— Essa seria uma pergunta para o meu rabino local.

— I-na-cre-di-tá-vel essa porra. — Sam passa a mão pelo rosto e começa a andar. — É uma loucura completa. Você percebe, não é, que isso não faz sentido?

— Na verdade, há muita lógica nisso — eu rebato.

— Você acabou de dizer que sabe que não vamos encostar um no outro!

— Bem, não posso ter certeza disso, posso? — Reviro os olhos. — Você *pode* me atacar. Nada é certo na vida.

— É isso. Já chega. — Sam enfia a mão no bolso da calça e puxa um chaveiro de latão. — Pegue. — Ele o joga na minha direção, mas, como a atleta terrível que sempre fui, eu instintivamente pulo para longe em vez de tentar pegá-lo. Ele bate no chão a vários metros de distância enquanto Sam caminha em direção à porta e a abre com força.

— Aonde você está indo?

Ele se vira para mim, os músculos do pescoço pulsando.

— Você me deixou tão bravo que não posso ficar aqui agora.

Cubro a boca com a mão para que ele não me veja rindo. Mas ele vê mesmo assim.

— Você acha isso engraçado?

Aperto os lábios e balanço a cabeça, mas um chiado me escapa pelo nariz.

— Vou voltar — ele avisa. — É só que comecei a me imaginar estrangulando você, então eu sabia que tinha que sair. E se isso não prova que sou confiável, não sei o que provaria.

— Há, obrigada. Acho. — Honestamente, não sei se gratidão é a resposta apropriada para uma pessoa que confessa que gostaria de matar você e está apenas conseguindo se controlar.

Sam murmura algo ininteligível enquanto sai enfurecido. Vou para a loja e observo pela vitrine ele entrando no carro, ligando-o e se afastando com as rodas arranhando o asfalto. Se os gases de escape pudessem xingar, os de seu carro estariam gritando todos os palavrões existentes e provavelmente inventariam alguns novos também.

Tranco a porta e passo a trava, sorrindo para mim mesma. Sam consegue ser muito engraçado quando não tem a intenção de ser. Mas agora que ele foi embora, fico pensando se era melhor não ter dito nada. Teria sido realmente grande coisa ficar em um escritório trancada com ele?

Balanço a cabeça para tirar a teia de aranha dos pensamentos. Durante a meia hora seguinte, eu me ocupo com o trabalho, inventariando o novo carregamento de safiras Padparacha e coleções de taaffeite. Experimento algumas das peças novas e canto junto com a música da lista do Spotify no celular.

Estou colocando um anel quando o celular apita com uma mensagem de texto.

Desculpa por antes

Não reconheço o número, então digito de volta:

Quem é?

O idiota para quem você trabalha

Dou risada.

Obrigada, mas você não fez nada de errado. Desculpe por colocá-lo em uma situação chata. 😔😵

Apoio o queixo na mão, observando as bolinhas na tela.

O que você está fazendo?

Tiro uma foto da minha mão e envio para ele.

Que porra é essa?

Dou risada e meu telefone começa a tocar. Não sei bem por que acho tão divertido irritá-lo, mas parece ser meu novo hobby favorito.

— Kleinfeld's, como posso ajudá-lo?

— Você pode começar explicando por que está usando metade da mercadoria da loja.

— Tenho um bom motivo. — Faço uma pausa, prolongando o suspense. — Posso ficar noiva em breve. Mas ainda não é certeza.

Um silêncio paira e a música do outro lado da linha é interrompida.

— Do que você está falando?

Começo a tirar os anéis, um por um.

— Um cara me pediu em casamento. Eu só não decidi ainda se aceito ou não.

Uma longa pausa.

— Você o ama?

Merda, por que esse anel está preso?

— É, há… complicado.

— Como você pode sequer considerar se casar com alguém que não ama?

— É como você disse antes — digo, batendo os dedos com o anel. — Casamento é basicamente um acordo de negócios.

— Você quase arrancou minha cabeça quando eu disse isso.

— Eu? — Desligo o viva-voz e coloco o celular no ouvido. — Não lembro. Mas todos nós já dissemos coisas estúpidas no passado.

— Não faz mais de algumas semanas! — ele quase grita. — Isso dificilmente é o passado.

E daí se mudei de ideia sobre me casar por amor? Sei que ele ficaria do lado da Delilah se eu lhe contasse os detalhes, e não preciso de mais uma pessoa me julgando.

— Bem, foi divertido — digo quando o anel sai com um puxão final. — Mas é melhor eu voltar ao trabalho. O papo foi bom — acrescento, como se eu fosse a chefe dispensando o funcionário.

— E guarde todos esses anéis de volta — ele ordena em um tom irritado. — Não está na sua descrição de trabalho brincar de usar joias.

— Eu sei *disso*, senhor Kleinfeld — digo, sorrindo para o meu reflexo no espelho —, mas é definitivamente uma das vantagens.

— Penina…

Encerro a ligação e coloco o celular em modo avião porque ele parece ser o tipo de pessoa que pode retaliar por desligarem na cara dele. Continuo trabalhando, tentando não pensar muito em como ele ficou surpreso com o meu anúncio. Achei que ele entendia que minha situação é diferente e que não estou em posição de me casar por amor, que eu teria sorte de apenas encontrar um companheiro.

Achei que ele sabia que eu sou defeituosa.

*   *   *

Na manhã seguinte, tomo um gole de café e vou com cuidado até a frente da loja. Cheguei em casa tarde ontem à noite e com o trabalho e a troca de mensagens com Gina, depois um telefonema ainda mais tarde de Maya, ainda não consegui tomar uma decisão sobre Zevi. Vejo o carro de Sam através da grande vitrine da loja. Ele já deve estar no escritório, mas depois do fiasco de ontem à noite, não vou verificar pessoalmente. Não quero que ele me faça perguntas sobre o meu possível casamento, e não preciso de um repeteco daquele clima estranho entre nós ontem à noite.

Coloco uma toalha de papel sob a caneca. Cheguei à conclusão de que ele não estava falando sério. Ele não colocaria em risco o que tem com Keila por um caso passageiro comigo.

Inspeciono a loja, fazendo um ajuste de última hora no pingente de ônix preto em exibição, depois vou em direção às portas da frente. Destranco as fechaduras e viro a placa com arabescos para "Aberto".

— Ei, raio de sol! — Maya chega alvoroçada, segurando uma cesta de vime enorme forrada com uma toalha xadrez vermelha e branca. Há um laço vermelho na alça combinando, e dentro há dezenas de *cinnamon rolls* com cobertura brilhante de baunilha.

— Oi para você também. — Aponto para a cesta. — Qual o motivo?

A pele de Maya não esconde o rubor que se espalha por suas bochechas.

— Só fiquei com vontade de assar uns bolinhos.

Olho para ela com desconfiança. Maya não faz bolinhos.

— Quer que eu coloque na sala de descanso?

— Não precisa — ela diz por cima do ombro, equilibrando a cesta com as duas mãos. — Vou só dizer bom dia para o Sam.

Reviro os olhos. A garota ganha pontos por persistência, pelo menos. Pego a caixa de joias quebradas e minha mente vagueia em direção a Sam. Não posso deixar de me perguntar como seria estar no lugar dele. O coitado deve estar cansado de mulheres se atirando em cima dele. Se o comportamento de Maya é uma indicação do que o público feminino em geral faz, provavelmente dão em cima dele toda vez que ele põe os pés para fora de casa. Mesmo num lugar inofensivo como o supermercado não é seguro, com todas aquelas donas de casa famintas por sexo à espreita na seção de hortifrúti.

Estou polindo um bracelete quando Maya volta, carregando a cesta.

— Como foi?

— Nada bom — ela suspira, colocando a cesta no balcão. — Ele disse que eles parecem deliciosos, mas que não come farinha branca e açúcar.

— Idiota — digo, como a amiga leal que sou.

Maya encolhe os ombros e cruza os braços.

— Bom, ele disse que tem doença celíaca.

Fico em silêncio.

— Bem, ele poderia pelo menos ter fingido.

— Eu sei o que fazer! — Ela estala os dedos e sorri animada. — Posso fazer alguns sem glúten.

— Tem certeza de que quer fazer isso? — pergunto, com cautela. — Você já teve muito trabalho.

— Não tem problema — ela diz mexendo no celular, provavelmente procurando receitas novas.

— Ok. — Dou de ombros e dou um tapinha nas costas dela. — Problema seu.

O resto da manhã é o trabalho de sempre, e eu dividi meu tempo entre conversar com os clientes e consertar joias. Olho para o relógio na parede e percebo que é quase hora do almoço, quando um grito estridente corta o ar. Gina e eu nos olhamos e então corremos para a sala de limpeza e encontramos Maya encolhida sobre uma mesa de trabalho. Seu polegar esquerdo está pingando sangue, e ela está murmurando *"Merda, merda, merda"*.

Minha boca fica seca, e uma onda de tontura me domina. Eu me encosto no batente da porta para obter apoio enquanto tento agir normalmente, mesmo achando que posso vomitar a qualquer momento.

— O que aconteceu? — Gina fala, ofegante.

— Meus dedos escorregaram quando eu estava consertando isso. — Ela aponta com a cabeça em direção a uma pulseira de prata jogada, e depois faz uma cara feia quando olha para a ferida. — Rápido! Me traga um curativo, Penina! — O sangue escorre pela borda da mesa enquanto ela fala e, como uma imbecil, não consigo desviar o olhar.

— C-claro. — Respiro fundo e com calma, e me viro para o corredor. *Você consegue, Penina. Fique tranquila. O que são algumas gotas de sangue?*

Coloco a mão na parede para me apoiar e dou mais um passo. Meu medo de sangue é irracional e irritante, e não gosto de contar às pessoas porque ninguém entende. Nem *eu* entendo. Quase me impediu de segurar bebês na UTI neonatal com a possibilidade de eu ver uma coleta de sangue, mas ainda não tive nenhum problema. E as enfermeiras são boas em me avisar quando precisam fazer uma coleta.

— Rápido, Penina! — Gina grita. — Tem sangue por tudo.

Ai, D'us. Eu me concentro em colocar um pé na frente do outro, fazendo o meu melhor para esquecer a visão do polegar de Maya sangrando. Minha mão caminha ao longo da parede em busca de apoio enquanto minha respiração fica mais curta e rasa. No fundo, ouço a voz de Gina se misturando com a de Maya, mas não consigo decifrar o que elas estão dizendo. Eu me impulsiono para frente, embora minhas pernas pareçam estar sendo puxadas por um bloco de concreto. Um zumbido distante soa em meus ouvidos e, de repente, não consigo enxergar; tudo se tornou uma bolha difusa de tons e tamanhos variados. Perco o equilíbrio e caio no chão. Alguém diz meu nome, e essa é a última coisa que ouço antes que a escuridão me engula.

* * *

Estou num campo de margaridas cercada por perus falantes. O calor do sol é opressor, e tento virar o rosto para ele, mas um peru enorme me prende. Suas garras cravam em minha pele nua — *mas o quê?* Por que não estou vestida?

— Você está me ouvindo, Penina? Pisque os olhos uma vez se você está me ouvindo.

Por favor, vá embora.

Um leão aparece do meu outro lado e cobre minha mão com sua pata gigante.

— Vamos, Supermulher — o leão me bajula. — Você consegue.

A voz do leão é familiar, mas não consigo reconhecê-la. De alguma forma sei que é um leão gentil e que não vai me machucar. Sobre o peru, por outro lado, não tenho tanta certeza.

— Por que ela não está acordando? — o leão ruge.

— Difícil dizer — cacareja a peru-rainha. — Eles provavelmente farão uma tomografia computadorizada quando chegarmos lá.

— Que bagunça da porra.

Abro um olho com cautela e depois o outro. *Vixe.* Estou deitada em uma maca dentro de uma ambulância, com uma paramédica de um lado e Sam do outro. Não tenho certeza, mas acho que é um sonho. A paramédica pergunta meu nome, então aponta para Sam.

— Este é o seu marido?

Por que ela pensaria que Sam é meu marido?

— Meu noivo é gay — anuncio sonolenta —, então, sem sexo. — Eu bocejo e acrescento: — Meu hímen e eu nunca nos separaremos. Boa noite.

Murmúrios de "dano cerebral" e "concussão" são as últimas coisas que ouço ao voltar a dormir.

Quatorze

"*Você pode ver e sentir tudo nas roupas.*"
— Diana Vreeland

Com cautela, abro um olho e tento entender onde estou. Pisco, lutando para superar a dor e a névoa da tontura. Estou em uma cama com um cobertor fino que cheira a sabão industrial. Há uma divisória de cortina à direita, e do outro lado, um computador com muitos fios, uma coisa de sinais vitais de rodinhas e caixas de luvas descartáveis presas à parede.

Este lugar me lembra uma casa de repouso. Ou um hospital.

Com um movimento brusco, eu me sento, subitamente em pânico. *Por que estou em um hospital? E por que todo o meu corpo dói? E aquele é... o Sam?*

Ele está dormindo em uma poltrona reclinada no canto do quarto com a cabeça apoiada na palma da mão. Observo o movimento de sobe e desce de seu peito e, por um breve momento, considero deixá-lo dormir. Mas então me lembro que estou em um *hospital* e não tenho ideia do porquê.

— Sam — digo baixinho. Ele não se mexe, então limpo a garganta e digo seu nome um pouco mais alto, mas tudo o que obtenho em resposta é uma vibração de suas pálpebras antes que ele se vire de lado, como se para ignorar o som da minha voz.

Ruuuude. Que tipo de chefe dorme em um quarto de hospital enquanto sua funcionária está gravemente doente, possivelmente em seu leito de morte, até onde ela sabe! Bato palmas e grito:

— *Sam! Acorda!*

Sam acorda num pulo e acaba batendo um lado da cabeça em uma mesa de rodinhas. Ele xinga baixinho e esfrega a cabeça. Coitado.

— Parece que doeu.

— Doeu. — Ele aperta os punhos contra as pálpebras e esfrega, depois pisca com um olhar cansado para mim. Há uma rouquidão sexy em sua voz. Eu não deveria estar surpresa; há algo nele que *não* seja sexy? De seu cabelo escuro e amarrotado até a barba por fazer, descendo pelos ombros largos e a extensão de seu peito amplo que leva ao abdômen definido…

Pare, pare!

Sam se levanta e se aproxima do pé da cama.

— Como você está se sentindo?

Minha boca fica seca quando o vejo se aproximando. *Por que o cheiro dele tem que ser tão bom?* O cheiro dele deveria ser ilegal.

— Por que estou aqui?

Sam pega o controle remoto de cima da cama e aperta um botão.

— Você entrou no meu escritório e desmaiou.

Não é de se admirar que meu cérebro esteja bloqueando essa memória.

— Eu fiquei… — Ele interrompe, balançando a cabeça. Por um momento, ele não diz nada, apenas olha para o nada. Ele limpa a garganta, se recompondo. — Ficamos preocupados.

Analiso seu rosto de perto, notando as olheiras sob seus olhos e as linhas enrugando sua testa. Parece que no espaço de tempo de uma manhã, ele envelheceu cinco anos. Ou ele está genuinamente preocupado comigo ou com um medo terrível de que eu vá processá-lo e tirar dele cada centavo que tem.

A cortina se abre e uma enfermeira e um médico se aproximam, ambos parecendo satisfeitos em me encontrar lúcida e consciente. O médico expulsa Sam da sala antes de fazer o exame, e então me interroga sobre meu histórico de saúde.

— Esta não é a primeira vez que desmaio — admito timidamente. — Às vezes acontece quando tiro sangue ou se tomo injeção, então geralmente me fazem deitar primeiro. Não tomei café da manhã esta manhã também, o que provavelmente não ajudou.

Depois de terminar o exame, o Dr. Bhatt me diz que tenho uma condição chamada síndrome vasovagal, enfatizando a importância de evitar desmaios e a importância de conhecer os gatilhos; sangue, é claro. Acho que não menstruar é o lado positivo da minha condição, porque isso definitivamente me deixaria apavorada.

Sam me faz companhia enquanto espero pela enfermeira que vai me dar alta. Ele me escuta atentamente repetir o que o médico disse, e depois me atualiza sobre Maya. Gina a levou para o Atendimento de Urgência, onde ela recebeu pontos no corte enorme em seu polegar. Ele acrescenta que disse a todas para irem para casa porque não pode lidar com mais vítimas hoje.

Pouco tempo depois, a enfermeira retorna com os papéis de alta e me dá instruções para pegar leve nos próximos dias.

Fora do hospital, nos sentamos em silêncio em um banco para esperar o Uber. Uma brisa forte bate no meu cabelo e, distraidamente, coloco alguns fios atrás da orelha. Eu me viro para olhar para Sam, e descubro que seus olhos já estão em mim. Ele me dá um sorriso de derreter qualquer um, e algo dentro de mim estremece. Prendo a respiração e, de repente, não sei mais para onde olhar. Obviamente, tenho lido muitos romances, porque não é normal eu estremecer desse jeito.

Pelo menos, nunca tinha acontecido até agora.

Se recomponha, mulher. Lembra da namorada, também conhecida como Dra. Sexy?

— Você deveria ficar em casa pelos próximos dias e pegar leve — ele diz. — Volte ao trabalho na próxima semana.

— Obrigada — digo, olhando para frente —, mas provavelmente amanhã já vou me sentir bem.

— Provavelmente — ele concorda. — Mas você ainda vai parecer um jogador de hóquei que perdeu uma briga.

Dou risada. Ele tem um bom argumento.

— Você já escolheu o vestido para o baile?

Faço que não com a cabeça. Acho que tenho evitado pensar no assunto.

— Por quê?

— Você deveria usar roxo. Para combinar com os hematomas.

Suspiro.

— A propósito — ele continua, esticando as pernas compridas e colocando as mãos atrás da cabeça —, você disse algumas coisas estranhas no caminho para o hospital.

Ah, não. Primeiro, eu estremeço, e agora isso.

— Tipo o quê?

— Você disse que seu noivo é gay.

Tento rir, mas os ruídos que saem da minha garganta parecem mais uma foca com problemas de digestão. Não acredito que disse isso. E ainda não respondi Zevi.

— Há! Que engraçado. — Olho para ele, nervosa. — Eu só disse isso?

— Não. — Sam faz uma pausa. — Mas, para o nosso bem, não vou repetir o resto.

É a mesma coisa que balançar uma grande bandeira vermelha na frente de um touro.

— Conta!

Sam fecha os olhos por um instante como se estivesse revivendo algo particularmente doloroso.

— Prefiro não falar.

Meu rosto fica vermelho. O que eu poderia ter dito para deixar o Senhor Insensível tão desconfortável? Bem, seja o que for, é mais do que apropriado reviver a humilhação, desta vez estando totalmente consciente.

— *Conta logo!*

Ele balança a cabeça e olha para o céu.

— Tudo bem, mas não diga que não te avisei. Você disse: *"Meu noivo é gay, então não vamos fazer sexo. Meu hímen e eu ficaremos juntos para sempre"*. Fecha aspas.

Hímen? Ele só pode estar inventando isso.

— Você está mentindo.

Ele me olha de canto de olho.

— Eu não poderia ter inventado isso nem se quisesse.

Cubro o rosto com as mãos. *Por favor, tomara que isso seja um pesadelo.*

— Então? — Sam diz.

— Então o quê? — pergunto, com a voz abafada pelas mãos.

— Você não quer esclarecer as coisas?

Não acredito que ele está me forçando a fazer isso. Descubro o rosto e o olho com seriedade.

— Com todo o respeito, senhor Kleinfeld, é um assunto muito pessoal. Só porque mencionei meu hímen quando estava delirando, ou o que quer que seja, não significa que você pode começar a perguntar sobre...

— Não, não, não, não — ele interrompe, as pontas das orelhas ficando rosadas. — Eu não estava falando sobre *isso*. Eu quis dizer sobre seu noivo gay.

Ah. Embora, entre as duas opções, eu prefira falar sobre o meu hímen. Sam não vai aprovar a situação toda com Zevi e, infelizmente, nunca fui uma mentirosa muito convincente.

A distração, por outro lado, é um talento meu.

— O Uber já não deveria ter chegado?

Ele olha para o celular.

— Sete minutos. — Ele me lança um olhar incisivo e acrescenta: — Comece a falar.

Pense, Penina, pense.

— Como está o seu pai? — pergunto.

— Ótimo. O cara é mais forte que um touro. — Ele se vira e fica de frente para mim. — Olha, eu vou te perguntar uma última vez e quero uma resposta direta. Você está ou não noiva de um homem gay?

Fixo o olhar em uma árvore e não digo nada. Com alguma sorte, ele vai pegar a dica e deixar para lá.

— Puta merda — ele murmura, aparentemente chegando à conclusão que é verdade. — Mas por quê?

Eu me encosto no banco e fecho os olhos.

— Essa conversa está me deixando muito chateada. Me acorde quando o carro chegar.

Infelizmente, Sam não capta os sinais sociais. Ou, é mais provável que ele capte, mas os ignora de qualquer maneira.

— Eu não entendo — ele diz, passando a mão pelo cabelo. — O cara perdeu uma aposta ou algo do tipo? E o que você ganha com isso? Por que você aceitaria?

Abro os olhos e dou a ele meu olhar mais arrogante.

— Para sua informação, existe amor sem atração. Duas almas podem se conectar uma com a outra em um nível espiritual sem ter que ser físico.

Ele dá um sorriso malicioso.

— Sim, é chamado de amizade platônica. Olha, não me entenda mal — ele acrescenta, levantando as palmas das mãos —, eu amo minhas amigas de todo o coração. Elas acrescentam aspectos à minha vida de uma maneira que meus amigos não conseguem, *mas...* — Ele balança a cabeça.

— Mas o quê?

— O inferno teria que congelar antes de eu me *casar* com uma delas.

O vento ameaça levantar a frente da minha saia, mas eu a abaixo antes que minhas pernas nuas sejam reveladas. Onde está o Uber, afinal?

Sam me avalia com um olhar sagaz.

— Você não está apaixonada por ele.

Por que ele não pode simplesmente deixar para lá?

— Ah, mas estou. — Faço que sim com a cabeça com veemência. — Infelizmente. — Faço uma pausa e acrescento: — Desesperadamente.

Suas sobrancelhas franzem formando um V.

— Há quanto tempo vocês se conhecem?

De repente, o colarinho da minha blusa parece estar me sufocando.

— Nossas almas se conhecem há séculos.

Sam exala profundamente pelo nariz, como se estivesse se esforçando para permanecer calmo.

— Estou me referindo à esta vida.

O motorista do Uber está demorando muito para chegar aqui.

— Tecnicamente, eu o conheci pela primeira vez há três semanas, mas...

— *Três semanas?* — ele berra.

Duas enfermeiras que passavam param e olham por cima do ombro para nós.

— Fala mais baixo — murmuro. Talvez ele não se importe em fazer uma cena, mas eu me importo muito. — De qualquer forma — continuo —, nos demos tão bem que parece que o conheço desde sempre.

— Você é doida. Você sabe disso, né?

Eu conto até dez em silêncio antes de responder de forma aleatória:

— Essa é, tipo, sua opinião.

— Está escrito desastre por toda parte nisso — ele declara, balançando a cabeça. — Cilada.

— Não entenda isso do jeito errado — dou um sorriso tenso —, mas, por favor, pare de falar.

— Ouça, Supermulher — ele continua, ignorando meu pedido —, sugiro que você fuja desse cara. Não sei o que há entre vocês, mas obviamente não é amor. E amor é a única boa razão para se casar.

Ok, agora cansei! Aponto o dedo na direção do peito dele.

— Foi *você* quem me disse que casamento não passa de um acordo de negócios!

— Mas não começa desse jeito, porra! — ele grita, bem quando um homem idoso passa em uma cadeira de rodas com uma bolsa de cateter presa ao lado dela. — Só lunáticos fariam isso.

— Larga ele e fica comigo, querida! — o velho desdentado grita, esticando o pescoço enquanto o enfermeiro o empurra. — Eu vou te tratar bem.

Aceno para ele e sorrio.

— Ele é um fanático religioso, é isso? — Sam se levanta do banco e começa a andar.

Ele está encarando o fato de um modo muito pior do que imaginei.

— Não, não é isso. Nós só temos um vínculo muito forte e queremos passar o resto de nossas vidas juntos. É só isso — digo, com irritação vazando pela minha voz.

Ele para e se vira para mim.

— Você conheceu o cara há três semanas. Não é amor. É insanidade! — Estou abrindo a boca para soltar uma pequena indignação justa quando ele acrescenta: — Seus pais estão forçando você a aceitar este casamento?

— Hum, não. — Reviro os olhos. — Esse tipo de coisa tende a ser ilegal neste país.

— Isso não significa que não aconteça.

Um sedã cinza estaciona e um jovem com um rabo de cavalo loiro abaixa a janela.

— Me desculpe pelo atraso! Tinha um desvio. Tem obras por tudo.

— Tudo bem — Sam responde secamente. Ele abre a porta de trás e faz um gesto para eu entrar.

Coloco o cinto de segurança e me pergunto por que afinal Sam se preocupa com minha vida amorosa – ou com a falta dela. Para alguém que conheci há alguns meses, ele parece estranhamente envolvido na minha vida. Faço uma oração silenciosa para que ele se sente na frente, mas é claro que ele faz o oposto do que deveria. Eu me movo para o lado, mas ele é tão grande que ocupa todo o espaço de qualquer maneira. Olho para ele de canto de olho, observando a forma como um raio de sol destaca seu perfil anguloso.

— Vocês querem ouvir música? — o motorista do Uber pergunta, saindo do estacionamento do hospital. — Tenho de tudo, desde música clássica até Eminem.

— Não — Sam responde.

O motorista do Uber alcança uma sacola no banco do passageiro.

— Acabei de pegar uns *cookies*. Querem um?

— Não, obrigada — digo.

Sam estende a mão para pegar um.

— Obrigado. — Ele morde um pedaço grande.

De repente, me lembro do que Maya disse hoje cedo e me viro para Sam consternada.

— Ei! E sua doença estomacal?

Ele dá outra grande mordida.

— Você definitivamente machucou a cabeça.

— Não. — Nego com a cabeça. — Maya disse que você é celíaco e por isso não comeu os *cinnamon rolls* que ela fez.

Sam mastiga a bocada de *cookie* com calma, e tenho a sensação de que ele é quem está enrolando agora.

— Aqui está a verdade, Penina — ele diz, recostando-se. — Se eu tivesse aceitado, ela continuaria fazendo os pães. E então, dos pães, progrediria para presentes...

— O que há de errado com comida de graça e presentes? — Pego o olhar do motorista no espelho e acrescento: — Né?

— Claro! — Ele ri. — Eu não me importaria.

— Pela minha experiência, isso leva a expectativas inadequadas — Sam explica. — Mas não comente nada disso com Maya, ok?

— Espera um pouco. — Levanto a mão como um sinal para parar. — Como alguém passa de *cinnamon rolls* para comportamento inadequado?

Sam passa a mão pelo cabelo grosso.

— Só acredite em mim. — Olho para ele em dúvida, e ele acrescenta: — Esta não é a primeira vez que uma mulher dá em cima de mim com pãezinhos.

— Humilde, não é? — Dou um sorriso malicioso. Tento pegar o olhar do cara do Uber através do espelho novamente, mas ele não coopera desta vez. Na verdade, ele muda de lado.

— Eu sei do que você está falando, cara. — O motorista diz. — Aconteceu comigo uma vez também.

Eu gostaria que alguém fizesse pãezinhos para mim. Esses caras não reconhecem a sorte que têm.

— Há uma alta probabilidade de que ela esteja planejando fazer sobremesas sem glúten para você.

Sam murmura uma obscenidade.

— É só um aviso de amiga. — Dou de ombros. — Ou — acrescento, perspicaz — você poderia mencionar em uma conversa que tem uma namorada.

Sam termina o *cookie* em silêncio, então imagino que ele não quer falar sobre sua vida pessoal, o que é uma pena, já que estou morrendo de vontade de saber sobre ela.

— Agora — Sam diz —, me explique por que um homem gay quer se casar com você.

O cara do Uber olha para mim através do espelho retrovisor, mas felizmente não diz nada. Ele, sem dúvida, ouve muitas conversas interessantes no carro, mas aposto que esta extrapola a escala de maluquices. E já que é dolorosamente óbvio que Sam não é o tipo de pessoa que deixa algo para lá, eu me rendo ao inevitável.

Limpo a garganta.

— Para encurtar a história, Zevi, esse é o cara, vem de uma família religiosa, e a mãe dele está morrendo. O maior desejo dela é vê-lo casado com uma garota judia legal. É aí que eu entro.

Sam esfrega o polegar no canto da boca.

— E qual a vantagem para você?

— Dinheiro suficiente para evitar a execução da hipoteca da casa da minha irmã. E, além disso — continuo —, o casamento seria apenas algo temporário. Só até a mãe dele, você sabe... — Passo a mão pelo pescoço para que ele entenda o que estou dizendo.

Sam esfrega as têmporas.

— Esse deve ser o esquema mais louco que já ouvi. E completamente antiético — ele acrescenta.

Eu inspeciono minhas unhas.

— É uma zona cinzenta.

O motorista do Uber bufa.

— Vou explicar para você. — Sam se vira no banco para ficar de frente para mim. Seu joelho quase encosta na minha perna, e minha barriga traidora estremece novamente. — Você está entrando em um casamento falso e enganando as pessoas. Não tem nada de cinzento nisso.

— O cinzento é cumprir o desejo da mãe moribunda e fazer a família dele muito feliz.

— Você acha que a ética deve ser baseada em sentimentos?

— Não. Bem, talvez às vezes. Você nunca mentiu para poupar os sentimentos de alguém?

— Há mentiras — Sam diz, me lançando um olhar —, e *mentiras*.

— Isso aí, cara — o motorista do Uber apoia, levantando o punho no ar.

— Você está olhando para isso só de uma maneira — digo, frustrada. — Tente ver deste ponto de vista: temos uma mãe moribunda e um filho que a ama desesperadamente. Ele quer que ela deixe este mundo feliz e segura de que ele vai começar a própria família judaica ortodoxa — digo, marcando cada ponto com os dedos. — Pessoalmente, não vejo mal nisso. E se esse casamento a deixar tão feliz a ponto de ela ganhar mais dez anos de vida? Isso não seria bom?

— Isso seria ótimo — ele concorda. — Especialmente se você não se importar em ficar casada por mais dez anos.

— Seria uma honra — digo, tentando não olhar para ele.

— Pergunte a si mesma o seguinte — Sam diz —, você ainda assim faria isso se a casa de sua irmã não corresse nenhum risco?

Abro a boca para dizer que sim, mas então paro. Eu faria? Eu realmente teria todo o trabalho de deixar minha cidade e me mudar para Nova York para me casar com Zevi apenas para fazer sua mãe moribunda feliz? O dinheiro seria bom, mas eu gosto do meu trabalho, e nunca fui alguém que deseja coisas caras. Mas provavelmente sou esquisita mesmo.

— Caso encerrado — Sam declara depois de ver minha cara feia para ele.

Ótimo. Agora, estou em um impasse. Ou vou em frente com isso e aceito o dinheiro, ou não vou em frente com isso e sou rotulada de hipócrita.

— Por que você se importa de qualquer maneira? — pergunto, exasperada.

— Porque — ele diz depois de um tempo — você é minha amiga. E amigos não deixam amigos tomarem decisões estúpidas.

— Nós *não* somos amigos.

Ele estica as pernas e prende os braços atrás da cabeça.

— Você definitivamente não é uma das minhas amigas mais legais, isso é fato.

Acho que há uma diferença entre ser amigo e ser amigável, mas não tenho certeza exatamente de quando as duas coisas se cruzam. E nunca tive um amigo homem, já que minha comunidade tende a desaprovar toda essa coisa de mistura de gêneros, a menos que seja para o casamento. Mas, se eu tivesse um amigo homem, provavelmente escolheria um que fosse muito mais sensível e muito menos teimoso do que o homem sentado ao meu lado.

— Quando essa "amizade" começou? — pergunto, fazendo aspas com os dedos.

— Provavelmente na primeira vez que te levei à joalheria. Você me deixou maluco naquele dia.

Dou a ele um olhar divertido.

— *Foi assim* que nossa amizade começou? Com você querendo me matar?

— Não te matar — ele diz, com um sorriso torto surgindo em seus lábios. — Mas uma mutilação leve pode ter passado pela minha cabeça.

Reviro os olhos.

— Ah, sim, a mutilação leve. O pilar fundamental de todas as amizades.

Sam ri, e não consigo não olhar. Quase vejo como ele deve ter sido quando criança, antes de ter um império de joias para administrar e um pai doente para cuidar. Não é uma visão ruim.

De repente, seu telefone toca, e ele verifica a tela antes de atender. Deito a cabeça no assento e fecho os olhos, meus pensamentos se voltando para Zevi. Em momentos como este, eu gostaria de ter um anjo da guarda no ombro me dizendo a coisa certa a fazer. Apesar do que Sam diz, a situação não é tão preto no branco como ele faz parecer. Estou fazendo isso pela Libby *e* pela mãe do Zevi. E finalmente vou me casar, mesmo que seja um casamento falso.

Acho que Sam percebe meu desânimo, porque quando o carro para em frente à joalheria, seus olhos estão pousados em mim.

— Você vai tomar a decisão certa — ele diz.

Se eu pudesse ter isso por escrito.

— Como você sabe?

— Simplesmente sei — ele responde. Vendo meu rosto sem expressão, ele acrescenta: — E você é a Supermulher. Você tem poderes que nós, meros mortais, só podemos sonhar.

Sorrio.

— Obrigada.

Gostaria de poder dizer que conversar com Sam ajudou a esclarecer as coisas, mas a verdade é que eu me sinto mais confusa do que nunca.

"Você pode ter tudo o que quiser na vida se você se vestir para isso."
— Edith Head

Acho que é justo dizer que este baile com leilão silencioso está bem acima do meu nível, tirando as minhas companhias no momento. Maya está sentada à minha esquerda e Gina à minha direita, mas olhando ao redor do salão de baile do Minneapolis Hilton, a maior parte das pessoas são homens e mulheres que gritam dinheiro e diplomas de ensino superior e são do tipo de pessoa que lê artigos no *The Economist* por diversão.

Me pergunto se Zevi participa de muitos eventos de arrecadação de fundos e, caso participe, se ele tem a expectativa de que eu vá com ele. É divertido se arrumar para tal, mas as conversas educadas e ter que ouvir discursos, nem tanto. Prefiro relaxar no sofá com uma caneca de chocolate quente e assistir *Netflix*.

— Como estou? — Maya pergunta, provavelmente pela quinquagésima vez.

— Deslumbrante — respondo, assim como das outras quarenta e nove vezes. É ridículo, sério. Quero dizer, se alguém deveria se preocupar com a aparência nesta noite, deveria ser eu, já que estou parecendo uma freira em um clube de *striptease*. Estou com um vestido longo que cobre tudo, desde os ombros até os tornozelos e, como é um dia excepcionalmente quente de maio, a maioria das mulheres aqui tem pelo menos a metade superior ou a metade inferior em exibição. Em alguns casos, um pouco de ambos.

Meu único consolo é que ele se molda ao meu corpo como uma segunda pele, e o verde combina muito bem com meu longo cabelo castanho e meus olhos cor de mel. Meus seguidores do *Instagram* adoraram. E a melhor parte é que meus hematomas cicatrizaram, então não tive a necessidade de comprar um vestido roxo ou azul.

— E o meu rímel? — Ela enfia uma mecha de cabelo loiro atrás da orelha. — Está manchado?

Faço uma rápida inspeção.

— Ainda perfeito — digo, pegando meu copo de água. Maya é uma daquelas raras belezas naturais que podem atrair olhares mesmo com calça manchada de gordura e blusa de moletom, mas ela também é a pessoa mais insegura que conheço. E não importa quantas vezes eu tente tranquilizá-la de que ela está incrível, é tão inútil quanto tentar encher um oceano usando um balde.

— Se você perguntar mais uma vez como está — Gina diz com um brilho de loucura no olhar —, vou pegar um garfo e *passá-lo pelo seu cabelo*.

As mãos de Maya vão direto até a cabeça cuidadosamente penteada, como forma de proteção.

— Por que você faria isso? Nem estou falando com você.

— Mas eu posso *ouvir* você.

Maya murmura algo baixinho quando Sam aparece em nossa mesa, incrível em um terno preto e uma gravata com estampa azul. Tive vislumbres dele ao longo da noite, mas não tive a chance de fazer nada além de trocar um sorriso rápido, já que ele está em outra mesa – uma com outros grandes doadores e membros do conselho, o CEO e, claro, Keila, que agora conheço intimamente graças às informações diárias de Maya sobre as postagens na mídia social da médica. Maya geralmente enfia o celular na minha cara, e é assim que sei que Keila bebe suco verde no café da manhã, faz posturas contorcionistas malucas no Pilates, resgata animais abandonados, é vegana e balança um biquíni cavado como ninguém. Ela é basicamente uma Madre Teresa gostosa e sexy.

Sam acena nos cumprimentando e coloca as mãos nos bolsos.

— Como vocês estão, senhoritas?

— Ah, estamos muito bem — Gina fala em um tom meloso, e levanta a taça de vinho quase vazia para corroborar o que está falando. Ela faz um gesto na direção da mesa onde Keila está e acrescenta:

— A Dra. Bergman falou tão bem.

Maya faz comentários sobre tudo: a comida, os discursos, os centros de mesa. Sam responde suas perguntas sobre a arrecadação de fundos, mas sempre que olho para ele, seus olhos estão em mim.

Quando Maya faz uma pausa para respirar, ele gesticula para o meu prato e diz:

— A comida *kosher* estava boa?

Estava *excepcional* – e provavelmente custou uma fortuna.

— Como você sabia... espere, *você* providenciou isso? — Fiquei chocada quando me entregaram uma caixa de comida de um restaurante *kosher* com meu nome.

— Imaginei que você não teria nada para comer se não fosse isso. — Ele encolhe os ombros como se não fosse grande coisa, quando na verdade *é uma coisa e tanto*. O fato de lhe ocorrer que eu não poderia comer é incrível, mas daí despender energia para resolver isso é... *além das expectativas*. Uma satisfação corre pelas minhas veias e percebo que estou sorrindo para ele como uma lunática.

— Bem, obrigada — digo, tentando suavizar o sorriso, para ficar mais normal. — Muito obrigada mesmo.

— E a sobremesa é da padaria *kosher* — ele acrescenta com um sorriso torto —, então você não vai ter problema nesse quesito também.

Meu estômago revira. Todo mundo diz que o caminho para o coração de um homem é através de seu estômago, mas aparentemente funciona para mim também – talvez porque eu me alimente mal, a menos que comida congelada de micro-ondas conte.

Por um momento, o tempo parece parar enquanto ele paira os olhos nos meus lábios, e depois no meu vestido, como se fosse a coisa mais sexy que ele já viu. Seu olhar é abrasador, e eu me sinto derretendo, mas me obrigo a desviar o olhar do dele. Todos na mesa pararam de falar e estão olhando para nós dois sem disfarçar o interesse. Sam não percebe ou não se importa, o que fica ainda mais evidente quando ele se inclina para sussurrar no meu ouvido:

— Verde é a minha nova cor favorita.

Sinto meu rosto ficar vermelho, mas ele já se endireitou e está conversando com as outras pessoas na mesa. Ele parece completamente relaxado e à vontade, enquanto eu tenho plena consciência de sua mão apoiada nas costas da minha cadeira. Tenho que me sentar ereta para evitar o contato com ela, e Maya está me lançando olhares estranhos que me preocupam.

— Vocês deram lances em alguma coisa? — Sam pergunta, e um homem do outro lado da mesa começa a falar sobre o pacote com tudo incluído das Maldivas.

Se um dos prêmios fosse a casa da Libby, eu teria gastado todo o meu dinheiro nele. Claro, com a minha sorte, algum milionário aleatório a ganharia, de qualquer maneira, e então Libby e eu estaríamos ferradas.

— Está acontecendo alguma coisa entre vocês dois? — Maya me pergunta em voz baixa, os olhos correndo da mão de Sam no encosto da minha cadeira para o meu rosto.

— Entre quem? — Finjo parecer confusa, apesar de estar mesmo confusa. Entre aquele olhar abrasador e o comentário sobre o vestido, não sei o que está passando pela cabeça dele. Talvez esteja bêbado e pense que sou a Keila.

— Você e... — Ela levanta o queixo em direção a ele com os olhos arregalados.

— Claro que não — digo, mas minha voz sai estridente, como se eu estivesse mentindo. — Acho que ele está um pouco bêbado.

Ela me encara por um momento.

— Acho que você está mentindo.

Balanço a cabeça, mas Maya não é do tipo que ouve a razão.

— Você poderia ter dito alguma coisa — ela continua. — Amigas contam coisas deste tipo uma à outra.

Sinto um aperto no peito e fica difícil respirar. Com as acusações de Maya e Sam agindo como um cão macho cheirando uma fêmea no cio, preciso de um momento sozinha. Para me reorganizar e tentar descobrir o que está acontecendo.

Levanto da mesa e murmuro algo sobre precisar ir ao banheiro, com cuidado para evitar contato visual com qualquer pessoa, incluindo Sam. Saio pelas portas duplas do salão de baile e desço pelo corredor de carpete aveludado, olhando ao redor em busca de uma placa de banheiro. Não é que eu tenha uma necessidade urgente de ir ao banheiro, mas a ideia de me esconder lá por um tempo parece ser uma ótima maneira de passar o tempo e descobrir o que está acontecendo. Estou me sentindo... fora de equilíbrio. Agitada. Com Sam e Libby e Zevi... *Meu D'us. Tantos segredos e ninguém para quem contar.* Sou como uma panela de pressão em ponto de ebulição e com o risco de explodir.

— Estamos fugindo?

Olho para a direita e vejo um homem alto e incrivelmente bonito, com cabelo preto e maçãs do rosto bem definidas, sorrindo para mim. Embora não seja tão alto quanto Sam, o homem ainda tem facilmente um metro e oitenta, e claramente não falta à academia.

— Culpada! — digo sorrindo, e examino o corredor procurando um banheiro.

O homem se aproxima, segurando uma taça de vinho e, em uma análise mais de perto, suas bochechas estão coradas, mas não sei dizer se é por causa do álcool ou porque ele está envergonhado. Considerando sua confiança, suponho que seja o vinho.

— Tudo bem, não vou contar para ninguém. Eu não consigo aguentar essa gente esnobe por mais de trinta minutos de cada vez, e sou parente de metade delas.

Eu rio e gesticulo em direção à taça dele.

— Pelo menos tem vinho.

Ele sorri, exibindo um conjunto de dentes brancos perfeitamente alinhados.

— Verdade. — Ele transfere o copo para a mão esquerda e, em seguida, estende a direita. — Eu sou Henry Chadwick, a propósito.

Reprimo um suspiro. Lá se vai meu tempo sozinha.

— Penina Kalish.

— Nome exótico — ele murmura. — De onde você é, Penina?

— Daqui. Minneapolis — respondo, olhando por trás dele uma mulher mais velha saindo de um corredor. Talvez seja onde fica o banheiro. — Desculpe, odeio ser rude, mas tenho que...

— Mas onde você nasceu? — ele persiste, inclinando a cabeça e olhando para mim, confuso.

Eu quase gemo em voz alta. Toda vez – e digo *toda vez* mesmo – que um homem não judeu ouve meu nome, ele imediatamente supõe que sou uma imigrante recém-chegada de barco de uma terra distante.

— Nasci no Hospital Fairview Southdale — respondo educadamente.

Ele aperta os olhos.

— Aquele daqui? Em Minneapolis?

Não, do Cazaquistão. Eu economizaria tanto tempo se simplesmente usasse minha certidão de nascimento no pescoço, ou simplesmente mentisse e me apresentasse com um nome comum.

— Isso, aquele daqui.

— Deve ser por isso que seu inglês é tão bom.

Inspiro profundamente pelo nariz e expiro pela boca.

— Provavelmente — concordo. — E meus pais, avós e bisavós também nasceram em Minnesota, com exceção de um que nasceu em Nashville.

Ele levanta as sobrancelhas e murmura baixinho:

— Estranho.

Acho que minha família é estranha, mas a de todo mundo é, não é?

— De qualquer forma...

— Eu adoraria pagar uma bebida para você — ele me interrompe correndo os olhos lenta e sensualmente pelo meu corpo. Se eu fosse seu amigo, eu o teria puxado de lado e dito: *Cara! Seja menos óbvio quando despir as mulheres com os olhos.* Mas como não sou, digo: — Desculpe, não posso. Foi um prazer conhecê-lo...

— Só uma — ele acrescenta, levantando um dedo. — Tem um bar ótimo lá embaixo, e ninguém vai notar se você ficar ausente por mais alguns minutos, certo?

— Não posso. — Começo a recuar porque: (A) esse cara está começando a me dar arrepios, e (B) nada além da cerveja provavelmente será *kosher* e (C) mesmo que tudo no menu fosse *kosher*, eu não iria por causa da razão A.

— Eu insisto.

Abro a boca para responder, quando duas mãos pousam possessivamente sobre meus ombros. Torço o pescoço para ver quem está encostando em mim de um modo tão rude, e vejo o rosto bonito de Sam. Há... será que ele teve uma concussão recentemente? Ele não se lembra que não deveria me tocar?

— O que você está fazendo? — sussurro quando Henry se aproxima.

Sam olha para mim brevemente e murmura:

— Só vai na minha onda.

— Que onda?

Mas tudo o que ele faz é dar um aperto rápido nos meus ombros. Para me tranquilizar? Como um aviso? Claro, se esse Henry é perigoso e Sam está me segurando para salvar minha vida, então está tudo bem de acordo com a lei judaica. Você pode meio que fazer qualquer coisa se estiver salvando a vida de alguém. Minha respiração falha quando os dedos de Sam se esparramam pelo meu ombro, e tento pensar em um cenário que exigiria que Sam e eu fizéssemos sexo para salvar minha vida.

— Ei, cara, quanto tempo. — Henry sorri, lançando um olhar rápido para mim. — O que você anda fazendo?

— O de sempre. Umas coisas aqui e ali — Sam responde vagamente. Eu me contraio quando suas mãos deslizam pelos meus braços, e meu pulso acelera quando seu polegar faz pequenos círculos no interior do meu braço. É *tão* gostoso. Maravilhoso, na verdade. Não sei exatamente o que está acontecendo, mas Sam disse para ir na onda dele, e ele é meu chefe, afinal, então encosto a cabeça no peito dele e suspiro. Por que isso é tão bom? Será que, secretamente, Sam é um feiticeiro de mulheres, ou sou eu que estou faminta pelo toque de outro humano?

— E você? — Sam pergunta, com a voz um pouco tensa.

— O mesmo. Só que estou dirigindo um híbrido agora.

Minhas pálpebras tremulam e meu corpo se derrete. Tenho vergonha de admitir, mas sim, estou pressionando toda a minha bunda em Sam. Ronrono como uma gatinha satisfeita quando a mão de Sam serpenteia em volta da minha cintura, me puxando com mais força contra ele. Seus dedos se estendem pelo meu vestido e o calor de sua mão penetra na minha pele. Sinto algo grande e duro na parte inferior das costas, mas não é desagradável, apenas estranho.

Obrigado, homem superperigoso. Eu te devo uma.

— Ótimo. — Sam limpa a garganta. Alguma coisa está muito errada com sua voz, ele deveria consultar um médico.

Há um longo silêncio, e então ouço Henry dizer:

— Ela está... consciente?

— Querida — ele sussurra, baixando o rosto para ficar próximo ao meu. — Você está bem?

— Hum-hum — solto um ruído. Ele me colocou em um transe do qual não quero acordar nunca. Ele é o novo líder da minha seita, e eu sou sua seguidora mais devota.

— Ela está bem — diz Sam depois de uma pausa demorada, e depois roça as pontas dos dedos no espaço entre minha orelha e meu pescoço. Prendo a respiração e arqueio, tentando dar a ele um acesso melhor.

— Essa senhorita sortuda vai ser a esposa número dois?

Os dedos de Sam param de se mover abruptamente.

— Tenho pensado nisso.

Um olho se abre, depois o outro. O quê?

— Se você a ama, não se case com ela. Este é o meu conselho. Vejo você por aí, irmão!

— Até mais — Sam grita, depois murmura baixinho —, seu merda inútil. — Suas mãos se afastam do meu corpo e ele dá um passo para trás. — Desculpe — ele diz. — Eu não sabia outro jeito de… — Ele balança a cabeça. — Ele não é o tipo de cara com quem você gostaria de ficar sozinha.

Levo um tempo para me orientar, e mais um tempo para entender as insinuações por trás das palavras de Sam. Engulo em seco.

— Sim, eu meio que tive essa sensação dele. — Sam abre a porta que leva ao salão de baile e gesticula para eu entrar primeiro. Em vez de me mover, digo: — Obrigada. Agradeço muito, de verdade.

Ele dá de ombros.

— Sou um cara legal.

— Eu não iria tão longe — brinco, andando para trás. — Mas estou começando a gostar de você, senhor Kleinfeld.

Ele me encara por um longo momento.

— Talvez você devesse começar a me chamar de Sam.

Sinto um frio na barriga, mas tento ignorá-lo. Ele tem uma namorada linda e eu, em breve, terei um marido.

— Talvez você devesse me dar um aumento.

— Não force a barra — ele diz com um sorriso torto.

"A moda deveria ser uma forma de fuga, e não uma prisão."
— Alexander McQueen

— Ei, pessoal. — Dou um beijo rápido na bochecha da minha mãe e sorrio para Libby, largando as sacolas de mercado, cheias de *cream cheese*, queijo cottage e manteiga, no balcão da cozinha. *Shavuot*[15] começa esta noite e no que diz respeito aos feriados judaicos, este não é tão ruim – a não ser que você seja intolerante à lactose. Já que recebemos a Torá em um sábado e não podemos cozinhar por causa da coisa de não trabalhar no *Shabat*, então nos entupimos de lasanha, *cheesecake* e sorvete.

— Tive que ir a três lojas diferentes para conseguir esses ingredientes — declaro —, mas não se sintam mal. — Embora elas devessem se sentir mesmo.

— Três? — Libby arregala os olhos olhando por cima do ombro para mim. — Por que tantas?

Mordo o lábio inferior, desejando ter ficado com a boca fechada. A verdade é que eu estava distraída. Entre me preocupar com a casa da minha irmã e assinar um contrato entregando minha vida a Zevi, não consigo parar de pensar no que Sam disse um dia, que não posso resolver os problemas de todo mundo. Mas não estamos falando de qualquer um – *é minha irmã*.

Para fingir que não ouvi a pergunta dela, enfio a cabeça na geladeira e começo a guardar as compras. Minha mãe pede a Libby para lhe entregar uma espátula e uma xícara de açúcar e, quando coloco a cabeça para fora, Libby parece já ter esquecido do assunto.

— E agora? — pergunto, sabendo que provavelmente há uma lista de tarefas de um quilômetro de comprimento. Como não é permitido nenhum trabalho nos próximos dois dias, tudo, desde cozinhar até lavar roupa e regar as plantas, tem que ser feito antes do pôr do sol de hoje.

— Obrigada, querida — minha mãe diz, despejando farinha em um copo de medida. — Você poderia colocar a mesa? Teremos doze pessoas esta noite.

— Papel ou de verdade?

Minha mãe hesita. *Shabat* e feriados devem ser celebrados com as melhores toalhas de mesa e louças para distingui-los dos dias de semana regulares, mas minha mãe odeia lavar a louça, então às vezes ela "rouba" e usa pratos e copos descartáveis sofisticados.

— Eu lavo para você — digo depois de um tempo. E, em seguida, mando uma mensagem telepaticamente: *Por favor, diga papel, por favor, diga papel.*

— Usa papel — Libby diz. — É mais fácil e ninguém se importa. Já trabalhamos duro o suficiente.

Concordo plenamente. Tecnicamente falando, tudo o que fiz foi comprar alguns ingredientes, mas mesmo assim. Mencionei que tive que ir a três lojas?

---

15 *Shavuot* é o segundo dos três maiores Dias Festivos (Pêssach é o primeiro e Sucot, o terceiro), e vem exatamente cinquenta dias após Pêssach.

— Tá bom, tá bom. Que seja de papel. — Minha mãe ergue os olhos do livro de receitas em sua mão e se vira para mim. — Teremos três pratos, mas deixe as tigelas de sopa e os pratos de sobremesa na cozinha.

Vou até o armário no outro extremo da sala e começo a pegar os pratos de papel.

— Por que está tão quieto? Onde estão as crianças?

— Estão no parque com Fraydie — Libby responde. Ergo as sobrancelhas e Libby responde: — Tempos de desespero exigem medidas desesperadas.

Solto um bufo. Fraydie ficará bem com as crianças, desde que: A) nenhum amigo ligue e a distraia, e B) ela não bata no carro de ninguém, o que C) ela já fez pelo menos três vezes.

Pego um pacote de guardanapos chiques e os coloco em cima dos pratos.

— E Tatty?

— Bem aqui — meu pai diz, entrando na sala. Ele estende os braços para mim e dá um beijo no topo da minha cabeça. A barba do meu pai costumava ser de um preto imponente quando eu era criança, mas em algum momento ela fez a transição para o grisalho, e agora é um cinza suave distinto. Fraydie o chama de Papai Noel. — Como você está?

— Bem, graças a D'us — digo, dando um passo para trás para olhar para ele. Há algumas rugas novas em sua testa, e eu me pergunto se são de envelhecimento ou falta de sono. Várias pessoas na minha família têm problemas de sono, e o do meu pai é o mais grave. — Como está sua insônia?

— Está indo. Tive uma boa noite — ele diz, dando um tapinha na minha cabeça como se eu ainda tivesse seis anos de idade.

— Ele dormiu três horas — minha mãe diz, tirando os olhos do livro de receitas. Libby e eu trocamos olhares horrorizados.

— Três horas? E isso é ter uma boa noite? — digo, balançando a cabeça, incrédula.

— A culpa é minha? — Libby pergunta. — Porque você está preocupado com a minha casa?

— Não — meu pai diz, fazendo um gesto de desdém com a mão, mas seu tom não é convincente. — Claro que não.

Eu me viro para Libby, surpresa.

— Você contou para eles?

— Você sabe que não sou boa em guardar segredos — ela responde, o que é verdade.

— As crianças sabem? — pergunto, preocupada.

— Ainda não. — Ela franze a testa. — Ainda tenho esperança de não precisar contar, mas… — Um celular emite um som de notificação, e Libby lança um olhar para o telefone. — Penina, você pode assumir esses *blintzes*[16] de

---

16 Rolinhos tradicionalmente recheados com queijo e uva-passa.

queijo? — ela pergunta, desamarrando o avental. — Fraydie disse que a bebê está ficando agitada. Vou buscá-los.

Ah, então Fraydie não dirigiu. Graças a D'us por isso, pelo menos.

— Eu posso ir — ofereço, com uma pitada de pânico na voz. Não é que eu tenha medo propriamente dito de cozinhar, é só que tenho um histórico com relação a isso. Libby pega a bolsa e as chaves do carro na mesa da cozinha.

— Obrigada, mas Goldy precisa tirar uma soneca.

Olho para o balcão da cozinha cheio de ingredientes e utensílios, e meu estômago se contrai.

— Eu posso fazê-la dormir.

Libby balança a cabeça.

— Ela está passando por uma fase agora em que só quer eu. Mas, de verdade, Pen — ela acrescenta, vendo a minha cara —, não é tão difícil assim. A receita está no balcão, e Ma está aqui se você precisar de ajuda.

— Nunca é tarde demais para aprender — minha mãe diz. — Você pode adicionar isso ao seu currículo *shiduch*[17] — ela diz, referindo-se à lista de qualificações que casamenteiros usam para unir as pessoas. Quando ela vê minha expressão facial, acrescenta: — Pode ajudar, nunca se sabe.

Certo, porque aprender a fazer *kugel* de batata compensará o fato de que não posso ter filhos.

— A culpa é minha — minha mãe continua. — Eu deveria ter te encorajado mais.

— Tudo bem. — Olho para Libby em busca de ajuda. — Não se preocupe.

— Eu desisti muito rápido de você. — Minha mãe atravessa a cozinha, abre a geladeira e pega uma caixa de ovos. — Especialmente depois que todos tiveram intoxicação alimentar com os seus bolinhos de matzá.

Meu pai ri pegando uma maçã da fruteira.

— Lembra Fraydie correndo para usar o banheiro do vizinho porque todos os nossos estavam ocupados?

Só para constar, não tenho culpa nenhuma. Obviamente foi um vírus que imitava intoxicação alimentar que deixou todo mundo doente, mas enfim.

— Ma — Libby pigarreia —, a única ajuda que Penina precisa com o *shidduchim* é encontrar alguém que a mereça.

Um calor se espalha por mim, sorrio para Libby e digo:

— Obrigada. — Ela sempre foi minha maior defensora e líder de torcida, e basicamente acha que sou muito mais incrível do que realmente sou.

Depois que a porta se fecha, viro para os meus pais e digo:

---

17 *Shiduch* é o sistema tradicional pelo qual os judeus religiosos encontram seus companheiros. A ideia básica é que o futuro casal esteja preparado para se conhecer e decidir se eles gostariam de se casar.

— Quais são as últimas notícias sobre a casa dela?

— Não são muito boas. — Meu pai suspira, puxando uma cadeira na cozinha. — Eles estão tão endividados que a única maneira de salvar a casa agora é ganhar na loteria.

— Eles poderiam morar conosco — minha mãe diz —, mas ela acha que seria melhor eles se mudarem para Detroit. Ela não quer — ela acrescenta, com tristeza —, mas não há muita opção.

Sinto um aperto no estômago ao perceber que não posso mais adiar a resposta a Zevi. D'us me deu a oportunidade única de retribuir Libby por todas as vezes que ela me apoiou, e sinto uma onda de vergonha pela maneira como tenho resistido.

— Aonde você vai? — minha mãe pergunta enquanto pego as chaves e vou para a porta da frente.

— Preciso fazer algo que estou adiando. — Eu me viro e dou um beijo nela.

— Mas e os *blintzes*?

— Os *blintzes* podem esperar — respondo, saindo. — Isso não pode.

* * *

Zevi responde ao terceiro toque.

— Penina?

— Oi, Zevi. — Aumento o volume do viva-voz do carro. — Você tem um minutinho?

— Claro. Estou saindo da academia.

Meu futuro marido, o rato de academia. Talvez ele me inspire a me tornar um também. Ou, melhor ainda, eu poderia motivá-lo à distância, na cama com o controle remoto da TV na mão e uma bebida gelada na outra.

Lambo os lábios e pigarreio.

— Então, hum… sua oferta original ainda está valendo?

— Sim! Com certeza. — Ao fundo, ouço os sons do trânsito e de pessoas andando. — Você está dizendo que está interessada?

Respiro fundo, depois solto o ar lentamente.

— Sim. Estou. — Silêncio. — Zevi? Você ainda está aí?

— Desculpe, sim, estou aqui — ele diz, com a voz grossa. — Só não acredito que isso esteja acontecendo. Sou muito grato a você, Penina. Eu… — ele para de falar de repente, e ouço algo que é quase como uma mistura de um soluço com uma risada de hiena. Levo um tempo para descobrir o que é.

— Zevi, você está chorando?

— Não. Bem, talvez um pouco — ele diz com a voz rouca. — É que estou tão *aliviado*. Sinceramente, não sei o que eu faria se você tivesse dito que não aceita.

Ouvir essa emoção tão pura reafirma minha crença de que estou fazendo a coisa certa. Não só para Libby, mas também para Zevi.

152

— Não se preocupe. Estou aqui para te apoiar.

— Obrigada. Isso significa muito para mim. Então, quando você pode vir para Nova York?

— Hum, não sei direito...

— Posso comprar a passagem para o próximo fim de semana, se estiver tudo bem por você. Você poderia vir cedo na sexta-feira e voltar no domingo à noite.

— É, acho que pode ser. Contanto que meu chefe me dê a sexta-feira de folga.

— Certo. E se você tiver o sinal verde, tudo bem por você ficar na casa da minha irmã para o *Shabat*? O hotel mais próximo é muito longe para caminhar.

Normalmente, não me importo com a regra de não dirigir no *Shabat*, mas ficar presa na casa de um estranho por vinte e cinco horas é um pouco assustador.

— Claro, tudo bem. Como ela é?

— Leah? Ela... ela é legal. — Ele pigarreia. — Pode levar um tempo para ela gostar das pessoas, mas ela chega lá. — Uma pausa. — Geralmente.

O carro atrás de mim está muito colado, então mudo para a faixa da direita.

— Ela é tímida?

— Não. — Ele ri. — Eu não diria isso. Na verdade, não sei como eu chamaria. É que ela não aceita bem estranhos. Minha avó era assim também. Se dependesse dela, todos os primos teriam se casado entre si.

Dou risada.

— Bem, vou ter como missão pessoal fazer com que ela goste de mim.

— Não se preocupe, mesmo. E eu farei o meu melhor para cuidar de você e protegê-la o melhor que puder. — Ele diz outra coisa, mas um bipe na linha o interrompe momentaneamente. — Ixi, me desculpe. Tenho que atender essa ligação, Penina.

— Claro, sem problemas.

— Obrigada. A gente se fala.

Desligo e tento descobrir o que estou sentindo. Uma parte de mim está aliviada porque sei que estou fazendo a coisa certa, mas uma ligeira agitação no estômago sussurra que coisas ruins estão por vir. Coisas como uma cunhada fria e ter que mentir para minha família, e entrar em um casamento sabendo que vai terminar em divórcio, acrescentando mais um golpe ao meu já condenado currículo de namoro. Ser infértil é uma coisa, mas ser infértil *e* divorciada é praticamente uma garantia de que nunca vou me casar e ser mãe.

Engulo em seco e seguro o volante com mais força. Nem todo mundo está destinado a ter marido, cinco filhos e uma linda casa. E tudo bem. Não preciso ter a experiência do sexo ou saber como é ser abraçada por um homem que eu amo. Não preciso ter crianças que olhem para mim com os olhos arregalados e ouvi-los me chamarem de mamãe. Não preciso disso, embora eu queira.

O fato é que me casar com Zevi vai me fornecer dinheiro suficiente para salvar a casa da minha irmã, e é isso. Não é como se eles tivessem outro lugar para ir, já que a casa dos meus pais é muito pequena, e Libby odiaria se intrometer na vida deles, de qualquer maneira. Desde que me entendo por gente, Libby sempre foi a competente e independente. Ela tem sido meu maior apoio ao longo dos anos, me dando conselhos quando precisei ou me deixando chorar e reclamar enquanto me abraça com força. Sinceramente, não sei se seria a pessoa que sou hoje sem ela. Tenho sorte de tê-la em minha vida, e sua felicidade é tudo para mim.

Entro na garagem do meu prédio e estaciono na vaga usual. Vai ficar tudo bem. E contanto que ninguém descubra a verdade por trás do nosso noivado e a irmã de Zevi não me odeie completamente, o que poderia dar errado?

Dezessete

"Em um mundo cheio de tendências, quero continuar sendo um clássico."
— Iman

Está dando tudo errado hoje. Primeiro, não acordei com o despertador, o que acontece apenas uma vez a cada dez anos; depois, quase tive um acidente de carro porque estava correndo para o trabalho e me dei conta que tinha deixado o meu almoço em casa. Quando entrei no estacionamento, meu telefone apitou com uma mensagem de um dos meus patrocinadores do *Instagram* dizendo que estavam caindo fora porque não estavam tendo retorno suficiente com as minhas postagens.

E agora estou no covil do dragão, tentando convencê-lo a me dar um dia de folga para que eu possa ir para Nova York.

— Sinto muito. — Gina coloca a caneta na mesa e exibe uma expressão de simpatia. Não é natural para ela, por isso ela leva alguns minutos para organizar as feições da maneira certa. Então ela resolve juntar as mãos e inclinar a cabeça. — Gostaria de poder permitir. Infelizmente, não será possível.

Olho em silêncio para ela, esperando para ouvir por que não posso tirar folga na sexta-feira. Mas então eu me lembro de que estou falando com Gina, e que o poder lhe sobe à cabeça. Estou perdida.

— Você poderia trabalhar no salão de vendas neste dia? — Junto as mãos como se estivesse rezando, acrescentando: — Vou te compensar por isso. Vou trazer doces finos de chocolate certificados pelo rabino mais religioso do Brooklyn.

Gina, agnóstica, franze a testa.

— Isso é uma piada?

— Não é uma muito boa. Mas, sério, Gina — eu me inclino para frente na cadeira —, há alguma coisa de Nova York de que você gostaria?

— Tenho certeza de que essa oferta teria sido útil há vinte anos — ela responde, prendendo uma pilha de envelopes com um elástico. — Hoje em dia, o Amazon Prime supre todas as minhas necessidades, e com frete grátis.

— Ok — suspiro, coçando a cabeça. Como posso convencê-la? — E se eu fizer hora extra na semana que vem?

Gina coloca os óculos de leitura no topo da cabeça, onde eles descansam como uma coroa sobre seu cabelo duro. Ela aponta uma unha francesinha na minha direção.

— Lembro claramente de você prometer fazer hora extra da última vez que isso aconteceu. O que, devo lembrá-la, você nunca cumpriu.

O que ela quer dizer com *"Da última vez que isso aconteceu?"*. Tenho certeza de que esta é a primeira vez que preciso de um dia de folga para ir a Nova York conhecer a família do meu noivo gay.

— Desculpe, Gina, mas acho que você está me confundindo com outra pessoa.

— Não, foi *você*. — Ela abre um sorriso enorme, e eu noto uma pequena lacuna entre dois dentes. — Você foi a Duluth por alguma razão trivial, e então de repente houve uma — ela faz uma pausa e faz aspas no ar com os dedos — "nevasca", e você perdeu meia semana de trabalho. O que, se não me falha a memória, e ela nunca falha, você nunca compensou.

Bato na testa. *Pelo amor de...*

— Isso foi há dois anos, e foi a Sadie, não eu. Ela foi para o funeral do avô, e a nevasca foi tão ruim que várias pessoas morreram tentando dirigir nela.

As sobrancelhas de Gina se levantam e descem algumas vezes. Ela pega uma caneta e bate com ela na mesa com movimentos rápidos. Dá para ver que ela sabe que tenho razão, mas nunca vai admitir.

— O fato é que precisamos de você aqui nesta sexta-feira, e isso é indiscutível.

Sinto meu pescoço tenso e o massageio. Obviamente, eu deveria ter planejado ligar e dizer que estava doente no dia. Sério, quando, alguma vez, ser honesta já funcionou a meu favor?

— E se... — começo, mas sou interrompida por uma batida na porta. A porta se abre e Sam entra.

— Gina, você teve notícias do Adir? — Os olhos de Sam viajam e encontram os meus, e sua boca se curva no menor sorriso que já vi. — Olá, Penina.

Pare de se contorcer, estômago. Já conversamos sobre isso. Houve uma mudança sutil em nosso relacionamento desde a noite do baile. É como se Sam não sentisse mais a necessidade de manter seu ar de autoridade, e posso ver a versão real dele com muito mais frequência agora.

Abro a boca para responder, mas Gina é mais rápida.

— Tive uma resposta do Adir, e eu logo ia falar com você, mas estou lidando com *algo*. — Gina inclina a cabeça na minha direção, deixando claro que *eu sou* esse algo. — Mas acabamos de terminar. Não é mesmo, Penina? — ela diz em um tom enfático que deixa claro que terminamos.

Forço um sorriso e me levanto da cadeira.

— Acho que sim.

Gina abre a gaveta de baixo da mesa e tira a bolsa.

— Você poderia pegar um chá gelado para mim? — Tirando uma nota de dez dólares da carteira *Louis Vuitton*, ela acrescenta: — Fique à vontade para pegar uma coisinha para você.

Ótimo. Muito bom. Primeiro, sou expulsa, e aí tenho que ir buscar café para a madame. Francamente, estou surpresa que ela confie que não vou cuspir nele.

Quando volto para a loja, equilibrando uma bandeja de café em uma mão e o croissant de chocolate de Maya na outra, as luzes já estão acesas e as joias brilham em suas caixas.

— Ficou ótimo. — Apoio o porta-copos no armário de arquivo, que fica escondido em um local discreto atrás da vitrine de pedras preciosas raras.

Na manhã seguinte ao baile, Maya ligou e pediu desculpas por ter sido paranoica com relação a Sam e eu. E, mesmo que logo depois Sam tenha fingido ser meu namorado, fico feliz por Maya não ter visto, ou isso seria mais uma coisa que eu teria que explicar.

— Ok, eles *definitivamente* terminaram. — Maya sorri e passa o celular para mim. Seus olhos estão brilhando intensamente de emoção, e não é preciso ser um gênio para descobrir de quem ela está falando. — Leia isso e diga que estou errada. E — ela acrescenta me olhando por sobre a tampa do copo — ela não postou nenhuma foto nova dele desde o baile.

É, eu sei. Se ao menos Maya fizesse seu trabalho sujo em particular, em vez de me arrastar para isso também; sou basicamente uma esquisitona por associação.

A postagem de Keila no *Instagram* é uma foto dela fazendo uma pose de ioga que parece ser incrivelmente dolorosa, com um top e leggings, tendo ao fundo um nascer do sol laranja e rosa, com uma citação: *Em duas palavras, posso resumir tudo o que aprendi sobre a vida: ela continua.*

— Viu? — Maya está literalmente radiante ao pegar o telefone de volta. — Só pode ser isso.

— Na verdade — digo, tentando mantê-la com os pés no chão, caso não seja real —, pode ser muitas outras coisas. Um paciente pode ter morrido, ou um membro da família ou um amigo. Ou ela acabou uma amizade. — Penso no que faz eu me sentir triste e adiciono: — Ou ela perdeu uma promoção muito boa.

— Não. — Maya balança a cabeça. — A Caroline diz que eu tenho que confiar no meu instinto, e meu instinto está dizendo que eles terminaram.

Eu me viro para que ela não veja meu olho revirar. Quando Maya inclui a vidente em uma conversa, você sabe que perdeu.

— Ah, quase esqueci! — ela diz, pegando um croissant. — Sam quer ver você no escritório o mais rápido possível.

— Por quê? — Eu me endireito e tiro um fio de cabelo perdido do rosto. Maya dá de ombros.

— Sei lá. Queria que ele me chamasse ao escritório dele. Ah, as coisas que a gente ia poder fazer juntos — ela suspira.

E num clique, imagino Sam me prendendo contra um armário de joias com os quadris, segurando minha cabeça com as mãos e inclinando a dele para um beijo. Ele passa os dedos pelo meu cabelo, gentilmente provocando minha boca aberta com a língua. Hmm... ele tem gosto de um pinheiro recém-cortado com toques de feromônios másculos. Gemendo de prazer, passo as mãos pelas ondulações firmes do peito dele. Frustrado com a barreira criada pelas nossas roupas, ele para de me beijar e rasga a minha blusa, os botões se espalhando pelo chão. Ele dá um passo para trás e olha faminto para os meus seios, cujos mamilos se exibem através do sutiã vermelho rendado. Lambendo os lábios, ele sussurra...

— Pen?

Eu pisco.

— Oi?

— Você está bem?

— Estou. — Pigarreio e aliso a saia. — Tudo bem. Por que não estaria?

— Você estava com um olhar estranho e distante, e aí sua boca se abriu um pouco.

Dou uma risada nervosa.

— Eu só estava... pensando no que comer no jantar.

— Se você está dizendo. — Maya me olha cética. — Eu me mexeria se fosse você. Sam está esperando.

— Há... certo. — Passo pelo salão de vendas e pela galeria e pego o corredor curto que leva ao escritório de Sam. Minhas bochechas estão quentes, e tenho quase certeza de que normalmente minha respiração não é tão acelerada. Gostaria de pensar que estou apenas tendo um ataque de pânico, mas tenho a sensação de que é a reação do meu corpo aos pensamentos inadequados envolvendo meu chefe. Meu chefe! Eu deveria ter vergonha de mim mesma. Quero dizer, *tenho* vergonha de mim mesma.

Mas ele disse que éramos amigos, então, tudo bem? *Não, Penina, não está tudo bem.* Acho que não sou tão evoluída para lidar com um relacionamento platônico com um homem bonito.

Chego ao escritório de Sam e bato na porta de madeira escura. *Não vou imaginar Sam nu, não vou imaginar Sam nu, não vou imaginar Sam nu.*

— Pode entrar.

Ele está sentado atrás da mesa, falando animadamente ao telefone. Ele gesticula para que eu me sente, e aproveito a oportunidade para admirar as mudanças na sala. Uma das primeiras coisas que ele fez quando assumiu o negócio foi contratar um decorador para arrumar o antigo escritório do pai, que passou por uma transformação impressionante. O mobiliário e a decoração são uma homenagem ao design moderno e ao minimalismo, com contornos retos, bordas arredondadas e formas assimétricas. Uma mesa com tampo de vidro reina no meio da sala, e um pendente azul suspenso governa acima dela. Em frente à mesa há um par de cadeiras de veludo com bases cromadas. Escolho a mais próxima da porta, caso as coisas fiquem feias e eu precise escapar com pressa.

— Obrigado, Clive. Obrigado mesmo... — Sam gira a cadeira e fica de costas para mim. — Aham... ok... está ótimo. — Ele desliga abruptamente a chamada e se vira para me encarar. — Então.

Há algo tão indiscutivelmente macho alfa em Sam que às vezes é difícil pensar. E como ele não parece estar muito feliz agora, este é um desses momentos.

— Então — imito, porque parece ser a opção mais segura.

Ele se reclina na cadeira e arqueia uma sobrancelha de modo soberbo.

— Sobre sexta-feira.

Ah, não. Lá vem.

— Posso só dizer uma coisa?

Ele fica surpreso, mas concorda.

— Vá em frente.

— Beleza. Então, pedi um dia de folga. É de última hora, e é uma sexta-feira, eu entendo. Mas não acho que é tão irracional pedir que Gina me quebre um galho. Eu a cobri na outra semana com a coisa da vesícula biliar dela, lembra? — Sam abre a boca para dizer algo, mas estou com tudo, e não posso me dar ao luxo de perder o ritmo. — Você tem noção de quantas vezes fiz hora extra porque outras pessoas tinham compromissos ou ficaram doentes?

— Quantas?

Olho para ele, irritada – era uma pergunta retórica.

— Essa não é a questão. E sabe por quê? Porque não sou assim, não fico controlando quem deve para quem. A questão é que seria bom se de vez em quando quem dá também recebesse.

— Aham.

Cruzo as pernas e percebo a maneira como seus olhos seguem o movimento por um breve instante. Não que haja algo interessante para ele ver; ele não me parece ser do tipo que fica animado com uma saia longa metálica da maneira que meus seguidores ficam. Eles adoraram como eu a combinei com uma simples camiseta branca e acessórios dourados.

— É como se ela fosse uma ditadora, uma versão feminina de Stalin, deixando seus compatriotas famintos para satisfazer seu sadismo. Nosso país é a personificação da liberdade e da democracia. Se Gina não gosta disso, então talvez ela pertença à Coreia do Norte. Um pouco de fome e toque de recolher forçado poderia fazer maravilhas para alguém como ela.

Sam me encara sem palavras, e sinto uma pontada de culpa por falar mal de Gina pelas costas.

— Quero dizer, não me entenda mal, ela tem algumas boas qualidades. Por exemplo, ela... há, ela... — Eu paro, tentando pensar, mas Sam está esfregando o lábio inferior de uma maneira que me distrai completamente. Eu foco a parede atrás dele para me concentrar.

— Ah, já sei — digo animada, estalando os dedos. — Ela tem um gosto excelente para sapatos. Seu estilo é clássico e atemporal. Um pouco de Grace Kelly, um pouco de Lori Harvey. — Patético, eu sei, mas foi a única coisa que consegui bolar em cima da hora. — E ela tem um cinto vermelho Valentino falso maravilhoso. Mas ela não me diz onde o conseguiu. — O que ainda me incomoda. Ela achou que eu fosse sair correndo e comprar igual? Porque eu não faria isso (a não ser que não tivesse preto, nesse caso eu não teria outra escolha).

— Mais alguma coisa ou você terminou?

Faço uma rápida lista mental do resto do guarda-roupa de Gina.

— É isso, obrigada.

— Falei com Gina e concordamos que você deveria tirar a sexta-feira de folga.

Por um momento, fico sem palavras.

— O quê? Você está falando sério?

— Penina. — Sam se inclina para frente, seu olhar afetuoso irradia since-ridade. — Tenha certeza de que se eu disser algo é porque estou falando sério.

A parte de trás dos meus joelhos formigam e meu pulso acelera.

— Obrigada. Muito obrigada, senhor Klein... opa, Sam. — Eu me levanto e vou em direção à porta antes que ele mude de ideia.

— Por curiosidade — ele diz casualmente —, o que há de tão importante nesta sexta-feira?

Hesito. Baseado em nossa conversa anterior sobre Zevi, sei que ele não acha isso inteligente. Ou ético. Ou qualquer coisa que remotamente se asseme-lhe a uma boa razão para fazer isso. Não que eu tenha perguntado.

— Vou viajar para outra cidade. — Ele não diz nada, e eu acrescento: — Nova York.

Ele bate a ponta da caneta na mesa.

— Algum motivo específico?

Isso realmente não é da conta dele, eu lembro a mim mesma. Eu não lhe devo explicação por querer usar um dos meus dias de férias. Gina e Maya tiram dias de folga aqui e ali, e não me lembro de nenhuma delas ter sido interrogada.

— É uma época do ano agradável — digo.

Vejo que disse a coisa errada quando ele semicerra os olhos.

— Você está planejando ver Zevi?

Suspiro. Ele está agindo como um marido ciumento que suspeita que a esposa está tendo um caso.

— Sim — respondo. — Isso está no itinerário.

A expressão em seu rosto deixa transparecer uma emoção, mas é tão passageiro que não tive tempo de descobrir o que significava.

— Deixa pra lá. Precisamos de você aqui na sexta-feira.

Fico boquiaberta. *Ele está brincando?*

— Você está brincando?

— Não. — Ele volta a atenção para o computador e começa a digitar alguma coisa. — Feche a porta quando sair.

Ah, não, ele não vai fazer isso. Cruzo os braços e olho para ele com calma.

— Explique para mim o que mudou. Porque um minuto atrás você não teve problemas em me dar o dia de folga.

— Um minuto atrás eu ainda achava que você fosse um ser humano racional e inteligente, capaz de fazer boas escolhas — ele diz, olhando por cima do computador. — Claramente, julguei mal.

— Você não pode fazer isso — digo, meu tom de voz com mais raiva.

— Claro que posso — ele diz voltando a digitar. — Sou o chefe.

As palavras saem da minha boca antes que eu tenha tempo de refletir.

— Então eu me demito. Eu ia me demitir de qualquer maneira já que vou me mudar para Nova York.

Seus dedos param de se mover pelo teclado e seus olhos se levantam para encontrar os meus.

— Não faça isso, Penina.

— Tarde demais. — Balanço a cabeça. — Eu disse a ele que aceitava.

Ele empurra a cadeira para trás e passa as mãos pelo cabelo.

— Diga a ele que você mudou de ideia, que surgiu algo.

— Que tipo de coisa "surge" — digo, fazendo aspas no ar — que faz alguém romper o noivado? — Penso em como Zevi ficou emocionado ao telefone quando eu disse que seguiria adiante com o plano.

— Que tal o fato de você finalmente ter recuperado o bom senso e percebido como essa ideia é estúpida?

— Só que não é.

Ele se levanta e começa a andar.

— Diga a ele que você precisa de mais tempo.

— Mas não preciso — digo, pensando na casa da minha irmã.

— Diga a ele que você se apaixonou — ele diz, olhando pela janela.

Dou risada do absurdo.

— Por quem?

Ele se vira para mim.

— O que é que você quer exatamente?

Minhas sobrancelhas se levantam por vontade própria.

— O que você quer dizer com "o que eu quero exatamente"?

— O que Penina Kalish, vendedora de joalheria extraordinária barra assistente social barra voluntária da UTI neonatal, *realmente* quer da vida?

Tudo o que não posso ter. Amor verdadeiro. Gravidez. Bebês.

— Quero que as pessoas que eu amo sejam felizes — digo, o que não é mentira.

— Mas o que faz *você* feliz?

Dou de ombros. Como posso explicar a inutilidade disso, que é melhor não fazer essa pergunta? Depois de alguns instantes de silêncio, olho para cima e vejo Sam me analisando.

— O que foi?

Ele inclina a cabeça.

— Do que você tem tanto medo?

— Não é que eu tenha medo. — Balanço a cabeça. — É apenas uma questão de ser realista. Aceito o fato de que a vida real não é um conto de fadas. Pessoas como eu não tem finais felizes. — Engulo o nó na garganta. Não acredito que estou falando disso. *Outra vez.* — E tudo bem.

Sua expressão fica zangada.

— O que você quer dizer com *pessoas como você*?

Brinco com os braceletes dourados no braço para evitar olhar para ele.

— Estragada.

O silêncio que se segue é tão pesado que não sei para onde olhar. Parece que acabei de revelar a parte mais escondida da minha alma, a parte vergonhosa, e me encolho, desejando poder retirar o que disse.

— Olhe para mim, Penina.

Levanto os olhos e encontro os dele.

— Sim?

Seus olhos estão escuros e sombrios.

— Você não é estragada.

Ah, tá. Claro que sou estragada. E pior ainda, sou uma impostora. Tenho a aparência de uma mulher, mas falta em mim a parte mais importante da minha feminilidade. Como uma caixa de joias ornamentada que está vazia.

— Uma pessoa é mais do que seus órgãos reprodutivos. — Seus olhos âmbar se agitam com intensidade. — *Você* é muito mais do que isso.

Há tanta paixão na voz de Sam que meu coração maltratado sente algo diferente e assustador, é algo que não quero analisar. Eu me concentro em uma foto dele com a roupa de formatura, ladeado por seus pais e digo:

— Eu não discordo de você. Mas o fato é que ainda não sou... — paro, procurando a palavra certa — ...*inteira.*

— Penina. — Eu lentamente desvio o olhar da foto e levanto os olhos para encontrar os dele. — Você é mais do que *inteira, você é perfeita.* Absolutamente perfeita.

Minha respiração fica presa na garganta e eu o encaro em choque, sem acreditar. Como ele acredita nisso? Ninguém é perfeito, muito menos eu. Mas minhas justificativas não são páreo para suas palavras ardentes, e elas derrubam minhas barreiras cuidadosamente construídas e brilham como um arco-íris depois de uma longa e tenebrosa tempestade.

— Como você pode dizer isso? — Penso alto. — Você nem me conhece.

— Não te conheço há muito tempo — ele admite —, mas te conheço sim. Eu vi o jeito como trata as pessoas. Você oferece muito aos seus colegas de trabalho e, quando faz uma venda, não se trata apenas da comissão, a felicidade do comprador é importante para você. — Ele faz uma pausa e inclina a cabeça. — A felicidade de todo mundo é importante para você.

— Não sei se de *todo mundo* — digo, pensando em Keila, Gina e minha professora de matemática da quinta série. Brinco com o cinto preso à minha saia metálica e acrescento: — Mas obrigada. Você é... você é um bom amigo.

Há uma mudança sutil em seu olhar, e ele balança a cabeça.

— Não somos amigos.

Minha boca se abre de surpresa, e parece que alguém abriu um buraco no meu estômago.

— Você disse que éramos.

— Eu menti. — Ele desvia o olhar e diz: — Nunca pensei em você como amiga.

— Tá. — Engulo em seco, piscando para impedir a onda de lágrimas que quer se libertar. Estou confusa e magoada, e não sei como vou poder olhar para ele de novo. Eu me viro para que ele não possa me ver, e giro a maçaneta. Percebo que talvez eu nunca mais o veja ou fale com ele e, se não disser isso agora, isso vai me devorar para sempre. — E já que estamos sendo sinceros — fungo, com a mão na porta —, saiba que sapatos de bico quadrado não ficam bons em nenhuma ocasião, você deveria queimar os seus.

Então fecho a porta e não olho para trás.

Dezoito

"Tendência é a última etapa antes de brega."
— Karl Lagerfeld

Acordo na manhã seguinte me sentindo mal. *O que eu estava pensando?* Tenho um pouco de dinheiro guardado, mas nada que me sustente por mais de dois meses, e quem sabe quando vamos nos casar de mentira? Enquanto isso, ainda tenho que pagar o aluguel e comprar comida. Aff. Ser adulto é uma droga.

Espremo um pouco de pasta na escova de dente, me certificando de não me olhar no espelho. Ninguém quer ver olheiras depois de se revirar a noite toda. Eu me dei uma dor de cabeça tentando entender Sam. Por que ele diria coisas gentis para mim e, logo em seguida, diria que mentiu sobre ser meu amigo? Qual é o sentido disso? É maldade.

Enxáguo a boca na torneira e guardo a escova de dente. Desde que conheci o homem, ele oscila entre ser legal e ser um idiota, mas ontem foi um recorde. Eu sou "absolutamente perfeita", e ah, sim, ele mentiu. *Nunca pensei em você como amiga.*

Ligo o chuveiro e testo a temperatura da água. Se ele faz esse tipo de coisa com a Keila, então ela deve ser um anjo. Ele deve ser daqueles que dizem: "Eu te amo. Na verdade, não, não te amo.".

Não importa, Sam ficou no passado e, para mim, chega de pensar nele. Em alguns meses, serei uma multimilionária e nunca mais vou precisar trabalhar. O que as pessoas que não precisam trabalhar fazem o dia todo? Jogam golfe? Odeio golfe.

O telefone toca quando estou me enxugando, e seco as mãos antes de atender.

— Alô?

— Oi, querida — a voz melódica da minha mãe me cumprimenta. — Como você está?

— Tudo bem. E você?

— Sei que você está se arrumando para o trabalho, então não vou demorar. Você conhece a senhora Hershkowitz?

Vou contar a ela mais tarde sobre a demissão – depois que eu estiver casada e rica. Ela não precisa de mais uma preocupação na vida.

— Quem?

— A senhora Hershkowitz, a senhorinha da sinagoga. Ela tem o cabelo vermelho curto e grita para as crianças ficarem quietas durante o serviço. É uma mulher pequena, de voz alta, tem um tique nos olhos… está lembrando?

Coloco o celular no viva-voz e em uma prateleira para terminar de me enxugar. Ah, a bruxa! Esqueci que ela tinha um nome de verdade.

— Sei de quem você está falando. O que tem ela?

— Você se lembra do neto dela, de Israel, Yankeleh? A última vez que ele veio para cá ele era apenas uma criança, mas acho que você brincou com ele uma ou duas vezes.

— Vagamente. — Tenho quase certeza de que ele era o garoto que roubou sobremesa da área das mulheres no bufê da sinagoga para levá-la para a mesa dos homens. — O que tem ele?

— Bem, ele está aqui de visita. E ele é tão *gentil*.

Ninguém pode chamar minha mãe de sutil, isso é fato.

— Aham. — Enrolo a toalha sob as axilas e volto para o banheiro.

— Eu cruzei com ele no Kosher Mart. O coitado estava comprando peixe *gefilte*[18] em pote em vez do tipo congelado. Enfim, quase não acreditei em como ele está tão adulto agora. E tão bonito.

Isso não quer dizer muita coisa vindo da minha mãe. Ela acha que o carteiro é uma gracinha, mesmo faltando os dentes da frente e com um olho só por causa do ataque de um esquilo com raiva.

— E adivinha? — ela continua. — Ele perguntou de você!

Apenas atire em mim. Esguicho um pouco de hidratante nas pernas e olho para o relógio.

— Tenho certeza de que ele só estava sendo educado.

— Não — ela diz. — Juro que não, eu sei.

Sinto um nó se formando no fundo do meu estômago.

— Por que você está dizendo isso?

Um instante de silêncio, e então ela diz:

— Não fique brava, querida, mas eu dei o seu número para ele.

Olho para o teto e grito.

— Penina?

— Ma, você prometeu que não ia mais fazer isso!

---

18 É um bolinho feito de carne de carpa moída com tempero e cozida no caldo de peixe. É servido frio, na geleia do peixe.

— Eu sei e desculpa — ela diz, arrependida, como um viciado que teve uma recaída. — Mas achei que essa situação era uma das exceções.

Exceções? Pego um punhado de cabelo e minha mandíbula fica tensa.

— Eu disse que havia *exceções?*

— Querida, toda regra tem uma exceção ou então não seria uma regra.

Minha cabeça começa a latejar e, de repente, sei qual é a melhor maneira para que ela pare. Respiro fundo e digo:

— Mãe, estou noiva.

Silêncio.

— O quê?

— Estou noiva. Desculpe falar desse jeito. Eu queria te contar antes. — Seguro um lado da cabeça, me sentindo fraca. — Mas, obviamente, é por isso que não dá para me encontrar com o Yankeleh. — Um longo silêncio se segue, e verifico o telefone para ter certeza de que a ligação não caiu. — Mãe? Você está aí?

— Penina, você não pode estar falando sério.

— Na verdade, estou. — Aperto o botão do viva-voz e vou para o closet para me vestir. Abro a gaveta de roupas íntimas e pego um sutiã rosa-choque e uma calcinha com flamingos dançando. Mesmo que ninguém veja minha roupa íntima – exceto, ocasionalmente, a segurança do aeroporto –, gosto que seja divertida.

— É com o cara rico que deixou a senhora Zelikovitch tão animada? Não me lembro quase nada sobre ele, mas imaginei que não tinha dado certo. É dele que você está noiva?

— Sim, ele mesmo. O nome dele é Zevi Wernick.

— Não acredito. Não... Por que você não falou nada antes?

— Sabe como é — digo vagamente, fechando o sutiã. — Foi tudo muito rápido.

— Então... me conte tudo!

Quer eu esteja preparada ou não, aí vem o interrogatório.

— Ele tem trinta e seis anos e é muito bonito e gentil.

— Com o que ele trabalha?

Minha voz fica abafada enquanto coloco uma blusa de chiffon com laço no colarinho.

— Ele faz filmes.

— Religiosos?

— Hum, mais ou menos.

O primeiro filme bem-sucedido dele foi sobre um padre que tinha sido possuído.

— De onde ele é?

Fecho a saia de couro ecológico preto e pego um par de brincos de argola prata da gaveta de joias. Vou me vestir para o sucesso, mesmo que não tenha para onde ir.

— Brooklyn.

— Ele é divorciado?

— Não. Este vai ser o primeiro casamento dele.

— Aos trinta e seis?

Já me arrependo de ter agido tão impulsivamente. É uma verdade, universalmente conhecida, que um judeu ortodoxo de trinta e seis anos que nunca foi casado deve ter algum problema sério. A maioria dos homens e mulheres se casam por volta dos vinte e poucos anos, já que o objetivo é ter o maior número de filhos possível. Mordo o lábio inferior, tentando pensar em algo que impediria um homem de quase quarenta anos de se casar. Algo que não envolva não ter interesse pelo corpo de uma mulher. *Pense, Penina, pense!*

— Ele é gago? — minha mãe pergunta.

Beleza, vamos com essa.

— Há, é… Como você sabia? — digo, esperando que ela não detecte o desespero na minha voz. Nota mental: avisar meu noivo falso para praticar gagueira antes do nosso casamento falso. Algo bem normal, não é?

— Sabia! Li sobre alguém assim no *Jewish Press* outro dia. É muito grave?

— Muito — digo automaticamente, amarrando o cabelo molhado em um rabo de cavalo. Então acrescento depressa: — Mas depende do dia.

— É mesmo? Por quê?

Passo a língua nos lábios secos e pego o hidratante labial.

— Não sei direito. É complicado.

— Mas vocês conseguem se comunicar bem?

Começo a suar e decido passar mais desodorante.

— Na maioria dos dias, sim.

Silêncio. Ela provavelmente está se perguntando como um casamento pode funcionar se a comunicação só dá certo em alguns momentos. Provavelmente funciona melhor do que a maioria dos casamentos. Enfim, gostaria de ter pensado em uma desculpa mais simples, como um medo de compromisso, mas é difícil inventar uma mentira boa sem aviso prévio.

— E a língua de sinais? — ela pergunta. — Talvez vocês dois pudessem aprender. Ou ter um quadro-negro em casa ou um daqueles quadros-brancos. Lembre-se de adicionar essas coisas na sua lista de presentes…

Interrompo minha mãe me despedindo rapidinho e com a promessa de avisá-la quando Zevi pode vir, o que leva uns dez minutos.

Quebro um ovo em uma tigela de vidro e verifico se há sangue, já que sangue é considerado *treif*, ou não *kosher* – e também porque odeio ver sangue. Nunca vi sangue em nenhum ovo antes, mas pode ser porque dou uma olhada muito rápida e com um dos olhos fechados. Felizmente, o ovo não tem nada, então bato com um garfo, e adiciono queijo e um minipimentão. Minha mente não para de voltar para Sam, então reproduzo minha *playlist* do Spotify.

Aff. Quer saber? Vou comer, fazer uma maquiagem, e então vou para algum lugar para me distrair. Vou fazer compras em brechós – ou só olhar as vitrines, aviso a mim mesma com firmeza. A menos que eu veja algo com um preço excepcionalmente bom – nesse caso, deve ser um sinal dos céus que D'us quer que eu compre. Óbvio.

Trinta minutos depois, destranco a porta do carro e deslizo a chave na ignição. Daqui a um ano, serei tão rica que vou poder comprar o que quiser quando quiser. Com os óculos de sol, aumento o volume e me esforço para ignorar a voz de Sam na minha cabeça dizendo que estou prestes a cometer o maior erro da minha vida.

*   *   *

Meu pulso acelera de emoção quando as rodas do Boeing 737 tocam a pista. A semana passada passou como um borrão, cheia de afazeres ajudando Libby com as crianças, fugindo das ligações de Maya e fazendo ela pensar que eu estava doente, e uma visita à UTI Neonatal onde Delilah listou todas as razões pelas quais estou arruinando minha vida. Então, foi divertido.

A viagem de avião me deu muito tempo para pensar, e cheguei a algumas conclusões, sendo a primeira que Sam claramente não entende como me encontro em uma situação impossível de se resolver. E ele não tem como entender, considerando sua origem não religiosa, sobretudo porque mais e mais pessoas em seu mundo estão escolhendo não ter filhos.

Em segundo lugar, a vida é curta. Passei a última década procurando um marido da maneira tradicional, sem sucesso. Acho que posso me dar o direito de correr riscos e viver um pouco. No mínimo, será uma ótima história para compartilhar com minhas colegas de quarto na casa de repouso um dia.

E o mais importante de tudo é que poderei salvar a casa da Libby.

Abro a persiana da janela e olho para a pista. A luz do sol atravessa as nuvens, manchando o asfalto com sombras escuras. O piloto anuncia que a temperatura é de vinte graus e são 11h38. Ligo o celular e mando uma mensagem para Zevi avisando que pousei. Pouco tempo depois, o sinal do cinto de segurança se apaga e as pessoas passam umas por cima das outras para pegar suas malas de mão e garantir um lugar na fila.

Saio do avião e vou para a área de bagagem despachada, me esforçando para controlar o frio na barriga. Porque, mesmo Zevi sendo uma pessoa legal, isso não significa necessariamente que sua família também é. Os poucos nova-iorquinos que conheci eram intimidadores a ponto de fazer a gente tremer na base, desde a maneira como andavam até a maneira como falavam. Eles diziam exatamente o que pensavam no momento em que pensaram. Estou acostumada com o jeito da minha cidade, onde você espera a pessoa virar as costas para dizer o quanto você a odeia. É muito mais civilizado.

Enquanto vou para a área de bagagens, uma flor de crochê na minha saia prende na rodinha da mala e eu quase tropeço. Eu me abaixo para soltar o tecido embolado, torcendo para que ninguém trombe em mim.

— Penina?

Um par de tênis vermelho surge na minha frente, acompanhado por calça jeans e uma camiseta cinza justíssima com o escrito "QUASE ADULTO" no meio.

— Zevi! — Sorrio, me levantando.

— Você está linda. — Ele sorri, gesticulando para a minha roupa. — Adorei a saia.

— Fico feliz que você gostou — digo, feliz em ver que ele aprecia moda. — Comprei no brechó.

Com a menção ao brechó, sua expressão é de dor.

— Que... inusitado.

— Não se preocupe — digo. — Após o incidente do percevejo que não deve ser mencionado, aprendi a lavar as roupas assim que chego casa.

— Ótimo. — Ele engole em seco. Apontando para a minha bolsa de viagem, ele pergunta: — É só essa ou você precisa buscar sua bagagem?

— Só essa. — Faço um gesto afirmativo com a cabeça.

— Você realmente é a minha mulher dos sonhos, viaja com pouca coisa — ele brinca, enrugando os olhos castanhos com a graça. — Se um homem gay pudesse ter uma alma gêmea feminina, tenho certeza de que você seria a minha.

Faço um coração com as mãos na altura do peito.

— Curti esse comentário.

Ele ri e pega a bolsa.

— Vamos sair daqui.

No estacionamento rotativo, ele coloca a bolsa no porta-malas de seu Jaguar esportivo reluzente que grita dinheiro. O interior é ainda mais luxuoso, com luzes LED iluminando o sistema de controle e bancos de couro preto e vermelho que são mais macios do que manteiga. Quando Zevi aperta o botão para ligar o carro, o motor ruge ao acordar, e sua reverberação me lembra o rosnado de um gato-da-selva.

— Como você está se sentindo? — Zevi olha para mim saindo do estacionamento. — Animada? Ansiosa?

— A combinação dos dois. — Cruzo as pernas. — E você?

— Também.

Por que ele está nervoso? Ele está acostumado a lidar com nova-iorquinos e já sabe como é sua família. A não ser que...

— Você está preocupado de que sua família não goste de mim?

— Não, não. — Ele nega com a cabeça. — Nada disso. É o contrário. Estou preocupado de que *você* não goste *deles*. Estou com medo de que depois de passar algumas horas na companhia deles você fuja gritando.

Dou risada.

— Eles não são tão ruins assim, são?

— Não exatamente. Mas se você começar a sentir vontade de bater a cabeça contra a parede, tente fechar os olhos e dizer o alfabeto hebraico de trás para frente. Geralmente funciona para mim.

Ele está mais sério do que nunca, e tenho a sensação de que ele não está brincando.

— Valeu pela dica.

Um carro enferrujado buzina quando Zevi entra na sua faixa, quase batendo.

— Vá se foder, filho da puta! — o motorista grita pela janela aberta. — Eu vou acabar com a tua raça!

Olho por cima do ombro para ver o motorista. Sua cabeça raspada e o pescoço grosso estão cobertos de tatuagens. Ele mostra o dedo médio através do para-brisa, caso a gente não tenha visto o gesto direito. Eu me encolho no banco.

— Acho que ele não gosta muito da gente.

— Imagina, ele só está desabafando um pouco — Zevi dá de ombros. — Você vai se acostumar. Quando Jack se mudou de Seattle para cá sete anos atrás, ele não suportava esses xingamentos. Agora, ele nem repara.

Falando em Jack...

— Ei, posso te perguntar uma coisa?

— Claro.

— Como você explica Jack para sua família? Ou eles não sabem que ele existe?

— Eles sabem — ele responde, ajustando o espelho retrovisor. — Eles acham que ele divide o apartamento comigo.

Olho para ele de soslaio.

— Eles caíram nessa de verdade? Não é como se você precisasse dividir o apartamento com alguém, financeiramente falando.

Zevi sorri.

— No início, dividi. Nós nos conhecemos anos atrás através de um anúncio em um site de classificados. Foi em um momento da minha vida em que eu não tinha dinheiro para pagar o aluguel, nem em um lugar caindo aos pedaços infestado de baratas no Queens. Publiquei um anúncio procurando alguém para dividir um lugar, e foi assim que nossa amizade começou.

— Mas sua família não acha estranho vocês ainda morarem juntos?

— Acham. — Ele suspira, apoiando o pulso na parte inferior do volante. — Nas poucas vezes em que fizeram comentários, eu simplesmente disse que somos melhores amigos, e, até que um de nós se case, não há razão para não morarmos juntos — ele diz, acionando o pisca-pisca. — Parece que eles aceitaram isso.

— Isso significa que Jack vai se mudar, então? Quer dizer, supondo que esse casamento aconteça? — Faz sentido, mas a ideia não tinha me ocorrido até agora.

— Vai. Jack e eu conversamos sobre isso. Ele vai alugar um lugar por perto. A propósito, você quer escolher o seu anel, ou você quer que eu te surpreenda?

Imagino que, como você é especialista em joias, provavelmente saiba exatamente o que quer.

— Ah, é. — A ideia de um lindo anel de diamante no meu dedo não me deixa animada como uma semana atrás. Parece… não exatamente errado, mas também não parece certo. De repente, me lembro da intensidade nos olhos de Sam quando me disse que eu era perfeita, o tom de sua voz ficando mais grave conforme ele dizia as palavras. Mas não somos amigos e nunca fomos amigos, *e pelo amor de D'us, por favor, saia da minha cabeça!*

— Podemos dar uma olhada hoje, se você quiser — ele diz, olhando para mim, sem perceber o fato de que estou tendo uma crise existencial. — O que me lembra que tenho relações com alguns joalheiros, caso queira trabalhar depois de se mudar para cá. Como você quiser.

— Claro. — Faço que sim com a cabeça, afastando a imagem de Sam. Acho que não vamos fazer compras de casamento na Kleinfeld's. — Que ótimo. Obrigada. — Preciso me concentrar no aqui e agora. No meu futuro. Ficar noiva de Zevi e comprar um anel. A voz de Sam retorna com ele repetindo o que eu disse na ambulância sobre meu hímen. Meus olhos se fecham de vergonha. Se eu fosse um cachorro, já teria sido sacrificada por comportamento ruim e imprevisível. — Então — digo, limpando a garganta, me agarrando a algo para falar —, como está sua mãe?

— Está aguentando firme. Ela teve uma febre alta na quarta à noite, mas agora está melhor. Pensei que poderíamos passar lá no hospital mais tarde hoje para te apresentar para ela.

— Ótimo. Vamos fazer isso. — Minha voz sai estridente, então pigarreio. — Estou animada para conhecer todo mundo.

— O sentimento é recíproco. Mais uma vez, nunca vou poder te agradecer o bastante por fazer isso. Minha família é ótima e eu amo eles, mas — ele balança a cabeça — eles são muito tradicionais.

Faço um gesto afirmativo com a cabeça.

— Como você acha que sua mãe reagiria se soubesse a verdade sobre você?

— Tento não pensar sobre isso — ele diz, sorrindo com tristeza.

— Você acha que ela nunca mais falaria com você?

Ele balança a cabeça, negando, os dedos segurando firme no volante.

— Não, ela não faria isso. Mas ficaria devastada. E, para ser sincero — ele suspira —, ela já teve traumas demais na vida.

Ele provavelmente está se referindo ao pai, embora eu não saiba os detalhes, exceto que o cara abandonou a família. Quero perguntar ao Zevi sobre isso, mas ele está com aquela expressão fechada que as pessoas fazem quando não querem falar sobre algo.

— Opa. — Agarro o painel quando ele faz uma curva acentuada e quase atropela uma velhinha empurrando um carrinho de compras aramado retangular de vovó. Prendo a respiração e olho por cima do ombro para ter certeza de que ela ainda está viva. Ela atravessa a rua calmamente, como se não tivesse acabado de ter uma experiência de quase-morte. Eu me viro e inspiro pelo nariz e solto o ar lentamente pela boca. Esqueci que os pedestres aqui são tratados com o mesmo nível de respeito que os pombos.

Olho para Zevi.

— Você nunca se preocupa em atropelar alguém?

— Não — ele diz, com uma mão casualmente escorada no volante. — Uma vez senti um solavanco debaixo do carro, mas não ouvi nenhum grito, então continuei. — Meus olhos dobram de tamanho. Zevi olha para mim e ri. — Estou brincando!

— Engraçado — digo, não muito convincente.

Pouco depois, paramos na entrada da garagem de uma casa malcuidada e pequena de dois andares. Grades de ferro cobrem as janelas, e a hera cresce sem controle subindo pelos tijolos em ruínas. Há uma cerca de metal enferrujada ao longo de um lado da casa, e o quintal pequeno está coberto de ervas daninhas.

— A casa da minha irmã — ele diz, tirando minha bolsa de viagem do porta-malas. — Não é exatamente o Ritz.

— É... encantadora à sua maneira — digo, fazendo Zevi se acabar de dar risada.

— A questão é que eu me ofereci para consertar a casa para ela ou até comprar uma nova, mas ela é muito orgulhosa, sabe?

Engulo em seco, pensando em Libby. Não tinha me ocorrido até agora: e se ela recusar o dinheiro? Ela sempre foi tão ferozmente independente, não sei por que nunca considerei essa possibilidade.

Mas eu me tranquilizo. Se há uma coisa que preocupa Libby mais do que seu orgulho é a felicidade dos filhos, e aquelas crianças amam a casa.

— Você só vai ficar aqui durante o *Shabat* — Zevi diz. — Reservei um quarto para você no Hyatt para sábado à noite.

— Obrigada. Apesar de aqui ser adorável também — digo, desviando de uma boneca sem cabeça jogada na calçada rachada.

Ele ri e troca minha bolsa de mão.

— Você ainda não viu lá dentro. Cuidado para não tropeçar! — Ele aponta para o caminho de concreto lascado que leva à escada da frente.

Chego sã e salva à porta, sem cair. Um grande feito, considerando meu salto de sete centímetros e a armadilha de objetos aleatórios espalhados pelo pavimento irregular. Zevi segue logo atrás e bate com o punho na porta, como os homem das cavernas costumavam fazer.

— A campainha não funciona há três anos, e eles ainda não conseguiram consertá-la — ele explica, com um revirar de olhos complacente.

Um minuto depois, a porta se abre, revelando uma mulher bonita com um avental e um lenço preto na cabeça. Mesmo com roupas simples e sem maquiagem, ela tem uma presença cativante e uma figura graciosa. Seus modos, por outro lado, deixam a desejar. Ela não sorri, nem diz nada, apenas olha para nós dois de cima a baixo com um olhar treinado.

— Leah — Zevi suspira —, quando você terminar de olhar, fique à vontade para nos convidar para entrar.

Ela solta um grunhido, mas dá um passo para trás para nos deixar passar e fecha a porta atrás de nós. Apontando o dedo para Zevi, ela fala em tom agressivo:

— Toda vez que eu te encontro, você parece cada vez menos judeu.

— É bom te ver também — ele responde, se virando para ela e cruzando os braços.

— Qual o problema de usar uma bela camisa branca e uma calça preta? — Ela coloca as mãos na cintura. — Você deveria ter *orgulho* de ser judeu. Você deveria gritar aos quatro ventos que é um. Repita comigo: sou judeu e tenho orgulho disso.

OK. Estou começando a entender por que Zevi sente que não pode ser sincero com sua família sobre quem ele é. Evidentemente, a família ainda está tentando aceitar seu guarda-roupa.

— Eu tenho orgulho, Leah — ele diz —, mas isso não quer dizer que vou voluntariamente usar cores de pinguim todos os dias da minha maldita vida.

— Olha a língua! — ela sibila.

— Desculpe. *Enfim* — ele diz, mudando de assunto depressa. — Leah, deixe-me apresentá-la à minha noiva, Penina. Penina, esta é minha encantadora irmã Leah.

Sorrio e estendo a mão.

— É um prazer te conhecer.

Ela olha para a minha mão estendida como se estivesse coberta de excremento de cavalo.

— Somos família! — ela declara. — Não apertamos as mãos como empresários. Nós nos abraçamos! — Ela me puxa para um abraço sufocante, e não tenho certeza de que ela não está tentando me matar. Ela me solta depois de um minuto e diz: — Então, *nu*. — Ela faz um gesto rápido com a mão. — Quando é o casamento?

Zevi responde enquanto eu respiro fundo algumas vezes para reoxigenar meus pulmões.

— Ainda não temos a data. Mas não vamos demorar muito para decidir. Como está a mãe hoje?

— Mais ou menos. Está melhor da febre, mas está tossindo muito.

Uma criança loira de cabelos encaracolados entra cambaleando na sala, com uma chupeta na boca e arrastando um livro. Quando ele vê Zevi, seus olhos se iluminam, e ele deixa o livro cair e corre para ele.

— É Mordy, o avião! — Zevi se abaixa e o levanta no ar. — Penina, você acredita que essa criatura adorável veio da minha irmã monstruosa?

— Há, não. Quer dizer, sim. — Começo a suar. — Não que sua irmã seja monstruosa — digo ligeiro, me abanando com a mão. — Mas claro, ele é adorável.

Mordy murmura alguma coisa, e a chupeta cai no chão. Leah se abaixa para pegá-la, cospe nela, depois a seca usando o canto do avental; Zevi e eu observamos.

— Eu disse para você parar de fazer isso — Zevi diz em um tom de queixa. Então ele pega a chupeta da mão dela e vai para outro cômodo. — Não é à toa que vocês estão sempre doentes — ele grita por cima do ombro. — É pedir muito uma higiene básica do século 21?

Leah e eu seguimos Zevi até a cozinha e o observamos ligando a torneira e colocando sabão na ponta da chupeta.

— Se você acha que vou correr para a pia a cada cinco segundos para lavar essa coisa, você está louco — Leah responde, cruzando os braços sobre o peito amplo. — Toda vez que ele abre a boca para dizer alguma coisa, ela cai no chão. Além disso, os germes aumentam a imunidade.

— Existem prendedores de chupeta — sugiro, mas os olhos dela imediatamente se estreitam, quase se fechando, e me arrependo de ter aberto a boca. — Mas é claro — digo, levantando as palmas das mãos —, a saliva funciona como agente de limpeza também.

— Funciona — Zevi diz, fechando a torneira e ajeitando Mordy no colo —, se você está tentando deixar seus filhos doentes.

— Olha só a sorte que tenho de receber conselhos de como criar filhos de duas pessoas que nunca tiveram filhos. — Leah se vira para mim e acrescenta: — Você tem mais alguma coisa a acrescentar?

Balanço a cabeça humildemente. Zevi havia dito que a irmã não gostava de estranhos, mas na minha opinião ela também não é muito fã do irmão.

— Mordy, quer ir zum-zum no céu? — Zevi dobra os joelhos para ficar na altura do sobrinho. A criança ri quando Zevi o levanta no ar e simula o barulho de um avião conforme eles voam pela sala de estar entulhada.

Olho ao redor, constatando os móveis desgastados e a tinta da parede lascada. O tapete bege está pontilhado com manchas de origem questionável, e algumas das almofadas do sofá de vinil preto estão descascando perto das costuras. Livros bíblicos transbordam das estantes alinhadas nas paredes e as poucas fotos penduradas são de rabinos famosos. Uma caixa de brinquedos está parcialmente escondida sob a mesa de centro, e há um buquê de dálias cor-de--rosa murchas em um vaso feito à mão.

Embora a sala pudesse ser facilmente apresentada como uma imagem de "antes" em um programa, há algo convidativo nela. Não dá para negar que é bagunçada e caótica, mas também é aconchegante e calorosa. Os trabalhos de arte emoldurados das crianças e os projetos de artesanato estão em destaque, como se fossem de artistas famosos.

Sinto o olhar de Leah em mim e me viro para ela com um sorriso.

— Sua casa é adorável.

— Não muito. — Ela suspira, observando a sala como se a estivesse vendo pela primeira vez. — Mas que casa com seis filhos é? O sofá é ruim, eu sei, e as paredes precisam de uma pintura nova também, mas tente criar crianças em uma casa do tamanho de uma caixa de fósforos e vamos ver se você consegue fazer melhor.

— Leah — Zevi intervém, fazendo o sobrinho pousar no sofá —, ela estava tentando ser *legal*.

Leah semicerra os olhos, e eu rapidamente acrescento:

— Sim, minha intenção foi elogiar. Desculpe se acabei dizendo de um jeito... como se não fosse um elogio? — Sinto mais suor se acumulando nas axilas. *Por que ela é tão assustadora, e por que está distorcendo minhas palavras?*

Mordy levanta os braços na direção do tio e implora por outro passeio de avião.

— Mais um, carinha. — Zevi pega o sobrinho e, ao passar, diz em voz baixa: — Ela é um pouco paranoica. Tente não elogiá-la.

— Eu ouvi — Leah diz. Virando-se para mim, ela abre os braços. — Se você estava elogiando, tudo bem. Achei que não. Muitas pessoas são falsas, e não gosto de elogios falsos. Se você acha que minha casa é um desastre, simplesmente diga isso. — Suas sobrancelhas se juntam no centro da testa. — Por que você está de pé? — Ela aponta para o sofá. — Sente-se.

Nunca me sentei tão rápido na vida. Abro a boca para tranquilizá-la de que o sofá é ótimo, mas então me lembro do que Zevi disse e fico quieta pensando em algo para dizer que não possa ser mal interpretado. Porém, sinceramente, tenho a sensação de que essa mulher poderia transformar qualquer coisa em um insulto. Algumas pessoas têm esse talento.

O clima é um assunto seguro.

Limpo a garganta.

— A temperatura está muito agradável hoje.

Leah encolhe os ombros e se senta em uma poltrona reclinável bege de frente para o sofá.

— É, e daí? O clima é o clima. Vai estar ruim amanhã. Você é de Iowa, certo?

— Minnesota.

— Dá na mesma.

Na verdade, não, mas tudo bem.

— Você tem um vestido?

Inclino a cabeça, confusa com a mudança repentina de assunto.

— Um vestido?

— Um vestido de noiva — ela diz. — Você vai se casar, lembra?

— Ah! Há! — Dou uma risada sem jeito. — Claro. Mas não, ainda não. Você recomenda alguma loja?

— Têm muitas... Sabe — ela acrescenta, recostando-se na poltrona —, algumas noites atrás, quando Zevi ligou para me dizer que tinha ficado noivo, quase não acreditei.

— É mesmo? — Essas mudanças abruptas de conversa me dão dor de cabeça. — Por quê?

— Eu sempre tive dúvidas sobre ele. — Ela dá de ombros. — Pensei que talvez ele fosse um *faygelah*.

Entro em pânico e finjo estar confusa.

— Um *faygelah*?

— Você não sabe? — Balanço a cabeça, o que a faz suspirar, e então ela se inclina para frente e sussurra: — Uma pessoa gay. Um homossexual.

Estou completamente despreparada para isso, e meus olhos correm pela sala enquanto tento descobrir como responder.

— Você pensou isso? Que... engraçado.

— Como assim engraçado?

Uso a parte de trás da mão para limpar o suor que está se formando no buço e, em seguida, puxo a gola da blusa. Por que está tão quente aqui dentro?

— Não se preocupe, ele não é — Leah me tranquiliza, confundindo minha reação com preocupação. — Mas eu costumava me questionar.

— Ah — digo num tom de insatisfação e pigarreio. *Onde está Zevi?*

— Você está com fome?

Estou prestes a dizer não, mas depois me dou conta de que ela tomaria isso como um insulto às suas habilidades culinárias.

— Sim. Morrendo de fome.

Ela faz um gesto de aprovação com a cabeça, como se eu finalmente tivesse feito alguma coisa certa. Colocando as mãos em volta da boca, ela grita:

— Zevi!

Zevi aparece com as pernas do sobrinho penduradas nos ombros.

— Oi?

— Penina está com fome. Leve a moça para algum lugar. — Ela olha para mim se desculpando. — Eu mesma te alimentaria, mas não quero ficar sem comida. Pelo que sei, você é uma daquelas pessoas magras que comem uma tonelada. Por que você está tão pálida, afinal?

Pega de surpresa, olho para Zevi em busca de ajuda.

— Eu não sabia que estava pálida.

— Não tem sol em Iowa?

— Tem. — Engulo em seco. — Às vezes.

Zevi apoia o quadril contra a parede e cruza os braços.

— Penina, agora seria um bom momento para ignorar minha irmã.

— O quê? — Leah franze a testa, levantando-se da poltrona. — Eu disse algo ofensivo? Não posso ficar preocupada com a aparência de doente da minha futura cunhada?

Meus olhos se arregalam. Eu tenho aparência de doente?

— Pare com isso. Ela é linda e você sabe — Zevi diz.

— Não disse que ela não era. Só estou dizendo que ela está pálida e com aparência de quem está prestes a morrer. *Chas v'chalila*, que ela viva até os cento e vinte anos. — Ela murmura a versão hebraica obrigatória de "D'us me livre", seguida pela bênção obrigatória para viver até a idade que Moisés tinha quando morreu. Ela me diz: — Vou te dar algumas pílulas de vitamina D. Vão fazer você se sentir melhor.

— Obrigada, é muito gentil da sua parte, mas eu não…

— Eu sei do que estou falando — Leah interrompe. — Eu me aventurei no campo da medicina por alguns anos.

Zevi bufa indo para a porta da frente.

— Desculpe te contar, Leah, mas trabalhar como assistente médica por um ano e meio não significa que você saiba alguma coisa de medicina.

— Você quis dizer assistente médica *certificada*, e sim, sei alguma coisa sobre o assunto! — Leah enfia o dedo indicador no meio das costas de Zevi.

— Ai. Ok, ok, retiro o que disse. — Ele ri, deslizando a corrente da fechadura e girando a maçaneta da porta. — Pronta para ir, Pen?

Faço que sim com a cabeça. Pessoalmente, estou aliviada por poder escapar. Não faz mais de dez minutos que estamos aqui, mas parece que se passou uma hora. E tenho certeza de que as regiões de baixo dos braços da minha blusa estão permanentemente manchadas.

— Leve-a ao Chef Wei. Eles têm um especial pré-*Shabat*.

Zevi abre a porta e apoia a mão no batente.

— Achei que aquele lugar estava fechado. Um problema com ratos, não era?

— Os dedetizadores se livraram deles, e eles reabriram semana passada. — Leah pega Mordy, que está tentando fugir. — Vão e divirtam-se.

Zevi e eu trocamos olhares. O som do lamento crescente de Mordy nos segue até os degraus da frente, e ela bate a porta atrás de nós, trancando-a duas vezes.

— Eu não disse que ela era encantadora? — Zevi balança as sobrancelhas enquanto vamos para o carro.

Cubro a boca para esconder a risada, caso Leah esteja nos espionando através de uma das janelas, o que eu não duvidaria que ela fizesse.

— Você disse, embora eu ache que você não fez justiça a ela.

— É difícil capturar a essência de Leah através de uma mera descrição — Zevi sorri, destrancando o carro. — Às vezes a gente precisa ter uma experiência pessoal com alguém assim.

Não consigo controlar a risada ao entrar no carro.

— Como é que pode vocês dois serem parentes? Vocês são muito diferentes um do outro. Um de vocês deve ter sido adotado.

Zevi aperta o botão de partida e coloca o cinto de segurança.

— As pessoas devem achar isso mesmo. E você? Você é parecida com suas irmãs?

— Na verdade, não — confesso, passando a mão pelo cabelo. — Mas talvez seja porque eu sabia que era diferente, que meu caminho pela vida não seria simples como o delas. — Zevi me dá um olhar expressivo, depois dá a ré, me fazendo perceber o que falei. — Ah, mesma coisa para você, né?

— Pode apostar. — Zevi vira a cabeça para tirar o carro da entrada da garagem. — Viver com um segredo, saber que você é diferente de todos os outros, muda a pessoa, né?

Eu murmuro em concordância. Às vezes me pergunto como minha vida seria se eu não tivesse problemas de fertilidade. Eu teria encontrado o amor da minha vida e me casado aos dezenove ou vinte anos como minhas amigas? Meus dias teriam sido preenchidos com caronas, encontro de crianças para brincar, refeições que tivessem que ser preparadas e servidas em uma casa sempre precisando de faxina? Assim que as crianças fossem colocadas na cama, meu marido e eu teríamos noites repletas de sexo apaixonado? Talvez ele trancasse a porta do nosso quarto, depois me levasse para a cama, onde suas mãos massageariam a dor nos meus seios. Talvez Sam deslizasse os dedos sob minha...

— Quem é Sam?

— O quê?

Zevi freia em um sinal vermelho e se vira para olhar para mim.

— Você murmurou "Sam" baixinho agora mesmo.

Se a humilhação pudesse causar combustão espontânea, então eu estaria mortinha agora.

— Não, não murmurei.

— Murmurou sim. — Ele sorri, sacudindo um dedo para mim. — Quem é ele?

— Ninguém!

— Mentira, você disse rápido demais.

— Está quente aqui ou sou só eu? — Pressiono o botão da janela, esperando que o ar fresco traga alguma lembrança da sanidade. *O que está acontecendo comigo?* Isto não é normal. Eu não sou normal. Fecho os olhos e respiro fundo. Infelizmente, o aroma fétido de fumaça e gases de escapamento não está ajudando a clarear minha mente.

Ok, é *possível* que meu corpo ache o corpo dele atraente, mas não é algo pessoal. Não gosto do Sam. E a atração é tão mínima, é praticamente microscópica.

— Ele é seu amigo?

— O quê? Não! — Balanço a cabeça e repito: — Nós definitivamente não somos amigos.

O sinal fica verde, e Zevi levanta o pé do freio.

— Foi só um palpite. Não precisa ficar tão horrorizada.

— Não estou horrorizada — respondo, abanando as bochechas quentes com as costas da mão. — Não tem nada com que se horrorizar.

— Ele é irmão da sua amiga?

Solto um gemido e abaixo a mão.

— Acho que você me ouviu mal. Eu estava falando sobre… há, rã.

— Sim, eu fico vermelho toda vez que penso em uma rã também — ele diz, sorrindo.

Olho pela janela.

— Estou com vontade de comida italiana. E você?

— Ah — ele diz, girando o volante para a direita —, então Sam é italiano?

Eu gemo, e Zevi solta uma risada. Isto é o que eu ganho por deixar minha imaginação correr solta. E, embora eu tente ao máximo fazer uma expressão de reprovação, a risada é contagiosa, e também começo a rir. E enquanto Zevi e Sam não se encontrarem, posso continuar rindo.

"Estilo é uma forma de dizer quem você é sem precisar falar."
— Rachel Zoe

Zevi e eu escolhemos um restaurante italiano e dividimos um almoço de agnolotti com ragu de carne com amêndoas e cuscuz. A comida é deliciosa, e Zevi me entretém com histórias de sua infância. Quando a sobremesa chega, estou me sentindo melhor. Sim, Leah é assustadora, mas não é com ela que vou me casar. E quanto mais conheço Zevi, com suas peculiaridades e humor autodepreciativo, mais me vejo feliz vivendo com ele. Ele fala sobre o melhor amigo Eli, que se afastou do judaísmo quando se juntou à Marinha, mas que já retornou à congregação e está querendo sossegar. Ele me conta a história triste do marido (agora ex-marido) da irmã mais nova dele, Ashira, que a traiu com a melhor amiga dela (agora ex-melhor amiga).

— Eli e Ashira poderiam se casar — sugiro, mesmo sem conhecer nenhum dos dois.

Zevi ri e aponta o garfo para mim.

— Você é engraçada.

Ele me mostra fotos de sua cobertura de Manhattan recém-projetada, com cinco quartos, um jardim, um spa e elevador privativo. Posso encarar uma vida em uma cobertura agradável em Manhattan com um homem gentil, especialmente se isso significa salvar a casa da minha irmã? Definitivamente, sim.

Viu, Sam? (Ok, isso foi desnecessário. Vamos fingir que não mencionei o nome do Sam. Suspiro.)

Estamos indo conhecer a mãe de Zevi e só espero que minhas habilidades de interpretação sejam melhores do que eram no ensino médio. Meu medo de palco era tão grande que eu esquecia as falas e precisava reunir todas as minhas forças apenas para ficar de pé e não desmaiar. Tudo o que conseguia fazer era gaguejar um pouco até que alguém tivesse piedade e me puxasse para fora do palco. Fraydie achava hilário, mas ela é sádica assim mesmo.

— Por aqui — Zevi diz e faz um gesto para que eu o siga por um corredor.

Os corredores do hospital são saturados de uma fragrância de antisséptico e alvejante, mas enfermidades têm um cheiro forte demais para ser completamente disfarçado. A mãe de Zevi tem uma suíte privativa que se parece muito mais com um hotel cinco estrelas do que com um hospital. O lobby é todo reluzente e dourado, uma mistura de tradicional e contemporâneo, com adornos de madeira escura e lustres assimétricos. Palmeiras em vasos vermelho e dourado orientais dão um toque colorido, posicionadas em vários pontos do ambiente. Um piano de cauda preto está disposto em um canto discreto com a imagem de uma cachoeira ao fundo. Duas mulheres estão atrás do balcão da recepção com coletes cinza e gravatas azuis.

— Você tem certeza de que é aqui mesmo? — sussurro para Zevi depois que registramos a entrada. — Não se parece em nada com um hospital.

Zevi aperta o botão "subir" do elevador.

— É melhor não se parecer mesmo, considerando a quantidade de dinheiro que eles estão me cobrando.

Nem quero perguntar quanto este lugar está lhe custando. Bem, quero perguntar, mas é melhor deixar algumas perguntas para depois da cerimônia de casamento.

— Mas — ele acrescenta, entrando no elevador — vale a pena. Minha mãe gosta de manter sua privacidade, especialmente agora que está doente. Em uma unidade regular, ela teria que dividir um quarto.

Eu me encosto no corrimão do elevador e sorrio para ele.

— Ela tem sorte de ter um filho como você.

— Há. — Ele balança a cabeça quando as portas se fecham. — Obrigado, mas ambos sabemos que isso não é verdade.

Franzo a testa. Como ele pode pensar isso?

— *É* verdade sim. — Zevi é um homem independente e bem-sucedido e um filho amoroso e devotado, um irmão gentil e um tio babão. Ele é muito mais do que sua orientação sexual. É apenas uma pequena parte de quem ele é, assim como minha condição médica é apenas uma fração de quem eu sou.

De repente, percebo que Sam estava certo quando disse que eu sou mais do que apenas uma mulher que não pode ter filhos. Sou uma filha, uma irmã, tia e amiga, e uma ótima vendedora. A vida das pessoas é confusa e complicada, e mesmo que nem sempre a gente veja, todo mundo tem problemas. Não tem como ser humano e viver sem algum tipo de trauma ou dor, mas essas experiências não definem quem somos.

Quero explicar isso ao Zevi, mas antes de ter a oportunidade, as portas se abrem e um casal de meia-idade se junta a nós. Continuamos a subir em silêncio. Quando chegamos ao nosso andar, Zevi sai e segura a porta para mim.

— Eu acho — ele diz, me guiando por um corredor — que minha mãe gostaria que eu tivesse feito a coisa tradicional de casar jovem, me tornar um rabino e ter muitos filhos, mesmo se isso significasse ser pobre e viver de salário em salário. — Viramos em outro corredor, ele enfia as mãos nos bolsos da calça e me dá um sorriso triste. — Irônico, né? Muitas pessoas sonham em ter o dinheiro que eu tenho, mas o que eu mais queria era ser hétero.

— Ah, Zevi. — Paro de andar e olho para ele atentamente, canalizando a maneira como Sam me olhou naquele dia em seu escritório. — Você é perfeito. Absolutamente perfeito.

Devo ter estragado tudo porque, em vez de parecer emocionado, ele começa a gargalhar.

— É uma frase pronta ou algo assim?

— Não. — Franzo a testa. — É um pensamento original de outra pessoa que deveria fazer você se sentir melhor.

— Estou bem, Penina. — Ele ri e continua andando pelo corredor. — Mas, obrigada. É muito legal você dizer isso.

É triste que ele não veja seu valor do jeito que eu vejo, mas espero que um dia ele se convença disso.

Ele para do lado de fora de uma porta assim que ela se abre, revelando uma enfermeira de quarenta e poucos anos com roupas azul-turquesa. Ela parece cansada e sobrecarregada e tem olheiras, mas gesticula para nós com um sorriso.

— Olá, entrem. — Ela se afasta para nos dar espaço e fecha a porta. — Sua mãe está acordando.

— Obrigado, Bea. — Em voz baixa, Zevi acrescenta: — Como ela está hoje?

— Mal-humorada como sempre — ela diz, pegando desinfetante do *dispenser* na parede. — Ela tem uma relação de amor e ódio com o VAD.

— Ai — ele murmura baixinho, depois coça a bochecha. — Mais sangramento gastrointestinal?

— Sim — Bea responde, espalhando a espuma entre os dedos. — Infelizmente, é um efeito colateral comum. Mas, como eu continuo lembrando a ela, ela está muito mais confortável com ele do que sem.

Ele suspira e cruza os braços.

— E como está a temperatura dela?

— No momento ela está sem febre.

— Bom. Isso já é alguma coisa, pelo menos. — Ele faz um gesto positivo com a cabeça como se estivesse se tranquilizando. — Muito obrigado de novo, Bea.

Não tenho ideia do que é um VAD, mas estou impressionada que Zevi saiba. Parece que ele é uma presença frequente por aqui.

— De nada. — Ela abre a porta e sai. — Mais tarde passo aqui.

— Beleza, ótimo. — A porta se fecha com um clique gentil, e ele se vira para mim. — Pronta?

Acho que ninguém nunca está pronto para conhecer a futura sogra, seja o casamento falso ou não, mas agora não dá para voltar atrás. Imagino o rosto de Libby e como ela vai ficar feliz quando descobrir que sua casa será salva, e eu me forço a avançar.

A primeira coisa que me chama a atenção é a vista panorâmica de tirar o fôlego com arranha-céus de alturas variadas. No quarto há uma cama *queen size* com travesseiros e edredons empilhados. Levo um tempo para localizar a forma curvada da mãe de Zevi, sua figura praticamente escondida. Observo o suave subir e descer de seu peito e desvio o olhar. É muito íntimo ver uma pessoa dormir, é quase como uma invasão de sua privacidade.

— Oi, mãe. — Zevi se abaixa e dá um beijo na bochecha fina de sua mãe. — Eu trouxe uma pessoa comigo.

Suas pálpebras se abrem, revelando olhos amendoados de um azul vívido. Seu corpo é todo anguloso e ossudo, membros esqueléticos e encovados, ornamentado por quantidades generosas de manchas senis. Tufos de fios de cabelo branco escapam do lenço com estampa caxemira preso frouxamente em sua cabeça. Ela parece tão pequena e frágil quanto um patinho lutando para sair da casca do ovo. Apesar da aparência externa com rugas e pele flácida, dos lábios murchos e das articulações pontiagudas, há uma presença nítida dentro dela. O olhar destemido que ela lança para mim é de uma astúcia incomum, como uma professora experiente que pode instintivamente separar o joio do trigo. Ou pode ser só a minha paranoia falando.

— Esta é Penina — ele diz baixinho, apontando para mim —, a outra mulher especial da minha vida.

— É um prazer te conhecer. — Fico ao lado da cama e faço uma oração silenciosa para que eu não estrague tudo. Estou suando como um *mohel*[19] prestes a realizar a primeira circuncisão.

Ela tenta sorrir.

— Sente, sente — ela fala com a voz rouca apontando para uma poltrona virada para a cama. Eu me acomodo nela enquanto Zevi eleva a mãe para

---

19 Pessoa que realiza a circuncisão.

uma posição sentada, depois arruma os travesseiros atrás dela e ajusta uma bolsa preta grande perto de sua cintura. — Pare de mexer. — Ela inclina a cabeça para olhar para Zevi. — Estou bem. Relaxe e sente.

As linhas de expressão que contornam a boca dele se acentuam.

— Que tal um pouco de água? Você parece estar com sede.

— Tenho água. — Ela tira uma garrafa de Perrier enterrada sob a pilha de cobertores, depois se vira para mim. — Ele se sente inútil, então tenta fazer qualquer coisa que consegue pensar para eu me sentir melhor.

— Ele é um amor — digo, olhando para Zevi, que atravessa o quarto e remove uma cadeira dobrável de um gancho na parede.

— Então. Me conte um pouco sobre você.

— Claro. — Limpo a garganta e tento canalizar a personalidade fria e calma de alguém que tem classe sem se esforçar. — Sou uma mulher do centro-oeste, de Minneapolis — paro. Nossa, por que estou me fazendo parecer uma safra?

— Michigan — ela diz. — Muito bom.

Tal mãe, tal filha. A mancada geográfica me dá vontade de rir, mas eu continuo.

— Tenho um diploma em artes liberais, mas nunca trabalhei muito com isso. Trabalho… bem, trabalhava em uma joalheria, a Kleinfeld's. O dono é judeu, o filho dele assumiu recentemente, mas ele tem sérios problemas de personalidade e é impossível trabalhar para ele, mas você não ouviu isso de mim…

— Você é divorciada? — ela interrompe, olhando para Zevi, que coloca a cadeira dobrável ao meu lado e se senta.

Faço que não com a cabeça.

— Não. Nunca me casei.

— E qual a sua idade?

Mantenha a compostura, mulher. Mantenha. A. Compostura.

— Vinte e nove.

Ela ergue as sobrancelhas.

— Vinte e nove e nunca se casou?

Sei que eu deveria mascarar a verdade, porque Zevi quer que a mãe pense que poderei lhe dar netos, mas há uma sagacidade nesta mulher que me faz pensar que ela pode ver através de mim, direto no meu útero muito pequeno.

— Sinceramente, nunca encontrei alguém com quem quisesse passar o resto da minha vida — digo, o que é definitivamente verdade. Claro, nunca encontrei alguém gentil e afetuoso como Zevi, ou uma versão boa de Sam, bonito, inteligente e surpreendentemente atencioso. A imagem de seu rosto passa brevemente pela minha mente, especificamente seus lábios. E seu corpo.

D'us, aquele corpo.

Me deixem em paz, pensamentos intrometidos!

Ela toca o V do lábio com os dedos de leve.

— Hum.

Hum? Essa palavrinha se acomoda como um soco no meu estômago. Olho para Zevi pedindo ajuda.

Ele me entende e se inclina na direção da mãe.

— Penina é uma ótima cozinheira, mãe. Espere até você experimentar os *knishes*[20] dela. São quase tão bons quanto os seus — ele acrescenta dando uma piscadinha.

Outra mentira. Meus *knishes* só são comestíveis quando vêm da seção de alimentos congelados do supermercado. Uma vez que uma pessoa estraga uma receita simples de *kugel* de batata, isso tem um efeito sobre a sua autoestima.

— É mesmo? — A mãe de Zevi pergunta, seu olhar perfurando meus olhos.

Lambo uma gota de suor do lábio superior.

— Há... não exatamente. — Abaixo o olhar e passo os dedos sobre as pregas da saia. — Acho que o amor de Zevi por mim cega suas papilas gustativas.

Ele joga a cabeça para trás e ri.

Ela inclina a cabeça.

— Vocês já têm uma data definida?

Zevi e eu nos olhamos.

— Temos? — Engulo em seco.

— Estamos conversando sobre isso — ele sai pela tangente, voltando o olhar para a mãe. — Mas nada específico ainda.

Ela olha para a frente, a imagem do estoicismo, e me pergunto por que ela não está parecendo mais feliz. A maioria das mães judias estaria pulando de alegria se o filho de trinta e seis anos trouxesse uma noiva para casa. Principalmente depois de todos esses anos procurando alguém.

— Zevi — ela diz, interrompendo o silêncio —, estou com vontade de tomar um café. Por favor, busque um copo para mim.

Ele hesita.

— Você pode tomar café?

— Descafeinado. — Ela acena com a mão o dispensando. — Não conta.

Zevi parece estar em dúvida, mas cede e se levanta.

— Tudo bem, vou pedir ao seu mordomo. Me passe o controle remoto.

— Não, não. — Ela balança a cabeça. — Eu preciso que *você* vá buscar o café.

Ele se senta de volta e cruza os braços sobre o peito largo.

— Você está tentando se livrar de mim, mãe?

Ela franze os lábios finos.

— Sim.

Bato o pé nervosamente. Bem feito para mim por ser tímida.

Zevi cruza uma perna sobre o joelho.

---

20 Bolinho assado ou frito recheado. Os recheios típicos são: purê de batata, queijo, carnes.

— Olha, o que quer que você queira dizer, pode dizer para nós dois. Não temos segredos entre nós, então qualquer coisa que você falar para ela, ela vai me contar, de qualquer maneira. — Ele se vira para mim. — Não é, querida?

— É — minha voz sai estridente. Olho para ele com olhos que dizem: *Por favor, não me deixe sozinha com sua mãe assustadora.*

— Tá bom, tá bom. — Ela suspira e brinca com a pulseira de pingentes em seu pulso esquelético. — Penina, por ser virgem, há algumas coisas que você precisa saber sobre a noite de núpcias…

— Mãe, pare. Por favor. — Ele esfrega a mão nos olhos como se estivesse tentando apagar algo que viu. — É para isso que servem os professores de casamento. Tem um em Minneapolis, né, Penina?

Só de pensar na senhora Pearlman, de setenta e poucos anos, com seus suéteres pesados, meias-calças grossas e sapatos de velhinha pretos de velcro, falando sobre sexo, eu me contraio.

— Sim.

Ela faz um gesto de desdém com a mão.

— Eu tive aulas de casamento também, mas acredite em mim, há muita coisa que eles não falam. O tipo de coisa que uma virgem deve saber de antemão. Na minha noite de núpcias, por exemplo, fiquei tão chocada, primeiro, com o tamanho do…

Zevi levanta da cadeira tão rápido que quase a derruba.

— Vou para a biblioteca — ele fala por cima do ombro andando a passos largos em direção à porta. — Venha me buscar quando ela tiver terminado.

— Hum, Zevi, não sei… — Dei o azar de, aparentemente, ele ter desenvolvido um súbito caso de surdez. A porta se fecha num estrondo, e fico sozinha com a mulher que quer me dar conselhos sobre fazer sexo com seu filho gay.

— Então, Penina — ela diz, com o indício de um sorriso nos lábios —, vamos conversar.

— Vamos. — De fato, sinto cada batida do meu coração. *Respire fundo, Penina. Você está levando essa mulher muito a sério.* Cruzo as pernas na altura dos tornozelos e entrelaço as mãos no colo.

— Esse noivado me pegou de surpresa, sobretudo porque Zevi raramente passou do segundo encontro no passado. Então, de repente, depois de quinze anos ou mais de primeiros encontros: ta-dá! Ele me diz que está noivo. — Ela fecha os olhos por um momento e inspira profundamente, como se estivesse juntando coragem, ou oxigênio. — Receio que minha situação tenha lhe causado uma crise precoce — ela diz, abrindo os olhos. — Tenho certeza de que o fato de o pai ter abandonado a família do jeito que fez não ajudou. Ele falou com você sobre o pai?

— Ele mencionou brevemente querer matá-lo se o encontrasse alguma vez — digo, relembrando. — Ele disse algo sobre o pai não estar presente, mas não — balanço a cabeça —, não sei os detalhes.

Ela corta o contato visual e olha para algum lugar perto do meu ombro esquerdo.

— Foi muito difícil para todas as crianças quando meu marido foi embora. Mas Zevi foi o que mais sentiu. Ele idolatrava Seymour, como os meninos geralmente idolatram os pais. Ele tinha muitas coisas ruins para dizer sobre mim, mas quando se tratava do pai — ela diz com um sorriso amarelo —, ele não fazia nada de errado.

Eu aceno com a cabeça, já triste. É aquele sentimento que você tem quando assiste a um filme pela segunda vez, quando você já sabe que tem um final trágico.

— Por meses depois que Seymour partiu, Zevi se recusou a acreditar que ele realmente tinha ido embora. Todo dia depois da escola, ele olhava pela janela da frente esperando ver o Chevy do pai parar na entrada da garagem. Sinceramente, acho que ele acreditava que se olhasse por tempo suficiente, traria o pai para casa por mero desejo.

Sinto a garganta fechando ao imaginar Zevi novinho na janela, imóvel, olhando para fora.

— As outras crianças jogavam beisebol ou andavam de bicicleta, mas Zevi não. Nada conseguia afastá-lo daquela janela da sala de estar. — Seus olhos se enchem de lágrimas, e eu me levanto para passar para ela uma caixa de lenços de papel que está na bandeja com rodinhas. — Obrigada. — Ela enxuga os cantos dos olhos e suspira.

Pego um lenço para mim porque me sinto inexplicavelmente emocional.

— Quantos anos ele tinha quando Seymour foi embora?

— Doze. Novo demais para entender as complexidades de um casamento, mas com idade suficiente para compreender que, de alguma forma, foi minha culpa.

— Não. — Balanço a cabeça enfaticamente. Não parece ser o Zevi afetuoso e generoso que eu conheço. — Ele culpou você?

— Claro. — Ela dá outro sorriso amarelo que me dá um aperto no coração. — Eu também me culpei, embora nunca tenha admitido isso. Não em voz alta, de qualquer maneira.

— Mas isso é ridículo. Um homem bom nunca abandonaria a esposa e os filhos. Isso é um defeito do caráter *dele*. — Eu me inclino para a frente na cadeira. — Mesmo que você fosse culpada, nada justifica abandonar os filhos.

— Verdade — ela concorda. — Mas não cabe a nós julgar. Quando você chega à minha idade, percebe que julgar os outros e guardar rancor é inútil. Todos têm suas razões para as escolhas que fazem na vida. Todos fazem o melhor que podem.

— Não. — Eu me recosto e cruzo os braços. — Não há desculpa para fazer o que ele fez. — Então penso no livro de suspense que esqueci de colocar na mala e brinco: — A menos que ele estivesse sendo perseguido pela máfia russa e tivesse que cortar todos os laços com vocês para protegê-los.

Seus olhos se enrugam nos cantos e ela ri.

— Não era o caso — ela diz, balançando a cabeça. — Por fim, ele me escreveu um pedido de desculpas, quase uma década depois, com um endereço na costa oeste.

Idiota.

— O que ele disse?

— Foram apenas algumas linhas — ela diz, e faz uma pausa para tomar um gole da sua água. — Basicamente, que estava arrependido, mas fez o que tinha que fazer. Aparentemente, era isso ou se matar.

Congelo, atordoada. Supus que ele simplesmente estivesse cansado de ser adulto com responsabilidades de adulto, mas talvez fosse mais do que isso.

Ela engole a água em seguida e tampa a garrafa.

— Mas chega de falar de Seymour. O que quero dizer para você é que não quero que Zevi se case pelo motivo errado. Quero que ele encontre o amor? Claro que sim. Toda mãe quer isso para os filhos.

— E você acha que ele não encontrou comigo? — pergunto, com medo da resposta dela. Ela acha que não sou boa o suficiente para ele ou suspeita da verdade?

Ela me fuzila com o olhar.

— É você quem me diz. Ele encontrou?

Abro a boca para dizer a ela que sim, claro que sim, mas a expressão em seus olhos, de escrutínio penetrante misturado com gentileza, me faz hesitar. Aperto as mãos no colo. O que eu faço, o que eu faço? E por que diabos pensei que poderia enganar alguém, ainda mais essa mulher, que é claramente uma feiticeira da verdade? Gostaria de poder voltar no tempo e dizer a Zevi: *"Desculpe, mas você está por conta própria. Sou uma péssima atriz e sua mãe moribunda é muito mais esperta do que você imagina e…".*

— Toc, toc — uma voz alegre diz, e Bea entra no quarto, esfregando os dedos, o cheiro típico de desinfetante faz cócegas no meu nariz. — Hora de trocar o curativo da saída do dispositivo. — Ela sorri para mim e acrescenta: — Talvez você queira sair?

Obrigada, Bea!

Me levanto da cadeira num pulo, me aproximo da cama dela e passo os braços suavemente em volta dela.

— Obrigada por confiar em mim para contar sua história — digo, recuando para olhar para ela. — Você é uma boa mãe, e posso ver por que Zevi te adora. — Estou sendo sincera. Se ela acha que sou digna de seu filho ou não, isso não muda o fato de que ela é uma pessoa incrível. Apesar de ter passado por muito sofrimento durante a vida, ela escolheu ser otimista, quando a maioria teria se ressentido e se tornado amarga, inclusive eu.

Ela pega a minha mão na dela.

— Pense no que eu disse.

— Vou pensar.

— Você é uma boa menina. — Ela aperta minha mão, depois se encosta nos travesseiros e fecha os olhos, sinalizando que devo sair.

Eu me despeço de Bea e vou para o corredor em busca de Zevi. Uma placa acima mostra uma seta indicando a biblioteca, e eu viro à direita. O que devo fazer agora? Dizer a Zevi que nosso disfarce pode ter ido por água abaixo? Ela estava definitivamente desconfiada, mas quem não estaria nesta situação? Zevi nunca encontrou alguém para se casar depois de anos tentando, aí a mãe fica doente e, de repente, ele está noivo, praticamente da noite para o dia. E por que ela escolheu conversar *comigo* em vez de conversar com Zevi?

— Ei, como foi? — Zevi pergunta assim que entro na biblioteca. Ele se levanta de uma poltrona e se alonga.

— A boa notícia é que ela não descreveu a circunferência ou o comprimento do pênis do seu pai.

Ele se contrai e balança a cabeça.

— E quais são as más notícias?

Desabo em um sofá e balanço a cabeça.

— Para ser sincera, ela está um pouco cis.

— Cis? — Ele me olha confuso.

— Desculpe — digo, fazendo um gesto com a mão, — é a gíria que o filho de doze anos da Delilah usa para cismada. Estou com a sensação de que ela não está acreditando.

— Merda. Sério? — Ele se senta de novo na poltrona e cruza os braços. — O que aconteceu?

— Ela achou estranho você de repente estar noivo depois de todos esses anos. — Hesito, pois não quero aborrecê-lo, mas também não quero mentir. — E ela também mencionou seu pai.

— *O quê?* — Uma expressão sombria surge no rosto de Zevi. — Por quê? O que ela disse?

— Como ele meio que abandonou vocês... — Abaixo os olhos e me pergunto se é normal estar envolvida no meio da política familiar logo depois de ficar noiva. Mas não há nada normal nesta situação.

— Que merda isso tem a ver com alguma coisa? — ele diz, erguendo a voz. — Desculpe, desculpe — ele acrescenta, passando os dedos pelo cabelo. — É só que estou tão frustrado. Achei que ela ia ficar feliz.

— É, eu também. Mas — acrescento —, quem sabe? Talvez ela esteja. — Mordo o lábio inferior, em dúvida. Não sei o que fazer agora. Ainda preciso desesperadamente do dinheiro para salvar a casa da Libby, mas agora parece sujeira, como se eu estivesse enganando uma mulher moribunda em vez de conceder seu último desejo. — Zevi, acho que seria melhor se você contasse a verdade a ela. Dá para ver o quanto ela te ama. E eu estarei lá também, para apoiá-lo.

Ele engole em seco e considera por um momento. Quando olha para cima, seus olhos são janelas de tristeza.

— Não estou pronto, Penina.

Meu estômago se contorce ao analisar sua expressão atormentada. Embora eu saiba tudo pelo que ele passou, está óbvio que ele sofreu muito, e não há palavras mágicas que eu possa dizer para curar sua dor. Tudo o que posso fazer é falar do fundo do coração e mostrar a ele que me importo.

— Estou aqui para o que você precisar, Zevi — digo baixinho.

Seus olhos se enchem de lágrimas e ele coloca as mãos no rosto. Titubeio por um momento, sem saber o que fazer. Os únicos homens que já abracei foram meu pai e dois avós, mas meus instintos são de ir abraçá-lo e, depois de um momento de hesitação, é isso que faço. Além disso, raciocino, ele é basicamente meu marido, está naquela área cinzenta nebulosa em que Sam não acredita. Aperto-o com mais força e apoio o rosto em seu peito, que parece uma parede de tijolos, como o de Sam. *Por que Sam está ocupando tanto espaço na minha cabeça? Aff!*

— Obrigado, Penina — ele sussurra, dando tapinhas nas minhas costas meio sem jeito antes de se afastar. — Estou bem agora. — Ele gesticula em direção à porta e diz com uma voz alegre forçada: — Vamos logo com isso.

Levanto as mãos e o sigo.

O resto do fim de semana passa rápido e praticamente sem muito dramalhão. Ajudou o fato de que eu disse o mínimo possível para Leah e passei a maior parte do *Shabat* brincando com seus filhos ou andando pelo bairro com Zevi. Hoje mais cedo, almocei com ele e Jack e, embora não fosse muito óbvio, Zevi parecia preocupado com algo. No caminho para o aeroporto, ele me disse que o hospital informou que a febre de sua mãe está subindo e que ela está se recusando a comer. E, egoísta que sou, minha mente vai direto para o dinheiro e se ainda vou conseguir salvar a casa de Libby se ela morrer antes de nos casarmos. Não que eu possa perguntar a ele. Bem, eu poderia, mas seria uma imbecilidade fazer isso quando a mãe de alguém começou a piorar.

Então, faço o que sempre fiz quando as coisas parecem perdidas: inclino a cabeça para trás, fecho os olhos e rezo por um milagre.

> *"A moda tem que refletir quem você é, o que você sente no momento e para onde você está indo."*
> — Pharrell Williams

— Zona três, embarque autorizado.

Pego a bolsa e vou para o fim da fila. Já estou com o bilhete na mão, e eu o uso para abanar o rosto que está fervendo e dominado pela ansiedade.

Meu celular toca assim que a funcionária do portão de embarque escaneia meu bilhete.

— Tenha um bom voo — ela sorri, devolvendo o cartão de embarque.

Desço a passarela e checo o identificador de chamadas, mas não reconheço o número.

— Alô?

— Oi, tudo bem?

Levo um tempo para detectar a voz profunda vinda do outro lado da linha. De repente, a névoa no meu cérebro desaparece e minha frequência cardíaca acelera um pouco.

— Sam?

— Sim, sou eu. Posso fazer uma pergunta ou você está ocupada?

Meu coração bate nervoso enquanto entro na aeronave. *Por que o Sam está me ligando?* Uma comissária de bordo me dá um sorriso sem mostrar os dentes, e tenho a sensação de que ela não está muito feliz por eu estar no telefone.

— Há, estou meio que embarcando em um avião agora, mas pode.

— Você sabe o número de telefone de Ivan Petrov?

O homem na minha frente para de repente para colocar a bagagem de mão no compartimento superior, e eu quase dou de cara nas costas dele.

— Hum, não — digo, me segurando no topo do assento de alguém para me firmar. — A Gina não deveria tê-lo?

Ele suspira na linha.

— É o dia de folga dela, e eu não queria incomodá-la.

Aparentemente, ele não se sente mal por me incomodar nas minhas férias.

— Estamos fingindo que eu não me demiti? — pergunto, e a fila começa a andar novamente.

Ele me ignora e resmunga:

— Achei que tinha anotado em algum lugar, mas não estou conseguindo encontrar.

A mulher no início da fila tenta levantar sua bagagem de mão para colocá-la no compartimento e sinaliza para uma comissária de bordo para ter uma ajuda.

— Você está esperando que eu vá trabalhar amanhã? — Talvez ele tenha Alzheimer precoce.

— Claro — ele diz.

— E estamos fingindo que a semana passada foi simplesmente... o quê?

— Uma pausa *muito necessária* para a saúde mental.

Franzo a testa, não gostando da maneira como ele enfatizou as palavras muito necessária. Olho para o bilhete na minha mão: 16C.

— Ah, desculpe — peço desculpas quando minha bagagem de mão esbarra em uma mulher sentada no assento do corredor.

— Então, o que aconteceu?

Suspiro e troco o telefone de ouvido mais uma vez.

— Minha bagagem agrediu alguém.

Ele ri, e o som de sua risada causa coisas estranhas no meu coração. E no meu estômago. E em outros lugares.

— Eu quis dizer o que aconteceu neste fim de semana.

Algo roça na minha bunda, e a mulher atrás de mim murmura um pedido de desculpas.

— Tudo correu conforme planejado.

Silêncio.

— Então, você está...

— Noiva? — Dou um passo para o lado para me esquivar de um adolescente que toma conta do corredor e vejo meu assento duas fileiras para frente. Os dois assentos ao lado do meu estão ocupados por um casal que parece ter sessenta e poucos anos. Faço um gesto com a cabeça e aceno com a mão cumprimentando-os enquanto coloco a bolsa no meu assento.

— Sim. Mas ainda tenho que comprar um anel.

— Ah, parabéns! — a mulher ao meu lado diz. — Que maravilhoso.

O homem com um bigode grisalho usa o jornal para apontar na minha direção.

— Certifique-se de obter um acordo pré-nupcial.

— Vou me lembrar disso. — Enfio minha bagagem de mão no compartimento superior e sento no meu lugar.

— Tenho que ir — Sam diz. — Até amanhã.

— Tchau. — *Bem, isso foi esquisito.* Desligo e coloco o celular em modo avião. Por que o som da voz dele faz meu pulso disparar? Será que é estresse? É melhor fazer um exame de coração?

Inclino a cabeça para trás e pressiono os dedos sobre os olhos fechados. Essa é a sensação da tensão pré-casamento? Não pode ser outra coisa; quero dizer, mesmo que eu *tivesse* uma pequena queda por Sam – e mesmo que ele não fosse do tipo bipolar –, é estupidez fantasiar com ele. Ele é tão inatingível quanto Harry Styles, e é uma total perda de tempo desejar alguém com quem não tenho a mínima chance, que deve estar tão fora de alcance quanto um outro universo.

Se ele fosse casado, eu nem me atreveria a pensar nele assim – seria um não problema. Na verdade, *espero* que ele e Keila ainda estejam namorando e se encaminhando para ficarem noivos, pois assim eu poderia superar isso o quanto antes... seja lá o que *isso* for.

— Planejar um casamento pode ser muito estressante — a mulher ao meu lado diz, dando um tapinha na minha mão. — Mais vai valer a pena no final. Você vai ver.

— É. Não é como se eu fosse me casar com um homem gay que não amo ou algo do tipo. — Solto uma risada estridente. — Ou que me sentisse atraída pelo meu chefe heterossexual. — Meu D'us, estou completamente louca.

A mulher me dá um sorriso hesitante e então abre a revista e passa a me ignorar pelo resto do voo. Não posso culpá-la.

Quando o avião pousa e desligo o modo avião do telefone, vejo que Maya me enviou uma série de mensagens que dizem "Que merda é essa?", junto com uma captura de tela de uma foto do *Instagram* de Keila em que ela e Sam estão maravilhosos e relaxados, encostados na borda de um barco com um pôr do sol rosa como pano de fundo. A legenda dela diz:

Sempre bons momentos com esse cara 😊

Um nó se instala na base da minha garganta ao analisar o rosto bonito de Sam sorrindo para a câmera. Keila conseguiu tirar dele um de seus poucos sorrisos genuínos, e eu gostaria de saber que magia ela usou para fazê-lo sorrir assim. Tudo na foto é perfeito, desde a maneira como seus olhos âmbar estão enrugados de alegria até o corpo incrível de Keila de regata vermelha e shorts branco. Suas pernas são bronzeadas e musculosas e têm uns dois metros de comprimento. Ela e Sam parecem estar ridiculamente felizes, mas, mais do que isso, percebo com um aperto no estômago que eles parecem *ser feitos* um para o outro.

Isso é bom, eu me lembro. Eu não estava agora mesmo desejando esta exata situação? Além disso, tenho Zevi e uma cobertura de cinco quartos. Aposto que ele até me deixaria ter um pônei se eu pedisse e, sem querer ofender Sam, mas nem ele pode competir com um mini-pônei.

Dá vontade de vomitar, né 😨 😵 😵 😨

Maya manda essa mensagem, me trazendo de volta à realidade.

Respondo com o *emoji* rindo com lágrimas, 😂, mesmo sentindo que rir é a última coisa que eu faria neste momento.

* * *

— Olá, pessoal. — Jogo a mala de mão no porta-malas do Nissan antigo do meu pai e subo no banco de trás com Fraydie. — Que fofo que vocês todos vieram me buscar.

Fraydie pisca suas extensões de cílios brilhantes para mim.

— Me disseram que ia ter bolo.

Dou um tapinha em seu ombro.

— Amo sua honestidade brutal.

Como Minneapolis só tem uma padaria *kosher*, é considerado praxe em nossa família que quando alguém retorna de uma viagem a Nova York ou Chicago ou Los Angeles, ou basicamente de qualquer lugar com restaurantes e lojas *kosher*, *deve* trazer comida.

— Tenho biscoitos, porque era a única coisa que cabia na minha mala.

— Aceito todas as doações açucaradas. — Ela enrola os dedos em direção às palmas das mãos em um movimento de "me dá". — *Todah rabah* — ela diz em hebraico.

— De nada.

Olho para a barriga dela, que não mudou de tamanho.

— Você ainda está comendo muito picles? — pergunto.

— Não sei — ela diz, me olhando de um jeito estranho. — Por que você está olhando para a minha barriga?

— Não estou — digo, desviando o olhar.

— Conte-nos tudo, querida — minha mãe diz do banco da frente. — Você gostou da família dele? Eles foram gentis com você?

— Sim. — Faço um gesto afirmativo com a cabeça. — Todos foram muito legais. — Keila, por outro lado, nem tanto. Entre o momento em que o avião taxiou até o portão de desembarque e o caminho até a saída, cheguei à conclusão de que ela não é muito atenciosa. Tipo, por que ela tem que postar fotos como aquela? Se eu tivesse a sorte de namorar Sam, seria um pouco mais contida para que as pessoas solteiras da minha vida não se sentissem tão mal. E se eu postasse uma foto dele, ele teria comida nos dentes ou estaria usando um par de óculos idiota. *Porque eu sou legal assim.*

— Quando Zevi vem para o *vort*[21]? — ela pergunta. — Já bolei um menu.

---

21 *Vort*, em iídiche, significa compromisso verbal. Quando duas partes decidem avançar com o casamento é elaborado um contrato especificando a data do casamento e outras considerações. O noivado é, então, chamado de *vort*.

Ai, droga. Meu estômago se torce enquanto penso na festa de noivado, outra pedra no meu sapato. *Não quero me casar, não quero me casar.* Não assim, pelo menos.

— Não faço ideia, mãe. Vou perguntar para ele. — Suspiro e olho pela janela. — Alguma notícia da casa de Libby?

— Nada de bom — meu pai diz, sua barba se agitando com a brisa que vem das janelas abertas.

— Aqui vai um conselho gratuito — Fraydie diz para mim, com migalhas caindo da boca e indo parar em sua roupa. — Não faça nenhuma piada com a Libby sobre vender os filhos. Ela não acha engraçado.

— Nossa, que estranho — digo num tom seco, assim que meu celular toca. É o mesmo número de antes, que Sam ligou, e meu coração acelera. *Não, coração mau.*

Limpo a garganta.

— Alô?

— Oi, sou eu — a voz grave de Sam reverbera alta pelo carro.

— Quem é "eu"? — Minha mãe vira a cabeça. — É o Zevi? Quero falar com ele.

Balanço a cabeça para minha mãe.

— Não, é meu chefe — sussurro. — Desculpe, Sam, pode falar.

— Finalmente encontrei o número de telefone de Ivan...

— Seu chefe judeu? — minha mãe pergunta.

Aceno com a cabeça, colocando o dedo nos lábios. Será que a mãe de todo mundo se mete nas conversas ou só a minha?

— Que bom! Onde estava?

— No chão perto da minha mesa...

— Convide-o para jantar nesta sexta-feira à noite — minha mãe interrompe, se virando e batendo no meu joelho.

— Um minuto, Sam. — Eu me inclino para a frente e sussurro: — Mãe, você pode ficar quieta um pouquinho? Não consigo me concentrar em nada do que ele está dizendo.

— Deixa eu falar com ele por um segundo. Eu adoraria recebê-lo para o *Shabat.* — Ela arranca o celular da minha mãe antes que eu tenha tempo de reagir, e agora estou paralisada de terror.

Convidar Sam para o *Shabat? Ela está tentando me causar um ataque cardíaco?*

Tiro o cinto de segurança e tento pegar o celular de volta, mas minha mãe dá um tapa na minha mão como se eu fosse uma mosca irritante.

— Oi, Sam, é a mãe da Penina. Como você está?

— *Me dá o telefone* — falo por entre os dentes, mas ela se afasta.

— Bem, obrigado. E a senhora? — A voz de Sam fica duas vezes mais alta agora que minha mãe colocou no viva-voz. Ele não parece preocupado que minha mãe tenha sequestrado a conversa, mas tudo bem, porque estou preocupada o bastante por nós dois.

— Sei que está em cima da hora, mas seria uma honra para nós se você viesse para o jantar do *Shabat* esta semana. Você já tem planos?

Sinto uma pontada de dor aguda na base da minha espinha que sobe direto para o pescoço.

— Ignore tudo o que ela diz, Sam! — eu grito.

— Tova, pare. — Meu pai olha para minha mãe e balança a cabeça. — Você está envergonhando sua filha.

Agradeço sua demonstração de apoio, mas pela minha experiência sei que é inútil. Quando minha mãe enfia uma ideia na cabeça, só um meteoro pode detê-la.

— Obrigado pelo convite — Sam responde. — Gostaria de poder aceitar, mas...

— Este é o primeiro *Shabat* que Penina vai celebrar como uma mulher comprometida. Você não quer nos ajudar a comemorar?

Solto um gemido. Por que ele iria querer? Por que, *por que* isso está acontecendo?

— Você acha que isso poderia ser algum tipo de punição do Cara lá de Cima? — Fraydie sussurra e aponta o dedo para o teto do carro. — Ele deve odiar você mesmo.

— Chega de biscoitos para você — digo e pego o pacote de volta, mas ela apenas sorri.

Há uma pausa do outro lado da linha e, quando começo a pensar que a ligação acabou, a voz de Sam quebra o silêncio.

— Na verdade — ele diz —, o jantar de *Shabat* é uma ótima ideia.

Espere. *O quê?*

Que inferno!

— Que maravilha! — minha mãe grita com uma quantidade embaraçosa de animação. — Estou ansiosa para conhecê-lo. Penina fala de você o tempo todo.

Eu fico pálida. *Ai, meu D'us.*

— Não, não falo — falo berrando, quase atingindo Fraydie no rosto com a mão esquerda.

— Nosso endereço é 4013 Westwood Drive, em Minneapolis — minha mãe continua. — O jantar será às oito e meia.

— Obrigado — Sam diz. — Aguardo ansioso.

A ligação termina e minha mãe, tendo completado essa punição cruel e incomum, me devolve o celular.

— Mãe, por que você fez isso? — choramingo.

— Penina, por favor. É uma *mitzvá*[22]. — Ela se vira para frente e arruma o cinto de segurança.

— Lembra quando ela convidou o ginecologista para o *Shabat*? — Fraydie ri. — Ele deve ter pensado que ela estava dando em cima dele.

---

22 No uso comum, uma mitzvá significa "uma boa ação".

— Ele não pensou isso. — Minha mãe suspira. — Ele mencionou que era judeu, mas que não sabia muito sobre o assunto. Não há nada de errado em espalhar o judaísmo para aqueles que estão interessados.

— Mas não quando um cara está olhando para a sua perseguida — Fraydie sussurra para mim. Seguro uma risada. Minha irmã tem razão.

— Você teria sido uma grande Testemunha de Jeová, mãe — Fraydie raciocina.

— Coma seu biscoito, querida — minha mãe diz.

Olho pela janela e mordisco o lábio inferior enquanto meu coração continua a bater a cem por hora. Por que diabos ele aceitou o convite? Não consigo imaginar Sam, completamente não religioso, querendo participar de uma refeição ortodoxa do *Shabat*. Rituais que são perfeitamente normais para minha família e para mim irão parecer arcaicos e bizarros para ele, se não totalmente ridículos.

Passo a mão pelo pescoço. Ainda bem que vou me casar com um cara rico, porque se a noite de sexta-feira for tão estranha quanto suspeito que vá ser, posso ser forçada a me aposentar mais cedo.

Vinte e um

"Um vestido incrível pode fazer você se lembrar do que é bonito na vida."
— Rachel Roy

Com o trabalho, a organização dos detalhes e datas para o *vort* e do casamento em si, o anúncio do meu noivado nas minhas mídias sociais, a semana passou mais rápido do que imaginei. Zevi, devo reconhecer, foi realmente incrível quando eu finalmente expliquei a situação da casa de Libby, e ele prometeu ajudar. Agora, só preciso encontrar um bom momento para contar a Libby e esperar que o orgulho dela não a impeça de aceitar o dinheiro. Porque é meio tarde para voltar atrás agora.

— Ele chegou! — Fraydie anuncia de sua posição de vigia no sofá.

— Alguém atenda a porta! — minha mãe grita da cozinha.

— Eu atendo — digo a Fraydie, colocando a toalha da chalá sobre a tábua de pão. Sam esteve fora da cidade durante toda a semana, então achei que havia uma boa chance de ele querer cancelar e ficar sossegado em casa, ou até que ele esquecesse, e fiquei surpresa quando ele me mandou uma mensagem hoje mais cedo perguntando que horas poderia vir.

Olho para o meu reflexo no espelho acima do aparador.

— Vai dar tudo certo — digo à mulher cheia de ansiedade olhando para mim. — E se não der, estaremos mortos em cem anos de qualquer maneira.

— Dizer isso faz você se sentir melhor mesmo? — Fraydie diz. — Porque, para mim, é deprimente pra caramba.

Ouço uma batida na porta. Olho no espelho e afofo meu cabelo.

— Ah, meu D'us. — Fraydie suspira e balança o dedo para mim. — Você gosta dele.

— O que? Não! — Eu me afasto do espelho e tento não entrar em pânico. Fraydie é como um canhão descontrolado, e você nunca sabe o que ela vai dizer, mas nove a cada dez vezes não vai ser algo bom. — O que te fez pensar uma coisa dessas?

Outra batida, e minha mãe grita para alguém atender a porta.

— É muito óbvio. E ele é totalmente o seu tipo. — Fraydie faz um gesto com a cabeça em direção à porta. — É melhor deixá-lo entrar.

Eu tenho um tipo? Desde quando? Eu paro e considero dizer a ela para que não faça nada constrangedor, mas seria como dizer a um cachorro para ignorar um bife suculento.

Apenas respire. Vai dar tudo certo.

Giro a maçaneta e a porta se abre.

— Oi.

— Ei. Eu não tinha certeza de onde... — Ele para e me encara. O pomo de Adão que é tão proeminente em sua garganta se move visivelmente quando ele engole. O coitado do homem parece estar em choque.

Tudo bem, hora da confissão: posso ter me esforçado um pouco mais do que o normal para ficar bonita, mas só porque... bem... a parte do *porquê* não é importante. A coisa importante a notar aqui é o meu vestido que, gostaria de deixar registrado, não é um vestido justo, não importa o que Fraydie diga. Mas é que meu corpo tem formato de ampulheta, que fica ainda mais acentuada por uma cintura pequena, e não é culpa minha se acabei ficando parecida com uma sereia sensual de vermelho. É simplesmente como D'us me fez.

Mas, voltando ao vestido. É vermelho vivo estilo sereia, com lantejoulas nas mangas e no corpo, que é em forma de coração (minha costureira é um gênio para fazer qualquer coisa recatada se você lhe der o tecido certo). Meu cabelo longo e ondulado está preso com um grampo de garfo decorado para que ele se enrole de maneira sedutora sobre meu ombro direito. Minha maquiagem é simples, mas dramática: lábios vermelhos e um pouco de rímel. Tenho uns bons dez centímetros de altura a mais graças ao meu *peep toe* preto de couro ecológico.

— Uau... você está... — Ele engole em seco. *Por favor, não diga prostituta de alto nível de Vegas*, eu mando uma mensagem telepática para ele. Já foi bem ruim Fraydie dizer isso e passar os quinze minutos seguintes tentando me convencer de que isso é um elogio e não, na verdade, um insulto indireto.

— Bonita.

Um pouco de decepção depois de toda essa expectativa, mas tudo bem. Se um vestido pode causar paralisia temporária da boca, então para mim isso é bom o bastante. Faço um gesto para que ele entre.

— Obrigada. Você também está.

Sam se parece e cheira como um modelo Hugo Boss que ganhou vida. Com uma camisa listrada, a gravata regimental azul-marinho e a calça bege que abraça suas pernas atléticas, ele é uma combinação perigosa de charme e testosterona; uma mistura tentadora de picante e doce.

Picante e doce? Dou alguns passos para trás porque, francamente, estou começando a ficar assustada comigo mesma.

— Estou surpresa por você ter conseguido vir — digo. — Gina disse que você esteve no Brasil a semana toda.

— Estou com bastante *jet lag* — ele responde. — É um voo de quase dez horas e cheguei por volta das três da tarde.

— Se fosse eu, estaria morta para o mundo pelas próximas quarenta e oito horas — digo.

— Fiquei tentado. — Silêncio. — Mas queria ver você.

Sinto um frio na barriga mais gelado que o Alasca, e coloco a mão sobre a barriga como que para me acalmar. Ele me escolheu em vez de ir dormir, tipo uma versão invertida da Hierarquia das Necessidades de Maslow. Levanto os olhos e encontro os dele, e um impulso elétrico sobe e desce pelo meu corpo. Seja qual for a atração magnética entre nós, está piorando em vez de melhorar.

— Posso dar isso para você? — Ele levanta uma sacola com um vinho. — Me disseram que é *kosher*.

— Deve ser. — Seus dedos roçam os meus durante a transferência e, embora tenha sido um toque muito leve, a parte de trás dos meus joelhos formiga com o contato.

— É?

— É o quê?

Ele arqueia uma sobrancelha.

— *Kosher*.

— Ah, certo. — *Nossa. Foco, mulher.* Viro a garrafa para ver o rótulo. — Não importa — digo, e coloco o vinho na mesa do corredor. — O que vale é a intenção.

— Merda. Desculpa. O cara falou...

— Algumas pessoas supõem que é *kosher* — eu me apresso para explicar —, mas nem todo mundo está de acordo. Há níveis variados, sabe?

— Não sei direito. — Ele dá de ombros. — Mas eu me sinto muito idiota.

— Pare. — Eu rio e faço um gesto de desdém com a mão. — Está tudo bem. Estamos felizes por você estar aqui.

— Bem — ele suspira, passando os dedos pelo cabelo —, se você precisar comprar vinho não *kosher* fingindo ser *kosher*, o Mario da Uptown Liquors pode te ajudar.

— Bom saber — digo, dando uma risadinha reprimida, embora saia uma bufada não muito feminina.

— Oláaaa — Fraydie fala vibrando a voz, vindo em nossa direção. — Você deve ser o Sam.

Tenho que reconhecer, Sam hesita por apenas alguns segundos. A maioria das pessoas que veem Fraydie pela primeira vez leva mais tempo para superar o choque do batom roxo e das roupas totalmente pretas. O senso de estilo dela é uma combinação de gótico com judaísmo ortodoxo e um pouco de vampiro do *Crepúsculo* misturados. Eu, com frequência, a encorajo a ampliar seu repertório de moda, mas a única coisa que recebo como resposta é o dedo médio acenando no meu rosto.

Ele faz um gesto afirmativo com a cabeça.

— E você é?

— Fraydie, irmã de Penina. A irmã encantadora.

— Obviamente. — Ele sorri e me dá uma olhada bem-humorada. — Prazer em conhecê-la. — Ele estende a mão e a recolhe um segundo depois. — Ah, desculpe… esqueci que não devo.

— Não, tudo bem. — Fraydie sorri e acrescenta: — Sabe, Penina estava certa sobre você.

Os cantos da minha boca ficam tensos. Tenho a nítida sensação de que ela está prestes a me humilhar.

— Ah é? — Ele me olha de soslaio. — Como assim?

— Ela disse… espere, preciso pensar. Quero lembrar as palavras exatas. — Ela bate o dedo no lado da cabeça. — Ah, sim. Ela disse que você era mais quente do que uma mistura de pimenta com jalapeño em um dia de quarenta graus.

Dou risada porque, francamente, como ela inventa essas coisas? O que não quer dizer que eu não vou matá-la depois, porque é claro que vou.

— É mesmo? — Sam enfia as mãos nos bolsos da calça e me olha de canto de olho. Sua expressão é difícil de interpretar, e estou mortificada demais para tentar entender.

— Não, não. Na verdade, *não*. — Engasgo. — Não é verdade. — Mas quanto mais eu nego, mais falso soa. Uma sensação de *déjà vu* me domina, lembrando da vez em que o chamei de vaso de sexo. Por que está tão quente nesta casa? Pego uma revista do aparador e me abano. — Quero dizer, não é verdade que eu disse isso. Não que você não seja bonito — acrescento, ficando ainda mais vermelha e me abanando mais rápido —, é só que eu nunca *disse* que você era.

Suas sobrancelhas se erguem, mas ele não diz nada. Fraydie faz uma bola de chiclete e olha para mim e para ele como se estivesse assistindo a uma partida de tênis.

— Quer dizer, você é meu chefe — balbucio, balançando as mãos —, não penso em você dessa forma.

Ele se encosta de lado na porta e um sorriso lento aparece em seu rosto.

— Aham.

Você merece aplausos, Penina. Você, oficialmente, se superou.

O som de uma chave girando na fechadura chama nossa atenção e a porta se abre, revelando meu pai. Eu provavelmente deveria ter avisado Sam que Fraydie não é a única na família que se veste de forma diferente. O casaco preto transpassado com botões duplos na altura do joelho do meu pai e o chapéu preto combinando feito de pele de coelho não são as escolhas de moda mais convencionais fora dos círculos ortodoxos.

— Ah, você deve ser o Sam. — Meu pai sorri e fecha a porta. Ele estende a mão e aperta a de Sam com ambas as mãos. — *Shalom Aleichem.* Estamos felizes por você ter vindo.

Se Sam está desconfortável, ele certamente não demonstra.

— É ótimo estar aqui. Obrigada por me receberem.

— Imagina, imagina. — Meu pai faz um gesto afirmativo com a cabeça. — Você já conheceu minha esposa?

— Não, ainda não.

— Venha, me acompanhe. — Meu pai pega o cotovelo de Sam e o conduz para fora da entrada. — Você mora nesta área há muito tempo?

Assim que os homens estão fora de alcance, eu cerco o diabo encarnado.

— Eu vou matar você!

Fraydie estala uma bola de chiclete muito perto do meu rosto.

— Você deveria me agradecer. Vocês dois têm química suficiente para acender uma fogueira e queimar esta casa.

— Fale baixo — sibilo, olhando por cima do ombro dela em direção à sala de estar. — Em primeiro lugar, estou noiva. E em segundo lugar, não me sinto atraída por ele!

Fraydie revira os olhos.

— É como se alguém dissesse que não gosta de torta de mousse de chocolate. Ninguém é burro o bastante para acreditar nisso.

Abro a boca, e então a fecho. Fraydie ergue uma sobrancelha e cruza os braços, esperando minha resposta. É difícil entender o que estou sentindo, e é ainda mais difícil expressar em palavras. Tudo bem, ok, então talvez eu sinta uma pequena atração por Sam. *Mas* não posso. Não posso começar a desejar coisas que não são realistas. Deixando de lado seu problema de dupla personalidade, ele não é religioso e eu sou, e ele obviamente não tem interesse em se casar porque, caso contrário, já seria casado. Um cara como ele poderia estalar os dedos e conseguir a mulher que quisesse. Como Keila. E, de qualquer forma, ele ia querer ter filhos.

Fraydie sopra outra bola e ela estoura.

— É como... bem... — Paro no meio da frase e começo de novo. — Qual é o sentido de alguém admitir que gosta de torta de mousse de chocolate — digo, olhando de modo expressivo para ela —, se a pessoa é diabética?

Fraydie semicerra os olhos, como se estivesse tentando resolver um problema de matemática complexo.

— Você não pode admitir que se sente atraída por ele porque está noiva?

Hesito. Uma parte de mim quer contar para ela, mas uma parte maior quer esquecer toda essa conversa.

— É, é por isso. — Dou um passo à frente, mas ela não deve ter acreditado em mim porque agarra meu cotovelo.

— Pen, tem alguma coisa errada.

— Não tem nada errado. — Eu tento me livrar dela, mas ela está me segurando com força.

— Meninas — minha mãe chama do outro cômodo —, venham para a mesa, por favor.

— Só um minuto! — Fraydie grita. Ela abaixa a voz e diz: — Você o ama?

— Amar? — Levanto as mãos, exasperada. — Claro que não. Ele é meu chefe, só isso. Pronto?

Fraydie me olha inquieta.

— O quê?

Ela cruza os braços e o esmalte preto brilha na luz do corredor.

— Eu quis dizer Zevi. Seu noivo?

Merda.

— Estávamos falando sobre Sam — digo na defensiva.

Ela abre os braços.

— Só para dizer que ele era gostoso! Eu não tinha ideia de que você sentia algo por ele.

Um rubor se espalha pelas minhas bochechas e viaja até as pontas dos meus dedos.

— Nossa! Você está redondamente enganada.

— Então por que você não pode admitir que ele é bonito? — Fraydie persiste, o branco dos olhos dela dobram de tamanho.

— Porque não sou como você! Não saio por aí analisando a aparência de todo mundo. Julgo as pessoas com base em seu caráter, não pela beleza.

Ela tira o prendedor do rabo de cavalo e bagunça o cabelo grosso e comprido.

— Eu não julgo as pessoas com base em sua aparência, mas reparo na aparência delas. E não acredito, nem por um segundo, que você não repara.

— Acredite no que quiser. — Dou de ombros, passando por ela. — Não me importo.

Ela projeta o braço e agarra meu cotovelo.

— Do que você tem tanto medo, Penina?

— De nada. — Franzo a testa e sacudo o braço para me soltar. — Desculpe te decepcionar, mas o que quer que seja que você esteja procurando, não existe. Minha vida não é tão complicada assim.

— Você pode mentir para mim e pode mentir para o Zevi — ela diz, me encarando séria —, mas não minta para si mesma.

Eu me solto dela e vou em direção à sala de jantar. Mentir a respeito do quê? Para uma garota de dezenove anos, ela com certeza tem muita coragem – agindo como se soubesse mais da minha vida do que eu, a pessoa que está vivendo. Tudo porque não admiti que Sam era bonito – como se pudesse haver alguma dúvida sobre isso –, e depois porque ela me confundiu para dizer que eu não amava Sam quando se referia a Zevi. No que me diz respeito, este foi um exemplo claro de indução de testemunha.

No entanto… há uma vozinha implicante dentro da minha cabeça que sabe a verdade. Fraydie tem razão – uma coisa é mentir para os outros, outra completamente diferente é mentir para mim mesma. Isso é mais do que triste. Fecho os olhos e respiro fundo. Aqui estão três verdades absolutas:

1. Não quero me casar com Zevi.
2. Eu não poderia suportar viver comigo mesma se não me casar com Zevi.
3. E sim, Sam *é* muito gostoso.

* * *

— Você gosta de suas bolas duras ou macias?

Sam pisca, e eu enfio o rosto nas mãos. Não importa quantas vezes eu já disse à minha mãe para parar de se referir aos bolinhos de matzá como "bolas", ela nunca me ouve. Mesmo depois que expliquei como isso soa, ela disse que ninguém mais tem pensamentos tão pervertidos. Bem, pela expressão de Sam, *ele* tem.

— Eu disse, você gosta de suas bolas…

— *Bolinhos de matzá*, mãe — interrompo, esfregando a testa. — Por favor, diga bolinhos de matzá.

Minha mãe me lança um olhar de advertência, como se eu fosse a criadora desse duplo sentido e é melhor eu não corromper as pessoas inocentes e de mente pura à mesa.

— Como você preferir — Sam diz, se esforçando para manter uma expressão séria.

Eu me levanto e pego os pratos de peixe enquanto meu pai repete o sermão do rabino que ouviu mais cedo. Dou uma espiada em Sam, tentando descobrir se ele está muito incomodado. A noite começou de um jeito bem constrangedor com a minha mãe explicando que existem leis especiais para o *Shabat*, como não usar telefone ou ligar e desligar as luzes. Aí Fraydie acrescentou que ele também não pode rasgar papel higiênico, mas para não se preocupar porque havia coisas pré-rasgadas no banheiro. Sam perguntou se dar a descarga era permitido. Achamos hilário e demos boas risadas. Sam olhou para nós como se fôssemos doidos, mas, em nossa defesa, nunca afirmamos que éramos sãos.

Em seguida, meu pai abençoou minhas irmãs e eu, com as mãos sobre nossas cabeças, murmurando palavras hebraicas de séculos passados. Cada bênção terminou com um *amém* e um beijo na bochecha. A recitação do *kidush* e lavagem das mãos antes do chalá logo se seguiu e, durante tudo isso, Sam ficou perfeitamente à vontade – como se todos esses rituais fossem as coisas mais naturais do mundo.

— Cuidado — minha mãe diz, passando uma bandeja de sopa para mim —, está muito quente.

Levo a tigela para Sam e aponto para os bolinhos matzá.

— Minha mãe te deu dois, um macio e um duro.

Sam levanta a colher e diz com uma cara séria:

— Do jeito que eu gosto.

Não sei dizer se ele está brincando ou não; talvez minha mãe esteja certa – talvez eu *tenha* um problema.

— Você faria o *L'Chaim*[23] comigo, Sam? — Meu pai tira uma garrafa de Glenlivet da cristaleira de mogno escuro.

— Claro — ele responde. — Não sou de recusar um bom uísque.

— Excelente. Mais alguém?

Minha mãe e eu balançamos a cabeça. Fraydie, no entanto, acena com a mão.

— Eu quero uma dose.

— Nem pensar.

— Em Wisconsin é legal beber com os pais — ela anuncia.

— Mas não estamos em Wisconsin, querida — minha mãe responde com um sorriso tenso.

Eu me viro para Fraydie, de repente, escandalizada.

— Por favor, não me diga que você anda bebendo. Você já ouviu falar das desordens do espectro alcoólico fetal, né?

Um silêncio de choque preenche a sala.

A boca de Fraydie forma um "O" perfeito, e os rostos dos meus pais ficam em um tom horrível de branco. Sam olha para todos enquanto toma outra colher de sopa.

---

23 A palavra "l'chaim" significa "para a vida" e tem sido o costume tradicional judaico de brindar à vida em ocasiões em que esse desejo é expresso ao se levantarem os copos em comemoração.

— Fraydie — minha mãe diz nervosa —, há algo que você gostaria de nos dizer?

Fraydie começa a rir tanto que lágrimas escorrem por seu rosto. Quando tenta falar, ela acaba caindo na gargalhada de novo e bate a mão na mesa.

— Ai, meu D'us, não consigo... — ela ofega, enxugando os olhos. — Minha barriga está doendo.

Eu digo a Fraydie:

— Você quer contar a eles sobre os múltiplos parceiros sexuais ou eu conto?

Fraydie se acaba em uma nova crise de risos histéricos. Acho que terá que ser eu. Eu me viro para meus pais e digo:

— Ela não sabe quem é o pai. Foram muitos homens...

As expressões de horror de meus pais são idênticas.

— Eu nunca sequer — Fraydie faz ruídos e arqueja com as risadas — encostei em um menino na minha vida.

— Mas no piquenique de *Lag Ba'Omer* você insinuou que estava grávida — digo, confusa

Fraydie para de rir abruptamente.

— Eu não estava falando de *mim*, Penina.

Meus pais exalam aliviados, e então minha mãe, que nunca bebe, pega o cálice de meu pai e engole o resto do conteúdo. E, imediatamente, começa a tossir.

— Não estou entendendo. — Belisco meu nariz e penso. — Não pode ser a Libby.

— Não é — Fraydie confirma.

— Quem é então? — minha mãe fala tossindo, entregando o copo vazio ao meu pai.

— Eu não deveria dizer — Fraydie diz. — Mas vou dizer para vocês que havia três pessoas na casa de Libby naquele dia. E o teste de gravidez positivo não era nem da Libby nem meu.

Tento lembrar de uma terceira pessoa, mas não consigo. Fraydie estava ajudando Libby com as crianças e encontrou o teste de gravidez no lixo. Primeiro, ela pensou que era de Libby, mas depois ela... eu arquejo.

— *Mimi?*

— Plim!! — Fraydie cantarola. — Temos uma vencedora!

Sam limpa a garganta e pega sua taça de vinho, me ocorre que este provavelmente não é o tipo de experiência de *Shabat* que ele estava esperando.

— Impossível — minha mãe declara. — Minha irmã teria me contado. E Mimi é uma boa garota.

— Ela tinha vários parceiros? — Arquejo com a constatação.

Fraydie rasga um pedaço de chalá e o coloca na boca.

— Tinha. Ela não faz ideia de quem é o pai. Falei para ela fazer uma planilha da próxima vez. — Voltando-se para minha mãe, ela diz: — Delícia de chalá, mãe.

— Não pode ser verdade — minha mãe diz, balançando a cabeça.

— Quantos anos a Mimi tem? — meu pai pergunta. — Ela não tem nove ou dez anos?

— Quatorze — Fraydie responde. — Ela está na nona série.

— Isso, ela está em uma escola no Canadá — minha mãe diz.

Fraydie balança a cabeça.

— Errado. Ela estava em casa esse tempo todo. Eles estão escondendo ela até o bebê nascer.

Minha mãe fica boquiaberta.

— E o bebê? — pergunto. — Eles vão ficar com ele?

— Não sei. — Fraydie encolhe os ombros.

— O que você quer dizer com não sei? — questiono. — Você não perguntou?

— Eles ficam mudando de ideia sobre a questão — Fraydie diz, comendo e falando ao mesmo tempo.

— Não vou mais ficar ouvindo essas *shtus*[24] — minha mãe diz. — Beryl, diga a *dvar Torá*[25].

Meu pai enche dois cálices de cristal com uísque e entrega um para Sam.

— Este é um *Shabat* muito especial e estamos honrados com a sua presença, Sam. — Sam acena com a cabeça, e meu pai limpa a garganta. — Nossa Penina finalmente está noiva, depois de muitos anos em busca de sua alma gêmea. Minha querida Penina — meu pai continua, sorrindo para mim —, que você e Zevi sejam *zoche* para construir um *binyan adei ad...*

Sam inclina a cabeça para mim.

— Merecedores para construir um edifício eterno — eu traduzo.

— Isso — meu pai confirma. — Mas por quê? De todas as maneiras que poderíamos abençoar uma noiva e um noivo, por que dizemos isso? Alguém quer adivinhar?

Fraydie levanta a mão.

— Porque os judeus insistem em ser esquisitos?

Meu pai suspira.

— Mais alguém?

— Vou tentar — Sam diz, abaixando o cálice. Suas sobrancelhas se unem e ele parece estar em concentração profunda. — As palavras "edifício eterno"

---

24 Bobagens.

25 *Dvar Torá* literalmente significa "palavras da Torá". Refere-se ao momento de compartilhar os pensamentos da Torá com os outros. Essa prática faz parte da vida judaica em eventos, reuniões de família. Uma *dvar Torá* clássica inclui uma citação das escrituras e é normalmente estruturada no formato de pergunta e resposta. Relatos pessoais e histórias são usados com frequencia para introduzir conceitos e atestar os pensamentos.

devem ter um significado mais profundo do que apenas tijolos e argamassa. Deve haver algo além disso, uma espécie de simbolismo.

— Sim, sim. — Meu pai sorri, visivelmente satisfeito que alguém realmente está o levando a sério, ao menos uma vez. — Continue.

Sam passa a mão no queixo.

— Meu palpite é que isso significa uma base conjugal forte. Um relacionamento sólido que pode suportar bons e maus momentos. E são as coisas cotidianas que importam. Pequenos gestos que priorizam as necessidades do seu parceiro em vez das suas. Algo tão simples como lavar uma montanha de roupas, por exemplo, ou correr para uma loja tarde da noite, ajuda a fortalecer esse edifício. — Ele faz uma pausa por um momento e depois acrescenta: — Porém, haverá momentos em que uma ação mais expressiva será necessária. Talvez você tenha que defender um membro da família ou ficar em casa e não ir a uma festa porque alguém está doente. Isso para mim — ele conclui, olhando na minha direção — é um edifício eterno.

Um comichão frenético e ardente percorre meu corpo de cima a baixo. Não sei se é o vinho ou o fato de que estou exausta, mas, de repente, tenho o estranho desejo de me aconchegar no colo de Sam como um gatinho querendo se aquecer.

Os olhos de Sam encontram os meus do outro lado da mesa. Ele me dá um breve meio-sorriso e se vira para olhar para o meu pai.

— Como eu me saí?

— Você tirou as palavras da minha boca — meu pai diz, dando um tapinha no braço de Sam. — Estou impressionado.

Minha mãe levanta o jarro de água e despeja um pouco em seu copo. Ela levanta o copo até os lábios e olha para Sam por sobre a borda.

— Você parece saber muito sobre casamento.

— Não sei muita coisa — ele dá de ombros —, mas acho que ter sido casado por alguns anos me ensinou algo.

Minha mãe abaixa o copo e inclina a cabeça.

— Você não é casado?

— Não. Já faz alguns anos.

— Ah, sinto muito. O que aconteceu? — minha mãe pergunta, nunca muito sutil.

— Tova — meu pai entoa, embora eu tenha certeza de que ele está morrendo de vontade de saber também. — Deixe o rapaz. Ele provavelmente não quer tocar nesse assunto.

— Ou talvez ele queira — Fraydie, que herdou o gene sem tato da minha mãe, entra na conversa.

— Não tem problema — Sam encolhe os ombros. Ele bate na lateral de sua taça de vinho e, depois de uma pausa, diz: — Nós tentamos, mas acho que nossa fundação era instável desde o início. Nos casamos pelas razões erradas.

Penso naquele dia no carro dele quando ele disse que casamento nada mais é do que uma transação comercial e como ele confundiu desejo com amor.

— Enfim — Sam diz, limpando a garganta. — Sei o suficiente agora para perceber que não nasci para casar.

— E quem nasceu? — Meu pai ri, achando graça. — Sabe quantas vezes eu quis me divorciar da minha esposa?

— Não chega nem à metade das vezes que eu quis me divorciar de você, Beryl. — Minha mãe sorri, com uma expressão presunçosa.

Sam se vira para mim com as sobrancelhas levantadas, e me pego sorrindo. Meus pais falam tanto desse jeito que esqueço como soa estranho. Se eu não soubesse quão sólido o casamento deles é, também teria ficado confusa.

— Viu? — meu pai diz a Sam, como se minha mãe tivesse acabado de reforçar seu argumento. — Quando você encontra o seu *bashert*, sua alma gêmea, tudo fica bem. Principalmente se o seu *bashert* for gentil.

Sam olha para mim do outro lado da mesa.

— Seu noivo é gentil?

— Excelente pergunta — Fraydie apoia, depois acena com a colher. — Conte-nos mais sobre Zevi.

Lambo os lábios e tento não entrar em pânico. Sam sabe que Zevi é gay e que vou me casar com ele para salvar a casa de Libby, mas minha família não sabe. E Fraydie sabe, *suspeita*, que não estou apaixonada por Zevi e que, talvez, eu sinta alguma coisa por Sam. Então, só preciso convencer todos de que estou tomando a decisão certa sem revelar nada.

Eu me sirvo uma segunda taça de vinho. Não tem outro jeito.

— Zevi é gentil — digo, o que é uma verdade —, e doce e generoso. — Meus pais sorriem para me encorajar, mas Sam e Fraydie parecem pouco impressionados. — Leal — acrescento.

— Muito bom. — Meu pai sorri e toma um gole de vinho.

— E a química? — Fraydie pergunta, em um tom perspicaz. — Porque isso é importante.

Minha mãe imediatamente começa a chamar a atenção de Fraydie por fazer uma pergunta inadequada, e Sam me dá um sorriso malicioso. Meu pai olha ao redor da mesa como se estivesse tentando entender algo, então se concentra em mim.

— Você está bem, Peninaleh?

Não. Não, não estou.

— Claro que estou. — Começo a recolher tigelas de sopa, sem prestar atenção no que estou pegando. Logicamente, sei que estou fazendo a coisa certa. Não tenho dúvidas. Então, por que meu coração está tão apavorado?

— Logo você vai começar a namorar — minha mãe está dizendo a Fraydie — e você não pode falar assim.

Fraydie faz bico com os lábios roxos.

— Não vou namorar antes dos trinta. Ponto final.

— Aí você será considerada uma solteirona, e os casamenteiros vão encontrar para você os tipos de homens que Penina conhece. — Minha mãe se vira para mim e dá um tapinha na minha mão. — *Mazel tov*, de novo, querida.

Eu daria risada se não fosse tão patético.

— Fraydie vai namorar quando estiver pronta — meu pai diz, balançando a cabeça. — Não coloque pressão nela.

— Beryl, você sabe que ela não pode continuar assim. Ela tem dezenove anos. A maioria das meninas da idade dela já está namorando, se não estiver casada.

— Ninguém mais se casa aos dezenove anos — Fraydie argumenta. — Isso é uma coisa de ortodoxo *boomer*.

— *Boomer*? — meu pai repete. — O que é um *boomer*?

Fraydie revira os olhos.

— Essa é uma pergunta *tão boomer*.

Troco sorrisos com Sam enquanto recolho utensílios sujos da mesa.

— Vamos, Fraydie — digo e inclino minha cabeça. — Me ajude a tirar as coisas da mesa.

— Não posso. Alguém tem que educar os *boomers*.

— Eu te ajudo. — Sam afasta a cadeira para trás e se levanta.

— Não, não. Você é o convidado. Sente-se e aproveite. — Sam é a última pessoa com quem quero conversar, dado o estado descontrolado dos meus hormônios, mas além de gritar para ele ficar onde está, não há mais nada que eu possa fazer.

Dentro da cozinha, a louça suja se acumula. Coloco as tigelas e utensílios na pia e ligo a torneira. Meu corpo percebe a presença de Sam antes da minha mente. Uma sensação de formigamento começa em meus pulsos e em seguida viaja para a minha barriga, onde se parece com um rufar de tambores primitivos. Através da minha visão periférica, vejo Sam colocando as tigelas restantes no balcão ao meu lado.

— Nunca tentei usar uma dessas — ele diz, apontando para a esponja de tecido na minha mão. — Funciona melhor do que a normal?

Eu sorrio, imaginando Sam lavando louça.

— É bem parecida. Usamos esta durante o *Shabat*, já que é proibido pressionar líquido e a água não fica presa na malha.

— Qual o problema de pressionar o líquido?

— É considerado uma forma de trabalho, e qualquer tipo de trabalho é proibido.

A expressão de Sam é a imagem do ceticismo.

— Pressionar o líquido é considerado trabalho?

— Nos bons e velhos tempos, era — digo. — As pessoas espremiam azeitonas para extrair o óleo ou as uvas para obter suco.

— Interessante — ele responde. Depois de um momento, acrescenta: — Você é sortuda, sabia?

Inclino o rosto para olhar para ele. Mesmo de salto, ele ainda é mais alto do que eu.

— Como assim?

— Sua família — ele diz, se encostando no balcão e ficando de frente para mim. — Eles são excêntricos, admito. Mas há amor genuíno e um sentimento verdadeiro de união. Essa coisa do *Shabat...* — Ele dá de ombros. — Não é tão ruim quanto eu pensava.

Fecho a torneira e pego um pano de prato.

— É o uísque falando.

Sua covinha se afunda quando ele sorri, e só de ter essa visão, me sinto tonta. Serei obrigada a atribuir isso ao vinho que bebi. Amanhã de manhã, vou acordar normal e, quando o vir no trabalho na segunda-feira, meu corpo não vai reagir dessa maneira. Não vou, por exemplo, analisar o desenho de seus lábios e imaginar qual seria a sensação de senti-los nos meus.

— Essa regra de não eletrônicos é meio libertadora — ele continua, cruzando os tornozelos. — Já faz vinte minutos que nem penso em verificar meu celular, é um recorde.

— É bom saber que você não pode atender o telefone ou checar e-mails — concordo, voltando para a pia, onde ele está a poucos metros de distância. — A menos que você seja *workaholic*. Aí seria uma tortura. — É a minha imaginação ou ele acabou de se aproximar de mim?

— Como é ser assim tão inocente?

Olho para ele. Ele definitivamente se aproximou.

— Não entendi.

— Você já se perguntou como seria... — Ele para e balança a cabeça. — Deixa pra lá.

— Não, tudo bem — eu me ouço dizer e meu pulso acelera. — Pode perguntar.

Ele hesita.

— Tem certeza de que você não vai se ofender?

Engulo em seco e confirmo com a cabeça. E se ele pedir para me beijar, aqui, na cozinha dos meus pais? O que eu faço? Quer dizer, não posso, é claro. Óbvio. Mas, e se esta for a única oportunidade que terei...

— Você já se perguntou — ele murmura, inclinando-se para a frente — como seria...

— Sim? — Não suporto essa tortura lenta. *Me beije agora mesmo, seu homem sádico!*

— ... dirigir num sábado?

Eu pisco.

— Há?

Ele se inclina para trás e cruza os braços.

— Dirigir num sábado. — Ele olha para mim com seriedade. — Ou comer carne de porco.

A decepção me envolve como um velho cobertor maltratado pelo uso. Claro, ele nunca pensou em me beijar. Como pude ser tão idiota a ponto de achar isso? Não passo de uma aberração para ele. E, *alou*? Lembra da Keila?

Vinho estúpido. Nunca mais vou beber.

— Penina?

Suspiro e pego a esponja.

— Sim, já me questionei sobre o gosto da carne de porco, e já dirigi num sábado uma vez quando minha irmã precisou ir ao médico, mas não foi diferente de dirigir num domingo. Mais alguma pergunta que queira fazer? — digo, ciente de como soei áspera.

— Merda, eu te ofendi.

— Não estou ofendida — respondo com firmeza.

— Toda mulher que já conheci diz que não está ofendida enquanto, ao mesmo tempo, planeja meu assassinato.

Jogo a cabeça para trás e dou risada.

— Ok, você está certo. Estou ofendida.

— Ótimo. — Ele sorri, fazendo meu coração acelerar. — Isso foi corajoso da sua parte. Agora, podemos passar para a próxima etapa.

— Planejar seu assassinato?

Ele assobia.

— Você é uma mulher sedenta de sangue. Não, agora você pode me insultar. Vou te dar duas chances, já que te ofendi com duas perguntas.

Na verdade, a ofensa dele foi não me beijar, mas não vou dizer isso a ele.

— Não vou te insultar — digo, cruzando os braços. — Não faz sentido. Mas aceito as desculpas que você não deu.

— Aham. Então, você vai me dar um gelo?

Algo se encaixa.

— Foi isso que sua ex-mulher fez com você?

Ele coloca as mãos nos bolsos da calça e olha para o nada.

— Praticamente todas as mulheres com quem já namorei.

— Sério? — Sinto uma pontada de simpatia por ele. — Que triste.

Ele dá de ombros.

— Foram relacionamentos casuais.

— Isso é algum código para "amizade colorida"?

Ele arqueia uma sobrancelha e balança os calcanhares.

— Talvez.

Um silêncio constrangedor se instala. Apesar de se intrometer na minha vida, ele é muito reservado em relação a dele. Mas eu estaria mentindo se dissesse que não estou curiosa.

— Talvez você tenha medo de se comprometer. Afinal, você renegou nossa amizade do nada — digo, tentando fazer parecer que não dou importância, como se não tivesse vacilado entre chorar e amaldiçoá-lo na minha cabeça por dias depois do ocorrido.

Ele franze as sobrancelhas.

— Não foi do nada. Eu estava puto.

— Enfim — digo, me virando para pegar as luvas do forno. — Já que você está aqui, você pode muito bem me ajudar. Espero que você goste de *kugel*, porque minha mãe fez três tipos diferentes.

— Penina.

Engulo em seco, me preparo e me viro para ele.

— Oi?

— Vou tentar ser seu amigo. Se você deixar.

Inspiro profundamente pelo nariz e aceno com a mão na luva para ele.

— Tudo bem. Mas chega dessa coisa de *"eu nunca pensei em você como minha amiga"*. Se eu ouvir isso de novo, já era.

— Não foi is… não acho… — Ele para e passa a mão na nuca.

Cruzo os braços.

— O quê?

Ele abaixa o braço e balança a cabeça.

— Nada. Você tem a minha palavra, não vou dizer isso de novo.

— Ótimo. — Tiro uma bandeja de *kugel* de canela do forno. — Pena que é *Shabat* e não posso ter isso por escrito.

— Escrever não é permitido?

Abro uma gaveta e coloco mais dois descansos de panela no balcão.

— Se enquadra na categoria trabalho.

— E se não for para o trabalho?

Entrego a ele uma colher de servir e aponto para o arroz frito.

— Misture isso. Ainda é trabalho físico, certo?

Ele arqueia uma sobrancelha.

— Eu não diria que mover uma caneta em um pedaço de papel é trabalho físico. Ditado é permitido?

Fecho a porta do forno com o pé e coloco a bandeja de frango no outro descanso.

— Pergunte ao seu rabino local.

— Quero a sua opinião.

Levanto as duas mãos com as luvas e digo:

— Pareço um rabino para você?

Ele para de misturar o arroz para fazer uma avaliação lenta e completa do meu corpo e eu, silenciosamente, me amaldiçoo porque fui eu que me enfiei nessa situação.

— Não como os que eu já vi — ele diz com um sorriso torto.

— Pervertido — murmuro alto o suficiente para ele ouvir. Sua gargalhada me acompanha enquanto enfio a cabeça na geladeira para esconder meu rubor.

Sam e eu formamos uma boa equipe, e em pouco tempo o prato principal é servido. Mais de uma vez durante a refeição, olho para Sam e sorrimos um para o outro como se tivéssemos uma piada interna. Eu me permito sonhar acordada, desta vez em um território mais seguro, onde Sam e eu não passamos de bons amigos. Um dia, ele descobre que nem todas as mulheres são loucas, o que o leva a se apaixonar. Não por mim, obviamente, mas por alguém gentil — e de preferência mais gorda e com péssima higiene bucal.

Ok, não, isso não é legal.

São quase onze horas quando a refeição termina. Minha família acompanha Sam até a porta da frente, e ele é efusivo em seus elogios às habilidades culinárias de minha mãe e ao momento maravilhoso que passou.

— Adoramos sua companhia — minha mãe diz sorrindo. — E não se preocupe, vou encontrar uma boa mulher para você.

Sam não sabe muito bem como responder, mas, felizmente, meu pai já está falando e ele não precisa.

— Há um costume de levar o convidado alguns metros para fora, para demonstrar hospitalidade, mas minha perna está começando a incomodar, então receio que não vou poder fazer isso esta noite.

— Imagina — Sam responde. — Posso ir sozinho. — Então ele faz uma pausa, como se um pensamento tivesse acabado de lhe ocorrer. — Na verdade, Penina poderia te substituir. Se não tiver problema para vocês.

Prendo a respiração enquanto meus pais trocam um olhar. Depois de um momento, meu pai concorda.

— Claro. Sem problemas.

Sinto os olhos de Fraydie em mim, mas finjo não notar.

— Só vou pegar meu xale.

Com o xale em volta dos ombros, saímos e caminhamos pela calçada da frente, sob um belo céu noturno cheio de estrelas. Está um silêncio sinistro, exceto pela trilha sonora da natureza, os sons e cantos de acasalamento de grilos e cigarras. Sam e eu caminhamos tranquilamente em direção ao seu carro, nenhum de nós está com pressa. Ao longo do caminho, aponto para os vizinhos dos meus pais que são legais e os que são mais ou menos, e para um ou outro que consideramos quase psicopatas. Mais rápido do que o desejado, chegamos ao carro dele, e Sam pega a chave.

— Eu me diverti muito esta noite — ele diz, se encostando no carro. A luz da rua lança um brilho suave sobre ele, iluminando as manchas douradas em seus olhos. — Sua mãe foi gentil por ter me convidado.

— Ela adora fazer esse tipo de coisa. Convidar pessoas aleatórias para o *Shabat.* — Eu sorrio, apertando o xale quando uma brisa fresca sopra. — Tenho certeza de que ela vai insistir para que você volte.

Ele gira a chave na mão.

— Como você se sentiria se isso acontecesse?

Meu estômago se revira.

— Se você vir de novo?

Ele faz um gesto afirmativo com a cabeça.

— Não veria problema. — Engulo em seco. — Já faz um tempo que não temos sangue fresco. E digo isso de uma maneira totalmente não vampírica.

Ele ri e seus olhos, sem intenção, passeiam pelo meu pescoço. Aquela sensação vertiginosa aumenta, e preciso me lembrar de respirar. Ele desvia o olhar e limpa a garganta.

— É melhor eu ir.

Faço que sim com a cabeça.

— Te vejo na segunda.

Ele levanta a mão para dar tchau e dá a volta no carro. Antes que eu tenha tempo para me convencer a não fazer isso, dou um passo para a frente e digo:

— Espere, Sam.

Ele me olha por cima do capô do carro.

— Sim?

Mordo o lábio inferior, imaginando que espírito sádico está me levando a fazer isso.

— Só queria que você soubesse que… bem — coço meu pescoço —, nem todo mundo é como a sua ex.

— Eu sei — ele diz abruptamente.

Ok, então. Chicotada dada.

— Certo, ótimo. Tenha uma boa…

— Percebi isso no dia em que te conheci. — Eu o encaro. — Boa noite, Supermulher.

Eu fico lá, imóvel com a incerteza, observando as luzes traseiras de seu carro desaparecerem. Olho para o céu, tentando dar um nome ao que estou sentindo, essa agitação nas entranhas. Quanto mais conheço Sam, mais em dúvida fico sobre me casar com Zevi, o que é completamente ridículo e muito irritante, já que um não tem nada a ver com o outro. Não é como se eu pudesse trocar Zevi por Sam. Em primeiro lugar, Sam não é ortodoxo; não quer se casar de novo; e, o mais importante, não é porque ele disse algumas coisas legais para mim que isso significa que gosta de mim *desse jeito*.

Encosto as palmas frias das mãos no rosto e começo a voltar para a casa. *Mantenha a calma, Penina. Tenha foco.* Minha irmã e sua família dependem de mim, assim como Zevi. É normal estar nervosa; até casais de verdade têm dúvidas antes de se amarrar.

Sei que estou fazendo a coisa certa. Então, por que parece tão errado?

Vinte e dois

"Minha mãe tinha razão: quando você não tem mais nada, só lhe resta colocar roupas íntimas de seda e começar a ler Proust".
— Jane Birkin

As manhãs de domingo são meu momento para dormir mais, então, quando sou acordada pela campainha do interfone, não fico muito animada. Eu gemo e me viro, esperando que quem quer que seja vá embora, mas o dedo dessa pessoa deve estar colado à campainha. Levanto da cama, pego um suéter que vai até o joelho pendurado na cadeira da escrivaninha e corro para a cozinha. Bato um dedo no pé da mesa e uivo de dor.

— *Ai*. Quem é? — pergunto com a voz rouca, pulando em um pé só e massageando o dedo do pé machucado.

— Seu chefe.

Meu coração bate forte no peito e me pergunto se ainda estou sonhando. *Por que Sam estaria aqui?* Aperto o botão para permitir sua entrada no prédio e espero por ele na porta. Ele aparece um minuto depois, tão bonito que o frio na minha barriga vai das temperaturas do inverno equatorial até as temperaturas polares. Não há nada de especial em sua camiseta azul-marinho gola V e sua calça jeans rasgada, mas o modo como a roupa se agarra ao seu corpo esbelto chega perto de uma revelação espiritual. Ele sorri e a covinha em sua bochecha se aprofunda.

— Eu te acordei?

Balanço a cabeça que não, e depois que sim.

— O que você está fazendo aqui?

— Sua mãe não ligou?

Nego com a cabeça, imaginando o que minha mãe tem a ver com isso.

— Passei na casa de seus pais de manhã para pegar os óculos de sol que deixei lá. Aí sua mãe me convidou para tomar um café e começamos a conversar, e ela mencionou que tem um livro de receitas reservado na livraria judaica. Eu me ofereci para buscá-lo, e nós dois concordamos que você deveria me mostrar como chegar lá.

Estranho. Estranho. Estranho.

— Não dava para usar o Google Maps?

Ele examina o batente da porta como se não houvesse nada mais fascinante do que um pedaço de compensado.

— Vai ser um exercício de formação de equipe.

Eu o encaro esperando que ele reconheça o óbvio.

— Metade da equipe não está aqui — comento, por fim. — E, além disso, eu nem estou vestida.

Seus olhos vão do batente da porta para o meu suéter.

— Isso é uma mentira deslavada.

— É pijama.

— Sério? — Ele gesticula para minha calça espalhafatosa de Chanucá[26] com dreidels[27] amarelos grandes e meus chinelos felpudos com cabeças de macaco. — Achei que era repelente de homens.

— E mesmo assim, aqui está você… — falo pausadamente.

Os cantos de sua boca se contraem enquanto ele olha para seu relógio.

— Quanto tempo vai demorar?

— Para me livrar de você? — Dou de ombros. — Não faço ideia.

Em vez de parecer ofendido, um sorriso ilumina seu rosto.

— Para se vestir.

Por um breve momento, considero bater a porta na cara dele e voltar para a cama, mas, afinal, é o Sam, e ele nunca aceita um não como resposta. Dou um passo para trás e abro a porta.

— Vai levar um tempo, é melhor você entrar. Mas — acrescento, ignorando a aceleração do meu pulso quando sua camisa roça no meu suéter quando ele passa —, espero que essas horas extras sejam pagas.

Ele coloca as mãos na cintura e olha em volta, seu corpo enorme engolindo cada centímetro de espaço.

— Vai sonhando, Supermulher.

Murmuro baixinho sobre chefes mãos de vaca e puxo a trava para evitar que a porta se feche.

Ele gesticula para a porta inclinando a cabeça.

---

26 Chanucá é a "festa das luzes", festa judaica de oito dias, celebrada com um acendimento noturno da menorá, preces e alimentos fritos.

27 Em Chanucá, é costume jogar com um "dreidel", um dado de quatro lados com as letras hebraicas nun, gimmel, hei e shin, um acrônimo para "nes gadol hayá sham", "um grande milagre aconteceu ali". O jogo geralmente é jogado por um pote que se ganha ou se perde baseado em qual letra o dreidel para quando é girado.

— Tem certeza de que está tudo bem?

Ele quer que eu ligue para o meu rabino e peça permissão?

— Você se sentiria melhor se eu deixasse a porta escancarada? Ainda não ataquei um homem, mas dizem que sempre há uma primeira vez.

Seus olhos percorrem lentamente o meu corpo, depois voltam para o meu rosto.

— Acho que dou conta de lidar com você.

Tento pensar em algo para dizer, mas meu cérebro se desligou.

Sam se dirige para a estante do outro lado da sala de estar e se concentra em uma foto. Ele a examina, seus dedos grandes se curvam sobre a moldura preta.

— É você?

— Sim. — Limpo a garganta. — Foi tirada no meu primeiro recital de piano.

— Quantos anos você tinha?

— Sete.

— Fofa. — Ele a coloca de volta e pega a próxima foto, aquela tirada no meu *bat mitzvá*[28] há quase dezessete anos. Meus pais estão cada um de um lado, nós três sorrindo para a câmera. — Espero que você tenha processado a pessoa que fez isso com seu cabelo.

— Pessoa mais conhecida como minha mãe — digo, levantando o queixo. A verdade é que eu não era fã do laço enorme no topo da minha cabeça, me fez parecer mais nova e, definitivamente, mais idiota. Porém, eu não ia insistir no assunto, já que minha mãe deixou claro que o laço não era negociável. — Todo mundo disse que eu estava adorável.

Ele semicerra os olhos e olha para a foto por alguns momentos, depois olha para mim.

— Eles mentiram.

— Eu sei. — Tento pegar a foto dele, mas ele é pelo menos uma cabeça mais alto do que eu, se não mais, e ele a mantém fora do meu alcance com facilidade. Eu pulo, mas nem isso ajuda.

— Eu vou devolvê-la — ele diz —, depois que você se vestir.

— Não, você não pode simplesmente... — Pulo para tentar alcançar a foto e não consigo. — Você não pode pegar minhas coisas e mantê-las como reféns. — Eu pulo, balanço a mão, mas não pego nada além do ar. Faço uma pausa para tentar recuperar o fôlego. — Você se comportou muito melhor na casa dos meus pais.

Ele sorri.

— Você também.

---

28 "Bat" significa literalmente "filha de", e "mitzvá" significa "mandamento". Assim, uma Bat Mitzvá representa uma "filha do mandamento". Uma das ocasiões mais importantes na vida de uma menina judia chega quando ela atinge a idade para entrar na aliança com D'us e no compromisso de manter, estudar e praticar todos os mandamentos da Torá, aos doze anos de idade.

Estou prestes a fazer uma nova tentativa quando algo chama sua atenção, e ele puxa um livro da prateleira. Um que tem uma capa particularmente indecente intitulado *Condes só querem se divertir*. Ele bate na lombada.

— Vou ler esse enquanto você se arruma.

— Foi um presente. — Arranco o livro da mão dele. — Tenho a intenção de doá-lo.

Entre as fotos e os livros, minha sala de estar é uma coleção valiosa de humilhação. *Por que isso está acontecendo comigo?*

— Droga — ele respira, tirando vários outros romances, cada um com um casal com menos roupa do que o outro. — *Meu caubói das férias* — ele lê em voz alta. — *Como levar um guerreiro para a cama, rude e pronto.* — Ele inclina a cabeça e assobia. — Todos foram presentes?

— Eu… — Fecho a boca e a abro novamente. — São muito bem escritos.

— Aposto que são — ele diz com um sorriso malicioso.

— Tá bom. — Abro os braços. — Meu nome é Penina e sou viciada em romances *hot*. Satisfeito agora?

Sua gargalhada me acompanha enquanto vou pisando duro até o quarto, as cabeças de macaco dos meus chinelos balançando a cada passo. Tranco a porta, vou até a cômoda e escolho um dos meus sutiãs mais sexy, o vermelho com um fecho frontal de diamante e recortes nos mamilos. Sei que é ridículo ter uma coleção de roupa íntima picante quando sou a única que a vê, mas comprei minha primeira calcinha sozinha quando eu tinha vinte e quatro anos, e não me arrependo de continuar comprando.

Olho para o meu reflexo no espelho do banheiro e faço uma careta. Sam realmente flertou com essa mulher toda desarrumada, com o cabelo arrepiado e emaranhado, olheiras e mal-educada? Ou foi apenas minha imaginação pregando uma peça em mim?

Ligo o chuveiro e tiro o pijama me sacudindo. Ponho um pouco de xampu de toranja e hortelã nas mãos e o espalho no cabelo, inclinando o pescoço para que a água desça pelas minhas costas em jatos quentes. Culpo minhas ancestrais das cavernas pela reação inadequada do meu corpo a Sam. Naqueles tempos, um homem fisicamente grande e bonito com uma bunda grande significava comida, abrigo e material para acasalamento. Não passa de um simples caso de biologia. É *ciência*.

E daí que seus olhos se agitam quando ele olha para mim, e meu estômago dá cambalhotas? Só significa que sou escrava da minha genética e o uso de uma venda espessa nos olhos me beneficiaria muito.

Saio do chuveiro e me visto, passo um pouco de rímel nos cílios e um pouco de brilho labial sem cor ouvindo o riso de Sam, o que me diz que ele está gostando um pouco demais dos romances *hot*.

Volto para a sala, e Sam olha para cima segurando o livro intitulado *Sedução e aperitivos*. Um sorriso se espalha lentamente por seu rosto ao observar minha saia lápis rosa-choque no comprimento do joelho.

— Você se arruma bem — ele diz se levantando do sofá.

Não quero que ele me veja corar, então me viro e murmuro algo sobre precisar encontrar minhas chaves.

— Não estão ali? — Ele aponta para o conjunto de ganchos vintage pregados ao lado da porta.

Fico ainda mais vermelha quando percebo que estavam lá o tempo todo. Estar perto de Sam – especialmente estar *sozinha com ele* – está me afetando.

— É, estão — digo no tom alegre de um apresentador de programa de variedades.

Lá fora está um dia lindo de primavera, com nuvens que parecem algodão-doce flutuando no céu azul, e há um aroma perfumado de peônias e lilases no ar. Um casal jovem passeando com um vira-lata passa pela nossa esquerda. Para um observador aleatório, Sam e eu provavelmente parecemos qualquer outro casal dando um passeio matinal pela cidade. Observando mais de perto, ninguém diz que Sam desistiu do amor ou que estou noiva de um homem rico e homossexual.

— Explique de novo por que você teve esse súbito desejo de que eu fosse com você? — pergunto, desviando de uma poça. — Não é difícil de encontrar, até porque é a única livraria judaica na cidade.

— Sabe o que mais não é difícil de encontrar? Literatura de verdade.

Eu desisto. Seja qual for o motivo, ele não vai me contar.

— Acho que nós discordaríamos sobre o que constitui literatura de verdade.

— Sim. — Ele afirma com a cabeça. — Só que eu estaria certo.

Reviro os olhos.

— Me dê alguns exemplos.

— *O velho e o mar. Ardil-22. A Metamorfose. O Grande Gatsby.* — Ele faz uma pausa e acrescenta: — E obviamente qualquer coisa do Faulkner e Steinbeck.

— Então, basicamente — eu deduzo —, qualquer coisa escrita por um homem alcoólatra nos últimos duzentos anos.

Ele ri, e passamos o resto da caminhada fazendo pouco caso um do outro em relação a tudo, de música a filmes, a comida.

Uma pequena galeria de lojas surge e, depois de passarmos por uma loja de penhores suspeita e uma loja de aspiradores, chegamos a uma porta de vidro com as palavras *Judaica Palace* estampadas em caligrafia branca com arabescos em uma parede de tijolinho à vista. A vitrine exibe copos de *kidush*, castiçais, menorás[29] e uma infinidade de livros infantis judaicos.

— Para sua informação — digo —, esteja preparado para que as pessoas suponham que somos noivos ou estamos prestes a noivar.

---

29 A Menorá era um dos utensílios do Tabernáculo e do Templo Sagrado. Este era um candelabro de sete braços, aceso pelo Sumo Sacerdote diariamente, de manhã e à tarde. A Menorá possuía sete braços, e era acesa com puro azeite de oliva.

— E por que as pessoas pensariam isso?

— Porque gostam de tirar conclusões precipitadas e porque os solteiros ortodoxos não saem juntos em público a não ser que estejam noivos.

— Então, aonde as pessoas vão para ter um encontro?

Olho pela janela e vejo um homem da minha sinagoga olhando para nós.

— Hotéis — respondo, estendendo a mão para a maçaneta da porta.

— Espera aí. Não pode ser verdade. — Sam fica na frente da porta, me impedindo de entrar. — Você está me dizendo que os judeus ortodoxos têm encontros em quartos de hotel? Eles se sentam na cama e conversam?

— Não. — Mordo a bochecha por dentro para não rir. — Eles ficam no *lobby*.

Pela expressão de Sam, parece que ele ainda acha a ideia estranha, mas não o culpo.

O interior da loja tem exatamente o mesmo cheiro de quando eu era criança, uma mistura de tabaco, naftalina e livros velhos. O tapete verde-abacate e os candelabros pesados de latão que estavam na moda cinquenta anos atrás têm uma aparência triste e desgastada agora, e as prateleiras estão cobertas por uma camada espessa de poeira.

Cumprimento o proprietário com um aceno, um octogenário simpático que gosta de gravatas-borboleta, suspensórios e lenços com monograma.

— Penina, Penina — ele diz, parando para recuperar o fôlego debilitado antes de gesticular para Sam. — Quem é esse seu jovem robusto?

Estou prestes a explicar que ele é meu chefe, não meu jovem robusto, mas Sam me corta e estende a mão.

— Sam Kleinfeld. Prazer em conhecê-lo.

O dono envolve a mão de Sam com ambas as mãos trêmulas.

— Bem-vindos, bem-vindos. Sua mãe é judia?

Sam parece momentaneamente surpreso com a pergunta abrupta, mas se recupera com rapidez.

— Sim, senhor. Meu pai e minha mãe são.

— Só importa se sua mãe é judia. Não deixe que ninguém lhe diga o contrário. — Ele dá um tapinha no braço de Sam e ri: — Afinal, a gente sempre sabe quem é a mãe, né?

Minha mente automaticamente vai para Mimi, mas enquanto Sam e eu nos dirigimos para os corredores, ele murmura:

— Ok, Supermulher. — Sam coloca as mãos na cintura e olha ao redor da loja. — Estou tentando encontrar um livro específico.

— Você quer dizer o livro de receitas da minha mãe?

— Não, um outro. Um romance.

Fico imediatamente desconfiada quando percebo os cantos de seus lábios tremendo, como se ele estivesse se esforçando para ficar sério.

— Qual é o título?

— *O bebê de Natal do boiadeiro* — ele responde. — Eu o vi em sua coleção e pensei: aí está um clássico que todo mundo deveria ter.

Suspiro, andando pelo corredor. Ele está gostando muito disso.

— Você nunca vai me deixar esquecer isso, né?

— Nem ferrando. Vou fazer o meu melhor para incluir isso em todas as conversas.

Eu o ignoro e continuo andando em direção à seção infantil. Tenho um amigo que está lançando um livro infantil e quero ver se já está aqui.

— Penina — Sam me chama e faz um gesto para que eu volte.

Eu me viro e quando chego nele, ele aponta para uma placa no alto que diz "Pureza Familiar e Conselhos Conjugais".

— O que significa pureza familiar?

— Não se preocupe com isso — digo, e pego um livro intitulado *Segredos do Casamento*. — Quando é seu aniversário? Porque acabei de encontrar um presente para você.

Ele dá uma olhada no título e o coloca de volta na prateleira.

— Você não respondeu à minha pergunta. O que diabos é pureza familiar?

— Fale baixo. — Eu me encolho, esticando o pescoço para ver se alguém o ouviu. — Te explico uma outra hora. — Eu realmente, *realmente* não quero entrar em uma discussão sobre as leis do sexo conjugal com o cara que eu fantasio com frequência. Muito menos na livraria judaica.

— Deixe que eu pergunto para o cara da gravata-borboleta.

Eu me contraio. Ele faria isso. Eu me rendo ao inevitável.

— Ok, vou te fornecer o básico — digo, e ele confirma com a cabeça. — Pureza familiar se trata das leis criadas para o casal judeu ortodoxo e seus — abaixo a voz e olho para o chão — momentos íntimos.

— Momentos íntimos? — Sam franze a testa. — Você quer dizer sexo?

— Shh! — Meus olhos se arregalam e eu coloco um dedo sobre os lábios. — Essa é uma palavra suja.

— Que palavra? Sexo?

Faço que sim com a cabeça, a cor vermelha se espalhando por minhas bochechas.

— Jesus. — Sam balança a cabeça. — Sexo não é uma palavra suja.

Minha professora do sétimo ano, senhora Cantor, passa por ali naquele exato momento. Aceno envergonhada para ela, ao que ela não corresponde, e então, felizmente, ela se dirige para outro corredor. Em teoria, eu não deveria me preocupar com o que uma velha rabugenta com TOC não tratado pensa sobre o fato de eu estar ao lado de um homem fortão dizendo palavras como *inferno*, *sexo* e *Jesus*, mas, infelizmente, não sou tão evoluída.

— Deixe-me ver se entendi direito — Sam inclina a cabeça. — Você é...

— *Sussurre*.

Ele cruza os braços.

— Você não acha que está sendo um pouco imatura?

— Só faça o que estou te pedindo.

— Assim está melhor? — ele diz, abaixando seu tom barítono. Faço um sinal de positivo com o dedo. — Então, por que existem leis para o sexo?

— Há muitas razões.

— Tipo?

— Um marido e uma esposa só podem ser íntimos em certas épocas do mês, para aprenderem a se relacionar emocionalmente, e não só fisicamente. E à medida que as pessoas envelhecem, chegará um momento em que a intimidade não acontece com tanta frequência. É por isso que criar um vínculo desde o início ajuda.

— Calma aí — ele diz, levantando a mão. — Você está me dizendo que um casal não pode fazer sexo quando quiser?

— Eles não podem tocar um no outro nem dormir na mesma cama, muito menos ter intimidade. Mas geralmente é apenas durante duas semanas no mês.

— *Duas semanas?* — Sam fica pálido. — Você está me zoando!

A expressão de choque em seu rosto me faz rir.

— Não estou. Doze dias, se você tiver sorte.

— Você está mentindo.

— Não.

— Isso é uma loucura — ele diz, sua voz fica mais alta. — Eu nunca ia conseguir fazer isso.

Passo os dedos pelas lombadas dos livros e dou de ombros.

— Dizem que os momentos íntimos ficam muito mais quentes.

— Se um homem precisa ficar longe de uma mulher para tornar o sexo quente — ele diz com os olhos fixos em mim —, então ele não sabe o que está fazendo, para começo de conversa.

Minhas bochechas coram e meu batimento cardíaco dispara. Ou estou muito atraída por Sam ou sou alérgica a ele.

— Como os homens fazem isso? — ele continua.

Abro um livro aleatório e viro as páginas, esperando que ele pegue a dica e abandone o assunto. Infelizmente, não tenho tanta sorte.

— E se um cara está se casando com uma mulher — Sam diz, se encostando na estante que estou olhando —, já existe um vínculo emocional. Eles já se amam.

Pego um livro diferente e tiro a poeira da capa.

— No mundo não religioso, sim. Mas os judeus ortodoxos normalmente não namoram por tempo suficiente para criar um vínculo emocional forte.

— Então, para começo de conversa, eles não deveriam se casar! — ele diz, alguns tons acima de um sussurro. — Esta é a coisa mais retrógrada e imbecil que já ouvi.

Enfio o livro de volta e me viro para ficar de frente para ele.

— Você amava sua esposa antes de se casar com ela?

— É claro!

— Ótimo. Então, você tem isso em comum com os outros cinquenta por cento dos americanos que acabam se divorciando.

As sobrancelhas de Sam se juntam como duas nuvens de tempestade furiosas.

— Você está dizendo que se eu a conhecesse *menos* antes de me casar com ela, ainda estaríamos casados?

Concordo com a cabeça, embora não tenha nenhuma certeza disso.

— E se tivessem menos intimidade.

Ele balança a cabeça e ri.

— Você acredita nisso mesmo?

Hesito.

— Sim.

Ele se endireita e aponta o dedo para mim.

— Então isso faz você ser tão louca quanto minha ex.

Franzo a testa.

— Só porque minha opinião é diferente da sua isso não faz de mim uma louca.

— Neste caso, faz sim!

Nos encaramos em silêncio por um momento na seção de pureza familiar da loja quando uma amiga da minha mãe entra no corredor com uma cesta de compras pendurada no braço.

— Ah, oi, Penina! — ela diz, olhando para nós com afeto. — *Mazel tov*! Este deve ser o seu noivo.

— Não — digo depressa, olhando de relance para Sam. — É meu chefe, Sam Kleinfeld.

E desta vez, não deixo de notar, Sam não se preocupa em me corrigir.

Vinte e três

"Estilo é saber quem você é, o que você quer dizer e não dar a mínima."
— **Orson Welles**

Sam compra o livro de receitas, mas ignora minha sugestão educada de que eu entregue o livro em seu lugar, para que ele não precise voltar na casa dos meus pais. Evidentemente, ele não é o tipo de homem que confia em um mensageiro para fazer seu trabalho (embora pareça não ter nenhum problema em fazer isso durante o resto da semana).

— Escute, desculpe por ter te chamado de louca lá na loja — Sam diz ao nos aproximarmos de um cruzamento. Ele puxa os óculos de sol de aviador e os coloca, depois olha para mim. — Acho que algumas dessas leis de pureza familiar me deixaram frustrado.

— Por quê? — pergunto, genuinamente curiosa. — Você não é ortodoxo e não é casado. Elas não afetam você.

Ele confirma com a cabeça e aperta o botão para a faixa de pedestres. Tenho a sensação incômoda de que ele está escondendo algo.

— É só que... — Ele para.

Espero ele continuar, mas quando ele não o faz, pergunto:

— O quê?

A sinal para pedestres fica verde e ele gesticula para atravessarmos.

— Meu amigo conheceu uma mulher. — Ele passa a mão na lateral do rosto como se estivesse envergonhado ou com dor. — Ela é ortodoxa, e não sei se é um estilo de vida com o qual ele conseguiria lidar. Mas, ao mesmo tempo, ele gosta muito dela.

Meu estômago se contorce quando as coisas começam a se encaixar. Seu súbito interesse no judaísmo ortodoxo... sua presença no jantar do *Shabat*... as perguntas sobre namoro... é porque ele está preocupado com o amigo. Ele é um espião e eu, sem saber, fui seu objeto de interesse esse tempo todo.

Estou tão irritada que tenho dificuldade para pensar. Meu cérebro lentamente processa o fato de que ele só está passando tempo comigo porque sou o objeto de estudo de um projeto de pesquisa. Como pude me permitir pensar, mesmo que por um segundo, que talvez ele me considerasse uma amiga, ou até algo mais?

— Penina?

Levanto a cabeça e pisco.

— Oi?

— A casa dos seus pais não é naquela direção? — ele pergunta, apontando na direção oposta.

— Desculpe, é. — Engulo em seco e me viro. — Estou um pouco perdida hoje. Deve ser nervosismo pré-casamento.

Ele parece perdido em seus pensamentos, e eu estou muito deprimida para conversar, então caminhamos em silêncio por um tempo.

— Você acha — ele diz, hesitante — que uma mulher ortodoxa aceitaria namorar alguém não religioso? Ou isso está completamente fora de questão?

— Fora de questão — respondo automaticamente. — A menos que ela queira ser *frei*.

— Seifar? — ele pergunta com as sobrancelhas levantadas.

Um gato da vizinhança chamado Daven vem em minha direção e eu me abaixo para fazer carinho em suas orelhas.

— Significa não ser mais praticante, se tornar não religioso. *Ei, você* — falo com uma vozinha com o gato e ele rola para eu fazer carinho na sua barriga. Talvez depois de me divorciar de Zevi eu tenha um gato ou um cachorro. Assim, posso fingir que sou mãe, e quanto ao marido, posso conseguir um recorte gigante de um modelo e apoiá-lo no sofá da sala de estar. Vamos assistir *Bridgerton* juntos, e, por ser de papelão, ele não vai roubar minha pipoca.

— E se eles chegarem a um meio-termo? — ele pergunta, se abaixando para acariciar o gato também. Daven vira o rosto e o esfrega na mão dele, então acho que até os animais o acham irresistível.

— Como isso funcionaria? — pergunto, tentando não ficar muito animada com o fato de que sua mão está tão perto da minha. — Ela respeitaria o *Shabat* sozinha em casa enquanto seu amigo vai para a balada com os amigos virando doses de uísque?

O gato vê um esquilo correndo pela calçada e pula para persegui-lo. Sam se levanta e olha para baixo para mim com um sorriso condescendente.

— Meu amigo não vai para a balada desde que tinha uns vinte anos, e não foi isso que eu quis dizer.

Eu me levanto e alongo os braços, depois dou um passo para ficar ao lado dele.

— O que você quis dizer?

— Sei lá. Talvez... ele pudesse respeitar o *Shabat* e seguir uma dieta *kosher* e em troca... — Ele para, sem completar a ideia.

— O quê? — incentivo. Se eu não o conhecesse bem, acharia que ele estava envergonhado.

— Aquelas leis de pureza do casamento — ele diz abruptamente. — São negociáveis?

Dou de ombros.

— Talvez algumas? Não sei.

— Porque ele gostaria de poder tocar em sua esposa mais de duas semanas por mês. Ele gostaria de tocá-la todos os dias.

— É, desculpe, eu não sei. — Um pensamento me ocorre. — Seu amigo é viciado em sexo ou algo do tipo?

— O quê? *Não* — ele diz, parecendo irritado. — Ele só é um cara normal e comum. E não se trata necessariamente do sexo. Talvez ele só queira dar um beijo de despedida antes de sair para o trabalho pela manhã. Ou colocar o braço em volta dela quando assistirem TV. Não se trata só de sexo, embora — ele faz uma pausa e olha para o céu —, ele provavelmente ia querer muito disso também.

— Eu realmente não faço ideia — digo pela milionésima vez. Falar sobre sexo com Sam está me fazendo pensar em *fazer* sexo com Sam, e já alcancei minha taxa de tortura do dia. — Como está a Keila? — pergunto, mudando de assunto.

— Keila? Está bem.

Ele parece não querer acrescentar nada, então digo:

— Aquela foto de vocês dois está ótima. — Ele parece confuso, então acrescento: — No barco.

— Ah, aquela. É. — Ele ri, como se de repente estivesse se lembrando de algo. — Keila é incrível.

Incrível é um elogio exagerado, mas acho que eu pedi. Chuto uma pedra solta da calçada para que ninguém tropece nela.

— Você, por exemplo — ele diz depois de um tempo. — Você provavelmente não se importaria em fazer concessões no casamento.

— Verdade. Estou me mudando para Nova York para me casar com um homem gay — digo de um jeito banal quando avistamos a casa de meus pais.

— Por que, Penina? — Ele para de andar e me olha exasperado. — Por que você vai fazer isso?

Porque amo minha irmã e, quando você ama alguém, faz tudo ao seu alcance para ajudá-los, mesmo que, às vezes, isso signifique se machucar no caminho. Amor é deixar suas próprias necessidades de lado para ajudar a outra pessoa. Amor é autossacrifício e devoção e lealdade acima de tudo. Isso é amor.

Coço a testa e fecho os olhos por um momento imaginando minha irmã empacotando os brinquedos e os bichinhos de pelúcia das crianças. Penso nas minhas sobrinhas e sobrinhos brigando nos cômodos abarrotados da casa de meus pais. Penso no orgulho ferido do meu cunhado por não poder sustentar a família.

— Fale comigo.

Abro os olhos e encontro o olhar de Sam. Não sei se é por causa de estresse acumulado, ou da memória de seus braços em volta de mim no acostamento da estrada, ou no jantar de gala, ou porque em algum momento indefinível ele se tornou mais do que apenas um chefe para mim, mas, de repente, eu me encontro querendo confessar para ele. *Precisando* confessar.

Então lá, nos degraus da frente da casa de meus pais, com as persianas ocasionalmente tremulando nas janelas da frente, eu lhe conto tudo – hesitante no início, depois aberta e desinibidamente. Falo sobre a situação financeira da minha irmã, os encontros com homens que eu nunca poderia amar, como pareceu o destino quando Zevi entrou em cena, como me sinto quando seguro bebês na UTI neonatal. Ele fica o tempo todo olhando para o meu rosto e, quando termino de falar, me sinto um pouco nua e vulnerável, mas segura também.

— Isso não é algo que eu fale ou sequer pense, mas... — Ele para e limpa a garganta, depois solta uma respiração profunda. O que quer que ele esteja tentando dizer, obviamente está sendo um esforço grande para ele, e faço um gesto com a cabeça para encorajá-lo. — Quando eu era criança, minha mãe era... — Ele balança a cabeça e passa os dedos pelo cabelo e começa de novo. — Era como se ela tivesse apenas duas configurações: distante ou furiosa. Passei a minha infância inteira tentando ser uma criança perfeita, como se eu tivesse que provar a ela que eu era... — Ele para e morde o lábio.

— Digno de ser amado? — digo gentilmente.

Ele confirma com um movimento comedido da cabeça e engole em seco.

— Refletindo agora, acho que ela me amava do jeito dela. Se é que ela sabia o que era amor. — Ele dá de ombros e solta um suspiro profundo. — Enfim, depois daquele acidente de carro em que ela estava... você sabia disso?

Faço que sim, relembrando.

— Seu pai mencionou que sua mãe morreu em um acidente de carro um tempo atrás. — Passo a língua nos lábios e acrescento: — Sinto muito.

Ele abaixa a cabeça em agradecimento.

— Enfim, quando ela se foi, eu me senti um grande fracasso, porque nunca consegui obter o seu selo de aprovação. Dá para imaginar? — Ele dá uma risada amargurada. — Vinte e sete anos de idade e ainda tentando conquistar o coração da minha mãe. Eu tinha amigos, uma carreira de sucesso, estava no conselho diretor de várias empresas, mas nada disso importava porque nunca era bom o suficiente para ela. *Eu* nunca fui bom o suficiente para ela.

— Ah, Sam. — Não sei mais o que dizer depois de um relato tão desolador, então fico quieta e espero que ele continue. Ele leva um tempo, e é visível que está se esforçando para não chorar. Olho para o seu perfil robusto e bonito e aprecio o fato de que este homem alfa poderoso está se permitindo ser vulnerável na minha presença.

— Então eu conheci Vanessa em uma festa. — Ele me olha de soslaio e diz: — Tive namoradas antes, mas nada muito sério. Principalmente, eu as usei para... você sabe. — Concordo com a cabeça porque parece que ele quer algum tipo de resposta. — Vanessa, no entanto, era diferente. — Ele olha para longe, e fica claro que ele está revivendo o passado. — Ela tinha uma habilidade incrível de entrar em um lugar e tomar conta, não importava se ela conhecia as pessoas ou se estava cercada por estranhos. Ela tinha essa magia nela.

— Ela usava muito couro preto? — pergunto, porque sempre suspeitei que couro preto atribui uma certa mística a uma mulher.

Ele pisca.

— Não me lembro.

— Desculpe, não é importante. Continue.

Ele estica as pernas compridas e se apoia nos cotovelos.

— Acho que ela me via como um desafio, e eu a via como uma mulher absurdamente confiante e sexy que todo homem desejava e que toda mulher queria ser. Nunca soube a verdade até depois que nos casamos.

— E o que era?

— Que ela era uma narcisista manipuladora que sentia prazer em controlar as pessoas. Ela fazia amigos e os usava, depois os descartava como se não fossem nada. Mas essa não é a questão — ele diz, balançando a cabeça. — Eu acabei tentando fazê-la feliz e falhando infinitas vezes. Nada nunca era bom o suficiente.

— Como com a sua mãe — falo baixinho, entendendo a relação.

— É. — Ele fica quieto por alguns instantes.

— E aí, o que aconteceu?

— Entreguei os papéis do divórcio para ela depois que ela envenenou River. Eu não pude provar — ele diz, tensionando a mandíbula —, mas sei que foi ela.

— Era o seu cachorro? — Ele confirma com a cabeça, e eu percebo que estou roendo as unhas e abaixo a mão. — O River... morreu?

— Sim.

Meu cérebro obtém a imagem de um cão preto e peludo estrebuchando violentamente no chão da cozinha enquanto a sexy Vanessa, trajando um mini-vestido de couro preto com um zíper dourado nas costas e botas Louboutin, ri cruelmente. Meus olhos se enchem de lágrimas, e eu pisco. Desde que li *Old Yeller* na quinta série, sou uma manteiga derretida com cães, e histórias como essa me matam.

— Sinto muito, mesmo.

Ele ergue as sobrancelhas, assustado.

— Você está chorando?

Coloco a mão na boca e uso a outra mão para sinalizar que preciso de um minuto.

Ele me encara.

— Você é uma em um milhão, sabia disso? — ele diz em um tom carinhoso.

— Não, não sou. Todo mundo odeia histórias de crueldade com animais — digo, limpando o nariz, que está pingando, com a manga. *Muito elegante, Penina.*

— Mas você está em outro patamar — ele responde, me dando seu meio-sorriso, sua marca registrada. — Olha — ele diz, com a voz baixa e grave. — Só estou te contando tudo isso porque, mesmo que meu casamento não seja nada parecido com o que você está lidando, eu também me senti sobrecarregado e desamparado. — Ele faz uma pausa, suas sobrancelhas estão franzidas. — Eu queria muito resolver o problema, mas não consegui. E a razão pela qual não consegui é porque, para começo de conversa, nunca foi problema meu. Era dela. — Ele solta o ar e acrescenta: — Eu sei que você ama sua família e está acostumada a resolver os problemas deles, mas talvez seja hora de deixá-los lidar com as coisas. Talvez eles sejam mais espertos do que você pensa.

— Não são mesmo. — Eu fungo, enxugando uma lágrima na bochecha. — Eles precisam de mim.

— Você não vai sair de perto deles, mas não pode continuar vivendo assim. — Ele abaixa a cabeça e espera que eu olhe para ele. — Isso está destruindo você — ele sussurra.

Balanço a cabeça, mas não consigo falar porque essas lágrimas estúpidas continuam vazando como se eu tivesse um problema de encanamento.

Não sei quanto tempo ficamos sentados sem falar nada – pode ter sido cinco minutos ou vinte –, quando, de repente, Sam anuncia:

— Vai ficar tudo bem. — Seu tom é enfático e, por um momento, quase acredito nele. Olho para cima e vejo sua expressão se suavizar. — Eu nunca digo coisas em que não acredito. Confia em mim, ok? Vai ficar tudo bem.

— Para você — murmuro. Ele é podre de rico e namora a bela Keila. Eu, por outro lado, provavelmente vou acabar igual àquelas senhoras loucas por gatos que não têm nada melhor para fazer além de tricotar suéteres o dia todo. E isso provoca uma nova onda de lágrimas, porque a única coisa em que sou pior do que cozinhar é fazer tricô.

— Não, Supermulher. — Ele balança a cabeça. — Para nós dois.

Vinte e quatro

"A moda não era mais o que você usava quando ia para algum lugar; era o motivo principal para ir."
— Andy Warhol

— Muito obrigada por ter vindo — digo, pelo que parece ser a milionésima vez, ao dar um abraço na amiga da minha mãe. São oito horas da noite, e o *vort* está a todo vapor na casa dos meus pais, e parece que todos na minha comunidade passaram aqui para desejar a Zevi e a mim *mazel tov* e botar para dentro uma dose ou duas de uísque. Minha mãe e minha irmã passaram a maior parte do dia cozinhando e organizando a festa, e tudo na casa brilha e reluz. As mulheres conversam pegando porções civilizadas de salada de frutas e bolo de uma mesa na sala de estar, enquanto os homens cantam e comem na sala de jantar. E Fraydie, sendo Fraydie, passa a maior parte da noite na área masculina.

Eu me viro para a janela que dá para a rua e mordo o lábio. Sam prometeu que viria, mas ele esqueceu ou decidiu não aparecer. Talvez ele esteja chateado porque quando cheguei ao trabalho hoje de manhã estava usando um anel de diamante enorme que não era da nossa loja. Aparentemente, Zevi queria fazer o primo trabalhar, já que ele trabalha no bairro das joalherias, e, como ele mesmo disse: "Você pode trocá-lo por algo que goste mais se você se casar de verdade um dia.".

Há. Improvável.

— Tudo bem?

Olho para cima e sorrio para a irmã mais nova de Zevi, Ashira, aquela que Jack disse que se parecia comigo. Não acho que somos parecidas, mas aceito o elogio, pois ela é linda e, o mais importante, é legal, alguém que pode se tornar uma amiga de verdade. Leah permaneceu em Nova York para ficar com a mãe deles e, apesar de termos conversado por videochamada no início para que eles se sentissem incluídos, Leah passou a maior parte da ligação reclamando sobre como eles se sentiam excluídos.

— Tudo. — Faço um gesto afirmativo com a cabeça, forçando os cantos da boca em um sorriso. — Só um pouco cansada.

— Bem, contanto que você esteja bonita, é isso que importa — ela diz, fazendo um floreio com a mão em minha direção. — E você está linda. Champanhe é definitivamente a sua cor.

Enquanto eu estava no trabalho, Ashira e Zevi passaram o dia no shopping comprando roupas e fazendo alguns passeios. Eles voltaram com vários vestidos e opções de roupas para mim, um dos quais estou usando esta noite. Foi divertido experimentar todos esses vestidos de grife; normalmente, eu desmaiaria só de olhar o preço. Mas, mesmo assim, algo dentro de mim parecia pesado – como se eu estivesse arrastando uma bola de boliche de nervos comigo para todos os lugares que vou.

— Você não acha que faz parecer que estou pelada? — sussurro. Ele é justo e da cor da pele, e não é algo que eu teria escolhido para mim, mas Ashira, Zevi, Fraydie e até *minha própria mãe* insistiram que eu estava ótima e deveria usá-lo hoje à noite.

— Apenas à primeira vista — ela me tranquiliza e dá um tapinha na minha mão. — Mas quando os olhos se adaptam, a gente percebe que você está realmente vestida.

— Não tem graça. — Dou risada e brinco com o braço dela.

— Penina! — A voz de Fraydie chega do corredor. — Vem aquiiiiii.

— Estou indo! — grito. — Já volto — digo a Ashira e vou até a porta com cuidado para não tropeçar nos meus saltos transparentes estilo Cinderela. — Desculpe... Com licença... — murmuro, abrindo caminho na multidão, imaginando o que Fraydie está aprontando.

Faço uma curva e paro de supetão, meu pulso martelando como um louco. Sam está na entrada da frente com uma camisa branca simples, com as mangas dobradas nos punhos, e calça jeans.

Por um momento, simplesmente aprecio a visão – e que visão. Com o tempo, me dei conta de como Sam é uma pessoa especial, e tenho muita sorte de tê-lo conhecido, mesmo que por um breve período. Ele é gentil e inteligente, e tem um senso de humor sarcástico, mas também tem uma característica inexplicável que exige respeito: quando ele entra em um lugar, todo mundo nota. Ele é um líder nato.

— Oi — digo com um aceno desajeitado, fazendo força para relaxar e continuar sorrindo. — Estou tão feliz que você pôde vir.

Bem, *Sam* claramente pensa que estou nua porque arregala os olhos quando me vê, e passa o momento seguinte com eles fixos em algum ponto invisível acima da minha cabeça.

— Onde está o homem de sorte? — ele pergunta, balançando os calcanhares e me lançando um *olhar*. O tipo de olhar que diz: *esta é uma péssima ideia e estou decepcionado com você.*

— Hum. — Mordo o lábio inferior, nervosa. Sam não faria... nada. Faria?

— Eu vou buscá-lo — Fraydie se voluntaria, com um sorriso sádico no rosto ao sair apressada. Essa menina adora assistir *reality show* por causa do drama, então ela deve estar *adorando isso.*

Maya, em um vestido de laise branco escandalosamente curto, vem na minha direção segurando uma dose de uísque em cada mão.

— A noiva precisa se manter hidratada.

Sou mais do tipo que gosta de água, mas não esta noite. Hoje preciso de algo mais forte para relaxar e tentar esquecer meus problemas, nem que seja por pouco tempo. Tomo um golinho de uísque e faço uma careta. *Que ruim!* Tem gosto de xarope para tosse e veneno de cobra, e faz meus olhos lacrimejarem.

Ela ergue a outra dose e olha ao redor da sala.

— Desimpedidos. Qualquer um... dou-lhe uma... dou-lhe duas...

— Olha quem eu *acheeeei* — Fraydie cantarola, gesticulando como um apresentador de TV para Zevi. — Zevi, este é Sam. Sam, Zevi.

— Oi, obrigado por vir — Zevi sorri.

Sam dá um tapa no braço de Zevi, e Zevi dá uma leve contraída.

— Parabéns pelo noivado. Você é um homem de muita sorte.

— Ah, eu sei. — Zevi se vira para sorrir para mim e, por um momento, acho que tudo vai ficar bem, mas então Zevi sussurra no meu ouvido: — Por que o nome Sam soa tão familiar?

Engulo em seco e mexo na pulseira de diamantes que Zevi me deu de presente de noivado.

— Ele é meu chefe, então, com certeza mencionei o nome dele para você.

— Sim, faz sentido — ele concorda, balançando a cabeça devagar. — Mas... você não mencionou um Sam italiano?

Sam arqueia uma sobrancelha e olha para mim e, com uma súbita agitação, percebo o que Zevi quer dizer.

Ah, droga. Por favor, não se lembre, por favor, não se lembre.

— Coma um pouco de bolo, querido — digo, pegando um pedaço do prato de Libby e enfiando-o na boca dele. *Ai, meu D'us, estou me tornando minha mãe.*

Sam levanta as sobrancelhas ao me ver enfiando bolo na boca do meu noivo da maneira menos romântica possível. Sem querer culpar a vítima, mas meio que destrói o romance quando a pessoa que você está alimentando fica empurrando sua mão e dizendo para você parar. Acho que Zevi entendeu a mensagem de deixar para lá a história toda do "Sam italiano", porque ele se safa para a área masculina. Ainda estou tensa, então bebo do outro copo também, achando que quanto mais, melhor.

— Penina? — Libby me chama, o som de seus saltos fazem barulho no chão de madeira. — O que está acontecendo? As pessoas estão se perguntando para onde você foi.

Meus olhos se voltam para a direita, pois Zevi está voltando, esfregando um guardanapo nos cantos da boca.

— Desculpe, eu me distraí…

Olho nervosa para os dois homens, de repente desejando não ter convidado meu chefe e minhas colegas de trabalho. Sinceramente, o que eu estava pensando? Sam poderia, sem querer, dizer algo a Zevi sobre ele ser gay, ou Zevi poderia se lembrar por que o nome de Sam não lhe parece estranho, e aí sabe--se lá o que pode acontecer! Este é um desastre de proporções de um tsunami prestes a acontecer. Começo a suar e olho para o meu relógio. A festa já não deveria ter terminado?

— Ah, *lembrei*! — Zevi diz, estalando os dedos. Ele se vira para mim e sorri. — Estávamos indo para um restaurante em Flatbush, e você fez um barulho… — Ele para e pisca, e me dá um olhar arrependido. Estou tão aterrorizada que não consigo me mexer. Meu corpo ficou paralisado de medo.

— Que barulho? — Fraydie pergunta, parecendo confusa.

Fecho os olhos por um instante, desejando que isso seja um pesadelo.

— Não, não. Não um barulho. Não exatamente. — Zevi tosse. Ele puxa o lóbulo da orelha e aperta o nariz. — Estávamos falando de outra coisa, e rimou com Sam, mas não é importante. Então — ele bate palmas e olha ao redor da sala. — Eu deveria voltar para a área masculina. Vamos — ele diz, fazendo um gesto para Sam. — A comida lá está excelente e você tem que experimentar. Você gosta de *babka*[30]?

Quando os homens saem, puxo o ar, trêmula, inalando uma combinação de alívio e ansiedade. À medida que o ar sai lentamente das minhas bochechas, percebo que Fraydie, Maya e Libby estão me observando atentamente.

---

30 A *Babka* é um pão de massa doce enrolada em creme de chocolate.

Franzo a testa.

— O que foi?

— Tudo bem? — Libby pergunta, com um ar de preocupação estampado em seu rosto olhando para o uísque nas minhas duas mãos. — Você parece... estressada.

— Tudo bem. Muito bem — minto, e jogo a cabeça para trás engolindo a dose. Estou o exato oposto de bem; parece que alguém me colocou em uma caixa com uma tampa e estou sufocando lentamente até a morte. Com todo o estresse da casa de Libby e esse noivado e agora Sam aqui... é *demais*. — Vou tomar um pouco de ar fresco — digo, limpando a garganta. Antes que eu comece a gritar ou chorar ou rasgar minhas roupas e uivar para a lua.

— Quer que eu vá junto? — Maya pergunta.

— Não precisa. — Balanço a cabeça e abro a porta de tela. — Preciso de um pouco de silêncio. Não se preocupe, volto logo.

Não pretendo ir além dos degraus da frente, mas a tranquilidade da noite e o ar fresco são tão convidativos, em comparação ao caos barulhento lá dentro, que logo estou no meio do quarteirão. Meu corpo está meio estranho, como se todos os ângulos afiados tivessem sido arredondados, e a sensação é... boa. Eu me encosto em um muro de contenção e cruzo os braços, tremendo. É uma noite excepcionalmente fria para junho, e gostaria de ter pensado em pegar um suéter. E um guarda-chuva.

Inclino a cabeça para trás e olho para o céu escuro com nuvens espessas e cinzentas. A previsão do tempo previa chuva hoje cedo, mas ninguém ficou surpreso quando não choveu, dado o hábito de consumir cocaína do nosso meteorologista local. E, por mais que eu precise de um tempo sozinha, também preciso me manter seca. Só mais um pouco e eu volto.

Fecho os olhos e tento relaxar. Ultimamente, parece que minha vida está em uma panela de pressão prestes a explodir. Tantas mudanças e situações estressantes acontecendo ao mesmo tempo que às vezes só quero levantar as mãos e gritar. Eu culpo Sam, já que tudo mudou desde o dia em que meus olhos encontraram os olhos castanhos dele na UTI neonatal.

Meus olhos se abrem ao som de passos que se aproximam.

— Ei, Supermulher.

Meu coração começa a galopar quando vejo Sam caminhando em minha direção, relaxado, calmo e sereno, como se tudo estivesse na mais perfeita paz. Como se não fosse nem um pouco estranho nós dois escaparmos do meu *vort*.

— Você me *seguiu*?

Ele ignora minha pergunta e fica ao meu lado – apenas alguns metros nos separam. Ele cruza os tornozelos e se encosta no muro.

— Uma mulher não deveria andar sozinha à noite.

Eu bufo e gesticulo para o céu.

— Ainda nem está tão escuro e, de qualquer forma, que tipo de bobagem machista é essa? E não use o fato de que você tem um metro e noventa milhões e tanto de altura e é grande como um tanque como uma desculpa. Só é mais fácil de atirar em você.

Ele joga a cabeça para trás e ri, e essa visão me tira o fôlego. E aí ele faz aquela coisa de tentar não sorrir.

— Você já teve aulas de autodefesa?

Faço que não com a cabeça.

— Você ainda não respondeu por que acha que está seguro andando à noite.

— Meu pai era fuzileiro naval e ele me ensinou uma coisa ou outra.

Fico boquiaberta.

— Joe era fuzileiro naval? Não fazia ideia.

— A maioria das pessoas não sabe. — Ele cruza os braços e acrescenta: — Ele não gosta de falar sobre isso, então ignoramos essa parte da história da nossa família.

— Sinto muito — digo depois de um momento.

— Não sinta. — Ele se vira para mim. — Quero que você saiba coisas sobre mim. — Ele respira fundo antes de continuar. — E gostaria de saber mais coisas sobre você.

Meu coração bate forte no peito e minhas mão começam a ficar suadas. O que exatamente está acontecendo aqui? Será que Sam está dizendo que está interessado em mim, ou estou lendo errado os sinais?

— Porque somos amigos?

Ele concorda, depois balança a cabeça, o que me deixa ainda mais confusa.

— Porque eu não consigo parar de pensar em você. Quando estou dirigindo ou em alguma fila, ou mesmo sentado em casa sozinho, só penso em você. E quando você está perto de mim — ele engole em seco —, não consigo nem pensar direito, porque a única coisa que eu quero é tocar em você. E eu sei que é errado e complicado porque eu sou seu chefe e você é ortodoxa, mas estou cansado de lutar comigo mesmo.

Meu coração, ai, meu coração. Estou tão chocada e surpresa que mal consigo entender o que ele disse. Parece um sonho bom demais para ser verdade. *Ele pensa em mim? Ele quer me tocar?*

— E me mata ver você noiva de outro homem — ele continua. — Mesmo sendo uma farsa.

— Você quer dizer — passo a língua pelos lábios e engulo em seco —, quando você disse que queria me tocar... tipo, até aqui e agora, por exemplo?

Ele parece ficar atordoado, mas se recupera depressa.

— Sim.

— Onde? — pergunto, minha respiração fica curta e irregular.

Ele fica quieto por tanto tempo que começo a me perguntar se ele está se arrependendo, mas então ele diz:

— Eu começaria segurando suas mãos. Suas mãos são bonitas — ele murmura, com a voz baixa e grave. Ele se aproxima de mim, e sinto uma amostra de seu cheiro único, que parece projetado para me enlouquecer. — Tenho a impressão de que elas são macias e se encaixariam perfeitamente nas minhas. Do tamanho certinho. — Ele coloca a mão ao lado da minha, tão perto que quase se tocam, quase.

Sinto como se estivesse sob um feitiço que faz com que nada mais tenha importância, exceto este momento, nós dois sozinhos, romantizando sobre mãos.

— Aí eu iria para o seu cabelo, passaria os dedos por ele. O cheiro é bom — ele sussurra, se inclinando. — Morango.

— É o meu xampu — digo sem ar.

— Mmm — ele murmura, como se eu tivesse acabado de dizer algo incrivelmente sexy. — Assim você acaba comigo.

Deixo escapar uma risadinha.

— E depois, o que você faria?

Ele inclina a cabeça, refletindo.

— Eu iria acariciar os lóbulos das suas orelhas, fazendo pequenos movimentos circulares.

Lóbulos das orelhas? Sério?

— Daí eu iria massagear a pele entre a orelha e o pescoço... — Ele está tão perto de mim agora que sinto sua respiração quente no pescoço. — Depois disso — ele sussurra, olhando para os meus lábios —, eu te beijaria. Primeiro com os lábios, depois com a língua. E depois... — Ele faz uma pausa e sorri. — Eu beliscaria seu lábio inferior com os dentes.

Engulo em seco, meus olhos estão arregalados e hipnotizados, meu peito palpita a cada respiração.

— Parece... um pouco doloroso? — Uma gota de chuva cai no meu vestido, outra no meu pescoço, mas não importa. Não há outro lugar no mundo em que eu preferiria estar além daqui, sozinha na chuva com Sam.

Uma risada grave e espalhafatosa sai de sua boca ao mesmo tempo em que ele balança a cabeça.

— Caramba, você é muito fofa.

Encaro os lábios dele.

— Você também tem a sua graça.

Ele engole em seco e seu pomo de adão se projeta com o movimento. As manchas douradas em seus olhos se agitam com uma intensidade diferente de tudo que já vi antes e, devagar, bem devagar, seus lábios se abaixam, quase tocando...

Nós dois nos assustamos quando o celular de Sam toca.

— Keila chamando — Siri anuncia.

Abro a boca e olho para ele em choque. Como me esqueci da Keila? E mais importante ainda, como *ele* pode ter se esquecido dela?

O estrondo de um trovão é seguido por uma chuva torrencial. Dou alguns passos para trás enquanto ele coloca o telefone no bolso da calça e depois lança um olhar questionador para mim, como se tivesse a sensação de que algo mudou. Ah, sim, sem brincadeira, claro que algo mudou! Me dói até mesmo olhar na direção dele agora – o traidor. Como é possível não valorizar a mulher que pode competir sem esforço com qualquer modelo da Victoria's Secret e consegue se garantir em qualquer conversa intelectual e ama crianças? Keila é a compilação de tudo o que um homem poderia querer, então por que ele complicaria as coisas dando em cima de mim?

— Qual é o problema? — ele diz.

— Há, você tem uma namorada, lembra? — digo, jogando as mãos para cima. — Isso sumiu da sua mente?

Sua expressão é de surpresa e confusão, então ele é obviamente um ator muito competente.

— Do que você está falando?

— Keila!

Ele balança a cabeça, como se não acreditasse no que está ouvindo.

— Uau. Você está completamente...

— Nem tente negar! Eu vi todas as postagens no *Instagram*. Vocês dois em Nova York juntos quando você disse que estava em uma "viagem de negócios" — digo, fazendo aspas com os dedos. A raiva corre em minhas veias, e toda a frustração e medo que tenho carregado dentro de mim explode como se uma barragem tivesse estourado. — Você deveria ter vergonha de sair por aí flertando, e eu, de encorajar você. Mas — acrescento, incapaz de me controlar — você deveria ter mais vergonha porque foi você quem começou. — Um segundo estrondo de trovão se sucede, mas nenhum de nós parece notar.

Minha respiração está rápida e curta, e sinto um aperto no peito. Fecho os punhos e percebo que estou tremendo.

— Você traiu sua esposa também? Porque aí as coisas seriam muito diferentes. — Ele abre a boca e nós dois estamos encharcados, mas ainda tenho mais a dizer. — E o que você esperava ganhar com isso, seja lá o que for *isso*? — digo, gesticulando entre nós dois. — Um passatempo? Você ficou com tesão por nunca ter tido uma ortodoxa antes? Queria ver até onde conseguiria me levar? Desvirginar a aberração religiosa?

Seus olhos são assassinos quando ele levanta a mão.

— Pare aí mesmo...

— E mesmo *se* você fosse solteiro, e não um idiota mentiroso e mulherengo — continuo, minha voz fica mais alta com a emoção —, eu não poderia namorar você! Você não é ortodoxo! Você realmente se vê seguindo uma dieta *kosher* e respeitando o *Shabat* e a coisa da pureza da família? Hein?

Ele fecha os lábios e faz uma cara feia, mas não fala nada. E é aí que tenho certeza. Tudo isso não passava de um jogo para ele. *Não fui nada além de um jogo para ele.*

Olhamos um para o outro, irradiando ódio mútuo, até que Sam quebra o silêncio.

— Você sabe o que eu acho? Acho que você está com medo. — Fecho a cara, mas ele continua falando: — Você tem medo de se apaixonar por alguém porque você já tem muita responsabilidade do jeito que está.

— Você está drogado?

— Você é a babá de plantão e arrecadadora de fundos para uma irmã e apaga os incêndios da outra. Você acha que seus pais são emocionalmente frágeis, então carrega nos ombros os problemas de todo mundo em vez de se apoiar neles para ter ajuda. Você se responsabiliza como se fosse sua obrigação descobrir uma maneira de resolver os problemas financeiros ou de casamento deles ou o que quer que seja, quando não é sua responsabilidade. — Ele crava os olhos nos meus. — Você merece ter sua própria vida. E se casar com um homem gay é tão covarde quanto não se casar.

Um relâmpago surge no céu, mas nenhum de nós parece se importar se formos eletrocutados. O cabelo dele está esparramado na testa, e suas roupas de grife estão completamente encharcadas, e eu não estou muito melhor.

Ele aponta o dedo para mim e grita mais alto do que os trovões:

— Você não tem ideia de como você é especial. Você não faz a mínima ideia. Você se convenceu de que não merece ser feliz porque não pode ter filhos. E essa é a maior besteira que já ouvi. Você é o *oposto* de defeituosa! — ele grita, agitando as mãos. — Você tem um coração maior do que qualquer pessoa que eu já conheci. Você é gentil e generosa e tão maravilhosa pra caralho que não consigo pensar direito quando estou perto de você. — A chuva pinga em sua boca e em seu rosto, e deve ter algo de errado comigo, porque nunca me senti mais atraída por ele do que agora. — Você acha que eu não estou com medo? — Ele continua. — Eu jurei que nunca mais me apaixonaria por outra mulher e, ainda assim, aqui estou eu, como um idiota apaixonado. Eu também não estou feliz com isso, ok? — Seus olhos estão esbugalhados e quase parece que há vapor saindo de seus ouvidos.

Todo um espectro de emoções me invade, e eu não faço ideia de como processá-las. Meu cabelo está pingando e meu vestido está completamente encharcado e, provavelmente, ficou transparente; e Sam parece querer matar alguém – eu, provavelmente.

— Por que você está com tanta raiva?

— Porque a gente nunca daria certo!

Meus olhos se enchem de lágrimas e eu levanto as mãos no ar.

— Então por que você está aqui me dizendo tudo isso?

— Porque eu sou um idiota!

Meu coração dispara enquanto eu o encaro, boquiaberta.

— O que você quer de mim? Devo me afastar da minha religião para me adequar ao seu estilo de vida?

Ele me encara em silêncio.

Balanço a cabeça com a decepção tomando conta de mim. Essa é a solução dele?

— Eu *nunca* vou mudar quem eu sou — bato no peito — para agradar outra pessoa. Nem por você nem por homem nenhum. Fique longe de mim, Sam Kleinfeld. Você é um mentiroso e um traidor, e a Keila não merece isso, mesmo que ela seja tão perfeita que me deixa doente — digo, meus olhos se enchendo de lágrimas. — E, para sua informação, eu me demito! De verdade, desta vez!

Tiro os sapatos e começo a correr. A chuva respinga em meus olhos, misturando-se com as lágrimas que escorrem pelo meu rosto, me forçando a piscar repetidamente para ver para onde estou indo. Meus pulmões estão queimando como se estivessem pegando fogo, e paro de correr e desabo no chão. Olho em volta e percebo que estou no topo da colina em frente à biblioteca, cerca de uns dois quilômetros da casa dos meus pais, e só então me lembro do *vort*. Sou a pior noiva falsa de todos os tempos.

Minha garganta está seca e minha cabeça lateja, indicando o início de uma enxaqueca – porque obviamente eu precisava de mais sofrimento na minha vida.

Minhas lágrimas fluem sem controle e olho para o céu noturno escuro, me sentindo enjoada e mais sozinha do que jamais me senti em muito tempo.

Vinte e cinco

"Uma mulher é mais sexy do que nunca quando se sente confortável em suas roupas."
— Vera Wang

Ontem à noite foi o *vort* mais bizarro da história, e não tenho dúvidas de que Zevi e eu somos o assunto da cidade. Minha mãe começou a entrar em pânico quando demorei para voltar, então ela e os convidados restantes começaram uma busca, como aqueles jogos de investigação de assassinato que as pessoas jogam. E, infelizmente para mim, foi Fraydie quem me achou, e ela estava transmitindo a coisa toda ao vivo de seu celular.

Eu odeio a minha vida.

O sol espreitando através da persiana é um insulto ao rebuliço interior que estou enfrentando. E estou enfrentando uma quantidade enorme de rebuliço.

Eu me virei e revirei a noite toda, chorando e sentindo pena de mim mesma; se bem que estou passando por uma fase em minha vida, para dizer o mínimo. Recapitulando: não tenho mais emprego; meu noivo, minha família e a comunidade como um todo agora pensam que sou uma doida; e há um buraco enorme no meu coração só de pensar em nunca mais ver Sam – mesmo ele sendo um mentiroso e trapaceiro gostoso.

Meus ouvidos despertam com o som da porta do meu apartamento se abrindo, seguido da voz da minha irmã.

— Alô?

Ah, não, uma pessoa. Bem quando estou me sentindo introvertida.

Libby tem a chave do meu apartamento (e, obviamente, muito tempo livre à disposição), mas a culpa é minha, já que fui eu quem deu a chave para ela. Essa é a desvantagem de dar as chaves para as pessoas, elas supõem que podem entrar e ver se está tudo bem com você sempre que ficam um pouco preocupadas.

— Cadê a bebê? — pergunto, sentando na cama.

— Na casa da mamãe — ela responde, me entregando uma bebida da Starbucks. Meu ânimo melhora um pouco; acho que é aceitável interromper meu tempo de introversão, desde que me tragam café.

— Dois pacotinhos de adoçante? — ela pergunta, batendo-os no pulso.

Faço que não com a cabeça.

— Um está bom. Obrigada.

Ela o entrega para mim e, depois que digo uma bênção, dou um golinho e me encolho. Muito quente.

— E aí? — ela diz, se acomodando do outro lado da cama.

— Muito quente — digo, colocando o copo na mesa de cabeceira para esperar esfriar.

— Eu não estava perguntando sobre o café. — Ela revira os olhos. — O que aconteceu ontem à noite? Uma hora você está sorrindo e está tudo normal, e depois você sai da festa e metade da comunidade está procurando por você.

Solto um gemido e passo a mão na testa.

— É muito cedo para isso. Você pode voltar mais tarde? Tipo, daqui a três dias.

— Não, e dez horas não é cedo. — Ela se levanta, vai até a janela e abre as persianas. — Pode começar a falar.

Uso a mão para proteger os olhos dos raios brilhantes de luz. A mulher obviamente desperdiçou a vocação para ser interrogadora-barra-torturadora.

— Como você sabia que eu estaria aqui e não no trabalho? — pergunto, pegando o café.

— Recebi uma dica anônima.

Maya, provavelmente. Eu me pergunto se Sam anunciou que eu me demiti ou se ele está esperando para ver o meu próximo passo. Tomo um gole, hesitante, e envolvo o copo com as mãos.

— Não pode ser tão ruim, seja lá o que for.

Há! Dou risada, porque é isso ou começo a chorar de novo.

— Fala logo!

Não vou contar para a minha irmã de jeito nenhum o que aconteceu com Sam ontem à noite. Já é ruim o suficiente ficar repetindo a cena na minha própria mente, não preciso reviver isso com outra pessoa.

— Quando você estiver pronta, só comece a falar — Libby diz.

— Tá bom, tá bom. — Suspiro. Coloco o copo na mesa de cabeceira e cruzo os braços. — Basicamente, Sam acha que é um grande erro eu me casar com Zevi, o que ele já deixou muito claro para mim. Quando ele me seguiu ontem à noite, tivemos uma discussão grave e eu me demiti.

Os grandes olhos castanhos de Libby se arregalam e ficam do tamanho de pratos de jantar.

— Ai, meu D'us, você está falando sério?

Confirmo com um gesto da cabeça.

— Ele é um grande idiota, e espero nunca mais vê-lo novamente. *Mentirosa.*

Libby abaixa o rosto na palma da mão.

— Isso é algo que eu esperaria de Fraydie.

Faço uma cara feia para ela, mesmo que seja verdade. Fraydie é a impetuosa, a pessoa em nossa família que age primeiro e pensa depois, enquanto eu sempre fui... não exatamente chata, mas *equilibrada*. Responsável. Confiável. O exato oposto de precipitada.

— Penina, o que você estava pensando?

— Não sei, mas não importa — digo, esfregando o braço, que coçava. Não ficaria nem um pouco surpresa se eu acabasse tendo urticária com todo esse estresse recente. — Eu vou me casar daqui a seis semanas.

— Verdade. — Ela me encara pensativa. — Por que ele se opõe tanto a você se casar com Zevi?

Dou de ombros, pegando um fio solto na minha colcha. Não vou contar a ela o que ele disse, sem chance.

— Talvez porque ele teve uma experiência ruim com o casamento e acha ridícula a rapidez com que os judeus ortodoxos namoram e se casam.

Ela suspira e cruza os braços.

— Bem — ela acrescenta —, pelo menos você sabe que ele se importa. Você acha que ele se importa tanto assim com as escolhas de vida que todos os seus funcionários fazem?

Tento imaginá-lo ficando exaltado se, em vez de mim, fosse Maya quem estivesse noiva de um homem gay, mas não consigo imaginar.

— Não faço ideia. Talvez — digo, sem olhar para ela.

— Você acha que ele gosta de você? — ela pergunta, inclinando a cabeça.

Quase engasgo com a bebida e tento parecer chocada.

— O que é isso, segunda série? — Eu bufo e reviro os olhos.

— Muitos homens só amadurecem depois da segunda série — ela responde, levantando as mãos no ar —, então, sim. É possível. E, além disso, como ele poderia *não* gostar de você? Você é gentil, engraçada e bonita. É bom conversar com você. E você é leal. Óbvio, ele gosta de você. Faz todo o sentido para mim agora.

Eu rio da seriedade enérgica em sua expressão. Toda menina, toda mulher, todo *ser humano* merece ter uma irmã como Libby – o tipo de irmã que vê o melhor em você e te enaltece em vez de te derrubar.

— Eu te amo, Libs.

— Eu também te amo. — Ela se levanta e, depois, se senta abruptamente de novo. — Tem certeza de que essa é a única coisa que está te incomodando?

Minha boca fica seca com a luta contra o desejo de me confidenciar com ela, como sempre fiz. Quero muito contar a verdade sobre Zevi e como tem sido aterrorizante lidar com o fato de que ela pode perder a casa. Libby não sabe, mas Natan concordou em se encontrar comigo e Zevi, depois do jantar hoje à noite, para que ele possa ver os números exatos com Zevi.

— Tenho. — Aceno com a cabeça. — É só isso.

— Tudo bem, então. — Ela vai para a porta do quarto e coloca a mão na maçaneta. — Te vejo mais tarde?

— Aham. — Eu sorrio, colocando o copo na mesinha. Deito a cabeça no travesseiro, ouvindo seus passos suaves no carpete enquanto ela sai. A porta do apartamento se abre e se fecha, e ouço a chave girando na fechadura.

Estou fazendo a coisa certa não contando para ela. Não sou tão egoísta para arriscar que ela saiba a verdade só porque quero o conselho dela.

Mas, aparentemente, *sou* tão egoísta porque, logo depois, estou jogando a colcha para o lado e pulando da cama, sem me preocupar em calçar chinelos. Corro até a porta, destranco-a e disparo para o corredor, na direção do elevador. A decepção me invade quando vejo que Libby não está lá.

As escadas! Esqueci que Libby gosta de ir pela escada. Abro a porta e grito com toda a força dos meus pulmões:

— Libby, espere!

Uma mulher descendo a escada grita de susto e coloca a mão no peito.

— Nossa! Você me assustou — ela diz.

Geralmente, eu iria pedir desculpas imediatamente, checar seu pulso, convidá-la para ir até o meu apartamento e fazer uma garrafa de café, mas estou muito concentrada em meus próprios problemas agora.

— Penina? — A voz de Libby flutua escada abaixo. — O que está acontecendo?

— Eu tenho que falar com você — grito. — Volta aqui, por favor?

Silêncio. E então ela diz:

— *Tuuuudo bem.*

A mulher que eu assustei passa por mim, murmurando algo sobre os *millennials*.

— Desculpe — grito para ela, mas, fora isso, não sinto vontade de fazer nada para compensá-la. *Toma essa, Sam. Já chega de ser responsável pela felicidade das outras pessoas.*

Libby ri quando me vê.

— Não é de admirar que aquela mulher tenha gritado. Você está horrível.

De volta ao meu apartamento, me olho no espelho e entendo o que ela quis dizer. Minhas bochechas estão manchadas com delineador preto e rímel de ontem à noite, porque eu estava muito deprimida para fazer qualquer coisa, exceto vestir o pijama e ir para a cama.

— Então, o que mudou entre agora e dois minutos atrás? — Libby pergunta, jogando a bolsa no sofá e se sentando.

Engulo em seco, nervosa de repente. Agora que ela está aqui e eu tomei a decisão de contar a ela, sou tomada pela incerteza.

— Você quer alguma coisa para beber?

Ela balança a cabeça e dá um tapinha na almofada ao lado dela.

— Se abra comigo. Você sabe que pode me dizer qualquer coisa, né?

— É, eu sei. — Sento no sofá e me viro para ficar de frente para ela, puxando as pernas para mim. — Não te contei toda a história sobre por que Sam não quer que eu me case com Zevi. É um grande segredo, então você não pode contar nada para ninguém, mas... — Respiro fundo e digo: — Zevi é gay.

— *Gay?* — Assinto, mas ela balança a cabeça. — Estamos falando do *seu* Zevi, o cara com quem você vai se casar daqui a seis semanas?

— Isso. Esse. — Vejo seu rosto mudar de expressão: de choque para confusão, para incerteza.

— Mas você não tem certeza disso, certo? — ela diz, inclinando a cabeça do jeito que um cachorro faz quando ouve a palavra *comida*. — Você apenas suspeita.

— Não, Libby — digo gentilmente. — Ele é gay. E eu conheci o namorado dele.

Ela me encara, intrigada.

— Não estou entendendo.

Começo a explicar a situação com a mãe dele e tudo mais, mas ela me interrompe, impaciente, e diz:

— Mas por que *você* concordou com isso?

— Zevi tem muito dinheiro. Tipo, muito. — Coço o pescoço e acrescento: — O suficiente para... salvar uma casa.

Não demora muito para a expressão de Libby mostrar entendimento, e seus olhos se enchem de lágrimas.

— Sua idiota — ela murmura, pegando a caixa de lenços de papel na mesinha de centro. — Não, Penina. — Ela chora e balança a cabeça. — Não. De jeito nenhum.

Como uma reação em cadeia, eu começo a chorar, mesmo sendo um milagre que eu ainda tenha alguma lágrima para sair.

— É a única maneira — falo com a voz embargada.

— Mas é uma mentira. — Seu rosto está angustiado e corado de dor. — Uma muito grande. Não é certo.

— Mas pense nas crianças, Libby. Como seria traumático para eles deixarem os amigos e todos nós e se mudarem para uma cidade estranha em que nunca estiveram antes.

Seu telefone toca com uma mensagem de texto recebida. Ela lê, depois olha para mim com uma expressão engraçada.

— O que foi? Por que você está me olhando desse jeito?

— Pen — ela diz devagar —, você já pensou em adotar um bebê?

Prendo a respiração.

— O quê? O-O quê?

— Você ama crianças — ela diz, animada. — É a solução perfeita. É tão incrível. Não acredito que não pensei nisso antes. Claro, faz só alguns dias que ela mudou de ideia, e com tudo o que está acontecendo simplesmente não pensei nisso, embora eu precise ter certeza de que ela concorda, é claro. Mas seria tão perfeito! — Ela se levanta, radiante, e diz: — Escute, eu preciso fazer uma ligação particular, e você não pode ouvir de jeito nenhum, ok?

As coisas começam a se encaixar.

— É o bebê da Mimi, não é?

Ela suspira.

— É.

— Você sabia o tempo todo que ela estava grávida? — Ela faz que sim com a cabeça. — Por que ela te contou?

— Eu costumava cuidar dela quando estava no ensino médio — Libby me lembra. — Ela se sente à vontade comigo.

Ainda estou tendo dificuldade para entender o fato de que minha prima quietinha, de voz suave e que se veste de um jeito recatado estava vivendo uma vida dupla. Eu não esperava por isso. Fraydie, sim, mas *Mimi*? Não a conheço muito bem por causa da nossa diferença de idade e pelo fato de ela ser tão quieta, mas ainda assim. Uma menina de quatorze anos de idade com múltiplos parceiros sexuais parece um grito de socorro.

— Você pode garantir que Mimi converse com alguém?

— Estou trabalhando nisso. — Libby diz.

Meu coração se recusa a desacelerar, mesmo que eu continue lembrando-o de não aumentar minhas esperanças. Mimi poderia muito bem mudar de ideia e resolver ficar com o bebê.

— Ela concordaria se eu fosse a pessoa que potencialmente o adotasse?

— É isso o que eu vou descobrir — ela diz animada.

Dou risada quando a vejo correr, o que, devo salientar, não a vejo fazer desde que éramos crianças. Então ouço o clique da fechadura da porta do meu quarto. Adotar uma criança sempre foi algo que quis fazer, mas parecia um sonho tão provável quanto ganhar na loteria, porque: (A) em primeiro lugar, custa uma montanha de dinheiro ter a criança; e (B) criar, ele ou ela, custa uma montanha de dinheiro; e (C) eu ficaria de coração partido se não fosse capaz de sustentar uma criança adequadamente.

Mas agora é diferente, pois vou me casar com um homem rico. Respiro fundo ao perceber como isso é absolutamente perfeito. Meus olhos lacrimejam de emoção ao imaginar Jack, Zevi e eu criando uma criança juntos. Essa criança vai ser tão amada e querida. Seria um sonho tornado realidade, um sonho que eu mal me permiti desejar, mas que, agora, posso definitivamente visualizar.

A porta do quarto se abre, e eu respiro fundo. Parece que minha vida depende do que Libby está prestes a dizer. Seus passos são lentos, o que, provavelmente, é um mau sinal. Meu coração murcha, mas há toneladas de crianças no mundo que precisam de um lar, eu me lembro. Não preciso desse bebê misterioso, mesmo já me sentindo emocionalmente ligada a ele na minha cabeça.

Libby entra na sala e suspira.

— Ela disse que precisa de um tempo para pensar. O que não é um não — ela acrescenta. Tenho a sensação de que ela está tentando se sentir melhor, que estava tão animada quanto eu, se não mais. — Ela não quer dar detalhes sobre, sabe… a situação dela. A menos que ela decida que sim, claro.

Concordo com a cabeça, a decepção brotando dentro de mim.

— Entendi.

— É — ela diz com um sorrisinho, e encolhe os ombros. — Vamos apenas esperar e rezar para que ela faça a escolha certa para o bebê. — Ela olha para mim por um momento, depois se senta no sofá. — Não terminamos nossa conversa de antes.

— Mas, na verdade — digo, pensando em voz alta —, preciso me casar com Zevi para adotar qualquer bebê.

— *O quê?* Não, não precisa — Libby diz com firmeza. — Há muitas famílias bem-sucedidas que tem somente só um dos pais…

— Não é por isso — digo, passando a mão no pescoço. — Não ganho o suficiente para sustentar duas pessoas.

— Espere, vamos pensar sobre isso — ela diz, concentrada, com os lábios franzidos. — Tenho *muitas* coisas usadas para te dar, não só roupas, mas também equipamentos e brinquedos de bebês, e só aí você já vai economizar muito dinheiro.

— Ok, mas cuidar de crianças é caro, e não vejo Gina ou qualquer gerente aceitando um bebê por perto. Ah, deixa pra lá. — Eu murcho. — Eu nem tenho emprego!

Libby hesita e bate no queixo.

— Você vai encontrar outro emprego. E eu posso cuidar dele.

— *De Detroit?*

— Nós não vamos. No final, decidimos nos mudar para a casa da mamãe e do papai por enquanto, até que a gente esteja em uma situação melhor. Além disso — ela sorri —, não seria tão ruim ter três babás por perto. Viu? Problema resolvido.

Reflito por um momento.

— Talvez isso possa funcionar — digo devagar.

— Crianças não precisam de muitos brinquedos e coisas reluzentes. Eles precisam de amor e um ambiente estável e seguro. Vai ficar tudo bem. Melhor do que bem. — A expressão de Libby fica séria, e ela acrescenta: — Mas Penina, você precisa cancelar o noivado.

Eu me levanto e começo a andar com as mãos na cabeça.

— Não sei, não sei.

— Mentir para uma mulher que está morrendo é a coisa certa a fazer?

— Não sei! — Jogo as mãos para o alto. — Talvez? Nesse caso?

— Não, Penina. — A voz de Libby é firme. — Não é. Tudo nesta situação está errado. Zevi precisa se assumir para a mãe, para o próprio bem.

— E aí ela pode ficar com raiva e morrer odiando ele?

Libby se levanta e balança a cabeça.

— Uma mãe de verdade sempre ama o filho. *Sempre.* Ela pode discordar da maneira como ele vive ou das escolhas que ele faz, mas ela não o odiaria.

— Talvez — digo, meu coração bate acelerado. — Mas você não tem como saber.

— Tem razão. Não tenho. — Ela pega a bolsa. — Mas sei que, se ela escolhe o ódio em vez do amor, então ela nunca amou ele de verdade, para começo de conversa.

Talvez seja exatamente isso que Zevi tem medo de descobrir, percebo de repente.

Ela me dá um abraço apertado e se afasta.

— Eu sei que você vai fazer a coisa certa. Por Zevi e por *você.*

Vinte e seis

*"Moda tem tudo a ver com felicidade. É divertida.
É importante. Mas não é remédio."*
— Donatella Versace

Checo a hora de novo no celular e belisco o lábio inferior. Zevi deveria ter chegado ao café há dez minutos, e é quase certo de que a cada minuto que passa sem que ele apareça danos irreparáveis são causados ao meu coração.

Uma mãe gostosa, com mechas loiras muito bem-feitas e roupas de grife, passa rebolando por mim, com uma bolsa Stella McCartney em uma das mãos e a outra acariciando a barriga, que parece ter sido recheada com uma bola de basquete. Sua expressão tensa é de concentração lendo algo no celular. Sem desviar os olhos da tela, ela se desloca pelo labirinto de móveis do local, larga a bolsa em uma mesa vazia e se acomoda em uma cadeira; no geral, uma impressionante demonstração de equilíbrio, considerando seus saltos de dez centímetros.

Louboutins, caso você esteja se perguntando. Olho para a minha roupa e me pergunto se é boa o bastante para postar no *Instagram*. Uma camiseta simples de manga três-quartos listrada em azul-marinho da Michael Stars, saia rosa-choque e sandálias Anabela que já me deram bolhas, baseada na dor nos meus dedos mindinhos. Amarrei o cabelo em um rabo de cavalo alto e solto e o puxei pelo buraco do boné de beisebol do time Minnesota Twins.

A porta do café se abre e eu torço o pescoço para ver se é Zevi, mas são apenas alguns adolescentes. Inspiro e tento avaliar a enxurrada de emoções que têm me atormentado nas últimas horas. Quando Zevi entrou em cena pela primeira vez, tudo parecia muito simples: case com o cara gay e atenda o desejo de sua mãe moribunda, avance para a próxima casa, faça a coleta do dinheiro e salve a casa da irmã. Mas em algum ponto ao longo do trajeto, as coisas ficaram um pouco nebulosas. Por mais que eu queira o dinheiro para salvar a casa da Libby, agora tenho a noção de que viver uma mentira não é a melhor maneira para resolver a questão. E, apesar da ideia de atender o desejo de uma mulher moribunda me agradar, Zevi pode se arrepender se nunca contar a verdade para a mãe, pois um amor baseado em condições, não é amor verdadeiro.

E então tem o Sam, teimoso e perspicaz, arrogante e bonito demais, cujo rosto frequenta meus sonhos à noite e é em quem eu acordo pensando. Mas enquanto eu estava lentamente me apaixonando por ele – pelo menos pela pessoa que eu achava que ele era –, ele estava apenas planejando maneiras de trair Keila.

Não que ele não tenha um lado bom. A primeira vez que o vi, ele estava sendo conduzido pela UTI neonatal com outros figurões filantropos, embora nunca tenha falado ou se gabado disso. E se eu trouxesse o assunto à tona, ele provavelmente levantaria uma sobrancelha e perguntaria qual é o meu objetivo.

Ele é um bom ouvinte também. Eu me recordo de como ele ficou com a cabeça abaixada, concentrado, enquanto eu despejava todos os meus segredos, sem me interromper uma única vez. E nunca vou esquecer sua expressão quando ele se abriu para mim sobre seu casamento. Ele era meu amigo, eu sei disso. E, deixando de lado a questão da traição, *gosto* de quem ele é; eu poderia passar horas conversando com ele.

Tomo um gole do meu café com leite de amêndoa e uma sombra cruza minha visão periférica, e Zevi aparece. Hoje ele está no estilo *Brokeback Mountain, Edição Judaica*, com chapéu de caubói preto inclinado para frente na cabeça, uma camisa xadrez enfiada na calça jeans desbotada e botas de caubói tradicionais. Se eu não o conhecesse, acharia que ele tinha acabado de recolher o gado ou de marcar os porcos.

Ele se afunda em uma poltrona de couro, tira o chapéu e o coloca sobre os joelhos, exibindo um pequeno quipá de camurça alaranjado neon. Rapidamente, eu o reclassifico: de Heath Ledger para judeu apreciador de moda de vanguarda.

— Oi — ele diz, parecendo cansado. É imediatamente visível que tem algo de diferente nele hoje e, depois de um momento, percebo o que é: ele não está com sua alegria de viver habitual que já me acostumei a esperar ver. Talvez ele esteja de ressaca. Ou talvez ele sinta que estou prestes a cancelar o noivado.

— Torra escura, né? — digo, entregando um copo de isopor para ele.

— Perfeito. Obrigado. — Ele pega alguns pacotinhos de açúcar e os bate na mão. — Estou preocupado com você.

— Eu sei. Desculpe por ontem à noite — digo, me inclinando para frente, esperando que ele perceba que estou sendo sincera. — Não sei o que deu em mim. Bem, na verdade, eu sei sim. — Dou uma risada esquisita e passo a mão na nuca. — Mas é por isso que eu queria me encontrar com você.

— Ok — ele diz devagar, parecendo alguém que acabou de ouvir que precisa fazer um tratamento de canal.

Meu estômago se contrai de nervosismo e me vejo hesitando; odeio decepcionar as pessoas e, embora eu saiba que não era um noivado de verdade, no sentido de que não nos amávamos, eu ainda assim havia prometido me casar com ele.

— Não posso ir em frente com isso. — Olho para ele e sussurro: — Desculpe.

Ele balança a cabeça, como se estivesse se esforçando para processar o que eu disse.

— Mas por quê? Eu fiz alguma coisa errada?

— Não — respondo depressa. — Não é nada disso.

Seus olhos percorrem o ambiente, como se a resposta estivesse presa em uma das paredes.

— É por causa do Sam, não é? — ele pergunta. — Estava tudo bem até ele aparecer. O que ele te disse?

Tomo um gole do meu café para ganhar um pouco de tempo, e então faço a clássica jogada judaica de responder a uma pergunta com outra pergunta.

— Você acha mesmo que sua mãe te odiaria se você se assumisse?

Ele inclina a cabeça em direção ao teto e geme.

— Não quero tocar nesse assunto.

— Zevi, não quero te dizer como viver sua vida, porque sei como a gente se sente quando fazem isso e é horrível. — Faço uma pausa. — Mas, às vezes, *precisamos* disso. Precisamos ouvir as coisas que nos machucam, porque essas são as coisas que nos ajudam a crescer.

— Não é isso... — Ele para abruptamente, e percebo que seus olhos parecem lacrimejar. — Não tenho medo de ela me odiar. É que... — Ele pausa e engole em seco. — Ela já passou por muita coisa na vida, com o abandono do meu pai e o divórcio da Ashira e tudo mais. É só que... não quero ser mais um a fazer ela sofrer mais, sabe?

Minha garganta fecha quando penso na vida difícil que ela teve. Então, no fim, é disso que se trata. Ele não quer ser outra decepção; ele simplesmente quer fazê-la feliz, dando-lhe o que ele acha que ela quer.

— Eu sei. Mas Zevi — acrescento —, acho que você não está dando valor à sua mãe. Digo, você acha que ela está feliz com todas as escolhas que Leah fez? Ou Ashira?

— Não é a mesma coisa — ele resmunga, e eu faço um gesto com a cabeça para indicar que entendo o que ele quer dizer. Não é a mesma coisa, mas acho que tenho mais fé na mãe dele do que ele.

— Quando eu era criança — digo —, uma vez fiquei sonhando com um tênis vermelho que vi na vitrine de uma loja, mas minha mãe disse não porque eu já tinha um tênis. — Pauso e reviro os olhos, porque esse tipo de lógica nunca faria sucesso para um fashionista, nem aos dez anos de idade nem aos oitenta. — Eu queria muito o tênis. Planejei as roupas com as quais ele ia combinar, falei sobre ele a todos os meus amigos. Era o tênis *dos meus sonhos.* — Zevi toma um gole de café e acena com a cabeça, mas parece entediado. — Enfim, quando ganhei dinheiro para comprá-lo, já era tarde demais. A estação tinha acabado e ele não estava mais vindo. Fiquei arrasada. Mas aí, uma bota de caubói feminina vermelha em uma prateleira chamou minha atenção e bem — coloco a mão no peito —, obviamente, ela era muito mais legal do que o tênis.

— Por que você está me contando isso? — Zevi pergunta, curto e grosso.

— As pessoas se adaptam. Sua mãe vai ficar bem. — Limpo a garganta e sorrio. — Você só tem que ser forte o suficiente para dar uma chance para ela.

Ficamos os dois em silêncio por um tempo, perdidos em nossos próprios pensamentos.

— E a casa da sua irmã? — ele pergunta abruptamente. — Aconteceu alguma coisa e ela vai acabar não perdendo a casa?

— Não — digo, balançando a cabeça. — Ela vai perder a casa.

— E mesmo assim você quer cancelar o noivado? — ele pergunta, num tom incrédulo. — Desistir dos cinco milhões de dólares?

— Eu não *quero* — admito, olhando para ele. — Mas preciso. Não posso aceitar dinheiro sujo.

Zevi balança a cabeça, sinalizando que não concorda. Uma criança corre até ele e ri, mas ele parece não notar. Gostaria de saber as palavras certas para convencê-lo a ser ele mesmo, independentemente da reação da mãe. Porque viver uma mentira não é viver de verdade – é apenas existir.

— Aqui — digo, puxando o anel do dedo e entregando-o a ele. Ele o pega sem dizer nada e o coloca no bolso da camisa xadrez. — Espero que possa me perdoar um dia.

Ele não responde, nem olha para mim, mas eu entendo. Eu também ficaria muito chateada se fosse ele.

Eu me levanto, pego a bolsa e o café.

— Vamos manter contato, tá? Não estou dizendo por dizer. Você é meu amigo e eu gosto de você. — Com um suspiro profundo, eu me viro para sair, mas, logo depois, me lembro de acrescentar: — E obrigada, Zevi.

Ele levanta a cabeça da mão que a estava segurando.

— Pelo quê?

Não consigo nem começar a resumir o quanto essa experiência significou para mim. Como explico para ele que conhecê-lo foi um momento decisivo na minha vida? Que por causa desse noivado falso, aprendi a confiar que minha família vai cuidar de seus problemas. Que percebi que está tudo bem – não, que é essencial me concentrar nas minhas próprias necessidades. Que fazer parte da família dele, mesmo que por pouco tempo, foi uma honra, e que essas memórias estarão gravadas para sempre na minha memória.

— Por tudo.

Vinte e sete

"Quando uma mulher diz: 'Eu não tenho nada para vestir!', o que ela realmente quer dizer é: 'Não tem nada aqui para quem eu quero ser hoje'."
— Caitlin Moran

Eu não diria que me sinto *feliz* quando saio do café. É difícil saber que decepcionei Zevi, mesmo sendo para o bem dele. Espero que ele se assuma para a família e conte a verdade sobre nosso noivado, mas tenho o pressentimento ruim de que ele talvez invente outra mentira absurda. Talvez ele diga que me encontrou em uma situação comprometedora com um italiano chamado Sam. *Se ao menos fosse verdade.*

Sinto um aperto no peito ao pensar na noite passada. Atravesso a rua, vou em direção ao local onde meu carro está estacionado e pego as chaves. Eu literalmente perdi a cabeça – primeiro, por quase beijar Sam; depois, por gritar com ele como uma completa lunática. Não estou dizendo que ele não merecia, mas eu não deveria ter perdido a calma desse jeito. Meu pai sempre diz que quando uma pessoa levanta a voz, ela já perdeu a briga.

Abro a porta do carro e entro. Ainda preciso contar aos meus pais sobre Zevi, e meu estômago se contorce, sabendo como eles vão ficar decepcionados. Espero que eles possam superar a parte da decepção e se concentrar no motivo por trás de fazer o que eu fiz, mas ainda assim… uma mentira é uma mentira, e eles não me criaram assim.

Ligo o carro e dou a ré para sair da vaga apertada. Mas primeiro preciso pedir – talvez implorar – a Sam para ter meu emprego de volta, pelo menos até encontrar outro lugar para trabalhar. Não vai ter como ficar lá por muito tempo depois do que aconteceu.

Vou para a estrada principal e instruo Siri a ligar para Sam. Chama e chama, até por fim cair na caixa de mensagens. Quase deixo uma mensagem, mas decido não deixar. Esta vai ser uma daquelas situações em que você tem que ler a expressão da pessoa para interpretá-la; assim, se eu perceber um clima ruim, saberei que não vai dar para pedir nada. Na pior das hipóteses, não consigo encontrar um emprego e sou obrigada a me mudar para a casa dos meus pais junto com a família de Libby. Não é o ideal, mas pelo menos eu teria comida para comer e um teto sobre minha cabeça.

Paro em um sinal vermelho e começo a rir, porque é muito patético. Coitados dos meus pais. Eles falaram sobre morar em um lugar menor e se mudar para um apartamento, mas parece que isso não vai acontecer tão cedo. Dou tanta risada que minha barriga começa a doer, e o carro atrás de mim buzina para me avisar que o sinal ficou verde.

Se Gina tentar pegar pesado comigo quando eu chegar à loja, vou dizer como tenho sido uma funcionária fiel da loja por mais de seis anos e por isso mereço um dia matando serviço. E que dia divertido foi esse, acho, e dou mais risada.

Depois de estacionar na vaga de costume, abro as portas da frente e vejo Maya, cujas sobrancelhas se erguem até o meio da testa. Ela me chama, mas tenho uma missão como objetivo, e nada vai me atrasar. Bato na porta de Sam, mas como não o ouço responder, giro a maçaneta e entro.

Não tem ninguém. Olho em volta, confusa, andando em círculos, tentando descobrir por que a mesa está vazia e todas as fotos dele e as lembranças não estão mais lá.

— Ele foi embora — Maya diz com calma.

248

Eu me assusto, sem perceber que ela tinha entrado.

— Como assim? — pergunto devagar, um sentimento ruim revolve minhas entranhas.

— Ele veio hoje de manhã e anunciou que o pai está sentindo falta do trabalho e que Joe vai assumir. Que droga, né?

Fico boquiaberta.

— Joe vai voltar? — Ela concorda com a cabeça. — Mas o que o Sam vai fazer?

— Essa é a parte estranha — ela diz, levantando as mãos. — Ele disse que precisava de um tempo longe. Ele quer viajar pelo mundo e tal. — Ela desaba em uma cadeira e murmura: — Ele me chamou para ir com ele? Não, não chamou.

Viajar pelo mundo?

Coloco as mãos na cabeça e começo a andar. Não acredito que isso esteja acontecendo. Quero dizer, tudo bem, eu gritei com ele, mas quem abandona a própria empresa para viajar pelo mundo porque foi magoado? *No dia seguinte? Quem faz isso?*

E…

— *E a Keila?* — pergunto, parando de andar freneticamente para olhar para Maya. — Ela também vai? — Embora eu não consiga imaginá-la largando o emprego que ela tanto ama por causa de umas férias improvisadas, mesmo que seja ao redor do mundo.

Maya franze a testa.

— Por que ela iria? Você não se lembra da nossa conversa dois dias atrás?

Claro que não.

— Refresque a minha memória?

— Eu *sabia que* você não estava prestando atenção! Você estava tipo "aham" o tempo todo — Maya diz pegando o celular e começando a digitar. — Felizmente para você, sou uma pessoa que perdoa, então não vou guardar mágoa… só um segundo… aqui.

Pego o celular e vejo a postagem no perfil do Instagram de Keila. É uma foto dela com uma regata vermelha e shorts branco, mas em vez de Sam ao lado dela no barco, ela está nos braços de um homem tatuado que lhe dá um beijão na boca. A legenda diz: *Não consigo imaginar a vida sem você @spike_duran.* Meu coração acelera enquanto deslizo a tela para ver as outras fotos anexadas à postagem. Há algumas fotos em grupo, além daquela foto que ela postou dela e de Sam juntos no barco. Estou começando a ter um mau pressentimento agora, do tipo que tenho quando fiz alguma grande bobagem.

— Talvez ela esteja namorando os dois — digo, me agarrando a migalhas.

— Ninguém tem *tanta* sorte assim — ela responde, revirando os olhos. — Além disso, ela e Sam são primos.

Primos? Desabo em uma cadeira por perto e olho para ela em choque. — E como você sabe disso?

Maya faz um movimento de mão me-dá-aqui e pega o celular de volta.

— Descobri isso dando uma olhada no perfil dessa menina que comentou na foto do barco, porque ela colocou a hashtag #GenesBonitos, e aí eu fiquei tipo, *como assim*? Então fui no perfil dela e ela tem algumas fotos de uma reunião de família. Lembra daquela foto na frente do Castelo Belvedere com Keila e Sam e algumas pessoas mais velhas?

Faço que sim com a cabeça, já odiando a direção para onde isso está indo.

— Foi uma grande festa de aniversário de casamento dos avós deles. E ela colocou todas essas hashtags irritantes com a foto, como #Família e #Avós e #TrêsGerações e muitas outras. A garota tem um vício sério em hashtags.

Solto um gemido e enterro o rosto nas mãos.

— *Por que você não me contou?*

— Eu *contei*! — ela exclama, com os olhos esbugalhados de inocência. — Mas você estava toda estressada e preocupada com você mesma. — Ela inclina a cabeça, me examinando. — O que está acontecendo com você?

Preciso sair daqui. Preciso falar com Sam. De preferência, o quanto antes. Levanto da cadeira num pulo e corro para a porta. Só então me dou conta de que não tenho ideia de onde encontrá-lo, e duvido muito de que ele vai atender o telefone se eu ligar.

— Onde ele está agora?

— Sam?

Quem mais?

— Sim, Sam — digo com os dentes cerrados.

— Provavelmente no aeroporto.

Jogo a cabeça para trás.

— *Mas já?*

— Ele disse que o voo sai hoje à tarde. — Ela se levanta e coloca as mãos na cintura. — O que está acontecendo com você?

— Te conto mais tarde — falo por cima do ombro e corro pelo corredor. Infelizmente, quase dou um encontrão com Gina, que parece querer matar alguém, e tenho certeza de que esse alguém sou *eu*.

— Tem um *cliente* lá na frente, *Penina*. — Suas narinas se abrem e sua voz queima como ácido na minha pele. — Vá lá e faça o que você é paga para fazer. E *onde está Maya*?

Eu poderia parar e explicar, mas isso tomaria preciosos segundos da minha missão atual e, francamente, não estou com muita vontade de cooperar hoje.

— Tchau, Gina — digo, acelerando.

— *O que você quer dizer com "tchau"?* — ela pergunta, subindo a voz. — Não se *atreva* a fugir de mim! *Volte aqui.*

— Logo alguém vai te atender! — grito para o cliente desnorteado ao passar por ele em disparada.

Tento não hiperventilar enquanto dirijo, mas parece que todo mundo atrás do volante hoje tem mais de noventa anos, e isso está levando o dobro do tempo que normalmente levaria.

— *Vamos, vamos* — resmungo, batendo no volante, frustrada. E, para piorar as coisas, o telefone de Sam continua indo direto para a caixa de mensagens, e não faço a menor ideia do que vou fazer quando chegar lá – não posso simplesmente ficar andando pelo aeroporto atrás dele.

Mas posso ligar para o aeroporto!

— Ligue para o aeroporto — grito para a Siri.

— *Para qual você gostaria de ligar?* — ela pergunta com aquela voz falsa e melosa dela. — *Encontrei quatorze.*

Claro que encontrou. Essa vadia. Ela *sabe* a qual eu me refiro. Ranjo os dentes passando por um caminhão de laticínios e digo a ela:— Aeroporto Internacional de Minneapolis-St. Paul.

Da terceira vez tenho sorte e, depois de mais algumas etapas, finalmente consigo falar com uma pessoa de verdade.

— Oi — digo sem fôlego —, preciso que você impeça uma pessoa chamada Sam Kleinfeld de entrar em um avião.

Há uma pausa breve.

— Você suspeita que este homem representa uma ameaça para os outros?

— Não, não, nada disso — digo depressa antes que ela entenda errado e alerte a segurança. — É que tivemos uma discussão ontem à noite, e eu disse coisas que não queria dizer, e agora ele vai entrar em um avião, e eu não tive tempo de me desculpar, e ele não está atendendo o telefone...

— A única coisa que posso fazer é chamá-lo no sistema do aeroporto, senhora. Qual o nome dele?

— Sam Kleinfeld — digo, entrando na rodovia 5. Faltam só mais três minutos para chegar lá. *Por favor, por favor, que dê tempo deles o encontrarem.*

Sigo as placas para o aeroporto e troco de faixa seguindo a indicação "Partidas" enquanto continuo na espera. Eu me odeio, às vezes – eu realmente me odeio. Como pude jogar todas aquelas acusações em cima dele sem nem sequer dar uma oportunidade para ele responder? Fui a promotora, juíza e júri, declarando-o culpado com base em meus próprios pensamentos equivocados.

Diminuo a velocidade para lentos cinquenta quilômetros por hora, porque os policiais aqui são como falcões. Falcões entediados. Ainda estou na espera ou a ligação caiu? Olho para o celular e vejo os segundos passando, então não foi isso. Mudo para a pista lenta para me dar mais tempo.

— Senhora, você ainda está aí?

Meu coração pula pela boca.

— Sim!

— Sinto muito, não conseguimos localizá-lo.

Aperto os olhos enquanto o desespero me consome. *Por que eu não previ isso?* Por que não me preparei para uma situação dessa em vez de me permitir ter esperanças? Mas não era para ser assim. Era para eu encontrá-lo e pedir desculpas pelas coisas horríveis que disse, e aí ele iria me perdoar, e... e... tudo ia ficar bem.

Mas e *agora?*

Meus olhos se abrem ao som de um carro buzinando atrás de mim.

— Anda — um policial com um apito grita, fazendo gestos nervosos com a mão para mim. Num susto, percebo que há uma fila de carros atrás de mim e algumas pessoas na calçada estão lançando olhares de desaprovação em minha direção.

Dou sinal e dirijo, limpando as lágrimas das bochechas.

— Posso ajudá-la com mais alguma coisa, senhora? — a mulher do outro lado da linha pergunta.

— Não — sussurro. — Obrigada. — Encerro a ligação e deixo as lágrimas fluírem descontroladas. Dirijo às cegas, sem saber para onde vou ou o que fazer em seguida. No espaço de vinte e quatro horas, minha vida virou de cabeça para baixo, e eu daria qualquer coisa para poder voltar atrás. Sinto uma dor no peito. Mas desta vez sei que não tem nada a ver com indigestão ou com comer muito rápido.

É a dor do meu coração se partindo em dois.

Vinte e oito

"Não consigo me concentrar sem salto."
— Victoria Beckham

Várias semanas se passam em uma névoa de decepção e tristeza, e cada dia que passa sem ter notícias de Sam me convence de que qualquer coisa que tenha acontecido entre nós já passou e terminou há muito tempo. Ele seguiu em frente, e não tenho outra escolha a não ser fazer o mesmo. O único problema é que isso não está acontecendo. As pessoas dizem que o tempo cura todas as feridas, mas nunca especificam quanto tempo, não é? E se eu nunca conseguir esquecê-lo? E se eu acabar sendo como uma daquelas velhinhas tristes na casa de repouso que nunca se casou porque o namorado foi morto durante a Segunda Guerra Mundial e ela nunca conseguiu seguir em frente?

Não que eu planeje me casar. Desisti completamente dessa ideia e tive uma conversa honesta e assertiva com meus pais, na qual os informei de que, para mim, chega de encontros. Foi tão bem quanto se poderia esperar, ou seja, meu pai deu um tapinha na minha cabeça e voltou para o escritório, e minha mãe se debulhou em lágrimas e disse que eu estava arruinando minha vida. Fiquei feliz por ter arrastado Libby comigo para me ajudar a amenizar o fato.

Se ao menos houvesse algum antídoto para corações partidos ou uma pílula de amnésia que pudesse apagar a memória de Sam. Por que ninguém inventou isso ainda? O que todos esses cientistas geniais com rabos de cavalo compridos estão fazendo?

Estaciono na entrada da garagem dos meus pais e ao lado da minivan de Libby. Pego a bolsa e saio do carro. Meus pais e Libby sabem que não tenho sido eu mesma desde a noite do *vort*, mas não consigo lidar com seus conselhos bem-intencionados. Eles acham que estou passando por uma fase por causa do que aconteceu com Zevi, com quem estou realmente preocupada. Ele ainda não respondeu nenhuma das minhas mensagens ou ligações, e estou começando a perder a esperança de que ele algum dia vai me responder.

E quanto ao bebê de Mimi, ao qual me apeguei emocionalmente, Libby diz que ela quer que os pais dela o criem, mesmo que sejam mais velhos e não estejam com a saúde muito boa. Então, lá se vai isso. E, de acordo com minha pesquisa, o custo de adoção em Minnesota fica entre vinte e três e vinte e cinco mil dólares, e eu nem consigo imaginar ter a capacidade de economizar essa quantia.

— Alô? — grito, entrando pela porta da frente. — Tem alguém aí?

— Aqui — minha mãe responde, sua voz vem da cozinha. — Você está com fome, querida?

Coloco a bolsa e as chaves na mesa do corredor e olho para o meu reflexo no espelho. Meu rosto está mais fino do que o normal e estou com olheiras. Já faz um tempo que meu apetite não está normal e, como resultado, minhas roupas ficam largas. Até meus seguidores no *Instagram* notaram e fizeram comentários. Uma pessoa disse que eu estava ficando obcecada pelo meu peso, e outra disse que eu deveria estar doente, e outra disse que eu tinha feito lipoaspiração. Então começou um grande debate sobre efeito sanfona e julgar o corpo das mulheres.

Mas ninguém adivinhou a verdade.

Minha mãe acha que a solução para todos os problemas, além de ter uma boa noite de sono, está a apenas uma refeição de distância, e tem tentado tudo o que consegue pensar para me engordar.

— Claro — respondo, entrando na cozinha, já que essa é a única resposta que ela quer ouvir.

— Ótimo, o que você vai querer? — Ela se aproxima e dá um beijo gentil no topo da minha cabeça.

— Pode ser o que você estiver planejando fazer para o jantar — digo, puxando uma cadeira para me juntar a Libby na mesa. — Ei, Libs. — Pela janela da cozinha, vejo Natan e as crianças jogando pega-pega.

— Ei, Pens. — Ela ergue os olhos do celular e, automaticamente, franze a testa. — Isso não tem mais graça. Você precisa comer uma hora.

— Preciso. — Meu apetite sumiu, não chega nem perto da quantidade que eu costumava comer. Antes que Libby tenha chance de discutir, Fraydie entra, e eu ofego, assustada.

— Não seja tão dramática — ela diz para mim, revirando os olhos. — É falso.

Troco um olhar com Libby e minha mãe.

— Qual parte? Os piercings ou as tatuagens? Ou o cabelo?

Ela tira a peruca azul e a joga na mesa.

— Tudo.

— Ela vai ter uma reunião com a senhora Zelikovitch hoje à tarde e acha que isso vai ajudá-la — minha mãe diz com um tom cortante se sentando ao meu lado. — O que ela não percebe é que isso vai arruinar todas as suas chances futuras de conseguir um bom *shiduch*. Esta comunidade é pequena, e se outro casamenteiro ligar atrás de informações sobre ela, acabou.

Fraydie sobe no balcão e pega uma maçã da fruteira.

— Tive um *flash* da minha vida inteira — ela diz, alegre, e dá uma mordida grande na maçã.

— Não seja *chutzpadik*[31] — Libby diz, no mesmo tom que usa para dar bronca nos filhos. — Mamãe só está cuidando de você. Sei que você não valoriza isso agora, mas um dia você vai ver que ela está certa e que usar fantasias não vai ajudá-la a longo prazo.

— Vocês não entendem. A *vida é minha* — Fraydie responde e gesticula para minha mãe e Libby com a maçã. — Não é sua ou sua, então fiquem fora disso. E, se eu me arrepender no futuro, tudo bem, porque pelo menos foram *minhas escolhas...*

— Nós queremos te poupar de ter arrependimentos — Libby diz.

— *Eu não quero ser poupada!* — Fraydie diz, levantando a voz, frustrada. — Por que é tão difícil de vocês entenderem? Só porque você sempre foi a senhorita Perfeita isso não te dá o direito de me julgar. E não pense que eu não percebo que você sempre corre para defender a Penina, mas quando se trata de mim, você é brutal.

— Penina é adulta — Libby diz, assustada, mas Fraydie a interrompe.

— Para a sua surpresa, Libby, eu sou legalmente adulta também.

— Então por que você não começa a agir...

---

31 Impertinente.

— Pessoal. — Eu me levanto e bato palmas. — Estou aprendendo a confiar que vocês vão fazer boas escolhas, mas claramente isso é uma emergência. — Paro e olho para Libby e minha mãe. — Fraydie é adulta e capaz de fazer suas próprias escolhas. Apesar de suas escolhas de moda estranhas, às vezes perturbadoras e bizarras...

— Eu estou aqui — Fraydie diz.

— Ela sempre vai ser excêntrica — continuo —, e acho que isso a faz parecer imatura, mas é quem ela é. — Sorrio. — Ok?

Libby concorda com a cabeça, e minha mãe diz:

— De jeito nenhum.

Eu me sento e dou de ombros.

— Eu tentei — digo a Fraydie enquanto Libby lhe dá um grande abraço de urso.

Fraydie dá um tapinha sem jeito nas costas de Libby.

— Uma de duas não é tão ruim — ela responde, se afastando.

Uma bola de tênis atinge uma das janelas da cozinha, seguida pelos gritos dos meus sobrinhos. Eu me viro para Libby.

— Quando vocês se mudam para cá?

— Ah, hum... — Libby olha para minha mãe por um momento e pigarreia. — Houve uma mudança de planos. A verdade é que... foi resolvido. Vamos ficar com a casa no final. Então, isso é ótimo. — Ela sorri, mas é o tipo de sorriso que você daria se alguém apontasse uma arma na sua cabeça e mandasse você sorrir. Forçado e aterrorizado.

Olho para ela, tentando descobrir se isso é alguma pegadinha bizarra destinada a... não faço ideia. Por que alguém faria uma pegadinha dessas – Libby ainda por cima? Olho para minha mãe e percebo que ela já deveria saber, porque não está nem um pouco surpresa, embora o verdadeiro mistério é como ela conseguiu não me contar. De repente, sinto como se tivesse embarcado em um avião para ir a Nashville, mas desembarquei no planeta Marte e estou cercada por alienígenas que estão tendo uma festa do chá. Estou *tão* confusa.

— O quê? — Finalmente consigo dizer. — *O quê?*

— Eu sei. — Libby faz que sim com a cabeça, batendo os dedos na mesa sem olhar para mim. — Muito bom, né?

— *Quando?* Quando isso aconteceu? *E por que você não me contou?* — pergunto, minha voz sobe.

A cadeira da minha mãe faz um barulho alto quando ela se levanta abruptamente.

— Acho melhor eu começar o jantar. Vou esquentar as sobras do *Shabat* e reaproveitá-las. Agora, onde foi parar aquele livro de receitas? Ah, isso mesmo, deixei aqui. — Ela abre a gaveta do armário e a fecha com uma batida. — Espere, por que não está aqui? Caramba.

Franzo a testa, tentando ignorar a falação da minha mãe e me concentrar em Libby.

— E aí?

— Eu quis te contar. Eu ia — ela diz, coçando o pescoço, — e acabei de contar. Agora mesmo.

Não costumo ficar chateada com Libby, mas, de repente, sinto vontade de sacudi-la.

— Mas mamãe sabia — digo com os dentes cerrados. — Por que você contou para ela e não contou para mim?

— Eu também sabia — Fraydie acrescenta, mastigando ruidosamente a maçã.

Fico boquiaberta. Por que Libby contou para todo mundo, menos para *mim*? Uma vozinha na minha cabeça sussurra para eu deixar isso para lá, que não tem importância, e que eu deveria apenas comemorar a notícia maravilhosa, mas outra voz está, tipo, *tem algo estranho acontecendo e não me cheira bem.*

Libby olha para Fraydie e se vira para olhar para mim.

— Desculpe. As coisas têm sido tão caóticas ultimamente que acabei esquecendo.

— *Acabou esquecendo?* — Minhas veias saltam com a adrenalina. — Você está brincando comigo? Você sabia o que eu estava prestes a fazer para salvar a sua casa!

Libby engole em seco e olha para minha mãe, que está convenientemente de costas.

— Desculpa, tá? Foi um acidente.

— E, querida, você estava tão ocupada com o noivado — minha mãe acrescenta, amarrando o avental.

Ela não poderia ter escolhido uma defesa pior, e eu levanto as mãos.

— *Porque eu estava tentando salvar a casa dela!*

Os olhos da minha mãe se iluminam enquanto ela se dirige para a despensa.

— Ah, é claro! Coloquei ele aqui.

Abaixo a cabeça e solto um grunhido.

— Desculpa por não ter te contado antes. Foi um erro grave — Libby diz. Ela se levanta e me dá um abraço rápido e murmura: — Obrigado, Penina, por tudo. Você é a melhor irmã do mundo.

O nó no meu estômago se solta um pouco, e eu a abraço também.

— Eu sei.

Libby atravessa a cozinha, e me dou conta de uma coisa.

— Espere! — grito. — Você não me disse o que aconteceu. Como você salvou a casa?

Ela vai até a pia e enche um copo com água.

— É um programa novo que Natan descobriu, mas não sei os detalhes. — Ela dá alguns goles e inclina a cabeça. — Vocês ouviram isso? — Olho para ela, inexpressiva, porque está um completo silêncio dentro da casa. — Acho que alguém está me chamando. É melhor eu ir ver.

Não havia ninguém chamando por ela, e que programa? Algo não está muito *kosher* aqui, mas não sei direito o que é. Eu me viro para minha mãe.

— Me conte sobre esse programa.

— Acho que é através do governo ou algo assim — ela diz vagamente, folheando as páginas do livro de receitas.

— Quando você soube?

Os ombros da minha mãe ficam tensos.

— Semana passada.

— Por que ninguém me contou? — pergunto, com a frustração aumentando. Sei que há algo que não estão me contando. *Posso sentir.*

Fraydie está com um sorriso estúpido no rosto, claramente gostando do drama, e estreito os olhos para ela.

— Foi um lapso. — Minha mãe coloca os óculos bifocais que estão pendurados em seu colar e consulta a receita. — Zahtar... caraca. Acho que tenho só um pouco. Você pode ver para mim, Penina? — Ela sorri e acrescenta: — Estou fazendo uma receita do livro de receitas novo que Sam me deu.

Uma dor aguda apunhala meu peito com a menção do nome de Sam. Eu esperava que a esta altura já pudesse ouvir o nome dele sem me abalar, mas acho que foi excessivamente ambicioso da minha parte. Suspiro e pego um pouco de açafrão da prateleira de temperos.

— Mãe, calma aí. Você tem que saber algo sobre esse programa. Preciso de detalhes.

— Não sei de nada — ela murmura.

Fraydie bufa e eu me viro para encará-la.

— Me conte o que você sabe.

— Não posso — ela encolhe os ombros. — Me disseram que minha vida estará em perigo se eu contar.

Eu arquejo. *Eu sabia!*

— Fraydie! — Minha mãe semicerra os olhos em advertência. Voltando-se para mim, ela diz: — Por favor, procure o zahtar, querida. Você me deu açafrão.

Que se danem os temperos estúpidos! Algo estranho está acontecendo, e eu me recuso a ser a última a saber.

— Natan vai me dizer. — Endireito os ombros e olho para elas com um ar de desafio. — Caso contrário, as crianças serão as próximas. E sim, no caso de vocês estarem se perguntando — acrescento, colocando uma das mãos na cintura —, eu desceria a esse nível sim.

* * *

— *O que você quer dizer com não pode me contar?* — grito, cada músculo do meu corpo tensionado de indignação. — Você claramente contou para todos os outros!

— Eu disse que isso ia acontecer, Libby — meu cunhado murmura, seu sotaque se intensifica conforme ele fica mais agitado. — Você nunca ouve!

— O que você quer de mim? — Libby abre bem os braços, quase batendo no rosto do filho. — Um troféu "eu não te disse"?

— Ouvir! — Natan diz, levantando a voz. Ele se levanta da cadeira Adirondack e começa a andar pelo pátio. — Por que é tão difícil manter segredo? Me diga. Me diga por quê.

Minha sobrinha cambaleia na minha direção e levanta as mãos para mim. Eu a pego e dou um beijo em sua bochecha molinha. Natan é israelense, e parece que tudo o que ele diz soa como uma acusação, mesmo quando sua intenção é elogiar. A primeira vez que nos vimos, ele me disse, com uma sobrancelha levantada, que Libby tinha lhe contado "muitas coisas" sobre mim e, embora estivesse sorrindo, sua entonação insinuava que essas "muitas coisas" estavam longe de ser boas.

— Então, tudo bem você contar para a sua família inteira, mas eu não posso contar para uma única pessoa? — A voz de Libby sobe para o mesmo tom da dele, e seus olhos brilham de raiva.

— *Você escolheu uma pessoa que conta para o mundo inteiro!* — Os olhos de Natan se esbugalham como os de um peixinho dourado, e seu rosto fica em um tom apoplético de vermelho. — Contar para a sua mãe é como anúncio na internet! Mesma coisa.

— Beleza, Natan.

Minha sobrinha escolhe aquele momento para enfiar os dedos na minha boca, e sinto o gosto de algo salgado. Faço uma careta e tiro os dedos dela da boca.

— De qualquer forma — continuo, tentando colocar a conversa de volta nos trilhos —, já que praticamente todo mundo no mundo inteiro sabe, o que é uma pessoa a mais, né?

— Viu, Natan? — Libby gesticula para mim com as costas da mão. — Ela ainda não faz a menor ideia, então ele não tem motivos para ficar chateado.

Ele?

— Então não é um programa. É uma pessoa — sussurro para a minha sobrinha. — Excelente. Agora só precisamos reduzir o número de possibilidades entre as quase oito bilhões de pessoas neste planeta.

Natan bate a mão na testa e caminha a passos largos em direção ao portão.

— Eu não aguentar mais isso. Ir fumar um cigarro.

— Você me disse que tinha parado! — Libby grita.

— É, e agora eu começar!

Um silêncio constrangedor se instala enquanto Libby e eu observamos Natan sair pisando duro. Minha sobrinha se remexe descendo pelas minhas pernas e se lança na direção dos brinquedos no pátio.

Eu me acomodo na cadeira desocupada e me viro para minha irmã.

— Desculpe, Libs. — Não sei bem por que estou me desculpando, talvez porque eu tenha instigado a briga deles. Mas, em caso de dúvida, sempre peço desculpas, porque é isso que ser criada no estado de Minnesota faz com uma pessoa.

— Não é culpa sua. — Ela solta um suspiro que parece ter vindo da sola dos sapatos. — Natan tem razão. Eu não deveria ter contado para a mamãe.

— Talvez não, mas eu entendo. É difícil segurar as coisas dentro da gente. E isso não faz bem para a saúde. — Eu provavelmente deveria me sentir mal por ainda tentar arrancar o segredo dela, mas parece que minha consciência está de folga.

— Mas essa foi a *única* condição que nos pediram. Ele não queria que ninguém soubesse que ele era o filantropo.

— Ok. Respeito isso. — E posso respeitar, exceto... — Mas já que todo mundo da família sabe, qual é o problema de me contar? Você sabe que vou guardar segredo.

— Eu simplesmente não posso. Desculpe, Penina. — Ela levanta os olhos para olhar para mim, e é visível que ela se sente mal de verdade por esconder isso de mim. Ela abaixa a revista e estende a mão para apertar a minha. — Mas é uma coisa tão incrível e maravilhosa. Vamos apenas ficar felizes com isso, ok?

— Claro. Você tem razão, isso é o mais importante. — E é, claro. A casa foi salva, e isso libera todos de um fardo enorme. Quem quer que tenha feito isso – obviamente um homem muito gentil e rico, além de humilde –, não é a questão.

— Zevi ligou para o Natan? — pergunto. Dei o número de Natan para Zevi no dia do nosso *vort*, e estou impaciente para que os dois se falem, já que Zevi prometeu ajudar Natan a encontrar um emprego.

Libby balança a cabeça.

— Ainda não.

Caramba. Sei que isso vai acabar acontecendo. Respiro fundo e minha mente volta para essa pessoa misteriosa sobre a qual ninguém vai me contar nada. De qualquer forma, eu me lembro, não tem importância. A casa deles foi salva, e é isso que importa. E daí se eu não souber?

Eu me reclino na cadeira e fecho os olhos, me esforçando para relaxar, mesmo estando tão tensa quanto uma mola sob pressão. *Pare de pensar, Penina. Concentre-se em respirar. Para dentro e para fora, dentro... e fora.*

De algum lugar lá em cima, um pássaro canta, e sinto o cheiro de grama recém-cortada e flores desabrochando. Meus sobrinhos abandonaram o jogo de futebol e estão brincando nos balanços enquanto minha sobrinha balbucia com os brinquedos, quase sem parar para respirar. Lentamente, meus músculos começam a relaxar, e estou orgulhosa de mim mesma por ser tão madura.

Então, um pensamento me ocorre.

Abro um olho.

— Ei, Lib, você me contaria quem foi se eu te desse cinquenta dólares? — Ela finge não me ouvir e vira uma página da revista. — Setenta e cinco? Cem?

— Chega. Vou embora — ela declara, levantando da cadeira, pegando a revista e indo em direção à casa.

Eu me viro e olho para minha sobrinha.

— Eu deveria ter oferecido mais?

Vinte e nove

"Dê a uma garota os sapatos certos e ela poderá conquistar o mundo."
— Marilyn Monroe

— Você está deslumbrante — digo a Libby algumas noites depois, admirando seu vestido azul-marinho e os sapatos rosa-choque. Estou aqui para cuidar das crianças para ela e Natan comemorarem o nono aniversário de casamento, mas até agora Libby não saiu do closet, e muito menos de casa. Vestidos descartados estão a seus pés, e vários pares de sapatos estão espalhados pelo chão. Marie Kondo teria um ataque cardíaco se visse essa bagunça, e o resto da casa está ainda pior, porque os meninos estão com amigos. Brinquedos e comida estão espalhados pelos móveis, tapetes, balcões e paredes. E o barulho... Meu D'us, o *barulho*. Como Natan diria em árabe, é *fauda*, o caos.

— Sério? Não estou inchada e gorda?

— De jeito nenhum — respondo, tendo cuidado para manter contato visual e não piscar para que ela não pense que estou mentindo.

Ela coloca as mãos na cintura e vira de um lado e de outro na frente do espelho de corpo inteiro.

— Natan acha que eu sempre preciso ter algo com que me preocupar. Ele disse que, como não preciso mais me preocupar em perder a casa, transferi minha ansiedade para o meu peso.

Ele tem razão.

— E você transferiu?

— Eu o quê? Ai, meu D'us, olhe para mim! Parece que estou grávida — Libby franze a testa, colocando as mãos nas costas, olhando para o espelho. — Eu literalmente pareço estar no segundo trimestre. De gêmeos.

— Provavelmente é retenção de líquidos — digo, tentando acalmá-la. — Não é real.

Ela vira a cabeça para mim e arqueja.

— *Então eu pareço gorda!*

Merda.

— Não, não parece. Agora, saia de perto do espelho — ordeno, colocando as mãos em seus ombros e gentilmente a conduzindo para a outra direção. — Um passo de cada vez. Você consegue.

— Não posso sair assim! — ela exclama, inspecionando freneticamente as roupas. — As pessoas vão me desejar *mazel tov*.

— Isso não acontece. As pessoas não fazem isso. — As pessoas na minha comunidade, pelo menos, preferem esperar até depois que o bebê nasce para dizer *mazel tov*.

— Enfim, eles dirão *beshaah tovah*[32]. Essa não é a questão. A questão é...

— Libby! — Natan grita do andar de baixo. — Vamos logo! *Yallah* — ele acrescenta, como se um aviso em árabe a fizesse se mexer.

— Diga a ele que preciso de mais dez minutos. — Libby levanta a voz para se sobressair ao som de cabides batendo no chão de madeira. O que em tempo-Libby significa mais vinte minutos, se não mais.

Desço as escadas e encontro Natan na cozinha, fazendo barulhos de trem e guiando uma colher de purê de batata doce em direção à boca da minha sobrinha. Pego uma tangerina da fruteira no balcão e explico a crise do guarda-roupa de Libby para Natan enquanto a descasco. Ele, previsivelmente, bate na testa, que é seu método de lidar com o estresse. Para ser sincera, estou surpresa de que ele tenha vivido tanto tempo sem se causar uma concussão.

— Um milhão de vezes digo que *gosto* do corpo dela, gosto de curvas, como uma mulher da Renascença, mas ela escuta? Não. E aí? O que devo fazer?

— Uma mulher da Renascença? — repito, colocando um gomo de tangerina na boca.

— É — ele diz, parecendo impaciente —, quadros de mulheres nuas. Michelangelo.

— Ah. — Dou risada. — Uma mulher da Renascença. Entendi.

— Isso, ela se parece com elas. Natural e bela.

Eu sorrio e assinto. É uma boa maneira de descrevê-la.

— Não magra como vara ou palitos — ele acrescenta, e me diz: — Sem querer ofender.

Começo a tossir quando um pedaço da fruta desce pelo lado errado. Natan continua:

— Gosto dela redonda e macia. Como um bolinho de matzá.

— Eu pularia a parte do bolinho de matzá e qualquer outra coisa que, mesmo remotamente, evoque algo massudo, mas acho que ela gostaria de ouvir você compará-la a uma mulher renascentista.

---

32 Boa sorte.

— É mesmo? — Natan diz, todo orgulhoso.

— Certeza — digo, afirmando com a cabeça, e dois dos meus sobrinhos passam correndo, brigando por causa de uma arma Nerf, e o mais novo reclama que está sendo deixado de fora. Ajo como pacificadora, e depois me volto para Natan.

Minha sobrinha pega a colher da mão do pai e a joga no chão. Ele suspira, se abaixa e a pega.

— Não importa. Se não é isso, é outra coisa. Ela sempre reclama de alguma coisa. Por que ela não pode um dia só ser feliz? — Deve ser uma pergunta retórica, pois ele me interrompe quando eu estava prestes a oferecer uma explicação. — Temos boas notícias da casa, crianças saudáveis, amigos, família boa. — Ele pega um guardanapo e tenta limpar as bochechas da minha sobrinha, mas ela reclama, virando a cabeça. — Sam salvou a casa, tá, mas ele não pode fazer Libby feliz. Então, o que eu devo fazer?

Jogo a cabeça para trás.

— O quê?

Natan puxa a manga para olhar para o relógio de pulso.

— O quê?

Meu coração começa a bater forte, e de repente me sinto tonta. Puxo uma cadeira e me sento.

— O que você disse sobre Sam?

— Eu disse que ele não pode fazer Libby fe… — Ele para de repente e bate na testa pela segunda vez em cinco minutos. Ele olha bem nos meus olhos e diz: — Eu não disse nada.

Meu pulso dispara e as batidas no meu peito aumentam. *Sam salvou a casa deles* – ele é o doador misterioso? Mas… não faz sentido. Por que ele faria isso, e por que não queria que ninguém soubesse?

— Me conte — imploro com meus olhos arregalados demonstrando urgência. — Por favor. Prometo que não vou dizer nada para ninguém.

— Pare. — Natan remove a bandeja da cadeira alta e a coloca no balcão da cozinha. — Nada a dizer.

— Eu *ouvi* você, Natan. Você disse que o Sam salvou a casa. — Solto minha sobrinha da cadeira e a apoio no quadril. — Você não pode desdizer isso.

Ele arranca um pedaço de papel-toalha do rolo e o coloca sob a torneira.

— Verifique a Libby. Talvez ela está pronta para ir agora.

— Tá bom. — Mudo a criança de lado. — Eu mesma vou perguntar a Sam. — A verdade é que cheguei muito perto de discar o número dele nas últimas semanas, mas nunca passei do código de área antes de perder a coragem. O que eu teria dito? *Ei, Sam, vou largar minha religião para que possamos ficar juntos?* Isso não vai acontecer. Além disso, ele já deve ter seguido em frente com alguma mulher bonita. Bonita *e* fértil. Aposto que ela já está grávida, de gêmeos. E eles estão casados e procurando uma casa para comprar em Roma.

— Não, não, não, *não*! — Natan se vira e balança um dedo para mim. — Você não fazer isso.

— Eu fazer isso sim — digo, acidentalmente combinando com o inglês mais ou menos dele. Estou determinada a investigar esse mistério a fundo. Por que Sam, entre todas as pessoas, pagaria a hipoteca da minha irmã? O que isso poderia significar? E por que ele não queria que ninguém soubesse? — Agora mesmo, na verdade. — Pego o celular no bolso da camisa e destravo a tela.

— Pare, Penina! Isso não brincadeira!

— Quem está rindo? — Minha sobrinha se remexe e desce pela minha perna e vai embora cambaleando. — Ah, aqui está ele... Sam Kleinfeld.

Ele grita algo em árabe e dá uma investida para tentar pegar meu telefone. Felizmente, tenho reflexos rápidos e corro para a escada, subindo de dois em dois degraus. Corro para o quarto da minha irmã, fecho a porta com uma batida e a tranco rapidamente. Segundos depois, o punho de Natan bate do outro lado.

— Abra a porta! — ele grita. — Eu conto tudo. Não ligue!

— Penina? — Libby sai do banheiro principal com um vestido tubinho rosa com uma dobra plissada de um lado. — O que está acontecendo?

— Libby, abra a porta! — Natan grita.

Ignorando o marido, ela se vira para mim com uma expressão perplexa.

— O que está acontecendo?

— Eu sei que foi Sam quem deu o dinheiro para a casa — digo apressada, ainda um pouco sem fôlego. — Natan disse.

— Mentirosa! — ele bate a mão contra a porta. — Abra esta porta ou vou quebrar ela.

Libby deve acreditar nele porque ela se apressa para abri-la.

— Você me deve um grande pedido de desculpas, Natan! E minha mãe também.

Ele aponta um dedo acusador para Libby, avançando para dentro do quarto.

— Isso é o que acontece quando você não me deixa fumar. Eu não penso direito!

— Ah, não, você não vai fazer isso. Não se atreva a tentar botar a culpa em mim — Libby contesta. — Admita que você tem uma boca maior do que a da minha mãe. Seja homem e admita isso.

Os olhos de Natan parecem nuvens de tempestade, e suas sobrancelhas grossas de lagarta se juntam.

— Só se você for mulher e me deixar fumar.

Libby gesticula descontroladamente como um pássaro tentando alçar voo.

— De todas as coisas que eu já ouvi você dizer em nove anos de casamento, essa é a mais idiota, *estúpida* e imb...

— Tempo, tempo — interrompo, me colocando entre os dois e erguendo as mãos. — Vocês podem discutir sobre isso mais tarde. Agora, alguém precisa me dizer por que Sam deu o dinheiro, em primeiro lugar, e por que ele não queria que ninguém soubesse.

— Ele não queria que *você* soubesse — Libby corrige. — Acho que ele não se importava se outras pessoas soubessem, mas ele não queria que isso chegasse até você.

— Mas é tão bizarro. — Minha garganta está seca e eu engulo. — Por quê? Por que ele fez isso?

Libby e Natan trocam olhares.

— Ele disse que gosta da nossa família e que somos boas pessoas — ela diz —, e ele não quer que a gente perca a casa.

Começo a andar, mesmo me sentindo um pouco tonta.

— Quando foi isso?

— Foi um dia ou dois depois do *vort*.

Mordo o lábio, relembrando. Lembro de confessar tudo a ele, tipo, de eu ter que me casar com Zevi para pagar a casa da minha irmã. Ele me disse que ia dar tudo certo, mas é o que todo mundo diz para as pessoas quando elas estão tendo uma crise existencial. Ninguém faz *dar certo* de verdade. É um eufemismo, pelo amor de D'us!

— Parece que ela vai desmaiar — Natan diz, apontando para mim. — Talvez então ela acorde e não lembre de nada.

— Ah, fique quieto — Libby o repreende. Ela me conduz até a poltrona posicionada no pé da cama. — Você quer água ou alguma outra coisa? Eu sei que é um choque.

Faço que não com a cabeça.

— Estou bem. Mas ainda não entendo por que Sam não queria que eu descobrisse.

— Eu não sei — ela encolhe os ombros. — Ele nunca disse o porquê, só disse que seria melhor assim. Foi o seu único pedido.

Natan cruza os braços.

— Se Penina não disser nada, ele nunca vai saber.

— Quer saber? Talvez seja bom que ela saiba. — Libby reflete, olhando para o marido. — De qualquer forma, não é a pior coisa do mundo.

Olho para os dois, que parecem estar absorvidos em algum tipo de conversa telepática.

— Por que é bom eu saber? O que exatamente eu deveria fazer com essa informação?

— Fazer? — Natan quebra o contato visual com a esposa para me encarar. — Você não faz nada! Deixe as coisas assim, como cães dormindo.

Normalmente, as analogias combinadas incorretamente de Natan me fazem rir, mas tudo o que consigo fazer agora é dar um leve sorriso.

— Eu não vou dizer nada, *bli neder* — acrescento. A tradução literal é "sem promessa", o que significa que, se eu quebrar a promessa, não é considerado tão ruim quanto quebrar um juramento real na lei judaica.

— Na verdade, estou feliz que você saiba. — Um sorriso lento aparece no rosto de Libby. — Eu queria agradecer há muito tempo.

Coloco a mão no peito.

— *Eu?* Não fui eu quem deu o dinheiro.

— Eu sei, mas nada disso teria acontecido se você não tivesse contado a Sam sobre a nossa situação. E ainda não acredito que você iria em frente com um casamento falso só para salvar a nossa casa. — Seus olhos se enchem de lágrimas e ela me envolve com um braço. — Me prometa que você nunca mais vai se sacrificar desse jeito de novo.

Engulo em seco com o nó repentino na garganta.

— Você teria feito a mesma coisa por mim se nossos papéis fossem invertidos.

— Mas...

— Em que outra confusão você está planejando se meter que envolveria eu me casar com um homem gay rico? — questiono, colocando as mãos na cintura.

Libby ri.

— Nenhuma.

— Viu? Não tenho mais nada a declarar.

O pequeno Ari entra como um tiro no quarto.

— Mamãe, Abba, venham rápido! — ele exclama com um sorriso largo. — Binyamin acabou de chutar Yehudah Leib nas bolas, e Sholom derrubou Dovid, e eu fugi porque Asher está tentando grudar fita adesiva em todo mundo!

Natan sai do quarto murmurando uma longa série de xingamentos hebraicos com um Ari alegre atrás dele.

— Divirta-se de babá esta noite — Libby diz sarcasticamente e dá um tapinha na minha mão. Ela se levanta da poltrona, ajusta a dobra do vestido e suspira. — Eu me sinto muito melhor agora que você sabe.

Aceno com a cabeça, perdida em meus pensamentos. Sam e sua família são conhecidos por serem filantropos, mas eu nunca teria imaginado que ele assumiria a responsabilidade de fazer algo assim. Me sinto honrada por um homem tão incrível ter gostado de mim, mesmo que por pouco tempo. E talvez esteja tudo bem se eu nunca me livrar dessa dor da perda, porque isso me lembrará um dia, quando eu estiver velha e solitária, que, por um curto período de tempo, eu não apenas existi, mas vivi.

"As modas desaparecem. O estilo é eterno."
— Yves Saint Laurent

Dirigindo para casa mais tarde naquela noite, exausta de arbitrar os quatro meninos muito enérgicos, meu telefone toca com uma solicitação de videochamada de Zevi. Fico tão chocada e entusiasmada que paro no acostamento da estrada e estaciono o carro. Clico em "aceitar" e fico boquiaberta ao ver a tela. A mãe de Zevi está na cama do hospital, com Zevi de um lado e Jack do outro. Por um momento, fico muito animada porque suponho que isso significa que Zevi se assumiu, mas então me lembro que Jack sempre esteve por perto da família porque é quem "divide o apartamento" com Zevi. Para não dar uma bola fora, apenas digo:

— *Olaaaá*! Como você está se sentindo, senhora Wernick?

Ela sorri e seus olhos azuis brilhantes reluzem de alegria.

— Sou muito grata a você, Penina.

Jack e Zevi trocam sorrisos, e meu coração se enche de emoção e esperança. *Ai, meu D'us, ela sabe? Acho que ela sabe!*

Coloco a mão no peito, surpresa.

— A mim?

— Sim. Se não fosse você encorajá-lo, Zevi não teria se assumido.

Eu não tinha percebido que estava prendendo a respiração até agora, e solto o ar em uma longa expiração.

— E você está… aceitou bem? — pergunto, batendo o pé nervosamente no carro.

Ela levanta a mão e diz:

— D'us fez Zevi exatamente do jeito que Ele queria. Quem sou eu para discutir?

Uau.

— Isso mesmo — concordo.

— A maneira como eu vejo isso — ela continua — é que todos temos nossas dificuldades e nossas lutas, mas somos todos almas divinas. E minha função como mãe dele é amá-lo incondicionalmente. — Ela beija a bochecha dele e acrescenta: — E nosso trabalho como judeus é ver a centelha divina em todo mundo. Sem julgar uns aos outros.

— Você é tão legal — eu digo a ela, e sorrio. — Você me adota?

Eles riem e Zevi pega o telefone da mãe. Ele tem lágrimas nos olhos e diz:

— O mais engraçado é que minha mãe suspeitava disso o tempo todo, e eu percebi que não era do julgamento da minha mãe que eu tinha medo, era do *meu*.

— Ah, Zevi — balanço a cabeça.

— Enfim. — Ele sorri. — Você estava certa e eu estava errado.

— Você teria sido um bom marido — digo, rindo.

O telefone é entregue para Jack.

— Eu te adoro, boneca.

— Eu também te adoro. — Mando um beijo. — Gosto muito de todos vocês.

— Venha nos visitar qualquer hora — Zevi grita. — As portas da nossa cobertura estarão sempre abertas.

— Fico feliz — sorrio. — Ok, pessoal, é melhor eu ir porque estou estacionada na beira da estrada, mas mantenham contato.

— Nós iremos! Tchau! — eles dizem alegremente.

Volto para a estrada e dirijo, e só quando chego em casa percebo que ainda estou sorrindo.

* * *

Eu me despeço de Delilah e assino o livro de voluntários. Gosto dela, é claro, mas apenas em doses homeopáticas. Por alguma razão, ela entra em modo de interrogatório toda vez que me vê, embora seja difícil culpá-la, já que minha vida tem sido muito interessante ultimamente. E ela concordou que fiz a coisa certa ao cancelar o casamento, mesmo sendo bom ter o dinheiro – ela mencionou algo sobre nós dois indo em um cruzeiro *kosher* para o Alasca, o que, para ser totalmente sincera, eu nem sabia que estava na jogada.

Eu me despeço do segurança e caminho pelo corredor comprido. Fico relembrando a videochamada com Zevi porque é como uma injeção instantânea de serotonina direto no meu cérebro.

É bom quando as coisas dão certo para as pessoas. Libby vai ficar com a casa e agora está no controle das finanças da família. Mimi tem seu bebezinho lindinho. Zevi sabe o quanto a mãe o ama. Maya está apaixonada por seu namorado cirurgião plástico. Sam provavelmente está comprando móveis com sua nova esposa modelo de lingerie. E eu? Continuarei em minha trajetória atual de murchar na velhice ainda virgem, como uma flor seca que nunca foi colhida.

Ah, e não uso mais as redes sociais. Nem ligo para moda. Vario entre três roupas diferentes, porque é fácil e eu não me importo. Nem lembro da última vez que me maquiei. Outro dia eu vim trabalhar de sapatilha, e Maya chorou.

Paro de andar para tirar o suéter e amarrá-lo na cintura. O outono chegou e, com ele, vêm todos os preparativos para as Grandes Festas[33]. Normalmente, é algo pelo que anseio, saborear os doces tradicionais como bolo de mel, peixe fresco com maçãs e mel, além de passar um tempo de qualidade com a minha família. Sempre gostei da ideia de recomeçar, um novo quadro em branco que o Ano Novo Judaico traz, com o foco em seguir em frente em vez de focar os erros cometidos no passado.

Mas este ano é diferente. Só quero ficar em casa na cama e dormir até as festas terminarem. Alguns dias, sinto tanta falta de Sam que até dói, uma

---

33 São um período de dias especiais no início do novo ano judaico, entre o verão e o outono. Rosh Hashaná, Yom Kipur, Sucot, Simchat Torá – estes são dias para você ficar mais espiritual, mais conectado, mais completo e em contato com seu ser divino interior. Alguns dias são reservados para reflexão e exame da alma, outros para alegria e celebração.

dor constante no fundo do meu estômago. Tudo o que me resta são minhas memórias, e eu as repasso uma após a outra, como um *reels* do TikTok. Eu me sinto péssima por nunca ter agradecido a ele por salvar a casa de Libby, mas não quero correr o risco de causar problemas para ela e Natan, apesar de não conseguir imaginar por que ele não quer que eu saiba.

Viro em outro corredor e murmuro "com licença" para um enfermeiro empurrando um carrinho de suprimentos. O pai de Sam voltou a trabalhar, mas ele não vai para a loja com a frequência que costumava ir e, quando vai, nunca menciona o filho.

De repente, vejo dois homens de terno vindo pelo corredor, e um deles *se parece exatamente* com Sam. É bizarro, para ser sincera. Será que ele tem um irmão gêmeo idêntico que esqueceu de mencionar? Não pode ser Sam porque Sam está viajando pelo mundo, e Joe teria dito algo se ele tivesse voltado.

Mas estou começando a achar que *é o Sam*. Será que estou alucinando? É isso que acontece quando a gente fica doida? Fecho os olhos com força e conto até dez antes de abri-los novamente. Um grupo de enfermeiras bloqueia minha visão, mas, quando elas passam, o sósia ainda está lá e está se aproximando a cada segundo.

Fique calma, fique calma. Não há razão para surtar, mesmo que seja ele. Só… fique tranquila. Sentimos uma pequena atração, flertamos um pouco, compartilhamos alguns segredos, mas e daí? Tecnicamente falando, um de nós se apaixonou perdidamente, mas enfim. Não há necessidade de ser técnica.

Merda! Ele me viu!

Eu, instintivamente, me abaixo e me inclino para frente, e ando meio agachada atrás de duas idosas, tentando me misturar como um camaleão. Talvez ele não me reconheça, ou talvez pense que está alucinando, ou talvez eu realmente esteja…

— Penina?

Eu congelo. A merda acabou de se tornar real. Eu me encolho e, lentamente, me endireito, então finjo estar surpresa, como se não tivéssemos feito contato visual dez segundos atrás. Ou como se eu não estivesse me escondendo dele.

— Ah, uau. Oi — eu rio, colocando um pouco de cabelo atrás da orelha.
— Não sabia que você estava na cidade.

Ele faz que sim com a cabeça e dá aquele sorriso torto que faz meu estômago dar cambalhotas.

— Desde a semana passada.

— Ah, uau. Ok — repito, tomando cuidado para manter minha expressão superfeliz, apesar de ele ter tido muito tempo para entrar em contato comigo. Ele poderia facilmente ter pegado o telefone ou deixado uma mensagem rápida ou acampado do lado de fora do meu prédio como um perseguidor, mas não fez nada disso. Ele não fez, e ponto-final.

Estou correndo o sério risco de deixar algumas lágrimas caírem e preciso escapar antes que ele me veja chorar. Prefiro comer tofu com sabor de espinafre do que vê-lo testemunhando o efeito de como eu me apaixonei completamente por ele, enquanto ele seguiu em frente depois de vinte e quatro horas. Começo a andar para trás.

— Desculpe, preciso ir andando, estou atrasada. Para uma coisa...

— Você está bem? — ele pergunta, olhando com atenção para mim. — Você está diferente.

— Você deve estar se referindo ao fato de que perdi a vontade de viver. — Dou uma risada estridente, embora ele não se junte a mim. Limpo a garganta. — Minha planta morreu. — *Cala a boca, Penina, cala a boca!*

— Sua planta morreu — ele repete.

Ele, é claro, é a imagem da saúde e da perfeição masculina, e está ainda mais bonito do que eu me lembrava. Então, é, isso é ótimo.

— Estou bem. Estou maravilhosa — tagarelo, concentrando-me no botão de cima da camisa dele. *Não chore, Penina, você está falando com um botão, não com o homem que roubou seu coração e pisoteou nele.* — Maravilhosa mesmo. — *Quem usa a palavra* maravilhosa? *Você está fazendo papel de doida.*

Ele parece que está prestes a dizer alguma coisa, então muda de ideia e limpa a garganta.

— Estou um pouco ocupado no momento — ele diz, gesticulando para o homem de terno que está pacientemente esperando por ele —, mas se você...

— Claro, eu também. — Aceno com a cabeça e sorrio como uma maníaca. — *Tão* bom encontrar você. E eu tenho coisas para... você sabe — digo vagamente, acenando com a mão — *fazer.* Muitas coisas. Enfim, adiós!

Eu me viro e ando rápido em direção aos elevadores, me esquivando das pessoas, sem prestar muita atenção para onde estou indo. *Adiós, Penina? Sério? Aff! Por que sou tão esquisita?*

Quando chego aos elevadores, já há um grupo de pessoas esperando, e eu cruzo os braços e bato o pé, impaciente. Não vou pensar no Sam. Não vou. Não vou tentar dissecar o que a expressão dele quis dizer quando ele disse que eu estava diferente. Porém, não foi um elogio, isso eu posso dizer.

Onde está o elevador?

Cerca de uma eternidade depois, as portas do elevador se abrem, mas um paciente gemendo e amarrado a uma cama está sendo empurrado para dentro por um enfermeiro, seguido por um zelador e seu equipamento de limpeza, depois uma família de quatro pessoas, e não sobra espaço para mim. Infelizmente, estou desesperada, então ignoro as caretas dos meus companheiros de viagem e me enfio lá dentro assim mesmo.

As portas começam a se fechar, mas então – num estilo tipo filme de terror – uma mão grande de repente se mete entre os poucos centímetros de abertura; e, nervosa como estou, eu grito. Meu coração dispara, e as portas se abrem para revelar a única pessoa que não quero ver. *Sam.*

— Penina — ele diz com a voz firme —, precisamos conversar.

Ah, agora ele quer conversar? Ele ficou mudo por quase três meses e está na cidade há uma semana e não pensou em conversar, mas agora que ele, acidentalmente, cruzou comigo e insinuou que estou péssima, insiste em ter uma conversa?

Acho. Que. Não.

— Você tem meu número, senhor Kleinfeld — digo friamente. — Você poderia tê-lo usado. Agora, se me der licença, preciso ir. — Soco o botão "fechar" e levanto o queixo com toda a dignidade que consigo reunir. Infelizmente, nada acontece e me dou conta de que apertei o botão "abrir". Flechas estúpidas.

— Penina, por favor. Saia para que a gente possa conversar.

Eu me certifico de pressionar o botão certo desta vez e, quando as portas começam a fechar, digo:

— Adeus, senhor Kleinfeld.

Primeiro, sua perna, depois todo o seu corpo escorrega por entre as portas que se fecham e ele entra no elevador já abarrotado. *O que ele está fazendo?* Ninguém diz nada, mesmo que esteja completamente claustrofóbico, porque esse é o jeito simpático Minnesota de ser e só somos agressivos na estrada.

Engulo em seco, tentando não reparar em como a lateral do corpo dele está encostada em mim, e que ele tem um cheiro irresistível. Nós dois olhamos para as portas e, quando o elevador finalmente se move, o silêncio dentro é ensurdecedor. Até o paciente gemendo parou de fazer barulhos; então, ou ele morreu, ou não quer perder uma palavra da nossa discussão.

— Como está sua família? — Sam murmura.

Fico pálida. Nunca lhe agradeci por salvar a casa da Libby. Como pude esquecer, mesmo que por um segundo, tudo o que ele fez pela minha família? Fui tão dominada pelo meu sentimento de rejeição que esqueci de agradecer a ele. Mas me disseram para não falar nada porque ele não queria que eu soubesse. Isso é uma tortura. É o inferno na terra. São os tormentos do inferno, baratas e tarântulas, camisas xadrez de poliéster e sapatos de velhinhas de velcro. O que eu faço?

— Estão bem. — Engulo em seco. — Graças a D'us.

As portas se abrem e o homem com o paciente na cama com rodinhas diz:

— Nós ficamos aqui, com licença.

Sam abre espaço para eles se esmagando contra mim e, apesar de tudo, é *absurdamente sexy*. Nossos quadris e peitos são pressionados uns contra os outros, e sua respiração faz cócegas no meu pescoço. Não consigo evitar me arrepiar quando me lembro da noite do meu *vort* e de como quase nos beijamos.

O rosto dele está perto. Muito perto. Percebo sua respiração acelerando enquanto ele analisa meus lábios como se fossem uma obra de arte, e imagino como seria beijá-lo, explorar sua boca e saborear seu gosto. Meus mamilos endurecem com o pensamento, e eu me pergunto se ele pode sentir a mudança, já que ele está, afinal, encostado em mim.

— Droga — ele sussurra. E aí está minha resposta.

As portas se fecham e o elevador começa a se mover, mas Sam não.

— Você pode se mexer agora — digo, desviando o olhar. De jeito nenhum vou cair nessa armadilha de novo, uma satisfação temporária que não significa nada para ele.

Ele exala profundamente e dá um passo para trás. Arrisco dar uma olhada rápida em seu rosto e fico surpresa ao ver como ele está corado. E há algo estranho na maneira como ele está me encarando.

— Desculpe por ter sido grosseira antes — digo. — Adoraria conversar com você. — Eu devo isso a ele, pelo menos. Mas na primeira menção à sua namoradinha, eu caio fora.

Suas sobrancelhas se erguem de surpresa, mas ele concorda.

— Quer tomar um café?

— Podemos só encontrar um lugar tranquilo para sentar. A não ser que você queira um café — acrescento educadamente.

Ele balança a cabeça e, assim que as portas do elevador se abrem no primeiro andar, ele me guia pelo corredor principal, parando de vez em quando para ter certeza de que ainda estou lá. Eu tinha esquecido de como ele anda rápido. Quando percebo que ele está me levando para o edifício-garagem, digo:

— Espere. Para onde estamos indo?

— Um lugar quieto.

Meu coração quase sai pela boca quando imagino nós dois sozinhos. Engulo em seco e sinto minhas mãos umedecerem de suor. Não tenho certeza se confio em mim em um lugar tranquilo com ele. A menos que seja a biblioteca; não posso me imaginar fazendo algo indecente lá – os bibliotecários nunca tolerariam algo assim. Exceto, calma, não há salas de reunião com fechaduras na porta? Ahhh.

Não, Penina má, má! Balanço a cabeça e controlo a vontade de me bater enquanto eu o sigo por um lance de escadas. Aparentemente, cinco minutos com Sam é o suficiente para esquecer três meses de rejeição, e *isso não é legal*.

Ele segura a porta aberta para mim, e eu passo pela porta entrando na garagem. Olho para Sam de soslaio e me seguro para não dizer nada sobre a casa de Libby. Nem mesmo se ele trouxer o assunto da casa deles à tona. Nem se ele me perguntar logo de cara sobre o doador anônimo.

Ele me pega olhando, e sua boca se transforma em um sorriso.

Já era. Não consigo mais segurar.

— Eu sei que não era para eu saber, mas só quero dizer obrigada, do fundo do meu coração, por salvar a casa da Libby.

Sam perde o passo por um instante.

— Eu não sabia que Natan e Libby eram tão desleais.

— Só Natan — esclareço, jogando Natan na fogueira. — Mas não foi intencional, apenas escapou.

— Sei. — Ele franze a testa, pega a chave do carro e pressiona o botão "desbloquear".

Ele está bravo, mas ainda não entendo o porquê. Entendo ele querer permanecer anônimo, mas então por que ele não se importa que todos os outros da família saibam? Por que eu era a única que não podia saber a verdade?

Pela primeira vez na vida, Sam abre a porta do passageiro para mim e normalmente eu acharia isso fofo, exceto pelo fato de que ele parece querer matar alguém. Suponho que seja Natan, mas no caso de ser eu, decido me desculpar assim que ele se posiciona atrás do volante e liga o carro.

— Desculpe. Eu não devia ter dito nada.

— Quando você descobriu? — ele pergunta, saindo de ré da vaga de estacionamento.

— Cerca de uma semana ou duas depois que você deu o dinheiro para eles.

Ele balança a cabeça descontente, mas não diz nada. Estou tão desconfortável a esta altura que fico quieta por uns bons dez minutos olhando pela janela. Só quando ele entra na rodovia que eu me viro para ele e pergunto:

— Por que você não queria que eu soubesse?

Um músculo em sua mandíbula fica tenso.

— Não é óbvio?

— Se fosse, eu estaria perguntando?

Ele suspira.

— É o seguinte, Supermulher. Você tem um senso de responsabilidade exagerado. Quantas pessoas estariam dispostas a se casar com alguém apenas para salvar a casa da irmã?

Eu me mexo desconfortavelmente no banco.

— Eu acabei não indo adiante com isso, então não conta.

— Conta sim.

É bom saber que ele não perdeu uma gota de arrogância desde a última vez que o vi. Com o braço apoiado no volante, seu aspecto é tão Sam-clássico que, por um momento, me permito simplesmente apreciar a visão dele. Ele tem essa confiança casual, uma *vibe* de homem alfa que é diferente da maioria dos homens que conheci, que tentam inspirar confiança, mas não conseguem. Eles riem um pouco demais, ou se mexem quando deveriam ficar parados, ou têm dificuldade de manter o contato visual, ou seus ombros são curvados.

Mas este homem nasceu para ser um líder.

— Eu não queria que você se sentisse obrigada a fazer algo que não queria — ele diz depois de um tempo, olhando para mim de canto de olho.

Tipo o quê? Tenho a sensação de que ele acha que sei do que ele está falando, quando, na realidade, ele está falando em outra língua.

— Você poderia ser mais específico? Porque eu, literalmente, não faço ideia do que você está falando.

Ele inspira profundamente, soltando o ar com força pela boca ao expirar.

— Eu não queria que você se sentisse obrigada a namorar comigo.

Meu coração martela no peito enquanto tento processar o que ele acabou de dizer. *Namorar com ele? Como eu poderia namorar com ele? Será que ele estava planejando ter um relacionamento a distância enquanto viajava pelo mundo? É um truque que ele está usando para me seduzir? Porque está funcionando.*

Passo a língua pelos lábios e engulo em seco, e continuo a olhar para frente.

— Mas você foi embora, senhor Kleinfeld. — Enquanto eu o chamar de senhor Kleinfeld, posso manter os fatos separados da ficção. Fato: ele é meu ex-chefe, não um ex-namorado. Fato: ele foi embora e não tentou entrar em contato comigo nem uma vez durante os três meses em que ficou fora. Fato: ele salvou a casa da minha irmã, mas não queria que eu soubesse. Fato: já tem uma semana que ele está aqui e ainda assim não entrou em contato comigo.

— Porque, senhorita Kalish — ele diz em um tom mais calmo —, eu estava me apaixonando por você.

Paro de respirar. *Será que ele realmente disse o que acho que ele acabou de dizer ou estou ouvindo coisas?*

— E — ele continua — achei que não era justo com nenhum de nós dois, já que eu não conseguiria lidar com o fato de ser ortodoxo. É por isso que eu precisava de tempo e distanciamento. Estive em Londres.

Fecho a boca que está aberta, e me viro para olhar para ele. Ele olha para mim por um momento muito longo, e um carro atrás de nós buzina. Sam murmura:

— Nós deveríamos ter essa conversa quando eu não estivesse dirigindo.

Coloco a mão no peito para estabilizar minha respiração.

— Hum, por que Londres?

— Meu amigo mora lá. Ele cresceu sem ser religioso, mas se tornou religioso e se casou com uma ortodoxa. Eu queria aprender sobre o judaísmo ortodoxo com alguém com quem me sentisse à vontade, que tivesse uma educação semelhante à minha, e ele ficou feliz em ajudar.

Uau. Aqui estava eu, pensando que ele já tinha seguido em frente com outra pessoa, quando na verdade ele estava estudando a Torá o tempo todo.

— E eu gostei muito. Comecei a ver a beleza e a riqueza do estilo de vida em vez das restrições. Tudo fazia sentido. Bem, nem tudo — ele faz uma pausa. — Ainda não gosto da coisa da pureza da família, mas meu amigo disse que parte disso é negociável.

Enrubesço e não consigo pensar em absolutamente nada para dizer. *Essas coisas de pureza familiar são para casais casados, então... o que ele está dizendo exatamente?*

Ele liga o pisca-pisca e muda para a faixa da direita.

— Ainda não cheguei totalmente lá, mas ele disse para eu fazer as coisas no meu próprio ritmo. Comecei a respeitar o *Shabat* e a seguir uma dieta mais ou menos *kosher*, mas não rezo três vezes por dia e nem uso o quipá. Mas comprei um. — Ele abre o console central e puxa um quipá simples de veludo preto e o coloca na cabeça.

— O que você acha?

Acho que nunca vi nada mais sexy na vida.

— Ficou ótimo. Você está ótimo. — *Eu te amo*. E aí fico corada mais uma vez porque não consigo evitar. — Por que você não me disse que tinha voltado?

Ele coloca o quipá de volta no console quando saímos da rodovia.

— Eu precisava descobrir alguns detalhes — ele diz vagamente.

— Detalhes — repito.

— Sim — ele responde, como se isso respondesse tudo. Ele fica quieto por um momento, depois limpa a garganta. — Preciso te perguntar uma coisa, mas quero sua resposta honesta, não o que você acha que deveria dizer ou se sente obrigada a dizer.

— Tudo bem. — Engulo em seco, sem deixar de olhar para seu rosto lindo. — O que é?

— Bem, você sabe o que eu sinto por você — ele diz, olhando para mim —, mas eu não sei o que você sente por mim. A última coisa que você me disse antes de eu ir embora foi que eu era um mentiroso, traidor, idio...

— É, é, eu sei — eu o interrompo, mortificada por ele se lembrar das palavras exatas que usei. — A propósito, desculpe. Eu disse um monte de coisas que não queria dizer naquela noite. Se eu tivesse perguntado sobre a Keila em vez de explodir, teria descoberto que ela era sua prima. — Suspiro. — Você me perdoa?

Ele olha para mim e sorri.

— Sempre.

— A verdade é que — digo depressa, pois meu coração está batendo tão rápido que provavelmente vou ter uma parada cardíaca a qualquer momento — me apaixonei por você há muito tempo. Talvez eu não devesse dizer isso, porque é muito cedo, mas é a verdade. Você é incrivelmente leal e gentil, não de um jeito óbvio e desagradável, mas de um jeito tranquilo e humilde, e você tem uma bússola moral tão forte e me ajudou a enxergar a verdade sobre Zevi, mesmo que eu não quisesse na época; e você é tão bonito que dói olhar para você, e seu cheiro é sempre muito, muito bom, tipo, sério, que sabonete você usa? Seu cheiro me deixa *doida*. Onde você compra esse sabonete? Porque quero esse cheiro no meu corpo inteiro e só eu que acho que conversa ficou muito estranha?

Ele dá risada e entra em um estacionamento.

— Adoro quando você fala coisas estranhas para mim. Você reconhece onde estamos?

Olho em volta e arregalo os olhos, surpresa, enquanto ele estaciona em frente à primeira joalheria que visitamos juntos.

— Claro. Foi aqui que fingimos ser um casal para espiar as mercadorias e os preços.

— Isso foi o que *eu te disse* — ele diz, sorrindo. — Mas eu poderia ter descoberto todas essas informações com facilidade no site deles.

Suspiro e aponto o dedo para ele.

— *Você mentiu!*

Ele dá de ombros, não demonstrando nem um pingo de arrependimento.

— De que outra forma eu poderia conhecer você melhor?

— Hum, me convidando para sair?

— De jeito nenhum — ele diz, desligando o carro e abrindo a porta. — Não saio com as pessoas com quem trabalho. — Eu reviro os olhos, mas ele não percebe porque está vindo para o meu lado. Ele abre a minha porta e acrescenta: — Não foi essa uma das razões pelas quais você se apaixonou por mim? Minha forte bússola moral?

— Foi, mas ela está ficando cada vez mais duvidosa a cada momento que passa — digo, tentando não sorrir, mas falhando miseravelmente. — Então, por que estamos aqui? — pergunto, seguindo-o até a entrada da joalheria.

Ele arqueia uma sobrancelha ao abrir a porta, gesticulando para eu entrar primeiro.

— Paciência, Prude.

Reviro os olhos. Um vendedor nos cumprimenta calorosamente, mas fico decepcionada que não é a mulher gentil com os problemas com babá. *Qual era mesmo o nome dela?*

— Como posso ajudar vocês hoje? — o homem pergunta, batendo as palmas das mãos.

— A Carly está aqui? — Sam pergunta.

É isso! Sam tem uma memória incrível.

— Sim, ela está lá atrás. Vou buscá-la para você. — Ele aponta para uma mesa com duas cadeiras. — Fiquem à vontade.

— Lembra como você ficou preocupada por estarmos desperdiçando o tempo de Carly porque ela nunca ia receber uma comissão? — Sam diz enquanto nos sentamos.

Disso eu me lembro muito bem.

— Lembro.

— Bem, não se preocupe — ele diz. — Eu a compensei por isso e muito mais.

Estou tentando entender tudo, mas estou começando a me sentir como Alice quando caiu no buraco do coelho. Será que Sam comprou alguma coisa para mim? Digo, se um homem diz que te ama e te leva a uma joalheria, o que mais uma mulher deveria pensar? Mas não deveríamos sair juntos algumas vezes primeiro? Será que vai ser um par de brincos ou uma pulseira? Espero que não seja um colar, porque sou muito exigente quando se trata de colares, e não quero magoá-lo, pelo menos não no mesmo dia em que ele me diz que me ama…

— *Pruuuude!* — Carly grita dos fundos da loja vindo em nossa direção.

Lanço meu olhar mais fulminante para Sam, e ele sussurra "desculpe", mesmo que não *pareça* arrependido. Ele está com o maior sorriso que já o vi dar. Acho que estar apaixonado por alguém não muda o senso de humor sádico da pessoa.

— Quanto tempo! — ela fala efusivamente e se senta na nossa frente. — Como você tem passado? — Conversamos por alguns minutos, falando sobre moda e babás, mas sinto Sam ficando inquieto a cada segundo que passa. Acho que Carly também sente, porque ela se vira para ele e diz: — Agora, Sam, sei que você está ansioso, mas você se lembra que eu disse que ia demorar um pouco mais porque…

— É, eu sei — ele interrompe. — Mas você ainda tem ele aqui, né?

Ela olha para ele com um olhar de reprovação.

— Você realmente quer mostrá-lo para ela agora? — Ele confirma, e ela, encolhendo os ombros, diz: — Tive a sensação de que você ia dizer isso. Aqui está… — Ela puxa uma pequena caixa do bolso e a coloca sobre a mesa.

Eu pisco e engulo em seco, com dificuldade para respirar. *É uma caixa de anel! Mas… mas isso não faz sentido. Talvez seja um par de brincos pequenos dentro de uma caixa de anel? Porque não tem como ele estar me pedindo em casamento. Não tem como mesmo. A ideia em si é absurda. Provavelmente são brincos ou… Opa! Opa!*

Opa!

Por que ele está se ajoelhando?

— Penina — ele engole em seco, levantando os olhos para olhar nos meus —, a primeira vez que te vi foi na UTI neonatal, segurando um bebê, e fiquei pensando que nunca tinha visto mulher mais bonita. — Ele faz uma pausa e limpa a garganta. — O jeito como você olhava para o bebê, seu sorriso… poderia ser uma pintura. Fiquei hipnotizado.

Ele ficou hipnotizado? Comigo segurando um bebê?

— Eu disse a mim mesmo para desviar o olhar, porque você provavelmente era a esposa de alguém, mas fui atraído por você como um ímã. Não só porque você é bonita, acho que foi… — ele interrompe. — Não sei como descrever. Era quase como se houvesse um halo de luz ao redor de vocês dois. — Ele balança a cabeça com remorso. — Não consegui ouvir mais nada do que falavam depois disso. Eles poderiam estar falando em mandarim, e eu não teria notado.

"E aí você trombou em mim no corredor, e eu fiquei tão feliz, e tentei descobrir uma maneira que não fosse bizarra de te convidar para sair, mas você fugiu antes que eu pudesse fazer isso. Pensei em perguntar às enfermeiras o seu nome, mas… — ele para de falar. — Então, quando vi você novamente na loja e percebi que você trabalhava para mim, fiquei em choque. Tentei parecer tranquilo, mas por dentro eu estava em pânico."

— Por quê? — Eu respiro.

— Porque eu não conseguia tirar você da cabeça, e lá estava você, no meu primeiro dia como o novo chefe. Parecia o destino.

Faço que não com a cabeça.

— Você não acredita em destino.

— Eu não queria acreditar, e foi provavelmente por isso que me comportei como um idiota no início. Meu pai tinha acabado de entrar em remissão, e eu estava finalmente deixando meu divórcio conturbado para trás e aprendendo um novo negócio. A última coisa que eu queria fazer era me apaixonar, mas lá estava você. Engraçada, inteligente e bonita. E tão gentil.

Sinto um formigamento na barriga, como se houvesse milhões de formigas lá dentro. Minha boca se abre em um sorriso. Ele faz uma pausa e aponta para minha bochecha:

— Eu amo o seu sorriso. Você tem uma covinha dupla bem aqui.

Estou tão feliz agora que a única coisa que consigo fazer é olhar para ele, com medo de que a qualquer momento eu acorde e descubra que tudo isso foi um sonho.

— Eu te amo, Penina Kalish, e quero passar o resto da minha vida com você. Por favor, diga sim e seja minha esposa.

— S-sim. Um milhão de vezes, sim. — Eu nem tinha percebido que estava chorando até uma lágrima cair na minha mão, seguida por outra, e Carly – quase esqueci que ela estava aqui – me entrega uma caixa de lenços de papel.

Os olhos de Sam estão brilhando e ele limpa a garganta. Ele começa a se levantar, mas Carly sussurra para ele:

— Mostre o anel para ela.

Sam se assusta, como se não acreditasse que se esqueceu disso. Ele retoma a posição no chão e abre a caixa.

Minha boca se abre e se fecha. Minha nossa. *Ele se lembrou do anel que eu amei, o que eu quase disse que teria escolhido para mim se eu fosse uma noiva de verdade, em vez de me passar por uma.*

— Você se lembra dele? — ele pergunta.

— *Lembro*! — E agora eu *realmente* começo a chorar e tremo ao pegá-lo.

Isso é demais para mim. Não acredito que ainda estou de pé e respirando. Primeiro, Sam volta do nada, me dizendo que está meio que se tornando ortodoxo e que me ama, e depois, para completar, ele *me pede em casamento com o anel dos meus sonhos.*

O anel é muito largo e o diamante vira de cabeça para baixo, mas eu não me importo, eu nunca mais vou tirá-lo.

— Ei, Carly! — o primeiro vendedor grita. — Babá ao telefone.

— Juro que só recebo esse tipo de ligação quando vocês dois estão aqui. — Ela ri, se levantando. — Eu já volto.

A palavra *babá* cai como um balde de água gelada em mim.

— Sam, espere. Acabei de me lembrar... você quer ter filhos um dia, certo? — Encolho os ombros para fazer parecer que a resposta dele não é grande coisa.

— Quero dizer, claro que você quer. A maioria das pessoas quer.

— Com certeza. — Ele faz que sim com a cabeça vigorosamente. — Não sei eu, mas *você* definitivamente nasceu para ser mãe.

Uma risada forçada escapa da minha boca. Que engraçado. Ele se lembra dos menores detalhes, como um comentário bobo sobre um anel, mas se esquece completamente das coisas mais importantes. Eu deslizo o anel para fora do dedo e o coloco na caixa.

— Aposto que temos o novo recorde para o noivado mais curto da história — digo, meus olhos se enchendo de lágrimas frescas. Lágrimas de tristeza desta vez. — Pensei que você... Sam... — Engulo em seco, incapaz de olhar nos olhos dele. — Eu não posso te dar filhos.

— Penina. — Seu olhar é confuso e ele balança a cabeça. — Você me entendeu mal. O mundo tem muitos bebês, mas pais de menos — ele diz com um tom gentil. — Eu pensei que poderíamos considerar adoção mesmo com as restrições que comentou.

Levo vários segundos para compreender suas palavras, mas assim que entendo, começo a chorar de verdade, tipo, um choro convulsivo, não as fungadas delicadas de uma dama, mas os soluços histéricos de alguém que esteve no inferno e voltou, depois foi para o inferno de novo e voltou uma segunda vez. Eu nem sabia que esse tipo de felicidade *existia*!

Depois que toda a papelada foi assinada e estamos de volta ao carro, concordamos com um noivado de três meses.

Eu me viro para Sam e digo brincando:

— Você parecia ter muita certeza de que eu me casaria com você.

— De jeito nenhum. — Ele sorri. — E foi por isso que eu queria ter o anel na mão caso você precisasse ser convencida.

Balanço a cabeça.

— Você é um homem *mau*.

— Daqui a três meses — ele diz, sorrindo como um lobo —, você vai ver como sou mau.

Jogo a cabeça para trás e dou risada.

E foi assim que eu, Penina Kalish, comecei meu próprio felizes para sempre.

* * *

— Puta merda, qual o valor dessa coisa? — Fraydie exclama, examinando meu anel de cinco quilates.

— Mesa de *Shabat*! — minha mãe cantarola, batendo a palma da mão na mesa da sala de jantar. Este é o código para: (A) não falar palavrão e (B) não falar sobre dinheiro no *Shabat*, duas regras que minha irmã conseguiu quebrar em apenas uma frase.

Impressionante, mesmo para ela.

— Foi mal — Fraydie diz, levantando as mãos. — O que eu quis dizer é quantas *chalás* precisariam ser assadas para equivaler a esse anel?

Natan, sentado na extremidade da mesa comprida, se diverte.

— Que inglês ruim.

— Sem querer ofender, querido — Libby diz, lidando com a rolha da garrafa de vinho —, mas você não está exatamente apto a criticar a gramática de outras pessoas.

— *Nu*? — Fraydie provoca, inclinando minha mão para que o diamante brilhe sob as luzes do lustre. — Me fala um número.

— Sinceramente, não sei, e não quero saber. — Puxo a mão das mãos de Fraydie e pego o garfo. Isso não é tecnicamente verdade, mas toda vez que penso no valor, começo a me sentir tonta, então tento não pensar. — O importante é que Sam e eu estamos muito felizes e estamos ansiosos para passar o resto de nossas vidas juntos. O valor do anel é irrelevante.

Os lábios de Sam se curvam em um sorriso e ele sussurra algo tão sem-vergonha no meu ouvido que fico corada. Seu mais novo hobby parece ser contar quantas vezes ele consegue me deixar vermelha.

— Veja como eles são fofos juntos. — Libby dá uma cotoveladinha em Natan e acena com a cabeça na nossa direção. — Lembra quando nós éramos assim? Foi há décadas atrás, mas ainda assim.

Natan pega uma fatia de chalá e tira um pedaço.

— É. No segundo encontro você já não conseguia parar de me tocar.

— Você tocou nele antes de se casar? — Fraydie pergunta, balançando as sobrancelhas.

— As mãos dela sempre em mim — responde Natan. — O que eu podia fazer?

— *Natan!* — Libby grita, dando um tapa no braço dele. — Não é verdade! Foi você quem me tocou pela primeira vez… — *Mesa de Shabat!* — minha mãe cantarola, nos lembrando da regra C: sem referências sexuais.

— Mãe, por que você sempre tem que interromper as pessoas justo quando as coisas estão ficando interessantes? — Fraydie protesta, balançando as mãos.

— Experimentem esses *knishes*, pessoal. — Meu pai, sempre o pacificador, ergue uma grande bandeja oval de bolinhos recheados com purê de batata, cebolas fritas e cogumelos.

— Passe-os para Sam — Libby diz, e acrescenta: — Acho que você deveria oferecer mais uísque para ele também. Quer mais, Sam? — ela pergunta.

— Não. Mas obrigado.

— Posso te oferecer alguma coisa?

— Não precisa, obrigado.

Eu me inclino na direção de Sam e sussurro:

— A Libby venera você. É meio irritante.

Ele abaixa a taça de vinho e se vira para mim.

— E você? — ele pergunta, levantando uma sobrancelha. — Você me venera?

— Não. — Balanço a cabeça e tento esconder o sorriso com a mão. — Nem um pouquinho.

— Mentirosa — ele murmura. — Você sabe que me venera um pouquinho.

— Eu *tolero* você, senhor Kleinfeld. Mas só porque é bom olhar para você.

— O que você dois estão sussurrando? — Fraydie pergunta.

— Fraydie... — meu pai entoa.

Sam me dá um olhar que indica que terminaremos essa conversa mais tarde, e eu rio. Ele rouba uma almôndega do meu prato em retaliação.

— Posso te fazer uma pergunta, Sam? — Libby diz, passando o dedo pela umidade formada em uma lata de refrigerante. Sem esperar por permissão, ela continua: — Por que você não queria que Penina soubesse que você salvou nossa casa? Teria ajudado a sua causa.

Sam engole o pedaço de comida na boca e arqueia as sobrancelhas.

— Minha causa?

— Você sabe o que estou querendo dizer — ela responde, batendo as mãos. — Fazer a Penina se apaixonar por você.

Eu sorrio, já sabendo o que ele vai dizer, pois já falamos sobre isso várias vezes. Ele coloca o braço sobre o encosto da minha cadeira e olha para mim.

— Como todos sabemos, Penina tem um senso de responsabilidade exagerado, e eu não queria que ela sentisse que me devia alguma coisa. Não queria isso para nenhum de nós dois.

Os olhos da minha mãe brilham de alegria.

— Inacreditavelmente fofo.

— Eu gostaria de fazer um *L'Chaim*. — Meu pai ergue o cálice e olha ao redor da mesa. Ele faz uma pausa, esperando que todos levantem um copo, e se vira para olhar para Sam e para mim. — *Mazel tov* por seu noivado, Penina e Sam. Por acaso, esta noite é uma noite especial no calendário judaico, o décimo quinto dia do mês de *Av*[34]. Na época do Templo, as filhas solteiras de Jerusalém usavam vestidos brancos e dançavam nos vinhedos para os seus pretendentes. Depois, os homens escolhiam suas futuras esposas...

— Por que os homens não vestiam calças brancas de virgens e dançavam para as mulheres? — Fraydie interrompe. — Isso é tão repugnantemente patriarcal que me faz querer vomitar.

— Termine de comer sua salada, Fraydie — minha mãe diz.

— Como eu estava dizendo — meu pai continua, acariciando a barba grisalha —, este é um momento especial em nosso calendário para o amor e, embora vocês dois o tenham encontrado de uma maneira um tanto heterodoxa,

---

34 O mês hebraico de *Av* (ou *Menachem-Av*, o consolador de *Av*) é o quinto dos doze meses do calendário judaico.

não há nada de incomum na afeição mútua que vocês compartilham. Que possamos continuar a compartilhar em ocasiões mais felizes até a reconstrução do Templo, prontamente, em nossos dias. *L'Chaim*!

— *L'Chaim*!

Sam e eu nos olhamos e sorrimos. Desde que ele me pediu em casamento, tenho andado nas nuvens, sentindo uma alegria ilimitada que alcança cada pedaço de mim. Ele é, sem dúvida, o tipo de homem do qual os sonhos são feitos e, certamente, não é o tipo com quem me imaginei.

A vida ainda tem seus desafios do dia a dia, e uma parte de mim sempre lamentará os filhos biológicos que não poderei ter, mas, pela primeira vez na vida, posso dizer com sinceridade que sou mais do que apenas feliz. Sou inteira e completa.

E, de verdade, o que mais uma mulher poderia querer?

Epílogo

"A moda, de certo modo, para mim, é pura e felizmente irracional."
— Hedi Slimane

Então é esse o sentimento de ser uma princesa. Eu sento no meu trono temporário, ladeada pela minha mãe e pela tia de Sam, e olho para a multidão de mulheres na fila para me ver, minhas bochechas já doloridas pelo sorriso ininterrupto. É a primeira parte do casamento, o *kabolas ponim*, em que as convidadas me desejam *mazel tov*, e eu, ocasionalmente, murmuro um salmo de um livro de orações. De vez em quando, meus olhos procuram o bebê de cabelo escuro e olhos azuis na multidão, aquele em um terno minúsculo que está sendo segurado por uma das amigas da minha mãe, e meu coração aperta com o quão perfeito ele é.

Meu pulso acelera ao saber que Sam está logo na sala ao lado, e ouço o canto animado e os gritos joviais dos homens que o parabenizam. De acordo com a tradição, não nos vimos nem nos falamos nos últimos sete dias, mas temos trocado mensagens através de Fraydie - e, assim como na brincadeira do telefone sem fio, tenho certeza de que ela está acrescentando seu toque característico às mensagens.

Olho para o meu vestido de noiva – sem dúvida a decisão de moda mais importante da minha vida – e suspiro feliz. Meu alfaiate fez o vestido, e é bem o encontro de Grace Kelly com princesa Kate. As mangas e o colarinho são de renda chantilly, e o corpete e a saia são de seda de marfim. A melhor parte é a cauda removível incrivelmente longa e os sapatos inspirados na Cinderela.

Meus seguidores do *Instagram* adoraram todas as fotos que postei, e estou feliz por ter tomado a decisão de voltar às redes sociais – especialmente depois que dei a todos uma longa palestra sobre sentir vergonha do próprio corpo. Desta vez, tentei incluir opções *plus size* e *petite*, para que mulheres de todas as formas e tamanhos possam copiar os *looks* que reuni.

Toco com cuidado a tiara de diamantes no meu penteado meio preso, meio solto, com cachos soltos emoldurando meu rosto, que Maya e Libby insistiram que eu precisava fazer, pois combinava perfeitamente com meu vestido. Demoro um pouco para detectar Maya, mas não muito, já que seu vestido com lantejoulas da cabeça aos pés a destaca na multidão, como uma *stripper* em um convento. Ela sorri para mim, segurando um prato cheio de canapés em uma mão e uma taça de vinho na outra, e eu sopro um beijo para ela.

No começo, foi um pouco esquisito quando contei a ela que Sam e eu tínhamos sentimentos um pelo outro, especialmente porque ela levou para o lado pessoal o fato de eu não ter dito nada antes. Mas ela mesma agora está noiva do cirurgião plástico, que deu à mãe dela um *lift* facial; e ela mora com ele em um condomínio maravilhoso. E a melhor parte de estar com um cirurgião plástico, de acordo com Maya, é que ela não precisa fazer exercícios nunca mais, pois pode fazer uma quantidade ilimitada de lipoaspirações.

Alguém toca minhas mãos, e eu tiro os olhos do livro de orações e vejo a senhora Zelikovitch.

— Que bela *kallah*[35] você é, Peninaleh. E Sam, seu *chosson*[36] — ela acrescenta, levando os dedos aos lábios e fazendo um som de beijo —, corte *prime* de carne bovina. Melhor dos melhores. *Mazel tov, mazel tov.*

Libby espera até que a senhora Zelikovitch não possa mais ouvir para se inclinar e sussurrar:

— Ela ainda é bizarra como sempre, não é?

— Me diga — ouço a voz de Fraydie de trás da minha cadeira. — Já é seguro sair?

— Está quase na hora do *bedeken*, então é melhor você sair sim — minha mãe diz da cadeira ao lado da minha, virando-se para ver Fraydie.

---

35 Noiva.

36 Noivo.

A tia de Sam se inclina na minha direção, com seus olhos castanhos redondos de curiosidade.

— O que é o *bedeken*?

— É quando o noivo cobre a noiva com um véu.

— Ah, entendi — ela diz, mexendo a cabeça positivamente. — E qual é o significado por trás disso? — Desde que a tia do Sam, Lainee, apareceu neste fim de semana, ela tem perguntado sobre todas as tradições, as grandes e as pequenas.

— É para mostrar que o cara não está apenas interessado na aparência da noiva, que vai desaparecer com o tempo, mas em sua beleza interior, que ela nunca vai perder.

— É adorável. — Ela sorri. — Que bela mensagem.

— Conheço pelo menos um punhado de mulheres que não tinham nem aparência nem personalidade — Fraydie diz, colocando a cabeça entre nós. — Mas os noivos ainda assim as cobriram com o véu. Então, como é que isso faz algum sentido?

— *Fraydie* — minha mãe diz em seu tom de advertência. — Por que você não faz um prato para você?

Fraydie me dá uma piscadela provocadora e vai embora. Eu continuo murmurando salmos, parando de vez em quando para sorrir para as pessoas e posar para fotos.

O canto dos homens se aproxima e meu estômago se contorce. Engulo, mas minha boca está seca por causa do jejum, e minha língua gruda no céu da boca. A organizadora do casamento, uma mulher de um metro e vinte com a voz e maneirismos de um sargento, vem voando através do mar de mulheres e grita:

— Abram espaço, os homens estão vindo!

Meu coração acelera quando Sam entra na sala, liderando a procissão. Ele abre um sorriso enorme – nada característico dele – quando me vê, e eu me sinto corar sob seu olhar. Meus olhos percorrem sua roupa branca tradicional, que o abraça nos lugares certos, e ele está usando a gravata que escolhi para ele.

O barulho é ensurdecedor, com a banda ao vivo e todo o canto e palmas, mas quando Sam se aproxima para me cobrir com o véu e coloca os lábios ao lado do meu ouvido e diz: "Eu te amo", meus olhos se enchem de lágrimas e o momento parece pausar o tempo, como se fossemos apenas nós dois. Meu pai vem em seguida, coloca as mãos sobre a minha cabeça e recita a bênção em hebraico, aquela que diz que eu deveria ser como minhas grandes matriarcas judaicas, Sara, Rivka, Rochel e Leah, cada uma com suas qualidades únicas e que desempenharam um papel essencial no futuro do povo judeu.

Com minha mãe de um lado e a tia do Sam do outro, esperamos a deixa da organizadora do casamento antes de irmos para a outra sala, onde há um belo dossel de casamento, cercado por lanternas e flores. A cerimônia é longa e há uma enorme quantidade de corpos em um espaço apertado, mas finalmente chega o momento em que o sapato de Sam quebra o copo de vidro – porque nenhuma ocasião é completamente feliz até que estejamos reunidos em Jerusalém com o Terceiro Templo –, e depois Sam e eu somos levados pela multidão em meio a gritos de "*Mazel tov*!" e mais cantos.

A organizadora do casamento nos leva por um corredor curto e para do lado de fora de uma porta.

— Oito minutos — ela rosna olhando para Sam e para mim. — E não fiquem muito à vontade. As fotos são logo depois disso, e não quero que a maquiagem de ninguém se estrague.

Sam e eu trocamos um olhar bem-humorado. Como a sala de *yichud* é onde os noivos podem se tocar pela primeira vez, essa mulher provavelmente já viu de tudo. E pelo jeito que Sam está olhando para mim, não a culpo por estar nervosa.

Sam coloca a mão no batente da porta e dá à organizadora um de seus olhares mais intimidantes, do tipo que fecha negócios sem acordos ou negociações.

— Vinte minutos.

— *Vinte?* — ela grita, levando as mãos ao peito. Ela balança a cabeça e começa a protestar, mas Sam já está fechando a porta. A fechadura estala e ele se vira para mim.

Por um momento, nós simplesmente olhamos um para o outro, deleitando-se com este momento; nós dois sozinhos, como marido e mulher. *Finalmente*.

Seus olhos fazem um passeio moroso, que começa pelo meu rosto e depois para no corpete do vestido em forma de ampulheta para então retornar aos meus lábios. Meu coração acelera quando ele se aproxima, um passo determinado após o outro.

— Você está com fome? — Aponto para a mesa no canto, empilhada de comida para quebrar o tradicional dia de jejum do casamento. Há *kabobs*[37] de frango, torradas com carne, espetinho de cordeiro, saladas e bebidas, mas mesmo depois de jejuar o dia inteiro, o frio na minha barriga substituiu qualquer fome que eu normalmente teria.

— Estou morrendo de fome — ele diz, dando um passo na minha direção. — Mas não de comida.

Um arrepio de excitação me atravessa, junto com algum medo.

— A questão é que — eu digo, engolindo em seco e recuperando o fôlego — nunca fiz nada disso antes, e não sei onde colocar as mãos ou a língua ou, ou… os dentes.

Sua sobrancelha se levanta como se ele estivesse um pouco surpreso.

— Vamos manter dentes fora disso — ele sugere com gentileza. — Quanto ao resto, só tente relaxar. Faça o que parece ser natural.

---

37 Pedaços de carne, peixe ou vegetais grelhados em um espetinho.

Certo. Faça o que parece ser natural. Coloco minha mão no braço de um sofá e dou um passo para trás.

Seus lábios se curvam em um meio-sorriso.

— Querida.

— Oi?

— Ajudaria se você parasse de se mexer.

— Aham. — Engulo em seco. — Faz sentido.

— Eu também estou com medo, sabe — ele diz, passando a mão pelo cabelo. — No nosso contrato de casamento diz, o... como se chama mesmo?

— *Kesubah.* — Eu sorrio, sabendo onde ele quer chegar.

Ele desabotoa a roupa branca típica e a joga no sofá.

— Ali não diz que é dever do marido satisfazer a esposa? E não o contrário?

— Verdade — reconheço, relaxando um pouco.

— A pressão está toda em mim — ele continua, balançando a cabeça e colocando as mãos na cintura. — É o suficiente para fazer homens mais fracos sucumbirem.

— Ou os menos arrogantes.

Ele dá de ombros.

— É um trabalho difícil, mas alguém tem que fazê-lo.

Dou um pequeno passo na direção dele.

— Você tem algum tipo de estratégia ou você vai simplesmente improvisar?

Seus olhos se direcionam para os meus lábios.

— Eu tenho algumas ideias, mas estou aberto a sugestões.

Paro um momento para refletir.

— Acho que eu não gostaria de algemas ou chicotes — digo. — Nem mesmo os bonitinhos com pele falsa.

Sua sobrancelha se levanta e ele dá alguns passos em minha direção.

— Não quero nem saber disso.

— Tem um lugar que vi na cidade. Eu estava passando por lá por acaso — digo inocentemente.

— Aham — ele murmura, diminuindo a distância entre nós. — Claro que sim.

Ele levanta a mão devagar e olha nos meus olhos, me dando tempo para dizer não. Dou um sorriso dando meu consentimento e fecho os olhos quando ele passa os dedos no meu rosto. Cada nervo no meu corpo ganha vida, ficando superconsciente. Ele inspira de modo brusco e sei que ele também sente essa energia carregada entre nós. É estranho, esquisito e deliciosamente maravilhoso.

— Tão linda — ele murmura. Ele segura meu rosto entre as mãos e me olha como se não acreditasse que sou dele. Minhas veias zumbem de felicidade, porque eu também não consigo acreditar que sou dele.

Seus lábios roçam os meus, macios e inocentes no início, mas depois de um tempo, sua língua abre minha boca e o beijo rapidamente se torna ardente.

Ele é como um homem faminto em um bufê livre, e isso faz partes do meu corpo que eu nem sabia que existiam formigarem. Meus hormônios entram em atividade máxima, e eu me agarro nele gemendo em sua boca.

Ele solta um rosnado baixinho pela garganta e agarra minha nuca, inclinando minha cabeça para me beijar mais.

— Você está me matando — ele ofega, alcançando a parte de trás do meu vestido. — Merda! Tem zilhões de botões aqui. Quem foi o gênio que desenhou essa coisa?

Eu pisco e tento me concentrar.

— Há, Vera Wang.

— Vera deve usar zíperes. — Ele olha ao redor da sala e faz uma cara feia. — Preciso de uma tesoura. Você não se importa se eu cortar, né?

— Mais dois minutos — a organizadora do casamento grita do outro lado da porta.

Sam murmura uma série de impropérios e me solta. Ele passa a mão pelo rosto, depois balança a cabeça e sorri.

— Droga.

— O quê? — Sorrio. Não estou acostumada a vê-lo assim, com o cabelo bagunçado e a respiração pesada. Ele normalmente é o senhor tranquilo, calmo e sereno, e não posso evitar sentir uma satisfação perversa sabendo que alguns minutos sozinho comigo o deixaram confuso e atordoado.

Ele me mostra um de seus sorrisos que é marca registrada.

— Você aprende rápido.

Dou o mesmo sorriso.

— Obviamente — digo com um aceno de mão. — Como se houvesse alguma dúvida sobre isso.

Ele ri e se aproxima de mim novamente, como se não pudesse ficar sem me tocar.

— Eu te amo, Supermulher.

— Eu também te amo, senhor Kleinfeld. Ou tudo bem se eu te chamar de Sam agora?

— Só quando estivermos nus.

Sorrio, me deleitando com o fato de que este homem lindo, gentil e inteligente é meu marido.

Afinal, a carta de Libby rendeu frutos, embora tenha demorado um pouco. Algumas semanas atrás, recebi o telefonema que sempre quis, mas nunca ousei sonhar.

— Penina, você está sentada? — Libby disse.

Meus olhos se arregalaram em pânico.

— Quem morreu?

Libby riu.

— Sempre tão paranoica. Ninguém. A notícia é boa. Muito boa.

Dei um suspiro de alívio e voltei para a organização dos lugares do casamento.

— Fale.

— Mimi, o tio Tzvi e a tia Peshie conversaram e decidiram que seria melhor se você adotasse o bebê — ela disse. — Assim, ele seria criado pela família e eles sabem o quanto ele será amado.

Meu coração parou e fiquei com receio de não ter ouvido direito.

— Você pode repetir?

— Mimi quer que você fique com o bebê. Ele está com um mês e é muito mais fofo do que qualquer um dos meus filhos nessa idade.

— Ela quer que eu fique com ele, tipo... para ficar com ele?

— Isso — Libby ri. — Ficar com ele. *Mazel tov*, Penina! Agora você é mãe!

Sentei e cobri a boca com a mão. E aí eu ri. E aí eu chorei.

Dirigi naquela mesma noite para pegá-lo, porque: A) eu já amava essa criança com todo o meu coração, e B) eu já tinha ficado separada dele por um mês.

Eu estava nervosa para contar ao Sam por causa do momento. Era ridículo, na verdade. Que casal recém-casado é jogado na paternidade imediatamente? Tinha medo que Sam dissesse que era cedo demais, que precisávamos de alguns anos para nós mesmos primeiro, então empreguei a mesma estratégia que ele usou quando me pediu em casamento: levei o bebê para visitá-lo pessoalmente, e quando Sam o pegou e os dois se olharam, foi amor à primeira vista. Eu basicamente tenho segurado vela desde então, o que não tem o menor problema.

Nós lhe demos o nome de Rafael em homenagem ao avô de Sam porque, por mais que seja estranho, ele se parece com ele. Sam e Rafael são tudo o que eu mais queria e mais um pouco.

* * *

— Acabou o tempo! — a organizadora grita e bate na porta.

— Pronta? — Sam pergunta.

Faço que sim com a cabeça e pego a mão dele.

— Pronta.

ASSINE NOSSA NEWSLETTER E RECEBA INFORMAÇÕES DE TODOS OS LANÇAMENTOS

www.faroeditorial.com.br

Campanha

Há um grande número de pessoas vivendo com HIV e hepatites virais que não se trata. Gratuito e sigiloso, fazer o teste de HIV e hepatite é mais rápido do que ler um livro.

Faça o teste. Não fique na dúvida!

ESTA OBRA FOI IMPRESSA EM JULHO DE 2023